Le tourbillon du plaisir

*

Une envie d'interdit

LORI BORRILL

Le tourbillon du plaisir

COLLECTION Audace

éditionsHarlequin

Cet ouvrage a été publié en langue anglaise
sous le titre :
THE PERSONAL TOUCH

Traduction française de
LAURA PALMER

83-85, boulevard Vincent-Auriol, 75013 PARIS — Tél. : 01 42 16 63 63

Service Lectrices — Tél. : 01 45 82 47 47
www.harlequin.fr

ISBN 978-2-2808-1853-7 — ISSN 1639-2949

1.

A l'instant où le top model le plus sexy du moment lui décocha son sourire légendaire et ôta sa robe de soie noire, Clint Hilton pensa qu'il avait eu raison d'attendre si longtemps une femme aussi désirable.

Si toutefois on pouvait considérer trois semaines comme une longue attente.

Pourtant, au regard des conquêtes sexuelles de Clint, c'était un millénaire. Et, à une semaine près, il n'avait jamais attendu aussi longtemps aucune femme, pas plus qu'il n'était resté sans faire l'amour. Pour autant qu'il puisse s'en souvenir. Mais depuis l'instant de leur rencontre à Las Vegas, il avait eu envie d'elle. Lorsqu'elle lui avait dit qu'elle partait pour Milan cette nuit-là, elle lui avait demandé de lui faire une promesse.

Elle voulait qu'il attende son retour.

Juste trois petites semaines. Pendant ce temps-là, elle serait en Italie pour faire des photos pour une publicité pour un parfum et lui serait à Los Angeles, à essayer de se calmer en plongeant dans l'océan Pacifique, tout en se demandant comment il avait pu laisser une femme l'obliger à mettre sa vie sexuelle entre parenthèses.

Car cette promesse l'avait forcé à mettre un terme à son habitude frénétique d'enchaîner les aventures.

Il ne se souvenait pas de ce qui l'avait poussé à accepter cela. Peut-être était-ce la robe minimaliste qu'elle portait ce soir-là. Mais il était plus probable que ce soit le regard lourd de sous-entendus de la sensuelle jeune femme. Quoi qu'il en soit, il avait tenu sa promesse. C'était une question d'honneur.

Elle se dirigea vers le bord de la piscine, vêtue d'un string rouge minuscule qui mettait en valeur sa peau couleur caramel et ses jambes interminables. Derrière elle, la vue surplombant Hollywood s'étendait presque jusqu'à l'océan en cette nuit exceptionnellement claire. Mais même s'il aimait se détendre sur sa terrasse, cette soirée ne serait pas consacrée à observer les lumières de la ville. Ce soir, il allait se rattraper et mettre un terme à trois semaines de célibat en profitant des charmes d'un superbe top model qui répondait au nom de Rachel.

Pas de nom de famille, « Juste Rachel », avait-elle dit.

Il avait trouvé cela diablement sexy.

Avec un regard plein de promesses, elle ôta ce qui lui restait de vêtements et plongea dans la piscine. Sa silhouette élancée glissa dans l'eau avec fluidité et elle se dirigea vers lui comme un requin fondant sur sa proie. Et lorsqu'elle arriva près de lui, il sentit les mains de la belle nageuse remonter le long de ses cuisses, et sa langue glisser le long de son sexe, puis elle remonta à la surface déposant çà et là une série de baisers sur sa peau humide, qui accentuèrent son excitation.

Leurs lèvres se rencontrèrent en un baiser intense et

profond, exactement comme à Las Vegas et il prit une lente inspiration, respirant l'odeur du chlore mêlée à celle d'un parfum rare et cher. Ses lèvres avaient encore le goût du Cosmopolitan qu'elle avait laissé sur la terrasse, et tandis qu'elle mettait tous les sens de Clint en émoi avec sa langue, elle enroula les jambes autour de ses cuisses et elle commença à se déhancher contre son sexe en érection.

Cela faillit l'achever, lui qui était on ne peut plus prêt pour cette nuit. Et, comme pour le torturer davantage, elle interrompit leur baiser pour lui murmurer à l'oreille toutes les choses qu'elle avait l'intention de faire avec lui.

Des choses excitantes. Des choses indécentes. Le genre de choses que la plupart des femmes ignoraient et qu'un gentleman ne demandait jamais. Mais ce soir, il ne se sentait pas l'âme d'un gentleman, et de toute façon, ce n'était pas ce que Rachel recherchait. Oh non. Il savait bien ce qu'elle recherchait, il avait un don pour ça.

Et quoi qu'elle désire, ce soir, grâce à elle, il allait avoir une preuve supplémentaire que lorsqu'il s'agissait de se faire une opinion sur les gens, c'était lui le meilleur.

C'était un des talents qu'il avait hérités de son père et grâce auquel il avait repéré, au beau milieu d'un casino rempli de belles filles, cette blonde très spéciale qui était accoudée au bar. Celle qui avait le regard trouble.

Il avait toujours su faire la différence entre un regard de femme prête à tout et un regard appris à la seule intention de l'objectif des photographes. Rachel avait l'étoffe pour susciter les rêves érotiques les plus fous, le genre de petite chatte sexy qui faisait bafouiller les hommes d'expérience et défaillir les jeunes hommes maladroits.

Et ce soir, elle était à lui et à lui seul.

Elle jeta un coup d'œil par-dessus l'épaule de Clint et sourit.

— Je vois que tu as allumé un feu de cheminée dans ta chambre. Ça a l'air cosy.

Il sourit. Il n'avait reculé devant rien. Non que les nuits d'avril soient particulièrement froides à Los Angeles, mais il s'était donné du mal pour que cette soirée soit parfaite, à commencer par le dîner sur la plage, jusqu'aux cocktails au bord de la piscine. Il avait programmé l'éclairage extérieur qui devait s'allumer juste après le coucher du soleil, la musique jazz flottant un peu partout dans la maison, et les fleurs sur les tables et les bars.

Et, bien sûr, il y avait des préservatifs un peu partout, dans chaque chambre, près de chaque lit ou de toute surface susceptible d'éveiller l'imagination fertile de Rachel. Et lorsqu'elle lui avait fait part de ses projets, il s'était dit qu'il n'avait pas fait tous ces efforts en vain.

Il la hissa plus haut sur sa taille et il commença à lui lécher les seins.

— Tu veux qu'on aille à l'intérieur ?

Elle laissa échapper un léger rire qui était une véritable incitation au péché.

— Ce serait peut-être plus prudent. Je ne voudrais pas que tu te noies avant que j'aie eu le temps d'abuser de toi.

Il posa les lèvres sur son autre sein.

— Je suis très bon nageur.

Des gouttes d'eau glissaient de ses cheveux le long de son cou et sur ses seins et il commença à les attraper avec la langue avant qu'elles n'aient atteint la surface de l'eau.

— Tu sais, dit-elle d'une voix entrecoupée par l'excitation à mesure que la langue de Clint descendait le long de son ventre, tu pourrais commencer ici.

A cet instant, avec la souplesse d'un chat elle se dégagea de son étreinte et se hissa sur le bord de la piscine, avant d'écarter largement les jambes en signe d'invitation.

Il sentit les battements de son cœur accélérer et son sexe se durcir. Il s'agrippa au rebord de la piscine et s'approcha du spectacle qu'elle lui offrait. L'odeur du chlore se mêlait à celle du jasmin et à un autre parfum, plus musqué, qui commençait à le rendre fou. Il embrassa doucement ses chairs tendres et elle s'approcha de lui, écartant les cuisses davantage encore. Puis elle repoussa une mèche de cheveux qui gouttait sur ses cuisses et lorsqu'il posa les lèvres sur son point sensible, elle rejeta la tête en arrière et laissa échapper un petit gémissement.

— Oh oui… Montre-moi ce que tu sais faire.

Il souffla de l'air chaud sur son petit bouton, puis il commença à l'effleurer du bout de la langue, qu'il glissa lentement en elle. Il la sentit vaciller. La seule idée d'entrer en ce lieu étroit faillit lui faire perdre ses moyens, mais il n'était pas temps pour cela. Elle avait beaucoup trop de projets pour lui — et des projets qui lui plaisaient vraiment beaucoup. Il fit donc un effort pour se concentrer sur son plaisir à elle, tout en contrôlant le sien.

Il accéléra ses petits coups de langue et il sentit qu'il faisait monter son excitation. Le corps de la jeune femme commença à trembler et il adora l'entendre crier lorsqu'il la fit jouir.

Son orgasme exacerba le désir de Clint, au point de le rendre presque douloureux. Et même la fraîcheur de l'eau de la piscine ne tempéra pas ses ardeurs. Aussi, lorsqu'elle se releva en lui disant de la suivre à l'intérieur, il faillit trébucher tant il la suivait avec empressement après être sorti de l'eau.

— Je veux sentir ton sexe en moi maintenant, lança-t-elle avec désinvolture.

— A ton service.

Il la prit par la main, puis il l'embrassa avec avidité et il prit le temps de savourer chaque seconde de ce baiser. Mais à l'instant où il allait la conduire dans sa chambre, le bruit du portail accompagné d'un cri aigu les fit sursauter.

Clint leva les yeux.

— Maman !

Près du portail, il vit sa mère, bouche bée, vêtue d'un pantalon kaki et d'un cardigan bleu. Elle était debout sur le gazon, muette de surprise, le doigt pointé en direction d'un massif d'hortensias.

— Je cherche Pom Pom..., finit-elle par dire, faisant référence au chien qu'il lui avait offert pour Noël.

Clint attrapa une serviette et se plaça devant Rachel, qui avait les joues écarlates après être passée du plaisir à la honte en quelques secondes.

— Mais qu'est-ce que tu fais à la maison ? demanda-t-il. Tu étais censée être à Palm Springs.

— Je...

— Tu vis avec ta mère ? l'interrompit Rachel.

Il se retourna vers Rachel. Tout signe de gêne avait disparu de son regard, tout comme la lueur d'excitation qui avait fait tant d'effet à Clint. Dans ses yeux, ne subsistait que l'expression d'une femme qui était loin d'être impressionnée.

— Non, c'est ma mère qui vit avec moi.

L'expression dont elle le gratifia ne fut guère à son goût.

— C'est tout à fait différent, affirma-t-il.

— Si tu le dis…, fit-elle en se dirigeant vers ses vêtements.

— Je suis sérieux. C'est ma maison.

— Et tu la partages avec ta mère.

— Et qu'y a-t-il de mal à ça ?

Mais ce qu'il y avait de mal à ça, il le savait déjà. Il avait essayé de faire en sorte que Jillian Hilton quitte cette maison presque aussitôt après lui avoir proposé de rester avec lui après la mort de son père. La situation était supposée être temporaire, juste un mois ou deux, le temps qu'elle se remette de son deuil et qu'elle apprenne à vivre seule. Et plus d'un an après, elle était toujours là. Et elle le rendait fou. Mais c'était sa mère. Avec un frère journaliste qui sillonnait le Moyen-Orient, qu'était-il censé faire ?

— Absolument rien, dit Rachel sur un ton qui indiquait clairement qu'elle pensait différemment.

— Attends une minute, elle va s'en aller, dit-il en jetant à sa mère un regard lui intimant qu'il s'agissait d'un ordre et non d'une suggestion.

Elle avait prévu de partir, ils en avaient convenu. Elle devait passer le week-end avec sa meilleure amie, Marge, et le laisser seul — pour une nuit bien méritée de débauche sexuelle.

Mais Rachel continua simplement de rassembler ses affaires.

— Oui, dit sa mère, je m'en vais. Je voulais juste... Pom Pom ! non ! cria-t-elle en se précipitant vers la colline qui bordait la maison.

Mais c'était trop tard. Pom Pom, le précieux loulou de Poméranie de sa mère — et son plus grand calvaire — s'était enfui vers la colline. Et comme ce chien n'en faisait qu'à sa tête, Clint savait qu'il ne serait pas de retour avant un bon moment.

Nouant sa serviette autour de sa taille d'un geste ferme, il se dirigea vers la colline, espérant que le chien était encore à sa portée, mais la boule de poils s'était faufilée sous un buisson.

— Super, marmonna-t-il en se tournant vers sa mère. Tu n'as toujours pas répondu à ma question, ajouta-t-il.

— Je m'en vais, essaya sa mère, mais Rachel avait déjà sorti son téléphone portable et elle appelait un taxi.

Il se tourna vers la jeune femme.

— Qu'est-ce que tu fais ?

— Je suis désolée, mais ça ne va pas marcher.

Sa mère essaya d'appeler son chien.

— Qu'est-ce qui ne va pas marcher ? demanda-t-il, quelque peu agacé par l'impatience qu'il lisait dans son regard. Je t'ai dit que ma mère partait.

Rachel haussa les épaules et ferma son téléphone d'un geste brusque, avant de le remettre dans son sac.

— Je pensais que tu étais un peu plus... indépendant, dit-elle en se dirigeant vers la maison, ses vêtements sous le bras, tenant sa serviette autour d'elle. Franchement Clint, ajouta-t-elle, si j'avais su que tu étais encore pendu aux jupons de ta mère, je n'aurais pas perdu mon temps !

A présent, il était vraiment furieux.

— Mon fils n'est pas comme ça ! balbutia sa mère.

C'était gentil de sa part, mais sa mère n'avait pas choisi le moment idéal pour prendre sa défense.

— Merci pour le dîner. J'enverrai quelqu'un pour te rendre ta serviette plus tard, dit Rachel.

— Je suis vraiment désolée, dit sa mère.

Clint n'était plus depuis longtemps au stade des excuses. Croisant les bras sur son torse, il regarda avec stupéfaction Rachel se diriger vers la sortie.

— Tu plaisantes ?

Rachel se contenta de jeter un regard vers sa mère, puis vers lui.

— Passez une bonne soirée, vous deux.

— Attendez…

Jillian voulut faire une dernière tentative pour la retenir, mais Clint lui fit signe d'arrêter. Il ne savait pas contre qui il était le plus en colère, sa mère pour être rentrée alors qu'elle savait qu'il n'était pas seul ou Rachel pour s'être sauvée si vite — après l'avoir attendue pendant trois semaines.

A cet instant précis, c'était un match nul, mais sa mère remporterait sûrement la partie s'il était forcé d'aller chercher son fichu chien dans les buissons.

Jillian resta bouche bée tandis qu'elle regardait Rachel s'éloigner, avant de disparaître à l'intérieur de la maison pour regagner la sortie.

— Bien, maintenant que tu as gâché ma soirée, veux-tu

enfin répondre à ma question ? grommela-t-il. Tu devais partir avec Marge il y a quelques heures, non ?

Quand ils entendirent la porte d'entrée claquer, elle ferma la bouche et se tourna vers lui. Tout signe de remords avait disparu de son visage, et sa mère semblait maintenant atterrée.

— Eh bien, râla-t-elle, s'il ne lui en faut pas plus pour lui gâcher la soirée, je me demande ce qu'elle fait quand elle passe une mauvaise soirée ! Elle sort une mitraillette ?

— Que fais-tu ici ?

Elle mit les mains sur ses hanches.

— Franchement, Clint, je ne sais pas où tu trouves ces femmes. Est-ce que tu crois vraiment que tu peux avoir une relation avec quelqu'un comme ça ?

Il ne cherchait pas une relation. Juste une soirée de sexe torride. Mais ça, il n'allait pas le lui dire.

— Tu l'as vraiment mise dans l'embarras, maman. Et moi aussi. As-tu la moindre idée de ce que tu as interrompu ?

— La même chose que toutes les fois où je pars pour le week-end. Et elles sont toutes pareilles : superficielles et égocentriques. Ton père et moi avons-nous été un si mauvais exemple pour toi que tu ne songes pas une seconde à sortir avec une femme qui puisse être une bonne épouse ?

— Papa et toi, vous étiez le couple idéal.

Et c'était vrai. Ses parents avaient formé un très beau couple. Et c'était d'ailleurs pour cela que sa mère avait été anéantie à la mort de son père. Ils étaient parfaits l'un pour l'autre. Il ne faisait aucun doute pour Clint qu'un jour il adorerait connaître la même chose qu'eux, mais il n'était pas forcément très pressé.

— Alors pourquoi ne peux-tu pas ramener à la maison une femme agréable et intelligente pour changer ?

Il sentit la colère le gagner de nouveau.

— Tu n'as toujours pas répondu à ma question. Pourquoi n'es-tu pas à Palm Springs pour le week-end ?

Sa mère soupira et s'affala dans un fauteuil qui se trouvait sous la terrasse couverte.

— Marge et moi avons eu une divergence d'opinion.

— Vous vous êtes disputées.

Quelle surprise ! Cela durait depuis toujours, en fait depuis que les deux femmes s'étaient rencontrées, au temps où elles étaient encore à l'école primaire.

Il aurait dû s'en douter.

— Elle voulait emmener un homme ! On devait se retrouver toutes les deux et, à la dernière minute, elle m'a annoncé qu'elle venait avec un type qui s'appelait Arnie.

Clint s'approcha du bar et se servit un whisky. Son week-end entier semblait sur le point d'être fichu.

— Et le pire, ajouta-t-elle... Sais-tu où elle a rencontré cet homme ?

Connaissant Marge, cela aurait pu être n'importe où. Elle en était à son quatrième divorce. Ou à son cinquième ?

Il haussa les épaules.

— Dans une agence matrimoniale ! lâcha-t-elle finalement, outrée.

— Et quel mal y a-t-il à aller dans une agence de rencontres ?

Il la vit blêmir de nouveau.

— Parce qu'il faut vraiment toucher le fond du désespoir pour aller dans des endroits pareils ! Tu sais, on n'y trouve que des paumés en tous genres.

— Maman, je te trouve injuste. Beaucoup de gens ont recours à des agences de rencontres de nos jours, dit-il avant de s'interrompre. Attends une minute, tu lui as dit ça ?

— Bien sûr, elle est mon amie. Si je ne me soucie pas d'elle, qui le fera ? Et elle devrait apprécier ma franchise au lieu de jurer ses grands dieux qu'elle ne m'adressera plus jamais la parole !

Oh, magnifique ! Une autre de leurs grandes disputes. La dernière avait duré quatre mois et cela avait été à cause d'un pull acheté chez Nordstrom. Si c'était le cas, cela voulait dire que sa mère allait encore tourner en rond et s'ennuyer. Et s'il y avait une chose qui était pire que de vivre avec sa mère, c'était de vivre avec sa mère quand elle s'ennuyait.

Il vida son verre.

— Oh, non ! Tu vas appeler Marge et t'excuser.

— Plutôt mourir !

Peut-être allait-on en arriver là. Plus sérieusement, il se demandait comment une maison de mille cinq cents mètres carrés avait pu devenir bien trop petite pour deux personnes, mais c'était pourtant ce qui s'était produit.

Et il supportait mal de devoir organiser sa vie sociale en fonction des allées et venues de sa mère. Et cela deviendrait pire encore si elle ne sortait plus du tout. Après tout, ce n'était pas comme s'il pouvait juste la laisser là et aller à sa guise.

Quand elle se sentait seule, elle commençait à déprimer.

Et quand elle était déprimée, elle commençait à chercher des choses à propos de quoi elle pouvait s'inquiéter. Et quand elle commençait à chercher, la vie de Clint devenait un enfer, où qu'il se trouve.

Tout ça, il l'avait appris à ses dépens. Marge avait été la meilleure chose possible pour sa mère et, si elle était mise sur la touche pour une durée indéterminée, il allait devoir trouver quelqu'un, en dehors de lui, pour la remplacer.

Sa mère se leva et se servit un verre de vin.

— Marge est en train de commettre une terrible erreur avec cet homme, et quand elle s'en rendra compte, c'est elle qui viendra s'excuser.

Clint haussa les épaules. Marge était la seule personne qu'il connaissait qui soit plus têtue que sa mère. Et il doutait qu'elle se soit jamais excusée pour quoi que ce soit.

— En attendant, mon week-end à Palm Springs est annulé, dit-elle semblant enfin s'excuser. Je suis désolée pour ton rendez-vous. J'ai vraiment essayé de regagner ma chambre sans me faire remarquer, mais tu avais laissé la porte qui donne sur le jardin ouverte et Pom Pom en a profité pour filer avant que j'aie le temps de l'attraper.

Le gentleman qui sommeillait en lui le pressait de lui dire que ça ne faisait rien, mais le célibataire frustré ne lui en laissa pas le loisir. A cet instant, il était censé en être à son deuxième orgasme et, à cette seule pensée, il sentit de nouveau la colère monter en lui. Il n'avait pas besoin d'excuses. Il avait besoin de crier son plaisir avec une bombe aux longs cheveux blonds pour balayer trois semaines d'attente et de jouissance anticipée.

Au lieu de cela, il se retrouvait avec une mère excédée et esseulée.

Il ne vivait pas exactement la vie palpitante d'un célibataire aux multiples conquêtes.

Afin de signaler qu'il mettait un terme à cette soirée pathétique, il posa son verre vide et se dirigea vers la sortie.

— Je vais descendre sur la côte en voiture pour aller prendre un bain.

— Dans l'océan ? Je ne comprends pas pourquoi tu vas si loin pour te baigner alors que tu as une piscine tout à fait décente dans ton jardin.

Il ouvrit la baie vitrée et, au moment de sortir, il lança :

— L'eau y est plus froide.

2.

— Elle me rend dingue !

Clint était étendu sur le canapé qui se trouvait à la réception de son bureau du boulevard Wilshire. Cela faisait vingt minutes qu'il déversait ses problèmes sur sa directrice administrative, Carmen Padilla, comme si celle-ci était sa psy attitrée. Et à vrai dire, après quatre ans passés dans l'entreprise de Clint, c'était devenu une de ses fonctions officieuses.

— Ta mère n'est pas si terrible que ça, tenta-t-elle pour essayer de le calmer.

Elle s'assit derrière son immense bureau, l'oreillette de son téléphone toujours en place, tandis qu'elle écoutait les malheurs de Clint.

— Est-ce que tu sais à quoi j'ai passé mon week-end ?

— Vu ce que tu m'as déjà dit, je n'ose pas te le demander.

— J'ai fait le tour des clubs de sport avec ma mère pendant deux jours !

— Je croyais qu'elle venait juste de s'inscrire dans un club.

— Oui, avec son ex-amie Marge ! Maintenant, elle insiste pour trouver un club où elle ne risque pas de la rencontrer de façon accidentelle, dit-il en se relevant, avant de commencer à faire les cent pas dans la pièce. Sans oublier que j'ai une salle de gym chez moi. Et sans oublier non plus qu'elle vient juste de prendre un abonnement d'un an au Rolling Hills, et en plus, qu'au final, elle va y aller pendant deux semaines, avant de trouver une bonne raison de ne jamais y retourner. Malgré tout ça, j'ai quand même passé le week-end à visiter tous les clubs d'Hollywood, dit-il, avant de marquer une pause, regardant Carmen. Est-ce que tu sais combien de clubs de gym il y a dans le coin ?

Elle haussa les épaules en lui lançant un petit regard innocent, mais son sourire en coin trahissait le malin plaisir qu'elle prenait à la situation. Issue d'une grande famille très unie, Carmen n'était pas très compatissante vis-à-vis des problèmes de Clint.

— Plus de trois ?

— Tu t'en fous complètement, je me trompe ?

— Bien sûr que non, assura-t-elle, mais son sourire disait le contraire.

Clint avait eu lui aussi le genre de relations que Carmen avait avec sa famille lorsque son père était son associé et que son frère écrivait des articles d'information locale pour le *Los Angeles Times*.

Mais son père était mort d'une soudaine crise cardiaque, et ensuite tout avait changé. Pendant un moment son frère, Nate, était resté auprès de leur mère, l'aidant à faire son deuil, tandis que Clint s'occupait des affaires de la famille. Cet arrangement les avait aidés à surmonter le choc de la mort de son père, jusqu'à ce qu'on propose à Nate une opportunité professionnelle qu'il ne pouvait refuser et qu'il signe un contrat qui allait l'envoyer en Afghanistan.

Cela avait été très stimulant pour Nate, mais effrayant pour leur mère, qui avait eu peur de perdre un fils après avoir perdu un mari. Et, en définitive, Clint s'était retrouvé forcé d'endosser toutes les responsabilités. Et parfois, il en voulait au reste de sa famille, particulièrement les jours tels que celui-ci.

Carmen avait dû apercevoir l'ombre qui avait traversé le regard de Clint, car elle avait cessé de l'asticoter.

— O.K., abordons la situation comme n'importe quel problème professionnel. Ta mère s'ennuie et tu es tout ce qui lui reste, dit-elle en tapotant son stylo sur son bureau en cerisier tandis qu'elle réfléchissait. Tu dois lui trouver un autre camarade de jeu, déclara-t-elle enfin.

— Je lui ai déjà acheté un chien.

— Je pensais plutôt à un homme.

Il réfléchit quelques instants à ce qu'elle venait de dire.

— Je t'écoute…

— Fais-moi confiance, je connais les femmes. Si ta mère avait un amant, c'est elle qui se plaindrait que tu passes trop de temps avec elle.

Il se demandait si sa mère était prête pour ça. Cela faisait presque deux ans que son père était mort. Elle avait dépassé le stade du deuil. Elle avait mentionné à une ou deux occasions la possibilité qu'elle puisse rencontrer quelqu'un — elle en avait parlé avec une certaine réticence, mais Clint savait que cela signifiait qu'elle y avait pensé.

— Que penses-tu de ton oncle Gabe ? demanda-t-il.

Carmen ne sembla pas enchantée à cette idée.

— Gabe ne parle pas anglais.

— Je ne vais pas faire le difficile.

— Tu dois te montrer exigeant au contraire. Si elle tombe sur le mauvais numéro, cela pourrait rendre les choses pires encore.

— Je n'ai pas vraiment besoin de pire, admit-il.

— Tu as besoin de Margaux.

Elle griffonna quelques mots sur une feuille de papier et le lui tendit.

— Qui est Margaux ?

— Mon amie et la meilleure conseillère matrimoniale de Los Angeles.

— Oh, non… Ma mère n'acceptera jamais d'avoir recours à une agence matrimoniale, dit-il en secouant la tête. Et même si j'arrivais à la faire changer d'avis, jamais elle n'irait dans une agence après la dispute qu'elle a eue avec Marge. Cela reviendrait à admettre que Marge avait raison, et maman est beaucoup trop têtue pour cela, dit-il en froissant la feuille de papier, avant de la rendre à Carmen. Désolée, je dois trouver une autre solution.

Carmen défroissa lentement le papier.

— Tu devrais quand même lui parler. Sérieusement. C'est grâce à elle qu'on s'est rencontrés, Nico et moi. Et elle a plein de clients de l'âge de ta mère. Si tu discutes avec elle, je suis sûre que vous trouverez une idée.

Il ne put réprimer un petit rire moqueur.

— Mon week-end a été fichu en l'air grâce à ma mère et à son opinion des agences matrimoniales !

— Margaux n'est pas une entremetteuse. Elle est une conseillère pour célibataires. Ta mère n'a même pas besoin de savoir que tu lui as parlé, tu peux juste lui demander conseil, dit-elle en lui tendant le papier de nouveau. N'est-ce pas toi qui dis toujours que pour qu'un travail soit bien fait, il doit être fait par un professionnel ?

— Je parlais de la construction.

— Mais c'est vrai pour tout. Ta mère a besoin d'un nouvel homme dans sa vie et Margaux peut te dire comment faire pour que cela se produise.

Clint regarda fixement la feuille de papier froissé. Même si un an plus tôt, il aurait vu les choses autrement, la pensée de sa mère remariée à un type bien lui semblait à présent comme une situation rêvée. Il aurait adoré retrouver sa vie d'avant et voir sa mère de nouveau heureuse. Mais Carmen avait raison, sa mère avait eu son lot de malheurs et il ne voulait pas la voir souffrir inutilement à cause de rencontres qui s'avéraient souvent cruelles et dangereuses. Mince, la dernière fois qu'elle avait été célibataire, Jimmy Carter était encore président ! Les choses avaient changé depuis.

— Fais-moi confiance, dit Carmen. Tu ne le regretteras pas.

Clint n'en était pas convaincu, mais il mit néanmoins le morceau de papier dans sa poche. Il fallait qu'il fasse quelque chose pour remédier à la situation avant que sa relation avec sa mère ne soit définitivement ternie. Et au train où allaient les choses, c'était exactement ainsi que les choses allaient finir.

*
* *

— Elle faisait de drôles de bruits pendant qu'on faisait l'amour.

Margaux Roth regarda son client fixement, pas très sûre d'avoir envie qu'il s'étende sur ce point. La femme dont il parlait était sa coiffeuse attitrée depuis des années et elle aurait pu se passer des détails. Pourtant, Margaux était habituée à ce genre de conversation. Pour réussir dans sa profession, elle était souvent amenée à explorer les aspects les plus intimes de la vie de ses clients.

Elle se demandait simplement si elle allait encore pouvoir passer deux heures tous les deux mois à se faire faire des mèches alors qu'elle connaissait ce genre de détails à propos de sa coiffeuse, Gail.

Mais la curiosité prit le dessus.

— Quel genre de bruits ?

Il fit une sorte de grimace.

— Une sorte de… sifflement… Un genre de grognement…, dit-il en baissant les yeux sur ses ongles parfaitement manucurés. Peut-être comme des petits cris.

Elle le regarda l'air déconcerté.

— Eh bien, David, de quoi s'agit-il ? D'un sifflement, d'un grognement ou de cris ?

Il détourna les yeux et, lorsque Margaux resta silencieuse, attendant qu'il lui donne une réponse sérieuse, il se leva et commença à faire les cent pas.

Il était évident que David était anxieux et frustré. C'était la troisième femme avec laquelle elle le mettait en relation, toutes aussi bien les unes que les autres et, chaque fois, quelque chose ne lui plaisait pas. Et après six semaines passées avec lui à essayer de creuser dans les méandres de son esprit, Margaux était presque certaine de savoir quel était le problème. Seulement, elle n'était pas sûre qu'il soit prêt à l'entendre.

— David, dit-elle. Que pensez-vous de Gail en tant que personne ?

Il arrêta de faire les cent pas et afficha un grand sourire.

— Oh, elle est géniale. Chaque fois qu'on est ensemble, on passe la nuit à parler. Vous aviez tout à fait raison, elle est parfaite. On partage beaucoup de choses, on va même aller ensemble à un festival de cinéma indépendant.

— C'est seulement sur le plan intime que vous ne vous entendez pas ?

Il sembla soulagé qu'elle comprenne.

— C'est exactement ça. Je n'ai pas ce genre de désir pour elle. Et je ne sais pas comment le lui dire.

— Vous devez être honnête avec elle. Et arrêter de lui donner de faux espoirs. Si vous tenez à son amitié et que vous avez envie qu'elle continue, vous devez être franc sur ce point. Sinon, la vérité n'en sera que plus pénible pour elle lorsqu'elle la découvrira.

C'était le genre de conseil que Margaux prodiguait souvent. Elle était très à cheval sur la communication franche et ouverte dans le couple et elle était capable de mettre un terme à un contrat avec un client si celui-ci n'était pas honnête avec son ou sa partenaire.

— Je ne veux pas lui donner de faux espoirs. Mais j'espérais que vous pourriez peut-être lui parler à…

Margaux secoua la tête avant qu'il ait eu le temps de finir sa phrase.

— C'est de votre bouche qu'elle a besoin de l'entendre, dit-elle avec un sourire rassurant. D'ailleurs, je sais que vous en êtes capable. Vous êtes un homme doux et gentil, David. Vous trouverez la bonne manière de lui présenter les choses, et ensuite tout ira bien.

Ce qui voulait dire que tout irait bien entre David et Gail. Pour ce qui était des problèmes sexuels de David, cela serait sans doute un peu plus délicat.

Même si Margaux avait une licence de psychologie, elle n'était pas formée pour traiter les problèmes affectifs plus profonds auxquels elle était parfois confrontée dans son travail. En général, lorsqu'elle soupçonnait que les problèmes d'un client ne se limitaient pas à l'apprentissage de règles de comportement en société ou au fait de trouver la bonne personne, elle lui recommandait de s'adresser un des nombreux professionnels qu'elle connaissait.

Et, après ce rendez-vous avec Gail, Margaux se demandait si David entrait dans cette catégorie.

— Vous avez raison, dit-il. Je peux lui parler. Et je le ferai. Mais… Où cela nous mène-t-il ? Enfin, je veux dire que je suis à la recherche de l'âme sœur, et que ce n'est pas Gail.

Ni aucune autre femme, si les soupçons de Margaux s'avéraient exacts. Et en général, ils l'étaient. Avec David, elle avait eu besoin de deux rendez-vous pour comprendre qu'il avait peut-être des problèmes avec sa sexualité. Et à présent, après ce rendez-vous avec Gail, elle en était sûre. Ce dont elle n'était pas sûre, en revanche, était sa capacité à faire face à la vérité.

Elle le regarda avec une moue dubitative, se demandant comment il pourrait réagir à la suggestion qu'il était peut-être gay. Il y avait quelque chose de si innocent en lui, de presque enfantin même, qu'elle se préoccupait davantage de ce qu'il pourrait ressentir que de leur relation professionnelle. Et elle ne voulait pas lui jeter la vérité au visage s'il n'était pas prêt à l'entendre.

— Vous savez, finit-il par dire, je vais aller passer un long week-end à Cabo entre mecs. Ils m'ont demandé d'y aller avec eux.

— Quel genre de mecs ?

La question lui avait échappé avant qu'elle ait eu le temps de se demander ce qu'elle pouvait insinuer.

— Un type qui travaille avec moi et ses amis.

Elle attendit qu'il en dise plus, mais comme il n'ajouta rien de plus, elle dit simplement :

— Ça pourrait être sympa.

Il hocha la tête.

— Oui, ça le sera sûrement. Et je me disais que nous pourrions reporter les rendez-vous que nous avions prévu à après mon retour.

Margaux se sentit tout à coup soulagée. Peut-être après tout que David était prêt à affronter la vérité.

— Je pense que c'est une très bonne idée.

Il sembla sur le point de dire quelque chose, mais il se ravisa et se leva.

— J'appellerai Gail ce soir.

Margaux se leva à son tour.

— Je sais que tout se passera bien entre vous deux, l'assura-t-elle.

En vérité, elle avait déjà parlé à Gail et les deux femmes en étaient arrivées à la même conclusion. Il ferait un excellent ami, mais en tant que compagnon, il y avait peut-être comme une erreur d'aiguillage.

Elle le suivit jusqu'à l'accueil de l'agence qu'elle partageait avec son associé, Alan Immendorf. Alan et elle étaient à la tête d'*Intime*, une agence de conseil destinée aux hommes et femmes qui avaient des difficultés à trouver l'âme sœur. La plupart du temps, leurs clients étaient des gens qui, à cause de leur carrière, n'avaient pas le temps de fréquenter les lieux propices à de telles rencontres. Certains ne savaient pas où chercher, ni comment approcher le sexe opposé. D'autres avaient besoin qu'on les aide à comprendre qui ils étaient vraiment pour être plus réalistes vis-à-vis du type de personne qu'ils recherchaient — David était un exemple extrême.

Et même si les membres de ce dernier groupe étaient ceux avec lesquels elle avait le plus de difficultés, ils étaient souvent ceux qui lui apportaient le plus de satisfaction. Il était gratifiant d'avoir l'impression d'avoir vraiment aidé des gens qui, sans elle, auraient pu passer la majeure partie de leur vie à errer sans fin.

Margaux avait toujours été une grande romantique. Si on ajoutait à cela son instinct pour assortir les couples, il n'était pas étonnant qu'elle ait rapidement connu le succès dans la profession qu'elle avait choisie. Et lorsqu'elle s'était associée avec Alan, son partenaire professionnel gay qui s'occupait d'une grande partie de leurs clients au style de vie non conventionnel, ils avaient créé ensemble une des entreprises les plus reconnues dans leur domaine d'activité.

— Bon, eh bien appelez-moi à votre retour de Cabo, dit-elle en raccompagnant David vers la sortie. Je pense que ce voyage vous fera du bien. Il me tarde que vous me racontiez comment ça s'est passé.

Il sourit.

— Entendu.

Il sortit dans la rue. Margaux, songeuse, se dit que celui qui reviendrait de ce voyage serait un homme changé.

— Quand vas-tu te décider à me le confier ?

Elle sursauta en entendant la voix d'Alan dans son dos.

— Qu'est-ce que tu fabriques ? Tu m'épiais, tapi derrière les palmiers ? Tu m'as fichu une de ces frousses…

— Je vous ai entendus parler et je suis venu voir comment ça se passait. Vous aviez raison, Gail et toi ?

— Je serais prête à parier que s'il revient, il s'adressera à toi plutôt qu'à moi.

Elle raconta à Alan son entrevue avec David et son prochain voyage à Cabo et, lorsqu'elle eut terminé, Alan la regardait avec un sourire satisfait.

— Je t'avais bien dit qu'il n'était pas juste un métrosexuel.

— Oh, tu crois peut-être qu'avec ton sixième sens, tu l'avais repéré avant moi ?

— Non, mais je serais ravi de te le piquer s'il a toujours besoin de nos services…

— Cela m'étonnerait, mais si je me trompe, il est à toi.

Alan se mit à rire et lui tendit une feuille de son carnet de notes.

— Il y a eu un appel pour toi pendant ton rendez-vous. C'était un certain Clint Hilton, c'est Carmen qui te l'envoie.

— C'est son patron. A-t-il dit ce qu'il voulait ?

— Tes services, apparemment.

Margaux fixa le bout de papier. Même si elle n'avait jamais rencontré le patron de Carmen, elle avait beaucoup entendu parler de lui et pensait qu'il était très improbable qu'il ait besoin de l'aide d'une conseillère matrimoniale. D'après ce qu'elle avait compris, l'homme en question n'avait aucune difficulté à trouver des partenaires féminines.

— Je ne vois pas pourquoi. Il ne correspond pas au profil.

— Eh bien, tu ne vas pas tarder à le savoir. Il sera là d'une minute à l'autre.

— Quoi ?

— Il avait un autre rendez-vous dans le quartier et il voulait passer juste après. Je lui ai dit que tu étais là mais que je ne pouvais pas lui promettre que tu serais disponible, dit Alan qui, remarquant la lueur d'interrogation dans le regard de Margaux, ajouta : Tu peux te cacher dans ton bureau si tu veux que je me débarrasse de lui.

— Non, ça ne me dérange pas de le recevoir. Je suis juste un peu prise au dépourvu, c'est tout. J'aurais aimé en parler avec Carmen avant pour savoir de quoi il retourne.

— Appelle-la si tu veux, et s'il arrive, je le ferai attendre. J'ai un peu de temps avant mon prochain rendez-vous.

— Oui, je vais peut-être l'appeler.

Mais avant qu'elle n'ait le temps de se réfugier dans son bureau, elle entendit la porte d'entrée.

Margaux n'avait jamais vu Clint Hilton auparavant, mais d'après ce que Carmen lui en avait dit, elle avait la certitude que c'était le grand mec supercanon qui se dirigeait vers eux.

Il marchait avec l'aisance décontractée d'un homme habitué à dominer l'espace autour de lui. Calme et détendu, il semblait capable de s'entendre avec un mécanicien aussi bien qu'avec un banquier millionnaire. Il était large d'épaules et n'avait pas les mains trop lisses. Il ne se contentait pas de faire le gratte-papier dans l'entreprise qu'il dirigeait et ses mèches blondes n'avaient rien d'artificiel.

C'était un homme, un vrai. Une version urbaine de l'homme Marlboro, si une telle chose pouvait exister.

Des lunettes de soleil Armani couvraient ses yeux et ses chaussures en cuir étaient sans aucun doute des Santoni. Pour accompagner le tout, il portait une Rolex, un pantalon bien coupé mais décontracté et une chemise taillée sur mesure. Elle devina que ce qu'il avait sur le dos valait une petite fortune, d'une valeur sans doute plus importante que sa voiture. Pourtant, il n'y avait rien de guindé ni de prétentieux dans sa tenue. Il portait l'ensemble comme s'il l'avait enfilé à la hâte.

Quand la porte se referma derrière lui, il sourit, révélant des dents d'une blancheur éclatante. Son sourire dessinait des fossettes au creux de sa mâchoire, et Margaux fut parcourue de frissons.

Clint arrêta de sourire quelques instants, ce qui permit à Margaux de reprendre ses esprits et de se souvenir de quelques faits simples, comme son nom par exemple.

Que lui arrivait-il ? Des hommes beaux et riches franchissaient régulièrement le seuil de ce bureau et malgré tout, ce jour-là elle se faisait l'impression d'une groupie écervelée en proie à une grande intimidation. Sur le moment, elle se dit qu'elle était encore énervée suite à son entrevue avec David, et qu'elle subissait peut-être une brutale chute de tension. C'était sans doute ce qui expliquait la sensation de léger vertige qui s'était emparée d'elle.

— Bonjour, je suis Clint, dit-il en serrant la main d'Alan. Ravi de vous rencontrer, Alan.

Rangeant ses lunettes de soleil dans la poche de sa chemise, il se tourna vers Margaux.

— Margaux Roth ? dit-il, avant d'ajouter, après qu'elle eut hoché la tête : Carmen m'a dit beaucoup de bien de vous.

Elle lui tendit la main et essaya de rassembler ses esprits. Si Clint était venu pour faire appel à ses services, elle ferait mieux d'arrêter de se comporter comme une parfaite idiote.

— Si le moment est mal choisi, je peux prendre rendez-vous, offrit-il. Je rénove un immeuble sur la VIe Avenue et j'étais dans le coin.

— Le vieil immeuble Fuller, oui, je le connais, réussit-elle à articuler.

Il lui décocha un sourire visiblement impressionné, et elle se demanda pourquoi cela la ravit autant.

« C'est juste un homme comme un autre. Un homme incroyablement sexy. Et au cas où tu l'aurais oublié, tu as déjà trouvé M. Parfait. »

Le souvenir de Rob, l'homme avec qui elle sortait depuis un mois, l'aida à se ressaisir. Et à présent, ce serait plutôt Rob qui devrait lui faire perdre la tête. Il était parfait en tout point pour elle.

Et en tant que professionnelle habituée à former des

couples de longue durée, elle était bien placée pour le savoir.

Elle fit donc de son mieux pour faire abstraction de ces quelques minutes d'égarement et se mettre au travail.

— J'ai du temps. Si vous voulez, nous pouvons nous voir maintenant.

— Parfait, j'ai très envie de savoir ce que vous pouvez faire pour moi.

Elle crut déceler un sous-entendu dans ces mots qui provoquèrent en elle un certain nombre de réactions inappropriées, mais elle réussit à se contrôler, déterminée à effacer de son esprit l'étrange effet que cet homme faisait sur elle.

« Rob, pense à Rob », songea-t-elle. Et à l'argent. A beaucoup d'argent. Un nouveau client est toujours synonyme d'une bonne journée de travail, et avec le nouveau crédit qu'elle venait de contracter pour acheter son nouvel appartement, elle avait grand besoin de signer de nouveaux contrats.

Concentrée sur ces pensées, elle avança dans le couloir qui menait à son bureau pour découvrir ce qu'elle pouvait faire exactement pour le très séduisant Clint Hilton.

3.

Margaux Roth avait beaucoup de charme. C'était en tout cas l'impression qui flottait dans l'esprit de Clint tandis qu'il l'observait, aux côtés de son associé, Alan, dans le hall d'entrée de leur bureau. Son visage rond était mis en valeur par une bouche charnue et de grands yeux noirs. Elle était plus petite que la moyenne et elle n'était pas dénuée de courbes. C'était une fille simple avec des cheveux bouclés et un sourire sans prétention. Elle n'avait rien de commun avec les beautés aux traits ciselés qui l'attiraient habituellement.

Ce qui expliquait qu'il comprenait pas trop pourquoi il semblait avoir du mal à la quitter des yeux.

Il la suivit dans le petit couloir qui menait à son bureau, le regard rivé à la partie inférieure de sa silhouette gracile. Le spectacle de ses formes féminines dans son pantalon marron ne le laissait pas indifférent. Elle portait des sandales à talons avec quelque chose de brillant dessus, comme du strass ou des paillettes, et un chemiser blanc qui complétait l'ensemble comme de la crème fouettée sur une coupe glacée nappée de caramel chaud.

— Entrez, l'entendit-il dire.

Ce fut seulement à cet instant qu'il prit conscience d'être entré dans son bureau. Il détourna rapidement les yeux avant d'être pris sur le fait en train de la reluquer. Il ne voulait pas qu'elle le prenne pour un pervers. Il ne détaillait pas toutes les femmes ainsi, mais cela dit, toutes les femmes ne lui faisaient pas l'effet que lui avait fait Margaux Roth.

Lorsqu'il regarda autour de lui, il fut surpris de voir des meubles anciens. La réception était meublée de façon ultracontemporaine avec des canapés aux couleurs vives, de grands palmiers et des toiles d'art moderne qu'il avait jugées audacieuses. Pénétrer dans cette pièce était un peu comme entrer dans un autre monde. Une grande table en acajou faisait office de bureau, de grandes bibliothèques recouvraient les murs et un épais tapis persan bordeaux venait délimiter l'espace.

Il se dit que le lieu lui correspondait bien, il avait du caractère et était confortable et calme. Plus il voyait Margaux Roth, et plus elle l'intriguait.

Elle fit un geste en direction des chaises capitonnées qui se trouvaient face à elle, l'invitant à s'asseoir. Puis, après s'être munie d'un carnet de notes et d'un stylo, elle sourit et lui demanda :

— Bien, en quoi puis-je vous aider, monsieur Hilton ?

Il s'éclaircit la voix et essaya de se rappeler pourquoi il était là.

— Je suis là pour ma mère, dit-il. Elle a besoin d'un compagnon, dit-il, avant d'ajouter brutalement : un homme.

— Je m'en doutais un peu, vu que nous n'élevons pas de chiens ici, répondit-elle en lui faisant un clin d'œil.

Il laissa échapper un rire franc.

— Oui, ça j'ai déjà essayé. Et maintenant j'ai une mère qui s'ennuie et un chien.

— Elle recherche donc un gentleman, à présent.

— Eh bien, disons qu'en réalité elle ne cherche pas vraiment. J'espérais que vous pourriez me donner des conseils sur la façon de la faire sortir et de rencontrer un homme… ou deux.

Elle le regarda, visiblement déconcertée.

— Je ne suis pas sûre de comprendre, monsieur Hilton. Vous voudriez trouver un compagnon pour votre mère, mais vous voudriez le faire vous-même ?

Il n'aima pas le regard qu'elle lui lança, ni son ton sceptique. Dans les affaires, c'était toujours le premier signe que les choses tournaient mal.

— Peut-être devrais-je commencer par le commencement.

Il lui récapitula brièvement les trente-cinq années de mariage de ses parents, leur bonheur. Puis il lui parla des six mois écoulés, pendant lesquels sa mère semblait avoir accepté la mort de son père et le départ de son frère pour l'Afghanistan, mais elle avait aussi décidé de le rendre dingue.

Margaux prit un certain nombre de notes pendant qu'il parlait, puis elle posa son stylo et lui demanda :

— Avez-vous suggéré à votre mère de prendre son propre appartement ?

— Oui, chaque fois que j'ai eu envie de la voir éclater en sanglots.

Elle hocha la tête et réfléchit pendant quelques instants.

— Donc, elle n'est pas prête à vivre seule, mais vous estimez qu'elle est prête pour une nouvelle relation.

— Ma mère est psychologiquement solide et elle est prête. Elle a seulement peur d'être oubliée et esseulée. Sa peur est infondée, mais malheureusement, elle ne me donne pas l'occasion de lui prouver le contraire. Si j'étais psychiatre, je dirais qu'elle a l'impression d'avoir perdu son mari et son plus jeune fils et qu'en restant chez moi, inconsciemment, elle s'assure de ne pas me perdre, moi aussi. Mais bien sûr, c'est une simple supposition, je ne suis pas psychiatre.

— Non, mais vous aimeriez être un conseiller matrimonial.

Celle-là, il ne l'avait pas volée…

Il l'observa pendant quelques instants et il voulait bien être pendu s'il n'était pas charmé par son audace. Il aimait les femmes qui avaient de la repartie et qui n'étaient pas intimidées par lui. Et à cause de sa richesse et de sa réputation, ces femmes-là n'étaient pas toujours faciles à trouver.

Il jeta un coup d'œil autour de lui, désormais curieux de savoir si elle était célibataire. Il ne vit aucune photo de famille et elle ne portait pas d'alliance, mais cela ne voulait pas forcément dire grand-chose.

Carmen avait-elle mentionné quelque chose qu'il aurait oublié ?

— Qu'espérez-vous obtenir de moi au juste, monsieur Hilton ?

— Clint.

— O.K., Clint.

— Eh bien… En l'échange d'une rémunération bien sûr, je souhaiterais que vous me donniez des conseils sur la façon dont je pourrais trouver un homme bien pour ma mère.

— Je serais ravie de rencontrer votre mère.

— Heu, oui… bredouilla-t-il en cherchant comment lui expliquer la situation. J'aimerais beaucoup que vous rencontriez ma mère, mais le problème, c'est qu'elle est un peu sceptique en ce qui concerne les agences de rencontres.

— Cela est assez courant. Je suis sûre que si elle venait nous voir et que nous parlions…

— Non, cela ne va pas être possible.

Quand il vit son air stupéfait, il capitula et lui parla de Palm Springs et de la dispute entre sa mère et Marge. Il avait voulu éviter d'en arriver là de peur d'insulter la profession de Margaux, mais plus il parlait avec elle, plus il comprenait qu'il n'irait pas très loin en usant de son seul charme et qu'il avait plus de chances de la convaincre s'il se montrait franc avec elle.

— Hélas, je pense que vous faites erreur quant à la nature de ce que je fais ici, déclara-t-elle en faisant glisser une brochure devant lui. Je suis conseillère matrimoniale, et oui, je forme des couples, mais ce que je fais ne se résume pas à quelques conseils. Mon rôle est avant tout consultatif. Je connais très bien tous mes clients et même s'il y a un certain nombre d'indices qui révèlent que deux personnes pourraient être faites l'une pour l'autre, en définitive je me fie avant tout à mon instinct.

C'est ce qui différencie mon agence des autres agences de rencontres.

— Je n'avais pas l'intention de dénigrer votre profession.

De nouveau, il vit son agréable sourire se dessiner sur ses lèvres.

— Il n'y a pas de mal. Tout ce que je veux vous dire, c'est que si vous voulez mon aide pour trouver un homme pour votre mère, il est nécessaire que je la rencontre. En dehors de ça, tout ce que je peux faire est…, dit-elle en haussant les épaules, suggérer qu'elle essaie de faire du bénévolat, ou qu'elle devienne membre d'un club local ou d'un club de sport qui s'adresse aux gens de son âge.

— Elle a déjà fait tout ça.

— Est-elle membre d'une église ou d'une synagogue ?

Il secoua la tête.

— Le problème, ce n'est pas que ma mère ne sort pas, c'est qu'elle a oublié comment vivre en célibataire. Elle ne sait pas comment se comporter avec les hommes, alors elle semble désinvolte et indifférente. Et je pense que tout ça l'effraie un peu.

Elle l'avait écouté avec attention et pendant qu'il lui parlait, il commença à se dire que Carmen avait eu raison de l'adresser à elle. Il aimait le style de Margaux. Non seulement elle donnait l'impression d'avoir de l'assurance et d'être douée dans ce qu'elle faisait, mais de plus elle était d'un abord facile et il se sentait à l'aise avec elle, comme s'il parlait à une de ses meilleures amies.

Une amie très séduisante.

— Ce genre de problème est tout à fait normal pour

quelqu'un qui est dans la situation de votre mère, dit-elle. Un grand nombre de mes clients partagent les mêmes peurs qu'elle.

— Des hommes de l'âge de ma mère ?

— Oui, un bon nombre de mes clients sont dans la même tranche d'âge qu'elle.

Bon sang, cette femme était parfaite pour lui. Carmen avait raison. Maintenant, il ne lui restait plus qu'à trouver le moyen d'avoir recours à ses services. Il se demanda s'il aurait été possible de faire changer sa mère d'avis à propos des agences de rencontres. Mais lorsqu'il se rappela la tirade d'une heure qu'il avait dû écouter à propos de Marge, il comprit que cela n'avait aucune chance de se produire.

— Mais n'oubliez pas que je ne peux pas aider votre mère si elle n'est pas prête pour une nouvelle relation, fit remarquer Margaux.

— Je sais que ma mère serait prête si elle avait un peu plus confiance en elle. Elle a juste besoin d'un peu d'aide. Elle doit renouer avec l'art de la conversation, apprendre à faire passer le feeling.

Margaux sembla décontenancée.

— Le feeling ?

— Oui, le feeling.

Il lui décocha son sourire le plus irrésistible, celui qui attirait l'attention des femmes de manière infaillible, et quand il vit que Margaux ne semblait pas insensible, il ne put s'empêcher de pousser le jeu un peu plus loin.

Sans cesser de la regarder avec son sourire ravageur, sa voix descendit d'un ton, puis son regard se posa sur les lèvres de Margaux.

— C'est un langage corporel silencieux qui dit que vous aimeriez faire plus ample connaissance. Un regard qui indique que vous êtes intéressé, que peut-être à un moment donné avant la fin de la nuit vous aimeriez partager un verre, ou quelque chose d'autre…

Il sentit que la respiration de Margaux s'accélérait, il baissa les yeux le long de son cou, jusqu'au petit collier orné de perles qui descendait le long de sa gorge. Son regard s'arrêta sur chaque perle, avant de continuer à descendre. Il ajouta :

— C'est un art, vous savez, de faire savoir à quelqu'un que vous êtes attiré sans dire un mot.

Son regard descendit jusqu'à l'encolure de son chemisier de soie et s'attarda au plus profond de son décolleté, murmurant doucement :

— Certaines personnes maîtrisent si bien cet art qu'elles sont presque capables de faire l'amour sans même se toucher.

Son regard remonta lentement, suivant le même chemin dans le sens inverse, et lorsqu'il atteignit son visage, il vit que ses joues s'étaient légèrement empourprées.

A l'évidence, le regard qui faisait son effet à cent pour cent du temps avait tenu ses promesses.

— Eh bien, dit-elle d'une voix légèrement rauque qu'elle essaya de masquer, c'était un sacré feeling. J'ai quelques clients qui pourraient en prendre de la graine, ajouta-t-elle en prenant la tasse qui était à côté d'elle pour boire une gorgée.

— Et j'ai une mère qui a besoin de votre aide. Peut-être que nous pourrions trouver un terrain d'entente et envisager une sorte d'échange.

— Je suis désolée, mais comme je vous l'ai dit, je ne peux pas faire grand-chose sans rencontrer votre mère.

Il jeta un coup d'œil à la brochure qu'il avait sous les yeux. La liste de ses références était longue et impressionnante. Elle conduisait des études liées aux différents milieux, menait des entretiens, prenait des références, et faisait des recherches sur des bases de données dont il n'avait jamais entendu parler. On pouvait appeler ça l'instinct, l'intuition ou ce qu'on voulait, mais ce qu'il savait sans l'ombre d'un doute, c'était que Margaux était exactement ce dont il avait besoin — quelqu'un qui comprenait la situation de sa mère et qui ferait tout son possible pour l'aider.

— Alors, il va falloir que nous trouvions un moyen pour que vous la rencontriez, dit-il en plongeant son regard dans celui de Margaux. Le seul problème est sa réticence vis-à-vis des agences de rencontres, mais elle n'aurait rien contre vous personnellement.

— Je ne vois pas où vous voulez en venir.

Clint non plus. Il réfléchissait à voix haute, mais plus il réfléchissait, plus il était résolu à provoquer une rencontre entre sa mère et Margaux.

— Venez dîner avec nous.

— Je ne mentirai pas sur ma profession, si c'est ce à quoi vous pensez.

— La seule chose sur laquelle vous devrez mentir, c'est sur le fait que je vous ai engagée. Nous lui dirons que vous êtes une amie ou…

— Monsieur Hilton, la franchise dans les relations est un de mes principes de base, rappela-t-elle en ouvrant la brochure, à l'endroit où cela était indiqué en toutes lettres.

— Je ne vous demande pas de sortir avec ma mère. Je vous demande juste de faire sa connaissance pour m'aider à lui trouver un homme.

Elle s'apprêtait à lui opposer ses arguments, mais il l'interrompit avec un atout qui lui permettait toujours d'obtenir ce qu'il voulait.

— Je vous paierai cinq fois votre tarif habituel.

Pendant quelques instants, elle resta sans voix.

— Je suis très chère.

— Je suis très déterminé à obtenir votre aide.

Elle ne semblait pas savoir quoi répondre à ça, alors il continua.

— C'est très simple. Tenons-nous-en à la vérité. Je rénove l'immeuble Fuller, sur la VIe Avenue. Où déjeunez-vous habituellement ?

— Chez Capras, c'est un traiteur italien…

— Oui, je connais bien, dit-il en croisant les mains, avant de poursuivre : Nous nous sommes rencontrés chez Capras et je vous ai invitée à dîner chez moi. C'est tout ce qu'elle a besoin de savoir.

— Je ne suis pas sûre…

Elle semblait hésitante, mais il savait que la tentation de l'argent jouait un rôle dans son indécision. L'argent avait toujours cet effet sur les gens, et pour être sûr de conclure un accord avec elle, il lui asséna le coup fatal.

— Dînez avec ma mère et moi une ou deux fois, ou autant qu'il sera nécessaire. Soyez complètement franche et honnête sur tout, hormis ce que je vous paierai pour cela, cinq fois votre prix habituel.

— Mais vous n'avez aucune idée du montant de mes honoraires.

Il ne put réprimer un sourire triomphant.

— J'ai la sensation que vous en valez chaque centime.

A cet instant, il la sentit fléchir et il sut qu'il était sur le point de la convaincre.

— Mon contrat standard devra être modifié. C'est plutôt inhabituel…

— Rédigez-le comme bon vous semble et envoyez-le à mon bureau.

Elle se mordit la lèvre, les yeux fixés sur la brochure qui se trouvait entre eux. Il savait qu'il avait presque réussi, et le fait qu'elle ait posé des questions était de bon augure.

— Je ne sais pas quel genre de garantie je peux vous offrir, car je suis un peu pieds et poings liés, je ne suis pas sûre…

— Garantissez que vous dînerez avec ma mère et moi le nombre de fois qu'il vous sera nécessaire, c'est tout ce que je vous demande, assura-t-il en plongeant son regard dans les grands yeux noirs de Margaux.

Elle le regarda fixement pendant un long moment. Assez longtemps pour qu'il ait le temps de se demander s'il faisait tout cela pour sa mère ou pour lui. Il n'avait jamais eu besoin de payer pour obtenir un rendez-vous, pourtant il ne parvenait pas à chasser cette impression de son esprit. Leur discussion l'avait intrigué et il était presque certain qu'il se passait quelque chose entre eux, une sorte d'étincelle qu'il avait ressentie à la seconde où il l'avait vue pour la première fois.

S'il était nécessaire que Margaux rencontre sa mère, Clint avait de bonnes raisons de penser qu'il pourrait être très intéressant de connaître Margaux en retour. En résumé, il avait tout à y gagner.

— Entendu, finit-elle par dire.

Clint sourit et sortit une carte de visite de son portefeuille.

— Je pense que nous allons former une bonne équipe.

— Peut-être pourrai-je tâter le terrain une fois que je l'aurai rencontrée. Le mieux serait que je parvienne à la préparer à l'idée d'avoir recours à mes services. Comme ça, je pourrais lui rédiger un contrat type avec les garanties standard. Parce que pour l'instant, tout ce que je peux…

Il se leva.

— Ne vous inquiétez pas pour ça. Si je n'étais pas sûr d'en avoir pour mon argent, je ne vous aurais pas fait cette proposition. Appelez-moi quand vous aurez rédigé le contrat, et nous discuterons de la marche à suivre.

Margaux serra la main de l'homme troublant qui était entré dans son bureau avec désinvolture et avait mis un terme à sa journée de travail. A en juger par son aisance naturelle, leur entretien n'avait été pour lui qu'un épisode comme un autre d'une journée normale pour Clint Hilton. Elle supposait qu'il devait rarement abandonner une négociation avant d'arriver à ses fins, et elle devait admettre qu'il était doué. Il avait su obtenir d'elle exactement ce qu'il voulait et, lorsqu'il la quitta, elle eut l'impression d'avoir observé un maître à l'œuvre.

Qu'avait-elle fait ? Pour une femme qui avait des principes très stricts, qui croyait à l'application de la même morale qu'elle attendait de ses clients, elle avait réussi à tirer un trait sur tout ça pour des choses aussi élémentaires que l'argent et le charme.

Et pour ce qui était du charme, Clint Hilton n'en était pas dépourvu. Son regard sexy aurait pu à lui seul avoir raison de sa morale, et cela avant même qu'il ne lui ait proposé de quintupler ses honoraires. Elle avait presque senti ses doigts sur sa peau lorsqu'il lui avait fait la démonstration du « feeling ». Elle aurait peut-être même offert ses services à moitié prix s'il l'avait fait une seconde fois, et elle était encore stupéfaite que quelque chose d'aussi primitif puisse avoir un tel pouvoir.

Pour quelqu'un qui pensait tout savoir sur l'art de la rencontre, le regard qu'il lui avait lancé était digne du livre des records.

— Et qu'est-ce que ce grand, beau et riche jeune homme te voulait ?

Margaux leva les yeux et vit Alan dans l'embrasure de la porte de son bureau. Il était grand, bronzé et avait une voix si douce qu'elle avait toujours un effet calmant sur elle. Sauf ce jour-là, il lui en aurait fallu plus pour effacer l'effet que Clint Hilton avait produit sur ses nerfs. Et ce fut seulement lorsqu'elle se mit à parler et qu'elle entendit sa voix légèrement tremblante qu'elle prit conscience de ce qu'elle venait de faire.

— Je crois que je viens juste d'accepter d'être sa petite amie.

4.

Margaux passa la majeure partie de l'après-midi à rédiger le contrat destiné à Clint, après avoir consulté Alan et fait vérifier les détails par son avocat. Elle aurait pu l'envoyer à Clint par e-mail avant la fin de la journée, mais elle préféra laisser passer la nuit. Non seulement elle souhaitait le relire à tête reposée le lendemain matin, mais de plus elle ne voulait pas paraître trop enthousiaste aux yeux de Clint.

Elle avait suivi les conseils d'Alan, et c'était une des premières choses qu'il lui avait apprises au début de leur association. Lorsque les clients avaient de l'argent, ne jamais sembler avoir besoin de travailler pour eux. Alan était toujours de bon conseil.

— Bon, j'y vais, je vais passer une soirée tranquille avec les filles, annonça Alan sur le pas de la porte.

Les « filles » étant les deux chiennes, Lucy et Ethel, qu'il partageait avec son compagnon, Gene.

— Gene n'est pas encore rentré de sa conférence ? demanda-t-elle.

— Non, il pleut encore à Boston. Il a appelé ce matin pour dire qu'il se gelait.

— Tu ne lui as quand même pas dit qu'ici c'était la canicule, si ?

Alan se mit à rire.

— Il était déjà au courant, il l'avait vu aux infos. Bon, j'y vais. Je te laisse fermer ?

— Oui, et merci encore pour tes conseils. J'avais vraiment besoin de ton aide pour rédiger ce contrat aujourd'hui.

— Oui, je suppose que ce n'est pas tous les jours que tu signes un contrat qui t'engage à être la fausse petite amie de quelqu'un.

— Pour cinq fois le montant de mes honoraires habituels ! dit-elle en écarquillant les yeux.

— Oui, si j'étais toi, je ne le répéterais pas trop autour de moi, répondit Alan en riant. Les gens pourraient se faire une fausse impression de ce que nous vendons ici.

Margaux s'étrangla de rire.

— Je ne pense pas que qui que ce soit pourrait me prendre pour une prostituée de luxe. Je n'ai pas les jambes qu'il faut pour ça, dit-elle avant de regarder sa poitrine. Ni les seins !

— Je suis sûr que Rob ne serait pas d'accord avec ça.

La mention de son petit ami effaça son sourire.

— Mince ! Rob… Je l'avais complètement oublié. Je devrais vraiment l'appeler et m'assurer que cela ne lui pose pas de problème.

— Pourquoi cela lui en poserait-il ?

Margaux ne voyait aucune raison, elle était certaine qu'il ne verrait rien de mal à ce qui se résumerait, en fin de compte, à quelques dîners professionnels. Mais elle et Rob ne sortaient ensemble que depuis à peine un mois et, comme elle avait de plus en plus de sentiments pour lui, elle ne voulait pas qu'un malentendu vienne affecter leur relation naissante.

— Je suis sûre que ça ne le dérangera pas, mais je vais quand même l'appeler.

Lorsque Alan lui fit ses adieux et partit, elle ferma la porte derrière lui et passa son coup de fil.

— Entreprise Sloan, l'entendit-elle répondre.

Elle prit sa voix la plus aguicheuse :

— Salut, sexy.

Elle entendit un silence pendant un instant à l'autre bout de la ligne, avant qu'il finisse par répondre :

— Margaux ?

— Oui, idiot. Qui veux-tu que ce soit ?

— Heu… Je ne sais pas.

— Ne me dis pas que ta mère t'appelle sexy ! Ce serait plutôt bizarre… Et j'ai eu mon quota de choses étranges pour aujourd'hui.

La confusion dans la voix de Rob se dissipa pour laisser place à un rire franc.

— Pas vraiment, ma belle. Tu es la seule à me dire des cochonneries.

— Tu sembles distrait, j'appelle au mauvais moment ?

— Non, pas du tout. Que se passe-t-il ?

S'installant confortablement dans son fauteuil, elle envoya ses chaussures valser et elle lui parla de son nouveau client. Elle aimait se détendre ainsi en racontant sa journée à quelqu'un comme Rob. Margaux avait toujours eu envie d'une relation comme celle-là, et elle avait été assez intelligente et patiente pour attendre que l'homme, et le bon, se présente. Et lorsqu'elle avait rencontré Rob, elle avait su que c'était lui.

Elle l'avait remarqué lors d'un gala de charité auquel elle avait assisté un mois plus tôt. Ils s'étaient retrouvés assis l'un à côté de l'autre pendant un dîner destiné à collecter des fonds pour une organisation d'aide aux femmes auprès de laquelle elle était bénévole et ils s'étaient immédiatement bien entendus.

Au cours de ce dîner de deux heures, ils avaient découvert qu'ils aimaient les mêmes films, les mêmes livres et les mêmes sports, et qu'ils avaient les mêmes goûts en musique. Et ils avaient été élevés dans le même genre de famille : ils avaient beaucoup voyagé, Rob à cause de la carrière commerciale de son père et Margaux parce que le sien était dans les Marines.

La liste de leurs points communs semblait interminable — mêmes aspirations professionnelles, mêmes valeurs concernant la famille et les amis, mêmes opinions politiques et religieuses. En théorie, Rob et elle étaient faits l'un pour l'autre. Et une semaine après cette première rencontre, Margaux avait été presque certaine d'avoir rencontré le partenaire idéal qu'elle attendait depuis si longtemps.

— Je pense que c'est super, dit Rob avant qu'elle ait eu le temps de terminer son histoire à propos de Clint.

— Donc, cela ne te pose pas de problème que je prétende être la petite amie de quelqu'un d'autre pendant quelques semaines ?

— Bien sûr que non.

Elle ne put s'empêcher de sourire. Elle aimait qu'il lui

fasse totalement confiance. Margaux avait vraiment de l'instinct dès qu'il s'agissait d'assembler les hommes et les femmes. A un tel point que lorsqu'elle avait obtenu son diplôme universitaire, elle avait aussitôt su que c'était ce qu'elle voulait faire.

Et dix ans plus tard, c'était ce qu'elle faisait. Elle avait une longue liste de clients et de réussites, et maintenant qu'elle avait rencontré Rob, elle en faisait partie.

— Je dois avouer que j'hésite à accepter les honoraires qu'il me propose, dit-elle à Rob. C'est un peu excessif, même pour quelqu'un qui peut se le permettre.

— Je ne suis pas d'accord, je pense que ce qu'il te paie est justifié. Pense un peu au service que tu lui rends. D'une part, tu dois te rendre à son domicile. Ensuite, il attend de toi que tu trouves un homme à sa mère tout en étant pieds et poings liés, cela vaut bien un supplément d'honoraires, non ?

Elle n'avait pas envisagé les choses sous cet angle.

— Oui, je dois dire que c'est un véritable défi, admit-elle.

— Et je suis sûr que tu t'en sortiras très bien. Tu es très compétente, Margaux. Je crois que tu vas bien t'amuser à trouver comment lui faire rencontrer quelqu'un sans qu'elle se doute qu'elle a recours aux services d'une agence de rencontres.

Elle était très touchée par sa confiance en elle.

— Merci.

— Tout ira bien, et au lieu de t'inquiéter, tu devrais plutôt célébrer le fait d'avoir un nouveau client.

— C'est une excellente idée. Et si on dînait ensemble

ce soir ? Qui sait, je pourrais même te cuisiner quelque chose ?

— J'adorerais ma chérie, mais j'ai déjà quelque chose de prévu.

Elle attendit qu'il lui donne une explication, mais il n'en fit rien et elle résista à l'envie de lui poser des questions.

— Bon, peut-être demain alors.

— Oui, appelle-moi, dit-il. Bon, je dois y aller, mais je suis content que tu m'aies appelé. Et encore bravo, je suis fier de toi, ma chérie.

— Merci.

Elle avait envie d'ajouter quelque chose, mais elle ne savait pas quoi, alors elle lui dit simplement au revoir, avant de raccrocher. Même si son côté raisonnable lui soufflait de prendre les choses au jour le jour, elle devait reconnaître éprouver une certaine impatience vis-à-vis de leur relation. Elle était sûre qu'ils passeraient leur vie ensemble, et qu'il était l'homme idéal pour elle. Elle aurait voulu sauter la case « rendez-vous » pour passer directement au mariage.

Mais, bien sûr, cela allait à l'encontre de tous les conseils qu'elle donnait à ses amis et à ses clients. Elle n'avait jamais trouvé prudent d'aller trop vite dans une relation, et elle avait l'intention de suivre son propre conseil. Mais elle aurait aimé que leur relation soit plus officielle, surtout quand elle était confrontée à des hommes tels que Clint Hilton.

Le parfum de Clint flottait encore dans son bureau, lui remémorant leur rendez-vous. Elle se rappela la douceur du regard de Clint sur son corps, tandis qu'il lui faisait la démonstration du « feeling », dont la sensation était encore vive en elle, comme une irrésistible tentation. Maintenant qu'elle avait pu l'observer en action, elle n'avait aucune peine à croire toutes les histoires que Carmen lui avait racontées à son sujet. Il savait vraiment y faire avec les femmes, ce qui le rendait incontestablement dangereux. Margaux devait reconnaître que quand elle avait senti la caresse de son regard sur son corps, elle s'était sentie nue et désarmée. Et un peu excitée aussi.

Elle se dit qu'une bague de fiançailles aurait été un bon rempart face à quelqu'un comme lui, car même si elle savait où allait sa préférence, elle savait aussi très bien qu'un homme tel que Clint aurait pu faire perdre la tête à n'importe quelle femme.

S'efforçant de penser à autre chose, elle rassembla ses affaires et éteignit les lumières de son bureau. Clint avait peut-être éveillé en elle des désirs inavouables, mais elle savait que son avenir était avec Rob et elle ferait en sorte de garder cela à l'esprit lorsqu'elle prétendrait être sa petite amie.

Mais lorsqu'elle referma la porte derrière elle en se dirigeant vers sa voiture, elle eut la sensation que ce serait sans doute plus facile à dire qu'à faire.

— Où as-tu rencontré cette femme déjà ? demanda Jillian tandis que Clint déposait quatre sacs de provisions sur le bar en pierre, dans la cuisine.

— Chez Capras, c'est un traiteur qui se trouve dans la IVe Avenue, dit-il en prenant deux bouteilles de cabernet.

— Au moins, tu ne perds pas de temps. Ça fait à peine une semaine que cette blonde traîtresse est partie d'ici en claquant la porte et tu en as déjà trouvé une autre.

Il aurait même été bien plus rapide s'il n'avait été aussi occupé avec son travail cette semaine. Mais maintenant qu'il y réfléchissait, c'était sans doute mieux ainsi. Il aurait semblé étrange qu'il invite Margaux pour dîner juste deux nuits après avoir eu un autre rendez-vous.

— Est-ce que tu m'as déjà vu traîner ? demanda-t-il à sa mère avec un clin d'œil.

— Je suppose que non, répondit-elle avec un sourire amusé.

Elle commença à l'aider à vider les sacs de provisions, passant en revue chaque article, comme si elle avait pu déterminer ses intentions en fonction de sa liste de courses. Jetant un coup d'œil à une petite boîte de caviar qui coûtait presque autant que les boucles d'oreilles qu'elle portait, elle déclara :

— Dis donc, tu prépares un véritable festin ce soir. Tu es sûr que tu ne préférerais pas que je vous laisse seuls ?

La remarque semblait sincère, mais Clint savait que sa mère ne le lui pardonnerait pas s'il lui demandait de disparaître pour la nuit. Cela faisait des années qu'ils jouaient à ce petit jeu. Elle lui faisait des suggestions polies et c'était à lui de comprendre lesquelles étaient sincères. Comme la fois où il avait fait des projets un dimanche qui s'était avéré être le jour de la fête des Mères. Sa mère avait insisté pour qu'il n'annule pas sa réservation et elle lui avait juré que cela n'avait aucune importance de célébrer la fête des Mères avec deux jours d'avance. Il l'avait crue et était parti en voyage, et ensuite, pendant les trois années qui avaient suivi, il avait dû l'écouter se plaindre de ce jour de la fête des Mères où elle n'avait pas eu ses deux fils auprès d'elle.

C'était à ce moment-là que Clint avait découvert que ce que sa mère disait et ce qu'elle attendait étaient deux choses bien différentes.

— Absolument pas. Tu es ici chez toi et tu te joins à Margaux et moi pour le dîner.

Elle essaya de garder un visage impassible, mais l'étincelle de malice dans son regard n'échappa pas à Clint.

— Vraiment ? C'est visiblement un premier rendez-vous et tu sembles vouloir l'impressionner… Je ne voudrais pas être la cinquième roue du carrosse.

— Tu seras de très bonne compagnie.

Puis, il lui tendit une gousse d'ail et lui demanda de la hacher.

Premier round : avantage Clint.

Pendant l'heure qui suivit, ils cuisinèrent de concert, préparant un des nombreux plats que Clint avait appris de son père. La cuisine avait été un des *hobbies* de Jerald Hilton depuis qu'il y avait été contraint et forcé pendant ses années d'université. Contrairement à Jillian, qui était née dans une famille aisée qui avait toujours eu du personnel, Jerald avait gravi tous les échelons de l'échelle sociale à la force du poignet.

— C'est sympa de cuisiner avec toi. Ça me rappelle nos débuts avec ton père, dit Jillian en jetant un coup d'œil autour d'elle. Quoique la cuisine est nettement mieux équipée que celle que nous avions dans notre minuscule appartement, juste après notre mariage.

Le petit appartement auquel elle faisait référence était

un appartement de grand standing de six cents mètres carrés qui donnait sur Wilshire Boulevard que les parents de sa mère avaient acheté pour leur cadeau de mariage.

— Tu sais, ton père avait préparé un repas comme ça pour notre premier rendez-vous, ajouta-t-elle. C'est de cette façon que j'ai su qu'il prenait les choses au sérieux entre nous.

Elle lui lança un regard qui semblait demander à Clint si la même signification s'appliquait à Margaux.

— J'aime bien Margaux, dit-il. Quant à dire si mes intentions sont sérieuses, c'est un peu prématuré à ce stade.

Le regard de sa mère disait qu'elle savait qu'il mentait, et que cela n'avait pas d'importance. Tant qu'elle ne savait pas pourquoi Margaux avait quelque chose de spécial, elle pouvait penser ce qu'elle voulait. En fait, il était sans doute préférable que sa mère croie que ses intentions étaient sérieuses à l'égard de Margaux. Elle s'ouvrirait peut-être davantage à elle si elle pensait qu'elle conversait avec sa future belle-fille au lieu d'une des multiples aventures de Clint.

Et en fait, s'il faisait abstraction de ce qu'il venait d'apprendre de la bouche de Carmen, cela aurait pu être vrai.

Clint avait déjà été impressionné par Margaux après leur entrevue, et lorsqu'il avait reçu le contrat qu'elle avait rédigé, elle avait marqué un autre point à ses yeux. Elle avait envisagé toutes les éventualités de façon simple et claire, sans toutefois léser aucune des parties. Et elle avait fait le tour de la question dans la soirée, ce qui était venu confirmer son intuition.

Margaux Roth était aussi intelligente que sexy, ce qui l'intriguait et le déconcertait à la fois.

D'ailleurs, dès son retour à son bureau, il avait aussitôt assailli Carmen de questions pour essayer de découvrir tout ce qu'il pouvait sur la belle conseillère matrimoniale aux grands yeux noirs. Et il avait appris que s'il cherchait à obtenir d'elle autre chose qu'une relation professionnelle, il arrivait un mois trop tard. Apparemment, Margaux avait un petit ami, et même si leur relation était assez récente, Carmen semblait penser que c'était sérieux entre eux.

Clint ne pouvait nier que la nouvelle l'avait contrarié, pas tant parce qu'elle n'était pas libre, mais plutôt parce qu'il n'avait manqué son statut de célibataire que de quelques semaines.

Il détestait de ne pas pouvoir obtenir ce qu'il voulait, mais plus que cela, il ne pouvait se débarrasser de la sensation étrange qu'elle aurait dû être à lui. Il ne savait pas d'où lui venait cette curieuse impression. Jamais il n'avait ressenti cela avant. C'était comme un irrésistible désir de possession.

C'était comme entrer dans une galerie et voir un tableau qu'il savait devoir posséder, sans trop savoir pourquoi. Sauf que cette fois, le tableau portait la mention « vendu » en grosses lettres.

— Est-ce que je l'ai déjà vue dans un film ? lui demanda sa mère.

— Margaux n'est pas une actrice.

— Oh, ce doit être un mannequin alors ?

— Je ne sors pas qu'avec des mannequins et des actrices, maman, dit-il l'air contrarié.

— Alors, que fait-elle ?

— Je ne sais pas. C'est une sorte de conseillère je crois, dit-il en suivant sa mère sur la terrasse tandis que celle-ci dressait la table. Nous n'avons parlé que brièvement pendant qu'on commandait à manger et j'ai bien l'intention d'en découvrir plus ce soir.

— Quoi qu'il en soit, je dois reconnaître une chose : tu n'as pas de difficulté à trouver des femmes.

La sonnette retentit et il regarda sa montre pour constater qu'elle avait sept minutes de retard, juste ce qu'exigeait la politesse. Même sa promptitude était parfaite ! En se dirigeant vers la porte d'entrée, il se rappela que Margaux était là pour affaires et son père lui avait appris à ne pas mélanger affaires et plaisir. Il lui avait aussi appris à être intègre et à toujours faire ce qui était juste vis-à-vis d'autrui.

Dans ce cas, cela voulait dire qu'il ne devait pas essayer de convoiter la femme d'un autre, quelle que soit l'intensité de son désir.

Mais lorsqu'il ouvrit la porte et vit Margaux devant lui dans sa petite robe d'été jaune, avec ses grands yeux noirs et son sourire accueillant, une phrase s'insinua dans son esprit, obsédante.

« En amour comme à la guerre, tout est permis. »

5.

Clint ouvrit la porte. Il portait des tongs, un bermuda et une chemise hawaïenne. C'était une tenue typiquement californienne, mais alliée à son physique avantageux et à cette aura qui ne le quittait pas, il ne ressemblait pas vraiment à un touriste.

Il la parcourut du regard et lui décocha son sourire à trois millions de dollars.

— Vous êtes superbe.

Il avait sans doute fait ce compliment à des dizaines de filles sur le pas de cette porte, mais elle ne put s'empêcher de ressentir des frissons en l'entendant prononcer ces mots. Comme si le plus beau garçon de la classe s'était soudain intéressé à la fille sérieuse assise au premier rang.

Elle chassa cette idée de son esprit et se rappela qu'il s'agissait d'un rendez-vous professionnel. Elle allait déjà avoir du mal à jouer son rôle cette nuit, elle n'avait pas besoin de s'imaginer qu'il s'agissait d'un véritable rendez-vous amoureux.

Car lorsqu'elle entra à l'intérieur, elle comprit à quel point une telle idée était ridicule.

Elle avait été surprise en se garant à l'adresse indiquée.

De l'extérieur, la maison moderne était simple, et le jardin était beau mais modeste. Mais lorsqu'il ouvrit la porte et qu'elle entra, elle comprit que la façade cachait en fait un niveau d'extravagance qu'elle n'avait jamais vu sans avoir à payer pour la visite.

Dès qu'elle entra, son regard fut attiré par une vaste pièce aux murs de verre qui offraient une vue spectaculaire sur la ville. A sa droite, une grande cheminée en pierre servait de toile de fond à un tableau d'Andy Warhol.

— J'espère que vous aimez les steaks, dit-il. Carmen m'a dit que vous n'étiez pas végétarienne.

— Non, répondit-elle distraitement. Un steak, ce sera parfait.

Elle compta trois coins salon différents, chacun étant orné de mobilier minimaliste inspiré des années 50 et 60 qui aurait fait pâlir Alan d'envie.

Margaux s'était toujours intéressée au design et elle avait même pris des cours à l'université. Et même si ce style en particulier était plutôt du goût d'Alan que du sien, elle ne pouvait s'empêcher d'apprécier ce cadre magnifique.

Elle essaya de ne pas rester bouche bée, sachant que pour se faire passer pour une des conquêtes de Clint, elle ne devait pas sembler impressionnée, mais ce n'était pas évident. Elle avait passé la majeure partie de sa vie dans des bâtiments militaires et elle ne s'imaginait pas vivre dans un endroit tel que celui-là. Jamais elle n'aurait pu se débarrasser de la sensation que les véritables propriétaires allaient finir par rentrer et se demander ce qu'elle faisait chez eux.

Et elle devait prétendre qu'elle sortait avec un homme tel que lui ?

Il l'entraîna à travers la pièce, et quand ils passèrent à côté du Warhol, elle ne put s'empêcher de demander :

— C'est un vrai, n'est-ce pas ?

Elle ne savait pas pourquoi, mais elle aurait parié que son intuition était la bonne.

Il haussa les épaules.

— J'aime l'art, dit-il.

Soudain, elle eut la désagréable sensation que tout cela était une erreur. Jamais sa mère ne croirait que Clint puisse s'intéresser à une femme comme elle. Non que Margaux soit affublée d'un complexe d'infériorité, mais elle était réaliste. Elle avait vécu à Los Angeles assez longtemps pour savoir que les types tels que Clint ne sortaient pas avec des filles qui travaillaient, faisaient à peine la différence entre Gucci et Prada, n'usaient pas de Botox et ne s'étaient pas fait refaire les seins.

Cela n'arrivait pas, un point c'est tout. Ce qui voulait dire qu'elle allait devoir convaincre sa mère d'avoir recours à ses services, et qu'elle allait devoir le faire tout en donnant l'impression qu'elle était tout à fait à sa place dans un cadre tel que celui-ci.

Tout à coup, le montant inhabituel de ses honoraires ne lui sembla pas si déraisonnable.

— Ma mère est sur la terrasse. Venez, je vais vous servir quelque chose à boire.

Il avait dû remarquer qu'elle avait besoin d'un verre, il lui fallait reprendre ses esprits. Son père ne lui avait pas appris à être pétrifiée par la peur. Au contraire, il avait passé sa vie à prêcher que dans son métier, la peur était suicidaire. Il lui disait aussi que si une enfant parvenait à surmonter sa peur dans la jungle du Viêtnam, alors elle pourrait affronter n'importe quoi dans cette autre jungle, les Etats-Unis. Le seul fait de penser à son père eut sur elle un effet calmant, et elle réussit à traverser la pièce et à sortir sur la terrasse sans regarder autour d'elle avec un air médusé.

Une très belle femme, qui semblait avoir à peine cinquante ans, se leva du canapé qui se trouvait dans le patio et lui sourit.

— Maman, dit Clint, je te présente Margaux.

— Jillian, dit la femme, en s'approchant d'elle en lui tendant la main.

Elle avait les yeux de Clint, d'un bleu vif et pleins de vie et elle lui serra la main avec fermeté. Elle portait un chemisier sans manches à rayures jaunes et bleues sur un pantacourt blanc. Ses sandales ornées de perles étaient assorties à ses boucles d'oreilles et un maquillage léger mettait en valeur la finesse de ses traits. L'ensemble était estival et de bon goût. En un mot : parfait.

En se fiant à la seule apparence de Jillian Hilton, Margaux pensait déjà à une douzaine de clients qui seraient enchantés de la rencontrer, ce qui lui donna la confiance dont elle avait besoin à ce moment-là. Elle avait une mission à remplir, et elle était convaincue de pouvoir y parvenir.

Un glapissement aigu attira son attention et elle avisa une petite boule de poils de couleur caramel avec deux yeux brillants. Le chien courut vers elle et commença à tourner autour d'elle.

— Pom Pom, non ! s'écria Jillian.

Clint prit le bras de Margaux et l'attira vers lui.

— Faites attention, ou cette chose risque de faire pipi sur vos chaussures.

— Elle fait ça parce que tu lui fais peur, dit Jillian d'un air vexé. Si tu n'étais pas si hostile à cette pauvre bête, cela n'arriverait pas.

Clint attira Margaux vers lui et la tint plaquée contre son torse, comme si elle avait eu besoin d'une protection face à cette petite boule qui pesait à peine un kilo. Tandis qu'il la tenait contre lui, elle frissonna en sentant son souffle dans sa nuque.

— Je préférerais ne pas prendre le risque, déclara-t-il.

Jillian empoigna le chien.

— Je l'emmène dans ma chambre, dit-elle en insistant sur les deux derniers mots, tout en jetant un coup d'œil entendu à Clint.

Margaux devina sous ses paroles un sens caché qui lui échappait. Puis, la femme disparut dans la maison et Clint relâcha son étreinte, mais sans se presser.

Elle se retourna et le dévisagea pendant quelques secondes, prête à lui demander s'il avait mis au point ce stratagème pour pouvoir la toucher, mais elle se rappela aussitôt qui il était. Clint Hilton pouvait avoir n'importe quelle femme et, d'après ce qu'elle avait entendu de la bouche de Carmen, il ne s'en privait pas. La seule pensée que quelqu'un comme elle puisse attirer son attention était si grotesque, qu'il valait mieux qu'elle se taise avant de se ridiculiser devant son nouveau client.

— Ce n'était qu'un petit chien.

Il se dirigea vers le bar et commença à verser un verre de vin rouge.

— Cette petite boule de poils sur pattes peut causer plus de dégâts que vous ne pouvez l'imaginer.

Elle prit le verre qu'il lui tendait et Jillian réapparut sur la terrasse.

— Oh, vous êtes toujours là, dit-elle, visiblement surprise.

Margaux surprit de nouveau ce regard entre eux. Mais que se passait-il entre ces deux-là ?

— Maman ! s'exclama Clint d'un ton menaçant.

— Vous vous attendiez à ce que je parte ? demanda Margaux, déconcertée par cette remarque.

Jillian sourit et retourna s'asseoir sur le canapé.

— Certaines femmes n'ont pas apprécié le fait que mon fils se soucie de mon bien-être.

— Margaux sait déjà que tu vis ici, fit remarquer Clint.

— On dit parfois que la façon dont un homme traite sa mère est un avant-goût de la façon dont il traitera sa femme. Il est étonnant qu'il y ait si peu de femmes qui pensent à ça.

Margaux s'assit sur le canapé attenant tandis que Clint commençait à s'occuper du barbecue.

— Clint m'a dit que vous aviez perdu votre mari il y a quelque temps. Je suis vraiment désolée.

— Merci, répondit-elle, avant de se tourner vers son fils. Où m'as-tu dit que vous vous étiez rencontrés déjà tous les deux ?

— Chez le traiteur, maman.

— C'est vrai… Et Clint m'a dit que vous étiez une sorte de conseillère.

Comme pour rendre les choses plus évidentes encore, Clint arrêta de faire ce qu'il faisait et posa son regard sur Margaux, attendant sa réponse.

— Oui, j'ai un cabinet en ville.

— Etes-vous conseillère familiale, matrimoniale ? Dans quel domaine êtes-vous spécialisée ?

Elle sentait la tension de Clint, à l'autre bout de la terrasse. Elle lui avait assuré qu'elle ne mentirait pas et elle n'avait aucune intention de le faire. Mais il aurait pu avoir un peu plus confiance en son talent.

— Je travaille surtout avec des personnes seules. Je les conseille au niveau de leur vie relationnelle. Ce sont souvent des célibataires qui ont des problèmes qui les empêchent de se faire de nouvelles relations. J'interviens sur un certain nombre de questions autour de ça, dit-elle avant de changer rapidement de sujet : J'ai entendu que vous veniez de vous inscrire dans ce nouveau club de gym qui se trouve sur Sunset Boulevard ?

Clint laissa échapper un soupir de soulagement, puis il commença à préparer les steaks et les amuse-gueules tandis que les deux femmes discutaient. Il ne lui fallut pas longtemps pour avoir la confirmation qu'il avait eu raison d'engager Margaux. A chaque minute qui passait, elles semblaient s'apprécier davantage, à tel point qu'il ne se rappelait pas avoir passé une si bonne soirée avec sa mère depuis bien longtemps. En tout cas depuis le départ de Nate pour l'Afghanistan.

Cela avait été une période difficile pour la famille et Clint se dit que ses choix en matière de femmes n'avaient sans doute pas contribué à améliorer la situation avec sa mère. Depuis qu'il était adulte, il n'avait pas ressenti le besoin d'avoir une relation sérieuse. Il avait toujours éprouvé le désir de papillonner et de profiter de sa jeunesse, car il savait à quel point la vie d'un homme pouvait changer une fois qu'il était casé et qu'il fondait une famille.

Il avait perdu un certain nombre de ses amis ainsi, qui n'étaient plus disponibles pour sortir avec lui. Ce qui ne voulait pas dire qu'ils étaient malheureux ou que Clint n'avait pas envie de cette vie-là, mais il n'était pas pressé, voilà tout. Et son choix en matière de femmes en était la parfaite illustration.

Il se bornait volontairement à un type de femme bien précis, celles avec lesquelles il s'amusait et qui n'avaient aucun intérêt pour les enfants ou la famille. Ainsi, il lui était plus facile de passer de l'une à l'autre. Mais la présence de Margaux lui donnait un avant-goût de l'autre côté des choses, et à sa grande surprise, cela ne lui déplaisait pas.

— Où avez-vous grandi ? demanda Jillian une fois qu'ils furent à table.

— Je suis née à Oceanside en Californie, mais nous avons beaucoup déménagé. Mon père était sergent dans les Marines, alors nous avons voyagé un peu partout — en Caroline-du-Nord, en Virginie, et nous avons même passé deux ans à Okinawa quand j'étais gamine.

— Ça doit être intéressant d'avoir vécu au Japon, dit Clint entre deux bouchées.

— J'étais vraiment jeune, et malheureusement, je m'en souviens à peine.

— Votre père a fait carrière dans les Marines, pas étonnant que je vous aime bien, dit Jillian. Nous faisons un peu partie de la même famille ! Mon père était colonel : il a fait la Deuxième Guerre mondiale dans l'armée américaine. Même après avoir quitté l'armé pour monter sa propre entreprise, il dirigeait toujours sa famille comme une caserne !

— Votre père était colonel ? demanda Margaux, visiblement impressionnée.

Jillian prit un air suffisant.

— C'est un secret très bien gardé dans la famille... Mon père n'a jamais dépassé le grade de commandant.

Clint faillit s'étouffer.

— Tu rigoles !

Jillian fit non de la tête, le visage éclatant du plaisir pervers de révéler la nouvelle. Et pour une nouvelle, c'en était une.

Sa mère se mit à rire et se tourna vers Margaux.

— Une fois, je suis partie pour San Francisco rejoindre les hippies.

Margaux ne put réprimer un petit rire, stupéfaite.

— Avez-vous participé à l'« été de l'amour » ?

— Oh, mon Dieu, non. C'était en 1971 et je l'avais manqué de quatre ans, ce qui montre à quel point je vivais dans un cocon. Je ne savais même pas que c'était terminé depuis belle lurette ! Mais j'y suis allée, juste après avoir obtenu mon diplôme universitaire, j'ai demandé à notre chauffeur de me conduire à San Francisco.

— Vous vous êtes enfuie de chez vos parents avec un chauffeur ? demanda Margaux, médusée.

Jillian hocha la tête.

— J'étais si naïve que je pensais que mes parents n'en sauraient rien ! Alors qu'ils savaient où je me trouvais à chaque minute.

Clint resta assis à écouter sa mère, se demandant qui était cette femme et pourquoi il n'avait jamais entendu cette histoire avant.

Sa mère, une hippie ? Jamais il ne s'en serait douté. Pour sa mère, porter des sandales ouvertes était déjà follement osé.

— Je me suis rendue au centre-ville en m'attendant à y voir des gens danser dans les parcs, comme à la télé, mais tout ce que j'ai trouvé, c'était une bande de S.D.F. J'étais rentrée avant le coucher du soleil, dit-elle en les regardant tous les deux, puis elle ajouta : Et le colonel n'a jamais mentionné cet épisode. Pas une fois. Pendant des années, j'ai pensé qu'il n'en avait jamais rien su, jusqu'à ce qu'il fasse un commentaire un jour à table devant Jerald, longtemps après notre mariage. J'avais failli m'étouffer avec mon sorbet, dit-elle en riant.

Les deux femmes se mirent à rire, puis elles continuèrent leur repas tandis que Clint restait assis, stupéfait.

— Tu ne m'avais jamais raconté tout ça, fit-il remarquer.

Jillian haussa les épaules.

— Tu n'avais jamais posé la question, Clint. Et puis, les enfants pensent surtout à eux.

Maintenant, elle le faisait passer pour un goujat.

— Pas moi.

Pourtant, il ne se rappelait pas avoir jamais pris le temps de discuter avec sa mère de sa vie et des choses qu'elle avait faites. Mais cela ne faisait pas de lui quelqu'un d'égocentrique pour autant.

— Qu'est-ce que tu ne m'as pas dit, encore ?

Elle jeta à Margaux un petit regard de connivence et se mit à rire comme une adolescente.

— Ça te plairait de le savoir, hein ?

Même si une partie de lui ne pouvait s'empêcher d'avoir l'impression d'être étranger à cette conversation, il n'arrivait pas à être vexé. En vérité, il adorait voir sa mère s'amuser ainsi, être un petit peu émoustillée et étaler les secrets de famille. C'était comme découvrir un aspect de sa mère qu'il n'avait jamais soupçonné.

Tandis que les deux femmes étaient en pleine conversation, il en profita pour observer Margaux à la lueur du soleil couchant. Une brise légère faisait voler quelques mèches de ses cheveux, qu'elle faisait doucement glisser derrière ses oreilles.

Il aimait bien son petit nez en trompette, la façon dont la lumière des bougies se reflétait dans ses yeux sombres, et la courbe de ses seins, parfaitement ajustés dans sa petite robe d'été à bretelles.

Sa tenue était parfaite pour l'occasion. Elle était sexy, tout en étant assez classique pour un dîner avec sa mère. Et il était persuadé qu'elle ne s'était pas posé mille questions pour savoir ce qu'elle allait porter. Elle semblait être le genre de femme qui savait exactement quoi porter, faire et dire en toutes circonstances, contrairement à certaines, qui faisaient un drame de tout.

Elle respirait la confiance en soi, et Clint aimait ça.

Mais elle était dépourvue d'arrogance. Elle était juste à l'aise et elle conversait avec les gens avec facilité. Il ne doutait pas un seul instant qu'elle serait capable de distraire clients et associés, comme sa mère l'avait fait avec son père pendant des années.

Et il devait reconnaître que cette idée ne le laissait pas indifférent et qu'il était de plus en plus intrigué par la ravissante femme qu'il avait invitée à dîner.

« En amour comme à la guerre, tout est permis. »

Cette phrase commençait à le hanter, tout comme la pensée qu'il avait peut-être trouvé la femme de sa vie. Il avait eu trente ans l'année précédente et il n'avait jamais voulu devenir un de ces célibataires pathétiques qui ne s'étaient pas rendu compte qu'ils étaient devenus trop vieux pour mener indéfiniment une vie de bâton de chaise.

Pendant le reste du dîner, il n'avait pas quitté Margaux des yeux, habité par des pensées immorales... Il se demandait à quel point il serait difficile de l'éloigner de ce type avec qui elle sortait et de l'avoir pour lui seul. Il avait envie de tâter le terrain pour savoir si l'attirance qu'il éprouvait était un tant soit peu partagée. Ainsi, lorsque sa mère se leva, annonçant qu'elle allait aller se coucher, il n'essaya pas de la retenir.

Margaux regarda sa montre.

— Oh, il est bien plus tard que je ne pensais, dit-elle en souriant à l'un et à l'autre. Le temps s'écoule très vite quand on passe un bon moment.

Sa mère posa la main sur le bras de sa nouvelle meilleure amie.

— Cela ne vous empêche pas, vous et Clint, de continuer de passer un bon moment, mais moi, je vais me coucher.

Et sachez que ma chambre est à l'autre bout de la maison, dit-elle en leur faisant un clin d'œil. Je suis épuisée, je crois que je vais dormir comme un bébé. Vous aurez la maison pour vous tout seuls.

« Très subtil, maman. »

Mais malgré tout, il appréciait sa sollicitude. Il avait envie de passer du temps avec Margaux, et il se rappela soudain qu'il en était à quatre semaines de célibat consécutives, grâce à son dernier rendez-vous avorté. Il avait du retard à rattraper et le remède parfait se trouvait face à lui, dans une jolie robe d'été jaune.

Par conséquent, lorsque Jillian fit ses adieux et les laissa seuls, il ne perdit pas de temps.

Margaux était devant l'évier qui se trouvait sur la terrasse, les assiettes du dîner à la main et il se tenait dans son dos.

— Amélia nettoiera tout ça demain.

Le regard de Clint descendit lentement le long de sa nuque et de son dos, jusqu'à la fermeture Eclair qu'il avait une forte envie de descendre, pour la débarrasser de sa robe.

— Amélia ? demanda-t-elle en se retournant.

Quand elle vit qu'il était tout près d'elle, il eut l'impression de percevoir une lueur d'inquiétude dans son regard.

— Ma gouvernante, elle s'en occupera.

Il prit la main de Margaux et il fit un effort surhumain pour résister à l'envie de porter ses doigts à ses lèvres, au lieu de cela, il la serra doucement.

— Vous avez été sensationnelle ce soir.

Elle sourit.

— J'ai beaucoup appris sur votre mère.

— Moi aussi, dit-il en prenant son autre main, qu'il serra aussi. Et j'ai appris beaucoup de choses sur vous aussi.

Elle essaya de ne prendre au sérieux ni le contact de sa main sur la sienne, ni son commentaire.

— Je ne faisais que mon travail.

— Et vous le faites bien. Je parie que vous avez déjà pensé à une liste d'hommes qui pourraient convenir à ma mère… Je me trompe ?

L'expression de Margaux lui confirma qu'il avait visé juste.

— J'aimerais passer un peu plus de temps avec elle cela dit, avant d'aller plus loin, répondit-elle.

Il baissa la tête pour plonger ses yeux dans ceux de la belle conseillère.

— Je pense que c'est une excellente idée. Que diriez-vous d'un dîner demain soir ?

— Ne croyez-vous pas que c'est un peu trop tôt ? Peut-être que nous devrions prendre les choses un peu plus à la légère. Je ne voudrais pas qu'elle commence à se méfier.

— Dans ce cas, dînez simplement avec moi.

Le regard sur le visage de la jeune femme l'informa qu'elle savait très bien où il voulait en venir, puis il la vit reculer d'un pas, ce qui le vexa. Il n'avait pas vraiment l'habitude que les femmes ne répondent pas à ses avances.

— Je ne suis pas sûre de comprendre, dit-elle.

Mais le regard qu'elle posa sur son torse lui indiqua qu'elle ne comprenait que trop bien. Il sentit les doigts de Margaux trembler dans sa main, mais la lueur de désir qu'il vit dans son regard l'informa que ce n'était pas de peur qu'elle tremblait. D'ailleurs, Clint doutait qu'elle puisse avoir peur de quoi que ce soit, et le fait qu'elle se soit écartée de lui en disait plus long encore.

— Je me disais… Pourquoi faire semblant de sortir ensemble alors qu'on pourrait le faire pour de vrai ?

Elle le regarda dans les yeux.

— Pour de vrai ?

Elle n'avait pas besoin de faire comme si cette idée était totalement absurde.

— Je vous aime bien Margaux. Je vous aime beaucoup. Et si vous me dites, là, maintenant, que vous ne ressentez pas la même chose, je vous laisserai tranquille.

Il s'approcha d'elle, assez près pour sentir le souffle de Margaux dans son cou. Elle entrouvrit les lèvres et il lui fallut vraiment prendre sur lui pour ne pas l'embrasser à cet instant.

— Je…

Elle était incapable de répondre, ce qui voulait dire qu'elle n'avait pas dit non. Et n'étant pas le genre d'homme à attendre indéfiniment, il choisit de prendre la décision pour elle.

— Votre temps est écoulé, dit-il.

Puis, il l'attira dans ses bras et il posa ses lèvres sur les siennes.

6.

Qui lui aurait prédit qu'un simple baiser pouvait lui faire perdre la tête ? Jusqu'à cet instant, Margaux avait toujours pensé que ce n'était qu'une expression, mais lorsque Clint l'avait prise dans ses bras et l'avait embrassée, c'était exactement ce qu'elle avait ressenti.

Un véritable feu d'artifice, des étincelles… tous les clichés stupides qu'elle avait entendus de la bouche d'amis ou de clients étaient devenus réalité, excepté que cela n'avait rien de stupide. C'était l'expression du désir à l'état brut, comme jamais Margaux ne l'avait ressenti jusque-là.

Clint la serra contre lui et il laissa échapper un petit gémissement, comme si elle avait été la chose la plus délicieuse qu'il ait jamais goûtée. Il insinua sa langue entre ses lèvres et lui donna un baiser d'une sensualité à couper le souffle, tandis qu'il la caressait en des endroits qu'elle ne savait pas aussi inflammables. Sa nuque, ses cuisses, toutes ces zones qu'elle ne croyait pas être érogènes, s'étaient éveillées sous les caresses de Clint qui l'effleurait du bout des doigts.

Elle était dans les bras d'un homme qui savait embrasser,

et dont chaque geste avait su toucher ses points les plus sensibles.

Une petite voix en elle lui disait qu'elle n'aurait pas dû faire ça, qu'elle n'aurait pas dû rester dans les bras de cet homme, mais elle ne trouva pas la volonté d'arrêter. Elle sentit son cœur s'emballer au contact de la bouche de Clint, de son torse contre ses seins. Ils gémissaient au rythme de leurs caresses et tout ce dont elle avait envie était que cela continue.

Il l'attira plus près de lui encore, hanches contre hanches, le renflement entre ses jambes étant comme une proposition qu'elle mourait d'envie d'accepter. Elle sentit une joie l'envahir, une légèreté… et une envie de se laisser porter par ses sensations.

Il la serra contre lui et lui donna un baiser plus profond encore, comme s'il avait puisé en elle sa force vitale tout en lui redonnant vie, à elle. Jamais avant un simple baiser ne lui avait procuré autant de sensations.

La bouche de Clint descendit le long de son cou, et au creux de son oreille, où il murmura :

— Je pense qu'on devrait faire plus ample connaissance.

C'était le minuscule instant de lucidité dont elle avait besoin pour recouvrer ses esprits. Mais qu'était-elle en train de faire ? Depuis quand se laissait-elle séduire par ses clients ? C'était immoral à tant de points de vue qu'elle préférait ne même pas y penser.

— Je suis d'accord, dit-elle en reprenant son souffle tout en le repoussant doucement.

Encore grisée, elle réajusta sa robe et recula de quelques

pas supplémentaires pour rétablir une certaine distance entre eux.

— Heu… Je pensais à quelque chose de plus… déshabillé, dit Clint.

Elle leva les yeux vers lui et vit qu'il était tout à fait sérieux.

— Je ne pense pas.

— Pourquoi pas ?

Il semblait si déconcerté qu'elle se dit qu'elle était peut-être la première femme à le repousser — une décision qu'elle avait du mal à ne pas regretter.

— Tout d'abord, vous êtes mon client, lui rappela-t-elle.

— Ma mère est votre cliente. Moi, je suis juste un intermédiaire qui vous trouve incroyablement sexy et tout à fait irrésistible.

— Mais c'est vous qui me payez et il y a un conflit d'intérêts manifeste.

Il croisa les bras sur le torse.

— En quoi y aurait-il un conflit d'intérêts ?

Bon, il n'était pas un client au sens classique du terme, mais la sensation qu'elle éprouvait demeurait la même.

— C'est très simple, je ne sors pas avec mes clients, ni même avec les fils des clients qui me paient. Imaginez quelle serait ma réputation si je commençais à sortir avec les clients qui viennent demander mes services…

En particulier ceux qui payaient cinq fois le montant de ses honoraires habituels.

Il la regarda l'air mi-figue mi-raisin, et elle vit un semblant de sourire se dessiner sur ses lèvres.

— C'est tout ce que vous avez trouvé ? Parce que

jusqu'à présent, je ne vous ai pas entendue dire que vous n'étiez pas attirée par moi.

Elle ouvrit la bouche pour le lui dire, mais aucun son ne sortit. Bon sang, il la tenait… Et le regard satisfait qu'il affichait disait qu'il le savait.

Ne sachant quoi répondre, elle se réfugia derrière un air hautain.

— Je suis aussi attirée par les gâteaux à la crème, mais ça ne veut pas dire que j'en mange chaque fois que j'en ai envie.

Cela eut pour effet de le faire rire. N'aurait-elle pas pu penser à quelque chose de moins stupide ?

— Je suis ravie que vous me trouviez amusante.

— Je vous trouve très amusante. Et adorable, et intelligente, et sexy. Vous voulez que je continue ?

« Oui ! »

— Non.

A cet instant, elle ressentit le besoin irrépressible de s'enfuir, partagée entre la certitude que coucher avec Clint était une mauvaise idée et l'envie irrépressible de le faire.

— Je pense que je devrais partir, déclara-t-elle.

Cela refroidit le sens de l'humour de Clint. Il s'approcha de Margaux et posa la main sur son épaule.

— O.K., dit-il en la regardant dans les yeux. Mais j'ai trouvé ce baiser assez spectaculaire. Pas vous ?

Elle aurait voulu tout lui dire sauf la vérité, sachant qu'il n'était pas le genre d'homme qui avait besoin qu'on l'encourage. Malheureusement, elle avait toujours été une piètre menteuse.

— C'était assez spectaculaire, admit-elle.

Il rit de nouveau.

— Essayez de ne pas faire comme si c'était une catastrophe.

— Non. C'est juste que…, fit-elle, cherchant ses mots, espérant qu'il ôte ses mains d'elle pour qu'elle puisse penser plus clairement. Tout cela est plutôt surprenant, et j'ai besoin de réfléchir à tout ça.

Il céda en se penchant vers elle et en déposant un doux baiser sur son front.

— Je ne veux pas que vous soyez déconcertée. Je vous veux enthousiaste et prête… et impatiente d'aller dans tous les endroits où j'ai envie de vous emmener.

Puis, il lui caressa le bras et prit ses mains dans les siennes. Elle le regarda porter ses doigts tremblants à ses lèvres. Il ne l'avait pas quittée des yeux et elle se sentit vaciller sous l'impudence de son regard.

Elle n'avait jamais été en compagnie d'un homme si expérimenté en matière de séduction, si à l'aise et ayant une telle facilité à dire à une femme exactement ce qu'elle avait envie d'entendre. Pas même Rob…

Elle tressaillit et retira ses mains.

— J'ai un petit ami ! annonça-t-elle.

Il réagit avec amusement.

— Vous n'y pensez que maintenant ? C'est ce que j'appelle un petit ami !

Elle sentit le rouge lui monter aux joues. C'était affreux. Comment avait-elle pu oublier Rob ? C'était la deuxième fois en trois jours — et chaque fois, c'était en présence de cet homme.

— Je dois y aller, annonça-t-elle.

Puis, elle se retourna pour aller chercher son sac. C'était

la première fois depuis leur rencontre qu'elle semblait déstabilisée.

— Je suis désolé, Margaux. Ne partez pas comme ça, si vite.

Elle marqua un temps d'arrêt et elle se retourna.

Il ajouta :

— Je vous ai un peu forcé la main et je m'en excuse, reconnut-il. Je ne veux pas vous effrayer. C'est important pour moi et pour ma mère.

Elle se calma un peu et respira profondément. Si elle voulait être honnête, le contrat était important aussi pour elle. Elle avait englouti toutes ses économies dans son nouvel appartement et cette mission était ce qui lui permettait de dormir la nuit. Et elle n'avait pas envie de la perdre.

— Voyons-nous d'ici à deux jours, concéda-t-elle.

Il sourit, soulagé, et l'accompagna jusqu'à la porte.

— Marché conclu !

Et juste quand elle traversait en se disant que cet incident serait vite oublié, il l'interpella depuis la porte.

— Et puis... Nous avons tout le temps pour nous occuper de notre relation.

— J'attire toujours le genre d'hommes que je ferais mieux de fuir.

Margaux était assise derrière son bureau et essayait de se faire une idée sur sa dernière cliente en date. Stacy avait vingt-quatre ans et elle travaillait en tant que serveuse au Surf'Up, un lieu de drague pour étudiants. Ce qui était sans doute l'explication numéro un aux problèmes rencontrés par Stacy. L'explication numéro deux étant son apparence.

Son chemisier en résille dissimulait à peine le soutien-gorge en satin noir qu'elle portait et si sa jupe avait été un tant soit peu plus courte, elle aurait porté le nom de ceinture. Elle était beaucoup trop maquillée, elle portait une profusion de bijoux et tellement de laque que Margaux avait peur qu'elle ne soit inflammable.

Et puis, il y avait le problème de l'étrange couleur de sa peau, sans doute due à un excès d'U.V. qui lui donnait une carnation foncée peu naturelle compte tenu de la pâleur de son teint d'origine. C'était comme si elle avait opté pour un bronzage californien, et qu'elle ait obtenu la teinte « radioactive » après s'être trompée de bouton.

Margaux n'avait pas besoin de le lui demander, mais son expérience lui avait appris à ne jamais faire de suppositions.

— Quel genre d'hommes attirez-vous ?

— Des salauds qui ne cherchent que le sexe. Le dernier ne s'est même pas donné la peine de m'inviter à dîner, dit-elle en croisant les jambes, et Margaux ne put éviter de voir sa petite culotte rose. C'est pour cela que je vous ai appelée, reprit-elle. J'en ai vraiment marre des obsédés. J'aimerais trouver un type gentil, de préférence avec un boulot. Vous pouvez m'en trouver un, n'est-ce pas ? C'est ce que vous faites, non ? Vous êtes un peu l'agent d'hommes bien sous tout rapport, c'est ça ?

C'était nouveau comme appellation.

— Pas exactement, mais j'ai des clients qui sont gentils et qui ont un travail.

— Où est-ce que je signe ? demanda-t-elle, l'air radieux.

Margaux poussa un soupir et elle s'appuya sur le dossier de son fauteuil. Stacy n'était pas la première à venir la voir en pensant qu'elle dirigeait un genre de magasin pour célibataires, comme si elle avait eu une réserve pleine d'hommes prêts à être choisis.

C'était à ce moment de l'entretien qu'elle perdait en général la plupart des clients de ce type.

— Ce n'est pas si simple, expliqua Margaux. Tout d'abord, nous devons découvrir pourquoi vous attirez ce genre d'hommes.

Le regard de Margaux se posa sur la poitrine de Stacy par inadvertance et celle-ci répliqua aussitôt :

— Je dois me faire refaire les seins, n'est-ce pas ? Mes amies me disent que je suis trop plate, et que les mecs bien aiment les gros seins.

A moins que les amies de Stacy aient des actions chez un chirurgien esthétique, Margaux ne comprenait pas pourquoi elles pouvaient penser cela alors que la jeune femme pouvait se targuer d'un bonnet C tout ce qu'il y avait de plus correct. En fait, elle avait un certain nombre d'atouts, il fallait juste qu'elle en mette certains en avant et qu'elle laisse l'imagination faire le reste.

— Vos seins sont parfaits, assura-t-elle, mais pour ce qui est de votre tenue vestimentaire, c'est une autre histoire.

Stacy blêmit, comme si c'était la dernière chose qu'elle s'était attendue à entendre.

— Vous vous habillez tout le temps comme ça ? demanda Margaux.

— Bien sûr ! Si je ne le faisais pas, personne ne me regarderait !

— Vous seriez surprise de constater combien d'hommes vous aborderaient encore si vous n'en montriez pas autant. Et ce serait sans doute ces hommes plus gentils que vous cherchez.

Stacy regarda sa tenue avec l'expression qu'elle aurait eue si Margaux lui avait suggéré de mettre le feu à sa meilleure amie.

— Stacy, la façon dont les gens s'habillent dit quelque chose de ce qu'ils sont. Et ce que vous dites, c'est : Je suis une fille facile. Vous devez vous couvrir un peu, avoir la main plus légère sur le maquillage…

Stacy secoua la tête.

— Oh, non ! J'ai des yeux minuscules et des lèvres de lézard. Je suis absolument horrible sans maquillage.

— Et vous passez trop de temps dans les cabines d'U.V.

— C'est pour éviter de ressembler à un fantôme ! assura-t-elle en montrant ses bras. Ce n'est même pas un véritable bronzage. Je suis obligée d'appliquer de l'autobronzant, je suis tellement blanche que je ne bronze pas.

— Et il y a des tas de gentils garçons qui adoreraient rencontrer une jolie blonde à la peau claire et aux beaux yeux verts. Vous n'allez pas trouver l'homme et le bon — celui qui vous aimera et vous respectera — tant que vous ne serez pas prête à vous montrer telle que vous êtes vraiment.

Stacy resta silencieuse et réfléchit aux paroles de Margaux.

— Je ne sais pas. Je n'avais aucune vie amoureuse avant que mes amies ne m'aident à changer de look.

— Quand était-ce ?

Stacy haussa les épaules.

— Je ne sais pas, au lycée sans doute.

— Et ne pensez-vous pas que le moment soit venu pour un nouveau changement de look ?

— Je ne sais pas… Peut-être.

— Vous êtes encore habillée comme une lycéenne, ce qui explique pourquoi vous attirez des hommes qui sont encore des lycéens en rut. Vous avez une vingtaine d'années maintenant, et il est temps que vous alliez de l'avant.

— Et peut-être que je trouverai des hommes qui assurent au lit, dit Stacy en pointant de son index rose fuchsia le dossier qu'elle avait rempli. J'ai dit dans le formulaire que le sexe était très important pour moi. Non, sérieusement, je ne peux pas sortir avec des mecs nuls au lit.

Margaux contint un soupir d'exaspération.

— Vous devez être réaliste par rapport à vos attentes. Je ne vais pas essayer de vous trouver un homme qui est extraordinaire au lit. Je vais chercher un homme qui soit complémentaire avec vous à un niveau personnel, un homme avec qui vous pouvez communiquer facilement, avec qui vous avez des intérêts communs et qui partage les mêmes valeurs que vous. Quand vous aurez ce genre de relation, vous aurez une vie sexuelle qui sera viable à long terme. Peut-être que la première fois ne sera pas exceptionnelle, mais si vous êtes avec quelqu'un qui est prêt à explorer ces domaines avec vous et avec qui vous pouvez communiquer, vous vous retrouverez avec quelque chose de beaucoup mieux qu'un feu de paille qui s'éteint avant le troisième rendez-vous.

Margaux ne pouvait s'empêcher de prêter attention à ses propres paroles.

Elle n'avait presque pas dormi la nuit précédente, et elle repensait encore au baiser brûlant qu'elle avait échangé avec Clint. C'était très certainement le genre de sensations que recherchait sa cliente, mais Margaux savait qu'il lui fallait suivre ses propres conseils.

Ce genre de relation basée sur le sexe s'étiolait très vite si elle ne reposait pas sur l'amitié, le respect, la communication et la sincérité. C'étaient les quatre principes de base qu'elle prêchait chaque jour.

Margaux savait sans l'ombre d'un doute que faire l'amour avec Clint serait très satisfaisant, mais comme elle se l'était rappelé la nuit précédente, elle était à ce stade de sa vie où elle voulait davantage que cela — et elle l'avait trouvé avec Rob.

Elle ne devait pas oublier que même si la vie sexuelle avec Rob n'avait pas commencé par un feu d'artifice, les principes de base étaient là. Et à ce stade, elle savait qu'ils étaient capables de vivre des choses bien plus intenses, et que ce n'était qu'une question d'expérimentation.

Ils avaient d'ailleurs un certain retard à rattraper dans ce domaine.

— Donc vous êtes en train de me dire que je pourrais me retrouver avec un type vraiment gentil qui est au nul au lit et que c'est à moi de régler le problème ?

Margaux resta bouche bée.

— Je ne suis pas sûre que je résumerais les choses ainsi. Tout ce que je dis, c'est de ne pas faire du sexe une priorité absolue. Regardez l'homme d'abord. Trouvez quelqu'un avec qui vous avez des affinités en dehors du sexe. Et si, quand vous faites l'amour, ce n'est pas ce à quoi vous aspiriez, dites-lui ce qui vous plaît. Et n'oubliez pas que c'est pour la vie, et pas pour quelques instants. Même les meilleures relations à ce niveau-là connaissent des hauts et des bas. Comme n'importe quel autre aspect d'une relation, c'est quelque chose sur quoi vous devez travailler, et si vous avez trouvé le bon partenaire, vous pouvez créer le feu d'artifice.

— Vous croyez vraiment à ça ? Enfin, je veux dire, que faites-vous de l'attirance ?

— Il y a l'attirance sexuelle et l'attirance spirituelle. Trouvez l'attirance spirituelle et le reste suivra.

Stacy poussa un long soupir.

— Ça semble vraiment compliqué.

— Ça ne l'est pas. Vous devez juste garder à l'esprit ce qui est important et avoir la force d'oublier le reste.

Des paroles que Margaux avait bien besoin de ne pas oublier. Elle savait que le désir qu'elle avait éprouvé pour Clint était dû au fait qu'elle n'avait pas vu son petit ami depuis presque une semaine. Ils avaient l'un et l'autre été très occupés, elle avec son travail et Rob avec les examens d'actuaire qu'il préparait dans le cadre de son travail. La vie s'en était mêlée et leur vie sexuelle en avait souffert, la rendant vulnérable à la tentation lorsque le beau et sexy Clint Hilton s'était présenté.

Margaux devait reconnaître qu'elle avait eu de meilleurs amants que Rob, mais jamais elle n'avait douté que les choses pouvaient s'améliorer. Ils devaient juste y consacrer plus de temps et d'efforts. Et soudain, elle prit conscience que c'était exactement ce qu'elle devait faire.

Elle donna à Stacy une liste de changements qu'elle devait effectuer et elle lui fixa un prochain rendez-vous. Et après le départ de Stacy, elle commença à se préparer à la séduction parfaite de l'homme auquel elle devait se consacrer. Rob lui avait dit qu'il devait étudier ce soir-là, mais Margaux pensa que si elle se présentait chez lui nue, elle réussirait peut-être à lui faire faire une pause. C'était exactement le genre de choses qu'elle avait eu envie d'accomplir mais qu'elle n'avait simplement pas eu l'occasion de faire. Or, elle avait presque failli céder à la tentation avec son nouveau client, elle ne voyait donc pas de moment plus propice pour mettre du piment dans sa vie sexuelle avec Rob.

Et un petit imperméable rose avec des chaussures à talons assorties lui semblaient tout à fait indiqués pour cette mission.

Elle n'avait pas d'autres rendez-vous prévus dans l'après-midi et elle allait en profiter pour commencer ses préparatifs pour la soirée. Elle préparerait un bon dîner pour Rob. Il s'était extasié sur sa sauce marinara et elle se dit qu'elle aurait le temps de la préparer pour le soir. Des pâtes, du pain, et peut-être une petite salade suffiraient et elle pourrait les emporter dans un petit panier. Le pauvre serait sans doute ravi de pouvoir déguster un bon dîner, vu qu'il avait dû passer la semaine à manger des plats préparés.

Sinon, il apprécierait certainement ce qu'elle avait en tête pour le dessert.

Elle se dit que c'était exactement ce dont ils avaient

besoin : une escapade sexuelle impromptue. Et dans la foulée, elle prouverait que l'homme, le bon, était un bien plus puissant aphrodisiaque que tous les play-boys d'Hollywood.

7.

Clint entra dans l'ascenseur qui menait à son bureau après avoir passé la majeure partie de la journée à un rendez-vous éreintant avec de nouveaux clients.

Quand les portes de l'ascenseur s'ouvrirent, il traversa le hall d'entrée en regardant à travers les portes de verre et il vit Carmen à son bureau avec un adolescent dégingandé qui se tenait juste derrière elle. Ils regardaient quelque chose sur l'écran de l'ordinateur de Carmen et Clint se demanda si elle savait que le gamin se rinçait l'œil dans son décolleté.

Clint entra dans son bureau, attirant ainsi leur attention et le gamin, à contrecœur, leva les yeux du décolleté de Carmen pour voir qui les avait rejoints.

— Salut, boss ! lança Carmen, mais quand elle croisa le regard de Clint, son sourire s'estompa. Le rendez-vous s'est si mal passé ?

— Pire, dit Clint en regardant le gamin. Qui est notre ami ?

Le garçon se recula du siège de Carmen.

— Brad Mahoney.

Le nom lui sembla vaguement familier.

— Le petit-fils d'Edward Mahoney, ajouta Carmen pour lui venir en aide. Tu as accepté de le prendre en tant que stagiaire pour l'été.

Cela lui revenait à l'esprit à présent. Edward Mahoney, un des meilleurs amis de son père et l'actionnaire le plus important de son entreprise, lui avait demandé si son petit-fils pouvait apprendre les ficelles du métier dans son entreprise. Clint n'avait pas pour habitude de prendre des stagiaires, mais lorsqu'un de ses associés des plus généreux le lui demandait, il était difficile de dire non.

— Les cours sont déjà finis ? On est à peine au mois de mai, dit Clint.

— Oui, heu… j'ai laissé tomber quelques cours qui ne marchaient pas très fort alors j'ai fini un peu plus tôt cette année.

Clint regarda le gamin, se demandant ce que cela voulait dire, puis il décida qu'il préférait ne pas le savoir.

— Je lui ai dit de venir à la dernière minute, je ne pensais pas que ton rendez-vous durerait aussi longtemps, lui dit-elle visiblement désolée. J'ai essayé de lui organiser un entretien avec Stan, mais il ne m'a pas rappelée.

— Mon associé s'est arrêté sur un chantier après notre rendez-vous. Il rentrera plus tard dans la journée.

Brad prenait appui sur le bureau de Carmen comme s'il avait été le propriétaire des lieux, ce qui eut le don d'énerver Clint. Peut-être était-ce à cause de la migraine qui le taraudait depuis le début de l'après-midi ou de l'agacement qu'il éprouvait à devoir s'occuper de ce gamin. Mais en tant que petit-fils d'Edward Mahoney, Clint s'était attendu à quelqu'un qui aurait eu la tête sur les épaules.

Brad avait les cheveux en bataille, les yeux pleins de sommeil et il ne semblait pas avoir récupéré de sa cuite de la veille. Il avait réussi à enfiler une chemise habillée, mais il n'avait pas jugé bon de la rentrer dans son pantalon. Et le jean n'aurait pas non plus été ce que Clint aurait choisi pour un premier rendez-vous avec son patron.

Clint essaya de se rappeler qu'il avait été étudiant lui aussi et que sa patience n'était pas optimale après la journée difficile qu'il venait de passer. Sans parler de la nuit, qu'il avait passée éveillé pour la plupart, à cause du baiser torride qu'il avait échangé avec une certaine conseillère matrimoniale aux yeux noirs.

Il n'arrivait pas à se rappeler la dernière fois où une femme l'avait rendu fou à ce point-là. Probablement jamais. Et au petit matin, allongé dans son lit, il s'était demandé comment réagir. Il avait passé la moitié de la nuit à se dire qu'il ferait mieux de l'oublier, qu'elle n'était pas libre, mais le désir impérieux qui le tenaillait en avait décidé autrement. Il avait donc passé une partie de la journée à préparer sa prochaine offensive.

Après avoir poussé un soupir, il fit signe à Brad de le suivre dans son bureau.

— Viens avec moi.

— Ouah ! Vous faites du surf ? demanda Brad en regardant, médusé, une photo qui se trouvait sur le bureau de Clint.

— Pas très bien, mais je me débrouille.

Brad prit la photo pour l'observer de plus près.

— De quel genre de planche s'agit-il ? C'est une Walden ?

Clint haussa les épaules.

— Je ne sais pas, je l'ai empruntée au type à qui je rendais visite.

— Mec, l'eau est vraiment transparente. C'était où ? En Nouvelle-Zélande ?

Quand Clint lui répondit qu'il s'agissait de l'Australie, le gamin entama un long monologue sur le wakeboarding à Mendocino, le ski à Sun Valley et sur le skateboard ultratendance que sa mère lui avait acheté pour Noël. Clint trouva la conversation plutôt distrayante tandis qu'il mettait de l'ordre sur son bureau et consultait les messages laissés par Carmen.

— C'est superbonnard, le boss surfe ! conclut Brad.

Il reposa la photo, mais pas à sa place, et ensuite il s'affala dans le canapé, comme s'il se préparait à regarder un match de base-ball.

Clint eut envie de faire abstraction de son agacement, mais la tâche devenait de plus en plus difficile.

— Alors, qu'est-ce que tu étudies, Brad ?

— Oh, un peu tout, le commerce surtout. Je ne suis pas un fou de la fac, mais les gonzesses sont canon. C'est ce qui me retient de tout envoyer balader, vous voyez ce que je veux dire ? Et puis, ma mère me tuerait, dit-il en haussant les épaules.

— Alors quel est ton plan de carrière exactement ?

— Pour l'instant, ma mère veut que j'apprenne la construction. Ça pourrait être cool.

— Mais que veux-tu, toi ?

Il haussa de nouveau les épaules.

— Je n'y ai pas vraiment réfléchi.

Clint essaya de se rappeler s'il avait déjà été comme ça, mais il en doutait. Clint n'avait jamais eu aussi peu d'ambition que ce gamin et il se demandait ce qu'il allait en faire tout l'été.

Brad désigna le bureau de Clint d'un geste.

— Ouais, je crois que ça pourrait me plaire. Un chouette bureau, une nana sexy à l'entrée. Et je parie que vous avez des superbagnoles.

— J'ai dû beaucoup travailler pour en arriver là. As-tu envie de travailler ?

— Bien sûr, sans problème. Dites-moi juste par où je dois commencer, boss.

Clint sentit qu'il risquait de s'énerver.

— Ecoute Brad, tu peux m'appeler Clint si tu veux, mais « boss », c'est quelque chose que seule Carmen peut se permettre.

Brad sembla décontenancé.

— Oh..., désolé, dit-il, puis il finit par hocher la tête, comme s'il venait juste de comprendre, il lui fit même un clin d'œil de connivence. Je vous reçois cinq sur cinq.

Cela sembla si bizarre, que Clint ne put s'empêcher de demander :

— Et que reçois-tu cinq sur cinq, Brad ?

— Vous et Carmen, dit-il en lui adressant un nouveau clin d'œil. Je trouve ça cool.

— Et qu'est-ce que tu trouves cool ?

— Ce truc entre patron et secrétaire, vous savez... Les faveurs, les petits noms, je comprends. Je trouve ça cool.

Clint comprenait lui aussi, et il n'était pas cool.

Il se leva et posa les mains sur son bureau.

— Carmen est ma directrice administrative, pas ma secrétaire et ce dont il est question ici, c'est qu'elle est là depuis quatre ans et toi quinze minutes. Et pour ce qui est des faveurs, tu peux m'en faire une immédiatement, en essayant de réfléchir au-dessus de la ceinture et en te rappelant qu'ici c'est une entreprise et pas le club des étudiants !

Son ton acerbe effaça le sourire stupide des lèvres de Brad.

— Oui, bien sûr.

La migraine de Clint le harcela de plus belle. Mais il se rappela tous les services qu'Edward lui avait rendus au fil des années et il comprit qu'il était foutu. Il était coincé avec Brad, tant que celui-ci se pointerait dans son bureau en tout cas. Et tant qu'il le ferait, Clint était dans l'obligation d'essayer de lui apprendre quelque chose.

Il se rassit et soupira.

— Sois ici demain matin à 8 heures tapantes.

— Si tôt ?

Clint lui jeta un regard noir pour toute réponse et Brad répliqua aussitôt :

— Pas de problème, 8 heures.

— Viens avec un jean et un vieux T-shirt. Et trouve-toi des bottes. Tu passeras la plupart de la journée sur les chantiers.

— Est-ce qu'il y a… une indemnité pour ça ?

Clint avait du mal à en croire ses oreilles.

— Oui, ça s'appelle un salaire et tu le touches à la fin du mois.

Brad se gratta la tête.

— O.K. Oh, avant d'oublier, jeudi prochain, j'ai des trucs à faire. Je pourrai sûrement venir, mais pas avant…

« Oh, nom de Dieu ! »

— Vois ça avec Carmen,

— Bien sûr… Je pensais juste que vous voudriez le savoir.

— C'est tout pour aujourd'hui. Tu peux y aller. Et tu ferais mieux de dormir, tu en auras besoin.

Comme à regret et l'air légèrement confus, Brad se leva du canapé et sortit du bureau, laissant Clint enfin seul. Il ferma les yeux et poussa un long soupir de soulagement. Vu la journée horrible qu'il venait de passer, Clint aurait sans doute mieux fait de rentrer chez lui, mais cette idée lui sembla triste et sans intérêt. Ce dont il avait réellement envie, c'était de reprendre avec Margaux là où il en était resté la veille, ou du moins essayer.

Jetant un coup d'œil à son répondeur, il décrocha le combiné et écouta ses messages. Il l'avait appelée après son rendez-vous, mais elle ne l'avait pas rappelé. Et après vérification, elle n'avait pas non plus laissé de message à son bureau.

Il était en train de reposer le combiné quand Carmen entra dans son bureau.

— Alors, que penses-tu de notre nouveau stagiaire ? demanda-t-elle avec un large sourire qui indiquait qu'elle savait déjà ce qu'il allait répondre.

— Ce gamin est un boulet. La prochaine fois que je donne mon accord pour prendre le petit-fils d'un de nos riches actionnaires, assure-toi que je l'aie rencontré d'abord, O.K. ?

Elle se mit à rire et posa un dossier sur son bureau.

— Tu as eu des nouvelles de Margaux aujourd'hui ? demanda-t-il.

— Non, j'aurais dû ?

Il la dévisagea, essayant de deviner si elle jouait les imbéciles. Après tout, elle et Margaux étaient amies et la veille, il lui avait fait des avances. Est-ce que les femmes ne se racontaient pas ce genre de choses ?

— Je lui ai laissé un message cet après-midi. J'espérais la voir pour que nous puissions mettre au point une stratégie.

— Elle a sûrement eu des rendez-vous toute la journée. Tu as essayé son portable ?

Il hocha la tête.

— Soit elle était en ligne, soit elle l'avait éteint, je suis tombé directement sur son répondeur.

— Je pourrais essayer de la joindre chez elle si tu veux.

Voilà qui était une excellente idée. Une idée qu'il aimait beaucoup, surtout s'il la tournait à son avantage…

— Je crois que je vais m'arrêter chez elle en chemin, suggéra-t-il. Où m'as-tu dit qu'elle habitait déjà ?

— Pas du tout sur ton chemin, dit-elle en croisant les bras, le regardant d'un air suspicieux. A quoi joues-tu, boss ?

Il feignit l'innocence.

— A rien. C'est juste que c'est important pour moi. Ça s'est très bien passé hier soir. Nous sommes bien partis sur notre lancée, et je souhaite que ça continue.

— Et cette lancée ne peut pas attendre demain ?

Non, en réalité, cela ne pouvait pas attendre. Si Clint avait tiré une seule leçon de la nuit précédente, c'était qu'il y avait quelque chose de réellement intense entre eux et qu'il n'était pas prêt à abandonner le match après un seul round. Et comme il savait qu'il allait passer la soirée à penser à elle, il se dit qu'il ferait aussi bien de la passer en sa compagnie, en ayant au moins une chance de se battre.

Il afficha un sourire satisfait et une demi-heure plus tard, il quittait le bureau, l'adresse de Margaux à la main.

Margaux vérifia son maquillage dans le rétroviseur de sa Coccinelle Volkswagen avant de prendre son panier de pique-nique et de se rendre à l'appartement de Rob. Elle avait eu droit à une œillade appuyée de la part de son voisin, M. Hanson, lorsqu'elle était sortie de chez elle avec son imperméable rose bonbon et les chaussures à talons assorties.

Et rien d'autre.

Bien sûr, M. Hanson ne savait pas que sous son imperméable, elle ne portait qu'un bustier et une petite culotte en satin. Et il ne savait pas non plus que dans son panier, entre la sauce marinara et la boule de pain, elle avait glissé quelques préservatifs. Mais en la regardant, n'importe quel passant aurait pu deviner qu'elle s'apprêtait à passer une soirée très intéressante, ce qui n'avait pas non plus échappé à son voisin de soixante-quatorze ans.

Elle lui avait adressé un sourire timide et elle avait rejoint sa voiture précipitamment, avant qu'il ait le temps de la coincer pour commencer à lui poser des questions. Cela avait été amusant et excitant de faire quelque chose d'un peu osé et spontané. Aux yeux des amis de Margaux et de sa famille, elle avait toujours été celle qui était raisonnable. Elle avait toujours réfléchi avant d'agir, et cela depuis son plus jeune âge.

Alors, le fait de sortir de chez elle à moitié nue, déguisée en petit chaperon rouge était tout à fait inhabituel pour elle. Mais prendre ce genre de risque était une bonne thérapie et elle se réjouissait à l'avance de la réaction de Rob lorsqu'il la verrait ainsi.

A cette pensée, elle sentit un grand sourire lui monter aux lèvres tandis qu'elle grimpait l'escalier en sautillant jusqu'au deuxième étage, où se trouvait l'appartement de Rob.

Serrant la ceinture de son imperméable, elle retint son souffle avant de frapper à la porte. Elle essaya de transformer son grand sourire en quelque chose de plus enjôleur et sensuel, mais quand elle entendit les pas se rapprocher de la porte, elle ne put contenir son excitation.

Elle entendit le bruit du verrou et quand la porte s'ouvrit, Margaux sentit son sourire se figer. Sur le seuil de la porte, se tenait une blonde aux yeux bleus, ultramince avec des gros seins qui portait un minuscule débardeur à bretelles et... était-ce le bas de pyjama de Rob ?

Margaux resta pétrifiée sur place, tandis que la fille la détaillait des pieds à la tête.

— Vous n'êtes pas le livreur de pizza, dit la blonde.

Margaux fixa son regard sur les doigts de pied de la fille. Elle portait du vernis bleu électrique et une bague argentée. Elle les voyait à peine sous le pantalon qu'elle savait désormais être à Rob. Elle se rappela avoir pensé à lui en acheter un autre.

« Cette femme ne couche pas avec mon petit ami. »

En fait, Margaux s'était dit qu'un pyjama était un cadeau parfait à ce stade de leur relation. Pas trop cher, assez personnel, mais pas trop.

« Elle ne couche pas avec Rob. »

Elle leva les yeux et détailla les formes de la blonde : hanches étroites, taille minuscule et seins disproportionnés.

Le commentaire de Stacy lui revint à la mémoire. « Les hommes bien aiment les gros seins. »

Mais Rob n'entrait pas dans cette catégorie d'hommes. Il valait mieux que ça. Et elle se faisait des idées, elle en était sûre. Il devait y avoir une explication…

— Vous cherchez Rob ? demanda la femme.

Margaux reprit son souffle et prit sur elle pour prononcer ces mots :

— Oui, il est là ?

« Dis non. Il n'est pas en ville. Tu gardes son appartement. Tu es la petite amie de son frère… »

La femme regarda Margaux des pieds à la tête une nouvelle fois, avant de répondre :

— Attendez une minute.

Elle disparut dans l'appartement.

— Rob, il y a quelqu'un à la porte.

Derrière la porte entrouverte, Margaux pouvait entendre leur conversation.

— Qui est-ce ?

— Une nana avec un imper rose.

— Qu'est-ce qu'elle veut ?

— Comment veux-tu que je le sache ! C'est peut-être une voisine, peut-être qu'elle a perdu ses clés ou qu'elle veut t'emprunter quelque chose.

Margaux ressentit l'envie irrépressible de faire demi-tour et de partir en courant, mais elle tint bon et elle trouva le courage de rester. Elle ne pouvait pas partir comme ça et passer la nuit à imaginer le pire. Il devait y avoir une explication logique.

Mais lorsqu'elle vit le visage de Rob lorsqu'il apparut à la porte, toute explication logique s'évanouit.

— Margaux…

Il eut l'air surpris, un peu coupable et… était-ce réellement de l'agacement qu'elle lisait sur son visage ?

— Tu aurais dû appeler, dit-il.

— C'était une…

Elle s'interrompit avant de prononcer le mot surprise. Elle eut un haut-le-cœur.

— Hum…, dit-il en tenant une bière d'une main et en se grattant le front de l'autre. C'est une situation délicate.

— Alors ainsi, tu es en train d'étudier ce soir.

— Oui… commença-t-il par dire, avant de comprendre que c'était inutile. Margaux, reconnut-il, j'aurais dû t'appeler la semaine dernière.

La semaine dernière ?

Il sortit dans le couloir et referma la porte derrière lui.

— Je suis désolé. Si j'avais su que tu passerais à l'improviste, je…

Il leva les yeux vers elle et elle resserra son imperméable contre sa poitrine. C'était, sans aucun doute, l'instant le plus humiliant de sa vie.

— Je voulais juste…, reprit-il. Ça n'aurait pas marché entre nous.

— Et pourquoi ? s'écria-t-elle d'une voix étranglée.

Elle ne savait pas pourquoi elle était encore là. Peut-être était-ce à cause du choc, ou peut-être avait-elle besoin de réponses. Peut-être aussi qu'elle avait besoin de bien comprendre ce qui était en train de lui arriver.

Son petit ami, l'homme qui était fait pour elle, non seulement mettait un terme à leur relation, mais en plus il était déjà passé à autre chose, sans même avoir pris la peine de le lui dire.

Elle sentit sa gorge se serrer.

« Non… Ne pleure pas maintenant ! »

— Je t'aime bien Margaux. Vraiment. Mais entre nous, il n'y a pas… le zing.

— Le zing ?

— Tu sais…, hésita-t-il cherchant ses mots, visiblement exaspéré. Quand je suis avec toi, c'est un peu comme si je couchais avec ma sœur.

— Tu as couché avec ta sœur ?

Il secoua la tête.

— Toi et moi sommes de très bons amis, c'est ce que je veux dire. Tu es drôle et j'aime bien discuter avec toi, mais pour ce qui est de notre vie sexuelle, je…

Elle lui fit signe d'arrêter. Elle en avait assez entendu. C'était déjà assez mortifiant d'être là à moitié nue avec un panier plein de préservatifs… Elle n'avait pas envie de s'entendre dire que faire l'amour avec elle s'apparentait à un inceste.

Il regarda nerveusement en direction de la porte.

— Ecoute, prenons un café demain, dit-il. On pourra discuter de tout ça au calme…

— Ça ne sera pas nécessaire.

Maintenant que ses pires suppositions étaient confirmées, qu'il avait répondu à ses questions, plus rien ne la retenait sur le pas de sa porte. Elle tenait à peine sur ses jambes mais elle parvint à faire demi-tour et à descendre l'escalier sans trébucher.

Comment cela avait-il pu lui arriver à elle ? Elle était intelligente. Elle était la conseillère qui faisait les bons choix pour les autres et qui avait un instinct plus sûr que quiconque concernant les relations amoureuses. Elle connaissait les signes et les repérait avant tout le monde.

Comment avait-elle pu se tromper à ce point ?

— Margaux, je t'en prie, l'entendit-elle crier dans son dos. Je ne veux pas que ça finisse comme ça entre nous. Parlons-en demain…

Mais elle n'entendit pas la suite. Dès qu'elle fut sortie de l'immeuble, elle se précipita au coin de la rue pour rejoindre sa voiture, sortit les clés de sa poche, se laissa tomber sur son siège et elle fondit en larmes.

8.

Margaux se gara devant son appartement et éteignit le moteur. Elle espérait que depuis son départ. M. Hanson aurait fini de balayer le devant de sa porte et qu'il serait rentré à l'intérieur. S'il l'avait regardée d'un air interrogateur quelques instants plus tôt lorsqu'elle avait quitté son appartement, il ne manquerait pas de lui poser des questions s'il la voyait revenir si vite, les yeux gonflés et le visage barbouillé de larmes.

Elle prit un mouchoir dans sa boîte à gants et essaya de réparer les dégâts, mais lorsqu'elle aperçut son reflet dans le miroir, elle se sentit plus mal encore.

Comment avait-elle pu se tromper à ce point sur Rob ?

C'était la question qui lui revenait sans cesse à l'esprit, comme une mauvaise chanson qui n'en finirait jamais.

Pourquoi n'avait-elle rien vu venir ? Comment avait-elle pu être si sûre de quelqu'un qui, de toute évidence, n'était pas fait pour elle ?

Ce n'était pas juste une histoire de cœur brisé. Il était aussi question de sa carrière, une carrière qui reposait sur son instinct. Il était question des quatre principes de base, de son secret pour les relations qui duraient.

Elle avait tout cela avec Rob, et ce qu'elle avait en réalité, c'était un réveil brutal, l'effondrement de tout ce à quoi elle croyait. Elle était blessée et déstabilisée, ayant perdu toute confiance en elle-même et en son avenir.

Comment aurait-elle pu espérer savoir ce qui était bien pour les autres si elle n'était même pas capable de savoir si un homme lui convenait ou non ? Jusque-là, elle avait toujours eu l'impression de contrôler sa vie. Margaux Roth ne faisait jamais d'erreur, surtout en ce qui concernait les hommes. C'était elle la professionnelle, l'experte.

Alors comment avait-elle pu se faire plaquer, être mise à la porte en échange d'une blonde, d'une pizza et d'une bière ?

Les images qui lui revenaient à l'esprit lui arrachèrent de nouvelles larmes. Il fallait qu'elle sorte de cette voiture et qu'elle enlève cette tenue ridicule avant de devenir dingue.

Ce dont elle avait besoin, c'était d'un bon bain chaud, d'un demi-litre de glace Ben & Jerry — le meilleur remède pour une femme qui était sur le point de passer un jour ou deux à s'apitoyer sur son sort.

Sortant de sa voiture, elle jeta un coup d'œil en direction de la grande allée qui conduisait chez elle, et elle fut soulagée de constater que M. Hanson n'était pas dans les parages. Elle se précipita dans l'allée, tourna à l'angle de la rue et se heurta de plein fouet à… son nouveau client.

— Qu'est-ce que… ?

Il eut le réflexe de l'attraper par le bras pour les empêcher de tomber l'un et l'autre.

— Margaux…

Elle plongea les yeux dans le regard pétillant de Clint et elle le vit s'assombrir, soudain inquiet. Elle sentit le rouge lui monter aux joues. Oh, elle ne pensait pas que cette journée puisse devenir plus embarrassante encore !

Reprenant son équilibre, elle serra le revers de son imperméable et elle détourna le regard.

— Que faites-vous ici ?

— Je… Est-ce que ça va ?

— Non, vous n'avez pas choisi le meilleur moment, dit-elle en sortant ses clés de son sac.

— Vous avez pleuré. Il s'est passé quelque chose ?

— Juste une idée qui a mal tourné, c'est tout.

Il se tenait entre elle et la porte et elle dut le contourner.

— Vous permettez ? ajouta-t-elle.

— Oh, bien sûr.

Il la laissa passer, mais quand il la suivit jusqu'à sa porte, elle se demanda ce qu'il n'avait pas compris au juste quand elle lui avait dit que ce n'était pas le moment. Elle ne savait pas du tout ce qu'il faisait là et elle n'avait aucune intention de le découvrir.

— Si vous m'appelez à mon bureau, je pourrai vous fixer un rendez-vous.

— A vrai dire, ce dont je voulais vous parler peut attendre.

Tournant la clé dans la serrure, elle ouvrit la porte.

— Très bien, alors nous parlerons plus tard.

Elle avait à peine franchi le seuil qu'il la suivit à l'intérieur.

— J'ai l'impression que vous auriez bien besoin d'un

ami là, tout de suite. Laissez-moi vous aider à porter ça, dit-il en lui prenant son panier des mains.

Avant qu'elle ait eu le temps de formuler la moindre objection, il était entré dans le salon et avait posé le panier sur la table basse. Puis, il était revenu dans l'entrée, avait fermé la porte et s'était approché d'elle pour l'aider à ôter son imperméable.

— Non ! cria-t-elle, serrant les pans de son imperméable à deux mains.

Il recula, les mains levées.

— Aucun problème. Il fait simplement..., dit-il en la regardant des pieds à la tête... un peu chaud pour une tenue de pluie. A moins que..., ajouta-t-il, tandis qu'un sourire entendu se dessinait sur ses lèvres. Quelle est cette idée qui a mal tourné au juste ?

Elle sentit ses joues s'embraser littéralement et elle savait sans l'ombre d'un doute que sa peau était de la même couleur que son imperméable.

— Que voulez-vous, Clint ?

— Est-ce que vous êtes nue là-dessous ?

A présent, elle n'avait plus aucune chance de retrouver une couleur normale.

— Ça ne vous regarde pas.

Il se passa une main sur le menton.

— Alors vous êtes bien nue.

Elle n'aimait pas les calculs qu'elle lisait dans ses yeux brûlants de curiosité.

— Que faites-vous là ? demanda-t-elle d'une voix étranglée.

— Pour l'instant, j'essaie de comprendre pourquoi une très belle femme qui ne porte rien d'autre qu'un trench sexy et d'irrésistibles chaussures à talons est rentrée chez elle en pleurant.

Elle sentit sa colère s'apaiser. Il avait dit qu'elle était très belle, et que son trench était sexy. C'était la réaction qu'aurait dû avoir Rob, mais au lieu de cela…

Elle ouvrit la bouche pour dire quelque chose, mais seul un son plaintif en sortit, et elle fondit en larmes.

— Bon, très bien ! s'écria-t-elle finalement. Mon petit ami m'a plaquée ! Et, avec horreur, elle s'entendit ajouter : Pour une petite blonde à gros seins et aux ongles bleus !

— Vraiment ?

Il eut l'audace de paraître satisfait, ce qui la renforça dans sa toute nouvelle opinion que tous les hommes étaient des mufles. Non seulement elle venait de s'humilier devant un de ses clients, mais en plus elle avait commis l'erreur de croire qu'il aurait pu comprendre.

Mais comment aurait-il pu la comprendre ? C'était Clint Hilton, un des play-boys les plus en vue de Los Angeles ! Un homme qui ignorait la signification du mot « refus », ou celle du mot « humiliation ».

Elle se mit à sangloter de plus belle et il comprit aussitôt que son comportement n'était pas approprié. Il tempéra la joie qui l'animait et il la prit dans ses bras.

— Je suis désolé. C'est… horrible.

Il la serra contre lui en lui caressant doucement les cheveux en la berçant doucement d'une façon qu'elle trouva étrangement apaisante.

Ses sanglots se calmèrent et elle commença à se détendre un peu. C'est alors qu'elle comprit combien cette situation pouvait être mortifiante.

Son meilleur client, l'homme qui lui faisait confiance pour trouver un compagnon pour sa mère, l'homme qui la payait une somme exorbitante pour ses services venait de la surprendre en état de faiblesse absolue. Et jamais de sa vie elle ne s'était montrée si peu professionnelle.

Que devait-il penser ?

Elle s'écarta de lui et elle sécha ses larmes.

— Je suis désolée que vous m'ayez vue comme ça. Ça va aller, je vous assure.

— Au contraire, je suis heureux que vous ne soyez pas rentrée dans une maison vide.

Elle réussit à esquisser un pauvre sourire.

— C'est juste le choc. Je n'avais rien vu venir.

— Si vous voulez que je vous dise ce que j'en pense, ce type est le roi des imbéciles ! dit-il en la regardant droit dans les yeux, avant d'ajouter : Et sa perte est à mon avantage.

Le regard de Clint lui rappela la nuit précédente, le baiser torride qu'ils avaient échangé sur sa terrasse, et la façon dont ses mains et ses lèvres l'avaient plongée dans une frénésie sensuelle, ainsi que les mots d'adieu qu'il avait prononcés peu de temps après.

Il semblait toujours aussi déterminé à la séduire, ce qui lui rappela sa question initiale.

— Que faites-vous ici ?

Il glissa une main autour de sa taille et il sourit.

— J'étais venu essayer de vous persuader de plaquer votre petit ami. Et vous convaincre qu'il y a quelque chose de fort entre nous. Et que c'est avec moi que vous devriez passer vos soirées, dit-il avant de hausser les épaules, masquant à peine un sourire satisfait. Mais je suppose que votre ex a été plus rapide que moi.

Il prit le visage de Margaux entre ses mains, le regard rivé à ses lèvres, puis il ajouta :

— Parce que je vais vous dire une chose, mademoiselle Roth. Si vous vous présentiez chez moi dans cet imperméable sexy, ce ne seraient pas des pleurs mais des cris de plaisir que j'entendrais sortir de cette jolie bouche.

Elle sentit sa gorge se serrer et les larmes lui monter aux yeux, non de douleur mais parce qu'elle avait désespérément envie d'entendre ces mots. Elle avait été blessée à tant de niveaux — le pire de tous étant le commentaire de Rob sur leur vie sexuelle.

Et c'était seulement à cet instant qu'elle prenait conscience qu'elle avait envie d'entendre que ce n'était pas vrai et qu'elle pouvait vraiment exciter un homme.

Clint se pencha vers elle et il lui murmura à l'oreille :

— Qu'y a-t-il sous cet imperméable, ma belle ?

Elle retint son souffle et resserra la ceinture de son imperméable. Elle ne pourrait supporter l'idée d'être rejetée par deux hommes la même nuit et, à cet instant, elle manquait cruellement d'assurance.

— Je ne crois pas que…

La légère pression des lèvres de Clint dans son cou mit un terme à ses protestations.

— Margaux, je n'ai pas arrêté de penser à toi depuis ton départ, hier soir, dit-il en lui effleurant l'oreille. La seule idée de t'embrasser m'a distrait toute la journée et je n'ai été capable de rien faire d'autre que te désirer.

Clint fit glisser son doigt le long de son cou, puis dessina lentement les contours de l'imperméable de Margaux.

— Montre-moi ce que cet imbécile n'a pas été capable d'apprécier et je te montrerai ce qu'un homme, un vrai, fait avec une superbe femme.

C'était la deuxième fois qu'il lui disait qu'il la trouvait belle. Clint la trouvait belle. Et elle avait une telle envie d'en entendre davantage qu'elle se surprit à dénouer sa ceinture et à laisser les pans de son imperméable s'entrouvrir.

Il baissa les yeux vers ses seins et il poussa un petit gémissement. Et en dépit de ce signe évident d'appréciation, elle trembla en repensant à l'épouvantable moment qu'elle venait de passer sur le seuil de la porte de Rob.

— Je ne pense pas que…, commença-t-elle par dire, en essayant de refermer son imperméable, mais Clint secoua la tête et, au lieu de cela, le fit glisser sur ses épaules.

Il tomba au sol et Margaux ressentit un frisson la parcourir des pieds à la tête, son corps réagissant à la fraîcheur qui régnait dans la pièce et à l'état de vulnérabilité dans lequel elle se trouvait.

Lentement, il lui effleura les seins, avant de descendre vers sa taille, dévorant chaque centimètre de peau du regard tandis qu'elle se tenait, presque nue, face à lui.

— Sais-tu à quel point tu es sexy ? murmura-t-il.

— Non, admit-elle.

— Je n'ai jamais eu autant envie d'une femme que j'ai envie de toi ce soir, dit-il, avant de lever les yeux vers elle, lui donnant l'assurance que ses seuls mots ne suffisaient pas à lui donner. Tu m'excites tellement que les mots me manquent.

Et comme il perçut une lueur de doute dans son regard, il lui prit la main et la posa sur son jean, là où son érection ne faisait aucun doute.

Les lèvres de Margaux s'entrouvrirent sous l'effet de la surprise et il l'embrassa avec fièvre. A cet instant, elle oublia tous les événements de la soirée, qui furent remplacés par le souvenir de la nuit précédente et elle sentit son corps s'enflammer. Elle sentit ses mains sur ses fesses nues et il l'attira contre lui en gémissant.

— Oh, Margaux, dit-il d'une voix suppliante. Dis-moi que tu as envie de moi.

Les mains expertes de Clint parcouraient son corps, tout comme la nuit précédente. Mais cette fois, elle laissa son désir s'exprimer. Un désir mêlé à l'envie de se sentir de nouveau irrésistiblement femme, et de découvrir l'étendue de son potentiel érotique. Pour donner tort à Rob et retrouver la confiance en elle qu'elle venait de perdre. Et si on ajoutait à cela l'attirance sexuelle électrique qui semblait constante entre elle et Clint, tous les ingrédients étaient réunis pour une nuit de volupté et de plaisir charnel. La nuit précédente, son corps avait désiré Clint. Cette nuit, elle avait envie de lui de toute son âme. Et elle répondit à sa demande en refermant les doigts sur son sexe, à travers son jean et en le serrant.

— J'en ai envie, répondit-elle enfin, comme si elle avait proféré une confession.

A peine eut-elle prononcé ces mots qu'il la souleva pour la porter dans ses bras, avant de lui murmurer :

— Dis-moi vite où se trouve ta chambre.

Elle lui indiqua la direction d'un geste et, sans perdre une seconde, il parcourut le couloir qui menait à sa chambre, où il la déposa sur le lit, au milieu d'un amas de coussins moelleux. Puis, il s'agenouilla entre ses jambes et il la regarda avec gourmandise.

— C'était le destin, tu sais, assura-t-il en lui caressant le ventre à travers son bustier en satin. Que je vienne chez toi, et que je te trouve habillée ainsi, murmura-t-il en l'embrassant sur la courbe de ses seins. Tu pourrais m'exciter si tu portais un caleçon long, mais je dois dire que cette tenue… est une intervention divine, avoua-t-il en glissant les mains sous elle pour l'attirer contre lui.

Et, comme la nuit précédente, partout où les mains de Clint entraient en contact avec sa peau, elle sentait son corps s'embraser. Elle savourait l'avidité qu'elle lisait dans ses yeux, les sensations qu'il faisait naître en elle et ses sourires complices. Dans ses bras, elle se sentait réellement femme, elle était passionnée et capable de susciter le désir d'un homme. Et à cet instant précis, c'était exactement ce dont elle avait besoin.

C'était bien une intervention divine. Et, pour savourer pleinement ce moment, elle oublia ses inhibitions et elle le laissa la désirer.

Tandis qu'il l'embrassait et qu'il la mordillait, elle commença à lui enlever sa chemise, éprouvant le besoin de voir le corps de l'homme dans les bras duquel elle se sentait si frêle. Et lorsqu'elle l'eut dévêtu, elle en eut le souffle coupé.

Il était l'image même de la perfection. Il avait les abdos bien dessinés, les bras musclés et son torse était recouvert d'un fin duvet, qui descendait jusque sous son ventre. Elle se releva et pressa sa bouche sur sa peau ferme, goûtant son goût légèrement salé.

Elle sentit son excitation monter d'un cran en entendant les gémissements de Clint. Elle le caressait avec frénésie, sous ses doigts, sa peau avait un effet presque hypnotique. Elle avait envie de le toucher, de le goûter, de le lécher indéfiniment, comme si jamais elle n'aurait pu assouvir son envie de lui et de chaque partie de son corps. Elle s'imprégnait de lui et elle n'en avait jamais assez.

Elle sentit les doigts de Clint se glisser sous l'élastique de sa petite culotte et, d'un coup sec, il la déchira. Il la jeta par-dessus son épaule et il descendit sur elle.

— Tu me rends dingue, dit-il, avant de lui mordre l'intérieur des cuisses.

Puis, il la lécha doucement, ce qui la fit frémir de plaisir.

— Est-ce que c'est trop ? demanda-t-il en déposant de petits baisers autour de son point sensible.

— Non, c'est…

Elle ne put terminer sa phrase et laissa échapper un gémissement lorsqu'il l'aspira doucement. Elle se cambra, ferma les yeux et se laissa faire. Elle sentait l'excitation monter en elle à un rythme presque insoutenable. Il y avait toujours eu une tension sexuelle entre eux, et maintenant qu'elle était livrée aux caprices de sa bouche et de ses mains, elle savait que son orgasme allait être intense.

Il glissa un doigt en elle et elle se cambra de nouveau, oubliant toutes ses craintes, se laissant peu à peu glisser dans l'oubli de soi, en un lieu où l'instinct animal régnait en maître. Un second doigt vint rejoindre le premier et faisait de petits mouvements de va-et-vient en elle, tandis qu'il la caressait toujours avec sa langue.

— Tu vas me faire jouir, murmura-t-elle.

— C’est un peu l’idée…

Chaque fois qu’il glissait ses doigts en elle, elle avançait ses hanches vers lui, pour mieux l’accueillir, et Clint commença à bouger au même rythme qu’elle, l’encourageant à continuer, à se déhancher plus encore, à se rapprocher de plus en plus de l’orgasme.

Elle fut submergée de vagues de plaisir toujours plus fortes. Elle s’agrippa à lui, essayant de ne pas perdre le contrôle, mais son corps ne lui obéissait plus.

— Laisse-toi aller, lui commanda-t-il.

Et elle se laissa aller.

Reprenant son souffle, elle laissa échapper un cri. Elle jouit avec une telle violence que son corps tout entier fut secoué de spasmes, avant de se laisser retomber sur le lit, le cœur battant.

Clint se rapprocha d’elle, cherchant son regard.

— Ça va mieux ? lui demanda-t-il.

Elle hocha la tête et lui sourit.

— Tu as besoin de quelque chose ?

— Oui, dit-elle, encore bouleversée par l’intensité de son orgasme. Ton sexe.

9.

Clint avait toujours pensé que lorsqu'il aurait trouvé la femme qui était faite pour lui, il le sentirait. Il ne savait pas trop ce qui lui avait mis une telle idée en tête. Peut-être parce que c'était ce qui était arrivé à son père et qu'ils s'étaient toujours tant ressemblé.

Margaux Roth était une femme avec qui il aurait pu passer le reste de sa vie. Il ignorait pourquoi, mais il le savait. Il en avait le pressentiment.

A la hâte, il sortit des préservatifs de sa poche arrière, puis il commença à se déshabiller. Le regard triste s'était effacé du beau visage de Margaux et il avait été remplacé par un sourire comblé. Mais ce qu'elle ne savait pas, c'était qu'il ne faisait que commencer…

L'air satisfait qui flottait sur le visage de Margaux aurait peut-être suffi à certains hommes, Clint n'avait pas l'intention que cette nuit s'achève avant qu'elle ne soit à bout de forces, que chacun de ses muscles soit endolori et que le moindre de ses désirs ait été assouvi.

Il la prit dans ses bras et il déposa d'ardents baisers dans son cou et dans son décolleté, tout en dégrafant, une à une, les attaches de son bustier. Ils avaient laissé leur désir s'épancher sans retenue, mais à présent, il voulait sentir le corps nu de Margaux contre le sien.

Elle lui caressa le torse, puis promena ses mains le long de ses bras en laissant échapper de petits gémissements, ce qui excita Clint au plus haut point. Etre admiré par quelqu'un qui comptait, quelqu'un qu'il avait tellement envie de satisfaire, ajoutait un degré d'intensité à chacun de ses gestes.

— J'aime beaucoup ton bustier, dit-il en le lui ôtant. Mais je préfère voir tes seins. Ils sont magnifiques.

Il prit un de ses seins entre ses lèvres et il goûta sa peau sucrée. Il respira son parfum fleuri et caressa sa peau douce comme de la soie, prenant le temps de découvrir tout ce qui la faisait frissonner et pousser de petits gémissements.

Il aimait qu'elle soit aussi réceptive à ses simples caresses. Il pensa qu'elle ne savait sans doute pas à quel point elle était sensuelle. Elle trembla lorsqu'il pressa ses lèvres sur ses poignets et elle étouffa un petit cri lorsqu'il lui lécha l'intérieur des cuisses. C'était comme si ses caresses avaient un pouvoir magique et à chaque soupir, à chaque frisson, il la désirait davantage.

— Je veux te sentir en moi, dit-elle avec impatience, tout en serrant le sexe de Clint dans sa main.

Il lui prit la main et déposa un baiser sur le bout de ses doigts.

— Bébé, on ne fait que commencer…

— Et cette fois, c'est moi qui vais m'occuper de toi, dit-elle.

Il était sur le point de lui dire qu'il avait également prévu de lui laisser l'initiative lorsqu'elle renversa leurs positions, en le faisant basculer sur le dos, avant de le chevaucher.

Le sexe de Clint se dressa instantanément, ce qui la fit sourire. Elle avait les cheveux en bataille et un petit regard coquin, ce qui eut pour effet de l'exciter davantage encore.

— Cela me convient tout à fait, concéda-t-il.

Il glissa une main le long des cuisses de Margaux, mais avant d'avoir eu le temps d'arriver jusqu'en haut, elle se pencha et caressa le sexe de Clint avec sa langue. Elle le lécha doucement, avec lenteur, sans jamais le quitter des yeux, un petit sourire au coin des lèvres tandis qu'elle observait les émotions qui se succédaient sur son visage.

Il dut reprendre sa respiration. Chacun de ses nerfs se tendit sous l'effet de la douceur de sa langue et de son regard torride. Il n'avait jamais vu ce regard chez elle, et face à lui, il ne restait plus rien de la jeune femme anéantie de chagrin qui pleurait moins d'une heure plus tôt.

Il aimait cette nouvelle facette de sa personnalité, il aimait aussi avoir été capable de provoquer un tel changement en elle et il se demandait sous combien de nouveaux visages Margaux Roth allait encore se révéler.

Il se sentit électrisé tandis qu'il la regardait le lécher comme si son sexe avait été une gourmandise fraîche et voluptueuse par une chaude journée d'été. Il prit alors conscience que si elle continuait comme ça, il ne répondrait plus de rien.

— Margaux…, dit-il d'une voix rauque, si tu veux que je te prenne, tu dois arrêter ça tout de suite.

Il lui tendit un préservatif et elle l'enfila sur lui sans perdre une seconde.

— Viens ici, dit-il en s'adossant à la tête de lit. Viens sur moi pour que je t'aie sous la main.

Elle vint lentement sur lui et il put constater à quel point elle avait envie de lui. Elle se déhancha lentement sur lui tandis qu'il lui caressait les fesses, les cuisses et les seins. Il aimait sentir sa peau et ses formes sous ses doigts. C'était une vraie femme, avec des courbes, un esprit et une âme. Le genre de femme qui aurait pu combler un homme, et à l'instant où cette pensée traversa son esprit, il l'attira à lui et il l'embrassa avec passion.

Un petit gémissement de plaisir résonna aux oreilles de Clint. Etait-ce lui ou elle ? Il n'était pas sûr, mais il sentit son cœur battre plus vite, et il sut qu'elle était faite pour lui.

Il avait besoin de la sentir plus près de lui et, comme si elle l'avait compris, elle se blottit dans ses bras, sans cesser d'onduler très lentement sur lui.

— Hmm…, gémit-il, envahi par le plaisir qu'elle lui donnait.

— J'aime te sentir en moi, murmura-t-elle, avant de l'embrasser.

Il savait qu'elle était faite pour lui. Son corps était fait pour lui, leurs bouches se répondaient à la perfection, ses seins étaient faits pour ses mains. Ils s'assemblaient parfaitement, comme deux pièces d'un puzzle.

Toujours aussi lentement, leurs hanches oscillaient au même rythme, et il vit le regard de Margaux chavirer et sa respiration se faire plus difficile. La tension montait entre eux, et il ne la quittait pas des yeux, avide de saisir chacune de ses expressions. Comme un joaillier qui aurait trouvé une pierre rare et précieuse, Clint voulait examiner chaque facette de cette femme sensuelle et fascinante.

Il découvrit un grain de beauté entre ses seins et il l'embrassa, comme il embrassa les adorables taches de rousseur sur ses épaules. Il voulait découvrir tout ce qu'il pouvait sur elle, à commencer par l'expression de son visage quand elle se laissait aller dans ses bras.

Il glissa une main entre les cuisses de Margaux et caressa son point sensible. Les baisers de sa belle amante se firent plus passionnés encore.

— C'est bon ? demanda-t-il d'une voix enjôleuse.

Sa question se passait de réponse, il lui suffisait de la regarder. Elle avait les joues en feu et des mèches de cheveux retombaient çà et là sur son visage. A chaque mouvement, ses seins venaient frôler le torse de Clint et ses doigts délicats s'enfonçaient dans ses épaules. Elle faisait tout ce qu'il fallait pour qu'il atteignît le point de non-retour.

— Oh, oui…, murmura-t-elle, haletante, bougeant de plus en plus vite sur lui.

Il était à l'affût du moindre de ses mouvements, de chaque émotion qu'il lisait sur son visage et il dut se mordre la langue pour rester concentré.

— Laisse-toi aller, bébé, dit-il glissant une main entre ses cuisses pour la caresser.

— Oh…

Il savait qu'elle était sur le point de jouir, et deux petites pressions du bout des doigts suffirent à la faire basculer.

— Oui, ma chérie, je veux te voir jouir.

Et lorsqu'elle enfouit son visage au creux de son épaule et gémit, il le prit entre ses mains et il la regarda.

Ses magnifiques yeux se fermèrent sous l'intensité de l'émotion et, à son tour, il fit quelques mouvements en elle, avant de perdre pied à son tour. Il aurait voulu regarder son visage changeant, mais son orgasme le terrassa.

Transporté par une sensation proche de l'extase, il la prit par la taille et l'attira contre lui. Les cris de Margaux et le plaisir évident qu'elle prenait décuplèrent ses sensations.

Elle se serra contre lui, le souffle court, et il lui caressa le dos, avant d'enfouir ses doigts dans ses boucles aussi douces que de la soie.

Il sentit sa gorge se serrer et il tourna son visage vers elle et l'embrassa sur la joue, se délectant de son odeur, cette odeur unique, qui n'appartenait qu'à elle.

A cet instant, il sut que cette nuit n'était pas simplement prédestinée.

C'était la nuit qui allait changer sa vie pour toujours.

Quelque chose de désagréable et de violent vint perturber le sommeil béat de Margaux, et elle enfouit son visage sous l'oreiller. Elle voulait retourner à ses rêves et à la sensualité de cette nuit.

— Margaux..., entendit-elle.

Elle eut l'impression que la voix venait de loin, comme si elle se trouvait au bout d'un long tunnel. Puis, une violente lumière filtra sous ses paupières. Elle essaya de saisir l'oreiller de nouveau, mais il n'y avait plus d'oreiller. Elle ferma les yeux de toutes ses forces, et tenta d'attraper un autre oreiller, mais elle le sentit glisser sous ses doigts.

— Non, non, non, fit la voix. Tu dois te réveiller.

Elle poussa un grognement de mécontentement et se tourna contre le matelas. Elle n'était pas du matin. Elle n'aimait pas être réveillée de force et elle aimait encore moins être réveillée par le puissant soleil de Californie. Quelqu'un avait dû ouvrir les stores. Quelqu'un de cruel et d'inhumain. Et elle suspectait que c'était la même personne qui essayait de la forcer à se réveiller.

— Margaux, tu n'as pas mis ton réveil. Il est tard. Tu ne dois pas aller travailler ?

C'était Clint. L'homme responsable de la divine soirée qu'elle avait passée, ainsi que des sublimes rêves qui avaient peuplé sa nuit. Il l'avait réveillée plusieurs fois pendant la nuit, mais toutes les autres fois, il l'avait fait en pressant doucement ses lèvres contre les siennes, le long de son cou, ou sur ses seins, le sexe dur, inlassablement prêt à lui donner du plaisir.

Chaque fois elle l'avait accueilli avec plaisir, ravie de remplacer ses rêves sensuels par leur réplique de chair et de sang.

Et il faisait nuit.

Alors, qu'étaient donc devenus ses baisers torrides ? Et pourquoi diable la pièce était-elle envahie par cette atroce lumière ?

— Ferme les stores, maugréa-t-elle.

— Margaux, il est 7 heures.

— Du matin ?

— Oui, il est tard. J'ai fait du café. Tu ne dois pas aller travailler ? demanda-t-il en lui caressant l'épaule.

Mettant son bras devant ses yeux pour se protéger de la lumière, elle se tourna vers lui.

— Non, je ne commence pas avant midi.

C'était un des avantages d'avoir sa propre entreprise. Elle n'avait ainsi pas à lutter contre sa nature profonde, ni contre son horloge interne : elle n'était pas définitivement pas du matin.

Et d'après son horloge interne, 7 heures du matin équivalait au milieu de la nuit.

— Oh, je l'ignorais.

Elle sentit le lit bouger lorsqu'il s'assit près d'elle.

— S'il te plaît, le supplia-t-elle, ferme les stores !

— A vos ordres, madame.

La lumière, qui la torturait comme si on lui avait enfoncé des épingles sous les paupières, s'atténua et l'humeur de Margaux s'en trouva nettement améliorée.

— Cela va mieux ? demanda-t-il.

— Non, maintenant, j'ai besoin que tu te recouches près de moi, dit-elle en ouvrant les yeux et en constatant qu'il était habillé, elle ajouta : nu.

Il rit doucement de sa belle voix sexy qui lui rappela quelques souvenirs de la nuit précédente.

— Désolé, ma chérie, mais je suis déjà très en retard.

— Tu es en retard ? A 7 heures du matin ?

— Dans la construction, la moitié de la journée est déjà terminée à 7 heures du matin.

— C'est vrai, se rappela-t-elle, vous adorez jouer du marteau-piqueur à des heures indues. A diverses époques de ma vie, je vous ai fusillés en pensée à de nombreuses reprises.

— Je n'en doute pas. J'ai cru remarquer que tu n'étais pas du matin.

— Non.

— Je tâcherai de m'en souvenir pour la prochaine fois.

Ce fut seulement lorsqu'il mentionna l'avenir que la réalité émergea peu à peu au seuil de sa conscience. Pendant la nuit, elle avait étrangement oublié la gravité de ce qui lui était arrivé.

Rob et elle, c'était de l'histoire ancienne. Tous les espoirs qu'elle avait nourris au cours du mois écoulé avaient volé en éclats. Et, à la suite de cela, elle avait couché avec son client, brisant toutes les règles qu'elle s'était fixées pour elle-même et pour sa carrière.

— Je dois y aller, dit-il en déposant un baiser sur son front et en lui souriant avec une expression d'espoir. Dîne avec moi ce soir, ajouta-t-il.

— Je ne sais pas…

— Nous devons mettre au point une stratégie pour ma mère. Elle doit commencer à rencontrer des hommes, et le plus tôt sera le mieux. Surtout si je pense à tout ce que j'ai envie de faire avec toi chez moi, de façon très privée…

Il lui décocha son sourire ravageur, celui qui la troublait, la déstabilisait et lui faisait un peu peur aussi.

— Je dois vérifier mon emploi du temps.

— D'accord, fais-le et appelle-moi dans l'après-midi.

Puis, il pressa ses lèvres contre les siennes et il l'embrassa avec passion. Comme la veille, Margaux sentit son corps réagir instantanément. Il ne semblait pas avoir intégré la triste réalité que son esprit commençait à peine à se rappeler. Elle était en pleine confusion.

— Je veux te voir ce soir, dit-il dans un souffle.

— Il est possible que j'aie déjà un rendez-vous.

— Alors viens après.

— Je…

Il se releva et remonta la couette sur elle.

— Rendors-toi et appelle-moi quand tu seras à ton bureau.

Elle commença à réfléchir à une éventuelle objection à lui opposer, puis elle se rendit compte qu'il avait déjà quitté la pièce.

Margaux se laissa tomber sur les oreillers et fixa son regard au plafond. Il était trop tôt pour réfléchir à ce qu'elle avait fait, mais son intuition lui soufflait qu'elle avait ajouté une montagne de problèmes à une situation déjà très confuse.

Elle ne pouvait pas nier qu'elle avait eu besoin de Clint la nuit précédente. Elle était rentrée chez elle blessée et humiliée et, seul un homme tel que lui aurait pu lui redonner confiance en elle et réparer les dégâts causés par les paroles blessantes de Rob.

Mais quelque chose dans ses yeux la perturbait. Quelque chose qui disait qu'il attendait beaucoup plus. Elle ne savait pas au juste ce qu'il attendait, mais elle avait l'étrange impression que c'était probablement plus que ce qu'elle était capable de donner à ce moment précis. Et sans doute par la suite. C'était exactement pour cette raison qu'elle prêchait à ses amis et à ses clients de ne jamais avoir de relations sexuelles lorsqu'ils étaient sous le coup d'une déception amoureuse.

Sauf que dans son cas, les honoraires exorbitants qu'elle avait perçus et déjà déposés sur son compte d'épargne venaient s'ajouter aux répercussions habituelles et compliquaient encore les choses.

Elle sentit comme un poids peser sur sa poitrine et elle tira la couette sur elle, éprouvant le besoin d'interrompre la marche du monde pendant quelques heures. 7 heures du matin était vraiment trop tôt pour les pensées sinistres qui l'assaillaient.

Il était temps pour elle de se rendormir et, plus tard, quand elle serait prête à commencer sa journée, elle pourrait affronter la situation et prendre pleinement conscience de ce qu'elle venait de faire.

10.

— Ma mère pense que je passe d'un homme à un autre parce que je suis trop difficile. Pensez-vous qu'elle ait raison ?

Margaux regarda sa nouvelle cliente, Wanda, essayant de trouver une réponse à sa question tout en résistant à l'envie irrésistible de lui dire qu'elle n'en avait pas la moindre idée.

Ce genre de choses arrivait sans doute aux autres membres de sa profession — des conseillers matrimoniaux en plein divorce, des psychologues pour enfants qui ne parvenaient pas à contrôler leurs propres enfants, des consultants financiers au bord de la faillite. D'autres membres de sa profession avaient sûrement un jour éprouvé l'envie de se lever et de dire :

— Désolée, vous qui cherchez mon aide, mais je suis aussi paumée que vous. En fait, si vous trouvez des réponses, mettez-moi en premier sur la liste des gens que vous appellerez.

Si les conseillers avaient des jours comme ça, alors ce jour-là, c'était au tour de Margaux de le vivre. Parce qu'après la nuit qu'elle venait de passer, elle ne se sentait absolument pas qualifiée pour répondre à la question de Wanda.

— Eh bien, tenta-t-elle, il n'est pas rare que certaines personnes se montrent peu réalistes quant à la qualité de leurs relations.

« Oui, cela s'appliquait parfaitement à elle-même ! »

Elle serra les dents et poursuivit :

— D'autres ne sont pas prêtes à fournir les efforts nécessaires pour qu'une bonne relation devienne meilleure encore.

« Oui, cela devait correspondre à… Rob. »

— Et il y a aussi ceux qui sont accros à la quête perpétuelle de nouveaux partenaires et qui papillonnent sans fin.

« Mesdames et Messieurs, je vous présente Clint Hilton. »

Elle ferma les yeux et soupira. Sa vie aurait-elle pu être plus mal en point ? En une seule nuit, elle avait réussi à cumuler toutes les erreurs possibles.

Si elle avait uniquement à faire face à sa rupture avec Rob, elle serait blessée et encore sous le coup de la surprise, mais elle serait encore capable d'affronter sa journée de travail. Et si elle était simplement tombée dans les bras de Clint en réaction, après s'être fait plaquer, elle pourrait encore envisager ce qui s'était passé entre eux de façon rationnelle.

Mais non, cela aurait été trop simple. Il fallait qu'elle se complique la vie à l'extrême en admettant que c'était la nuit la plus spectaculaire qu'elle ait connue. Et elle ne pouvait s'empêcher de penser qu'au lieu d'être une réaction à sa rupture, coucher avec Clint avait été le point culminant d'une tension sexuelle qui était née à l'instant où ils s'étaient rencontrés.

Et même si elle avait eu l'impression d'être bien avec Rob — un homme qui correspondait en tout point à ce qu'elle recherchait —, elle se sentait encore mieux avec Clint — un riche play-boy qu'elle connaissait à peine et avec qui elle n'avait rien en commun.

Et malgré tout cela, elle avait encore les yeux rivés au téléphone, brûlant d'appeler Clint pour savoir quand ils pourraient se voir pour faire l'amour encore.

Une semaine plus tôt, sa vie était claire, nette et sans bavure. A présent, elle n'était plus sûre de rien. Et tandis qu'elle était assise là, face au regard confus de Wanda, elle se sentait tout à fait incapable de lui donner le moindre conseil.

— Alors, demanda Wanda, à laquelle de ces catégories croyez-vous que je corresponde ?

Prenant une profonde inspiration, Margaux poursuivit machinalement.

— Nous devons commencer par mieux vous connaître, dit-elle en prenant un questionnaire approfondi et en le lui tendant. Ce questionnaire est destiné à vous faire réfléchir à ce qui est important pour vous dans une relation, à la façon dont vous envisagez l'avenir. Cela m'aide à connaître ce que vous aimez et ce que vous n'aimez pas, mais cela permet aussi de révéler les choses auxquelles vous devez être attentive lors d'un rendez-vous.

« Vous remarquerez qu'aucune des questions ne porte sur le sexe, sur l'attraction que peuvent exercer sur vous de magnifiques yeux bleus, ni sur l'envie irrépressible que vous avez de faire l'amour avec l'homme en question. »

— Une relation parfaite n'existe pas, continua Margaux en tendant une seconde brochure à sa cliente. Mais si vous vous concentrez sur ces quatre principes de base — l'amitié, le respect, la communication franche et les valeurs communes — vous aurez une excellente base sur laquelle vous pourrez construire une véritable relation.

« Ou pas. Il est encore possible que le type soit un salaud, ce qui peut tout mettre par terre. Hélas, je n'ai pas encore prévu de brochure pour ça. »

Margaux ravala son cynisme et se força à continuer :

— Commençons par là, et lorsque vous répondrez aux questions, pensez à vos relations passées. Ne vous focalisez pas sur les détails qui vous ont fait penser que l'homme que vous avez rencontré n'était pas fait pour vous. Concentrez-vous sur les principes de base en vous demandant si vous avez constaté la présence de l'un ou plusieurs d'entre eux. Pensez à vos goûts et à vos valeurs et demandez-vous quels étaient ceux que vous aviez en commun. Voilà tout ce dont nous discuterons lors de notre prochain entretien.

Elle réussit à se contrôler le temps qu'elle et Wanda terminent leur conversation et elle prit un autre rendez-vous un peu plus tard dans la semaine. Et une fois que Wanda fut partie et que Margaux se retrouva seule, elle s'affala sur sa chaise et prit sa tête entre ses mains.

Elle devait absolument changer d'état d'esprit. L'infidélité de Rob l'avait rendue amère et avait sapé sa confiance en elle. Puis, avant même d'avoir eu le temps de réfléchir à la situation, Clint était apparu et l'avait fait rebondir dans une tout autre direction. Les deux hommes avaient réussi à faire voler en éclats tout ce en quoi elle croyait, mais aussi son assurance professionnelle. Et si elle ne se ressaisissait pas au plus vite, sa carrière aussi risquait aussi d'être anéantie.

Pourtant, son esprit rationnel lui soufflait qu'elle n'aurait jamais réussi à former tant de couples solides si elle n'avait pas su ce qu'elle faisait. Et si elle n'avait pas été compétente, Alan s'en serait aperçu tout de suite et n'aurait pas tardé à mettre un terme à leur partenariat.

Elle souffrait simplement d'une baisse de forme passagère, elle devait juste prendre un peu de recul et redéfinir ses priorités. Et au lieu d'attendre le coup de fil de Clint, elle aurait dû l'appeler et lui dire que même si la nuit qu'ils avaient passée ensemble avait été merveilleuse, ils devaient en rester là.

Cela aurait été la chose à faire, ce qui était juste et intelligent. Une décision digne de l'ancienne Margaux. Sans y réfléchir davantage, elle prit le téléphone et composa le numéro du portable de Clint.

Il répondit à la seconde sonnerie.

— Clint Hilton.

— Salut, c'est Margaux.

— J'ai pensé à toi toute la matinée. Je suis content que tu m'appelles, dit-il d'une voix espiègle.

— Heu… Moi aussi j'ai pensé à toi.

— Dîne avec moi ce soir.

— Oh, Clint, je ne pense pas que ce soit une bonne idée.

— On doit mettre au point un plan d'attaque au sujet de ma mère. Maintenant que tu l'as rencontrée, on doit discuter des prochaines étapes. Qu'en penses-tu ?

— Oui… en effet, nous devons discuter. Mais, écoute, je dois te parler à propos de la nuit dernière.

Il rit d'une voix grave et douce à la fois.

— Ne me remercie pas, ma chérie. Tout le plaisir était pour moi. Et je suis très impatient de recommencer.

— Ce n'est pas exactement…

— Je connais un excellent restaurant. Tu aimes le poisson ?

— Eh bien… oui, j'aime le poisson, mais…

— Parfait ! A quelle heure veux-tu que je passe te chercher ?

— Je…

Les choses n'allaient pas du tout comme elle l'avait prévu. Elle devait être claire et franche et lui dire que leur relation n'irait pas plus loin, mais en entendant le son de sa voix, elle avait oublié ce qu'elle avait l'intention de lui dire. Et elle savait très bien qu'elle serait incapable d'avoir cette discussion si elle se trouvait face à lui, pas avec cette bouche qui lui ferait envie, ces yeux bleus pétillants qui lui disaient qu'elle était belle et ces mains expertes seulement à quelques centimètres d'elle.

— Margaux ?

Elle effaça ces images de son esprit.

— Disons 6 heures.

— Je suis très impatient… C'est un endroit décontracté. La seule chose que j'attends de toi, c'est que tu mettes une robe dans laquelle tu pourras être facilement déshabillée.

Et lorsqu'elle raccrocha, elle savait avec certitude qu'elle n'allait pas échapper à Clint Hilton de sitôt.

*
* *

Le soleil matinal se levait sur le stade de Rose Bowl de Pasadena et Clint sortit du camion sur le parking plein à craquer de gens qui se rendaient au marché aux puces qui avait lieu tous les dimanches. En dépit du fait que Margaux avait essayé de le repousser toute la semaine, il avait réussi à imposer sa présence, soit en organisant un rendez-vous avec sa mère ou en réussissant à l'inviter ici ou là. Il avait un peu honte, mais Clint n'avait pas pu s'en empêcher. Chaque soir, il en avait appris un peu plus sur elle, et chaque soir, il avait aimé un peu plus ce qu'il avait découvert.

La veille, il l'avait persuadée de l'accompagner le long de la côte pour une dégustation de vin et un déjeuner. Ils avaient décapoté sa Porsche de collection et il l'avait invitée à passer une journée à la Clint : repas, quelques bons vins et shopping.

Ce jour-là, les rôles étaient inversés. Il avait troqué ses voitures de sport contre un des camions de son entreprise et il avait roulé en direction du marché aux puces de Rose Bowl. Il était souvent passé devant, mais jamais il ne s'y était arrêté.

— Cet endroit est bondé, dit-il en regardant la marée de voitures garées sur le stade.

Margaux referma la portière et mit son grand chapeau de paille. Elle portait aussi un foulard de soie rose et vert, ce qui aurait pu lui donner des allures de grand-mère ou de jardinière, mais associé à son jean déchiré et à son haut dos-nu en crochet, elle était diablement sexy.

Elle mit ses grandes lunettes rondes.

— C'est encore pire avant 9 heures ! Les gens croient qu'ils font les meilleures affaires en venant tôt, mais moi je préfère venir juste avant la fermeture, quand les vendeurs comprennent qu'ils ne sont pas rentrés dans leurs frais et qu'ils n'ont pas envie de repartir avec tout leur stock.

Il glissa un bras autour de son épaule nue.

— Moi, je crois que tu es un oiseau de nuit, et que même les meilleures affaires du monde ne suffiraient pas à te faire sortir de ton lit avant midi.

Elle se mit à rire.

— O.K., tu as peut-être raison.

Ils pénétrèrent à l'intérieur du marché et Clint fut impressionné par l'immensité des lieux. Il n'avait jamais rien vu de tel. Il y avait presque tout ce dont on pouvait avoir besoin en un seul lieu.

Margaux s'arrêta et désigna une allée sur la droite d'un geste de la main.

— Commençons par là, dit-elle.

— Qu'est-ce qu'on cherche déjà ?

Elle réfléchit quelques instants, puis elle répondit :

— Je pensais à une malle, un genre de coffre…

— Et c'est pour… ?

— La femme dont je t'ai parlé, que j'ai rencontrée dans cette association.

— Ah oui, Daphné, la mère célibataire.

C'était le jeudi, pendant le dîner, que Margaux lui avait dit qu'elle faisait du bénévolat. Deux fois par mois, elle conseillait des femmes qui essayaient de reconstruire leur vie après être sorties de relations où elles avaient été victimes de maltraitances. Daphné était une jeune mère avec deux enfants qui venait juste de trouver un travail et un appartement.

— Oui, je crois qu'un coffre lui rendrait service.

— C'est sympa comme idée. Je serais surpris si tu ne trouvais pas ça ici, dit-il en balayant du regard l'immense marché.

Ils flânaient dans les allées, s'arrêtant à l'occasion quand quelque objet attirait l'attention de l'un ou de l'autre, mais il était difficile de rester concentré tant il y avait de choses à voir. Jamais il n'avait perçu une telle énergie en un seul lieu.

Les odeurs le surprirent également. Partout il y avait des stands où on trouvait des *churros*, des saucisses ou des hamburgers. L'odeur de la viande grillée flottait dans l'air chaque fois que quelqu'un passait avec quelque chose qui avait l'air délicieux à la main.

— Je commence à avoir faim, déclara-t-il.

— On vient juste d'arriver.

— Mais il est presque midi !

Elle se précipita vers un stand qui vendait des petites tables basses et elle commença à les regarder tandis que Clint lui emboîtait le pas.

— *Cuanto* ? demanda-t-elle en désignant une table recouverte de marbre.

— *Cincuanta*, répondit l'homme, avant s'ajouter : mais pour vous, *cuarenta y cinco.*

— *Treinta*, renchérit-elle.

L'homme regarda Clint, puis il secoua la tête.

— *Cuarenta y cinco.*

Tandis qu'elle observait les tiroirs, elle discutait avec le vendeur dans un espagnol courant. Clint ne saisissait que des bribes de leur conversation, ayant oublié la plupart de ce qu'il avait appris au lycée.

En fin de compte, elle secoua la tête et lui fit signe qu'elle partait. L'homme dit quelque chose, mais elle prit la main de Clint et s'éloigna du stand.

— Si j'ai bien compris, dit Clint, tu as fait descendre le prix jusqu'à quarante dollars.

Elle avait l'air déçu, mais elle avait quelque chose d'espiègle dans le regard.

— Et si tu n'avais pas été avec moi, il serait descendu à trente, dit-elle.

— Qu'est-ce que j'ai fait ? demanda-t-il, stupéfait.

Elle le prit par le poignet et agita sa Rolex.

— Tu as l'air d'un type qui pourrait acheter dix fois tout ce qui se trouve sur ce marché.

— Tu es en train de me dire que je suis trop bien habillé ?

— C'est ma faute. J'aurais dû te dire de laisser le *bling bling* à la maison.

Il rit. Jamais encore on ne lui avait dit que ses montres étaient *bling bling*, mais il ne pouvait pas vraiment lui donner tort. Il supposait que dans un endroit où les prix étaient négociables, mieux valait avoir l'air aussi démuni que possible.

— Tu crois que je devrais l'enlever ?

Elle le regarda de la tête aux pieds.

— Ça ne changerait pas grand-chose. Tu as l'allure.

— Quelle allure ?

— Tu as l'air tout droit sorti d'une pub Armani.

Il s'arrêta et leva les mains au ciel.

— Je porte juste un jean et une chemise.

Elle le prit par le bras et se lova contre lui.

— Ce n'est pas ce que tu portes. Tout en toi transpire l'argent et les gens qui travaillent ici le sentent. J'ai bien peur que tu sois condamné à ne jamais faire les meilleures affaires aux puces !

— C'est de la discrimination pure et simple.

— Bienvenue dans la face cachée de Los Angeles !

Ils continuèrent à flâner dans le marché, mais il ne parvint pas vraiment à être vexé par ses déclarations. Au contraire, cela l'amusait. Ce qui lui plaisait chez elle, c'était qu'elle n'était impressionnée ni par lui, ni par son argent. Et il savait qu'elle n'était pas près de changer.

— Tu sais, dit-il, si cette table te plaît, je peux te l'offrir.

— Si je voulais cette table, j'aurais payé ce type trente dollars et je t'aurais obligé à cacher ton uniforme de Clint Hilton, assura-t-elle en le regardant avec un sourire malicieux. Ce n'est pas grave, ajouta-t-elle, je l'avais déjà oubliée, ce qui prouve que ce n'était pas une nécessité absolue.

Ils passèrent les deux heures qui suivirent à se promener dans les allées, s'arrêtant çà et là pour grignoter. Ils trouvèrent un bar qui faisait des Bloody Mary et ils ne résistèrent pas à la tentation. Il dut reconnaître qu'il avait rarement mangé et bu des choses aussi bonnes, mais peut-être était-ce parce qu'il était en bonne compagnie.

Lorsqu'elle suça son doigt plein de sucre et de Bloody Mary, il se sentit émoustillé par ce geste innocent.

Clint avait bien conscience que son attirance physique pour Margaux était très forte et que, quoi qu'elle fît, elle l'excitait. Mais son attirance pour elle n'était pas uniquement sexuelle. Il aimait qui elle était, le fait qu'elle faisait des choses qui comptaient, contrairement à la plupart de ses conquêtes. Elle essayait de changer la vie des gens qui l'entouraient et elle ne se laissait pas abattre par des choses insignifiantes.

Et plus il passait de temps avec elle, plus il avait envie d'être près d'elle.

Il devait juste trouver le moyen de la convaincre. Car il avait l'impression que plus il avait envie d'être avec elle, plus elle était déterminée à considérer leur relation avec désinvolture.

Il prit le visage de Margaux entre ses mains.

— J'ai des projets pour toi, ce soir.

De nouveau, il vit un petit tressaillement dans son regard, comme chaque fois qu'il évoquait quoi que ce soit au-delà de l'instant présent. Il détestait ces mouvements de recul, il aurait voulu voir de l'enthousiasme dans son regard, et il se demanda combien de temps il allait devoir passer avec elle avant que ce petit signe de résistance disparaisse.

Il ouvrit la bouche et faillit dire ce qu'il avait sur le cœur mais se fiant à son instinct, il se ravisa. Il savait que Margaux n'était pas le genre de femme qu'on pouvait pousser dans ses derniers retranchements.

— Quel genre de projets ? demanda-t-elle, même si son sourire en coin indiquait qu'elle savait exactement ce qu'il avait en tête.

Il n'en fallait pas plus pour aiguiser son appétit.

— Partons d'ici, et je vais te le montrer.

Ils quittèrent les lieux et se mirent en route en direction de l'appartement de Margaux, puis il ajouta :

— Un de mes amis a ouvert un bar le mois dernier et je lui ai promis d'aller lui rendre visite. Et j'ai pensé que ça te plairait peut-être de venir avec moi.

Elle leva les yeux vers lui avec une pointe de déception dans le regard.

— C'était le projet que tu avais pour moi ?

— Oui, en partie, dit-il en lui jetant un petit coup d'œil plein de malice. Mais d'abord il faut que tu te changes, ce qui implique que tu te déshabilles. Et tu sais ce qui se passe dans ces cas-là…

— Je vois que tu as pensé à tout.

Il avait pensé à tout. Et après un trajet qui lui sembla interminable, ils arrivèrent enfin chez elle, et sans tarder, ils se retrouvèrent dans sa chambre.

Ils se déshabillèrent en un temps record et il prit son corps nu dans ses bras, il ôta une mèche de cheveux de son visage et il l'embrassa. Il avait envie de partager avec elle les sentiments qui grandissaient en lui, mais il se dit qu'il valait mieux qu'il s'exprime autrement qu'avec des mots. Il l'allongea sur le lit et entreprit une lente séduction.

Il fit jouer ses mains expertes un peu partout sur le corps de Margaux, lui prodiguant toutes les caresses qui la rendaient folle. Il l'embrassa dans la nuque, lui frôla les seins du bout des lèvres, puis il descendit sur son ventre, jusqu'entre ses cuisses. Il la caressa et la lécha jusqu'à ce qu'elle commence à gémir et à se cambrer sous lui, les yeux noirs remplis de plaisir et le corps au bord de l'abandon.

Elle prit le sexe de Clint dans sa main et elle le serra doucement, avant de le caresser contre son ventre aussi doux que de la soie. Il se sentit sur le point de défaillir.

— Prends-moi, murmura-t-elle.

Au lieu de répondre à sa demande, il pressa ses lèvres contre les siennes et l'embrassa avec avidité. Il entendit la respiration de Margaux s'accélérer, et lorsqu'il commença à caresser la pointe de ses seins, elle s'écarta de lui et lui dit en le regardant dans les yeux :

— S'il te plaît, le supplia-t-elle, prends-moi.

Sa voix pleine de désir le poussa aussitôt à lui céder. Il lui écarta largement les jambes et, tout en lui caressant le visage et en lisant le plaisir dans ses yeux, il entra en elle avec une lenteur délibérée. Il aimait la voir ainsi, totalement abandonnée, entièrement à lui. Cette fois, ce n'était plus seulement sexuel. Il voulait créer une complicité qui les emmènerait au-delà de la simple aventure.

— Tu es belle, dit-il en l'embrassant. Tu me rends dingue.

Il continua à aller et venir en elle à une lenteur proche du supplice et elle resta sans voix. Puis, glissant une main sous ses fesses, il l'attira plus près de lui encore.

Elle enfonça ses ongles dans le dos de Clint et cette vive sensation attisa son désir.

Elle se frotta contre lui, gémissant de plus en plus à mesure qu'elle approchait de la jouissance.

— Laisse-toi aller, lui murmura-t-il.

Et lorsqu'elle cria sous la violence de son orgasme, le sien suivit rapidement.

Ils restèrent quelques instants immobiles, débordés par l'intensité de leurs émotions. Lorsqu'il ouvrit les yeux, il vit une expression satisfaite sur le visage de Margaux.

— Ouah, fit-elle, c'était incroyable.

Son ton était plus léger qu'il ne l'aurait souhaité. Elle

semblait déterminée à ne pas exposer ses sentiments, à se protéger de toute souffrance. Mais après tout, si elle éprouvait le besoin d'avancer à son propre rythme, il n'y voyait pas d'inconvénient. En tout cas, pas tant qu'ils continueraient à faire l'amour avec autant de passion.

— Est-ce qu'on doit vraiment aller dans ce bar, ce soir ? demanda-t-elle d'une voix très sensuelle.

— As-tu quelque chose de mieux à me proposer ?

Se lovant dans ses bras, elle lui donna un long baiser langoureux.

— Un peu plus de ça…

Il la serra contre lui et se délecta de la sensation de sa peau contre la sienne. Allongé contre elle, encore submergé du plaisir qu'ils venaient de partager, une seule réponse lui venait à l'esprit.

— Quel bar ?

11.

— Carmen, cette soirée entre filles n'aurait pas pu mieux tomber, dit Margaux en portant deux verres de vin vides dans la cuisine. J'avais vraiment besoin de ça.

Cela faisait deux semaines qu'elle et Rob s'étaient séparés et, presque contre son gré, elle avait depuis passé chacune de ses soirées avec Clint. A vrai dire, elle n'avait pas vraiment à s'en plaindre : être traitée comme une princesse par un homme beau, riche et drôle ne présentait pas que des inconvénients.

Pourtant, elle ne pouvait s'empêcher de penser qu'elle vivait dans un monde en dehors de la réalité, dans lequel elle n'avait pas sa place. Ajouté à l'irrésistible attirance qu'elle éprouvait pour lui, son instinct ne cessait de lui souffler qu'elle allait tout droit vers une nouvelle catastrophe. Elle avait donc grand besoin d'un peu de répit pour revenir les pieds sur terre et faire le point.

— Merci de m'avoir aidée à tout ranger, dit Carmen.

— Merci à toi de m'avoir invitée, j'avais vraiment besoin de ça.

— Ne me dis pas que tu en as déjà assez de Clint.

Margaux jeta à son amie un regard incrédule.

— Oh, si ! Toutes ces boutiques de luxe, ces grands restaurants et ces vins hors de prix, cela devient fatigant... Je suis impatiente de retourner à ma vie de pauvre !

Carmen rit de bon cœur.

— Je n'arrive toujours pas à croire que tu aies emmené le boss au marché aux puces ! J'ai vraiment du mal à imaginer la scène...

— A vrai dire, il était plutôt touchant. J'aurais presque parié que ça lui a plu.

Margaux avait espéré qu'au cours des deux semaines écoulées, son désir pour Clint se serait estompé. Mais à l'inverse, elle avait l'impression que plus elle passait de temps avec lui, plus elle l'appréciait. Et sans qu'elle sache comment, leur aventure d'une nuit s'était transformée en véritable liaison, et quoi qu'elle fasse pour jeter un froid sur leurs relations, elles étaient de plus en plus ardentes.

C'était pour cette raison qu'elle avait emmené Clint au marché aux puces, pour lui rappeler qu'ils venaient de deux mondes tout à fait différents.

Mais cela avait eu pour seul effet de montrer à Margaux à quel point il semblait à l'aise dans toutes les situations.

Quoi qu'elle fasse pour essayer d'éviter de tomber amoureuse de lui, il semblait toujours trouver le moyen de la séduire. Elle s'était déjà emballée dans une relation qui lui avait explosé en pleine figure, ce n'était pas pour recommencer aussitôt après avec quelqu'un avec qui elle avait encore moins de choses en commun.

— Peut-être que je vous accompagnerai la prochaine fois, dit Carmen. Je dois voir ça de mes propres yeux.

— Je ne pense pas qu'il y aura une prochaine fois.

Comme tu l'as dit toi-même, Clint ne donne pas dans la relation longue durée. Et c'est très bien ainsi. Dès qu'on en aura fini avec notre contrat, je vais faire une pause, j'en ai besoin. Au fait, je t'ai dit que Rob m'avait appelée l'autre jour ? Il voulait qu'on prenne un café ensemble pour s'excuser en personne.

— Tu y es allée ?

— Non, j'en ai bel et bien fini avec lui. En fait, je crois que ce dont j'ai besoin, c'est d'en finir avec tous les hommes. Pour un temps au moins. J'espère vraiment que ce rendez-vous se passera bien demain soir. Je dois vraiment trouver quelqu'un pour Jillian pour pouvoir moi aussi repartir du bon pied.

Quelques jours plus tôt, pendant le dîner, Clint et elle avaient réussi à persuader Jillian de se joindre à eux pour dîner avec Bo Granger, un homme que Margaux trouvait parfait pour elle. A leur grande surprise, elle avait accepté. Maintenant, il fallait juste que le rendez-vous se passe bien et Margaux pourrait songer à mettre un terme à sa relation avec Clint.

— Tout me dit que j'ai trouvé l'homme parfait pour Jillian, ajouta Margaux. Mais mon instinct n'est pas vraiment au beau fixe ces temps-ci.

— Ne commence pas à douter de toi. Tu es très douée dans ton boulot, Margaux. Et ce qui s'est passé avec Rob ne change rien à ça. Si tu penses que Mme Hilton appréciera ce type, alors cela sera sûrement le cas. Où allez-vous dîner tous les quatre ?

— Bo a réservé au Club 380.

— Il a les moyens ! Cet endroit coûte une fortune. Tu sais comment tu vas t'habiller ?

Margaux haussa les épaules.

— Je n'en sais rien. Je ne me suis pas vraiment posé la question.

— Tu devrais porter ta robe Jackie O.

— Tu crois ?

— Oui, elle fait très années 60 et elle te va à ravir. Clint ne pensera qu'à t'attirer dans son lit pendant toute la soirée.

Margaux soupira.

— Ce n'est pas vraiment mon but, Carmen. En fait, j'aimerais plutôt essayer de calmer le jeu. Je ne me vois pas commencer une nouvelle relation juste après ce qui s'est passé avec Rob.

— Ne t'inquiète pas. Clint n'est pas du genre à avoir une relation de longue durée. Et tu as tout à fait la bonne attitude. Prends du bon temps avec lui pendant un moment. Laisse-le t'aider à oublier Rob, retrouve ta confiance en toi, et quand tes affaires avec sa mère seront terminées, tu pourras faire une pause et penser à toi.

C'était exactement ainsi que Margaux envisageait les choses. Tant qu'elle gardait les pieds sur terre, elle serait capable de remercier Clint pour le temps qu'ils avaient passé ensemble et de tourner la page une fois que leur contrat serait mené à bien.

Elle espérait seulement que quand ce jour viendrait, les choses seraient aussi simples.

Le jour se levait à peine quand Clint enfila ses baskets. C'était la première fois depuis presque une semaine qu'il réussissait à aller courir avant d'aller travailler. Il n'avait pas à se plaindre car ces temps-ci, c'était avec Margaux qu'il faisait son exercice matinal et cela aurait encore été le cas si elle n'avait pas passé la soirée avec Carmen.

Il devait reconnaître qu'il avait été un peu déçu sur le moment, mais ensuite il s'était dit qu'une légère pause leur ferait sans doute du bien. Ils n'apprécieraient que davantage la soirée qu'ils allaient passer ensemble.

Il traversa le salon, en direction de la porte d'entrée, mais une inhabituelle odeur de café qui venait de la cuisine attira son attention. Il trouva sa mère assise au bar en train de lire le journal dans son pyjama de soie rose avec les chaussons assortis.

— Tu es bien matinale, lui dit-il.

— Pom Pom m'a réveillée. Je crois que c'est le chat du voisin qui est venu sur mon balcon et il est resté là à narguer Pom Pom jusqu'à ce que je me lève pour le chasser.

— Je suis désolé. Tu veux que je dise deux mots à Ray ?

— Oh, je lui en parlerai moi-même si ça se reproduit trop souvent. Mais en attendant, pourquoi ne t'assois-tu pas pour me dire comment ça va ?

Il se servit une tasse de café et s'assit au bar.

— Bien, tout va bien. Et je me réjouis à l'idée de notre dîner de ce soir.

— Mon fils et moi allons ensemble à un rendez-vous galant. Qui l'aurait cru ?

Il serra la main de sa mère.

— Personne n'aurait cru que tu puisses finir ta vie seule en tout cas. Mais je suis content que tu aies accepté de sortir. Cela te fera du bien, maman.

— Je suppose que oui, dit-elle en buvant une gorgée de café. Mais n'est-il pas amusant que tu commences à sortir avec une marieuse et qu'à peine deux semaines plus tard, tout soit arrangé pour que je rencontre un bon parti, célibataire de surcroît ?

— Margaux n'est pas une marieuse. C'est une conseillère matrimoniale.

— Tu joues sur les mots. Elle nous a elle-même dit pendant le dîner l'autre soir qu'elle réunissait souvent des célibataires. C'est une marieuse.

— Eh bien, appelle-la comme tu veux. Mais je pense que c'est une bonne idée que tu rencontres ce type. Qui sait, peut-être que vous vous entendrez bien ? Et dans le cas contraire, tu seras sortie de la maison et tu auras fait quelque chose de différent pour une fois.

— Oh, je suis tout à fait d'accord avec toi, dit-elle en lui jetant un coup d'œil en coin. Ce que je ne comprends pas, c'est pourquoi, si tu voulais que je rencontre des hommes, tu ne me l'as pas simplement suggéré. Tu n'avais pas à pousser le sacrifice jusqu'à faire semblant de sortir avec cette femme.

Sa remarque le surprit, mais il parvint à feindre l'ignorance.

— Je ne fais pas semblant de sortir avec Margaux. Qu'est-ce qui te fait penser ça ?

— Clint, tu as trente et un ans. Quand accepteras-tu que je sais toujours ce que tu manigances ?

Il but une lente gorgée de café pour se réfugier quelques instants derrière sa tasse.

— Je ne sais pas du tout de quoi tu veux parler.

— Je ne suis pas stupide. J'ai su que cette relation était une farce dès le premier jour.

— Mes sentiments pour Margaux sont tout à fait sincères.

Au moins, cette fois, ce n'était pas un mensonge. Malgré tout, il était encore perplexe que sa mère ait compris tout ça.

— J'aimerais vraiment te croire. Dieu sait que c'est la seule femme avec qui tu sois sorti que je pourrais ne serait-ce qu'envisager comme belle-fille ! Et c'est exactement pour cette raison que je n'aime pas ce que tu fais.

— Mais qu'est-ce que je fais ?

Elle reposa sa tasse et s'accouda au comptoir.

— Te servir de cette fille charmante pour me trouver un compagnon. Et ne me dis pas que ce n'est pas vrai parce que je ne suis pas aussi stupide. J'ai su à la seconde où j'ai vu cette fille que tu ne l'aurais même pas regardée si tu l'avais rencontrée chez le traiteur. Elle n'est pas ton type, ce qui est un compliment pour elle. Franchement, Clint, pensais-tu que je suis née de la dernière pluie ?

Il observa sa mère quelques minutes en silence, essayant de trouver un démenti convaincant, mais rien ne lui vint à l'esprit.

— O.K., j'avoue, admit-il. C'est vrai, j'ai engagé Margaux pour te trouver un homme.

L'absence d'expression victorieuse dans son regard l'informa qu'elle n'avait pas bluffé. Elle avait réellement vu clair dans son jeu.

— Pourquoi ne m'as-tu pas simplement demandé si je voulais rencontrer Margaux ?

— Après ce qui s'est passé entre Marge et toi ? Tu

n'aurais jamais voulu rencontrer une conseillère matrimoniale !

Elle sembla réfléchir à la question pendant quelques secondes.

— Peut-être pas.

— Peut-être… ?

— Mais ça ne change rien à la situation. Maintenant que je connais la vérité, tu peux mettre un terme à cette farce avant que cette pauvre fille n'en souffre.

— Mais de quoi parles-tu ?

— Clint, j'aime bien Margaux. Je l'aime beaucoup à vrai dire. Et je te connais. Je ne sais pas avec qui tu passes vraiment tes nuits, mais… se ravisant, elle lui demanda : Ne me dis pas que tu passes tes nuits avec elle ?

— Si, c'est bien avec Margaux que je passe mes nuits, et je ne vois pas ce qu'il y a de mal à ça.

— Oh, Clint ! fit-elle avec une expression de dégoût.

— A vrai dire, je tiens vraiment à elle.

— Ne te fiche pas de moi. Ce n'est pas drôle.

— Je ne me fiche pas de toi ! Je l'aime vraiment… beaucoup.

— Oh, s'il te plaît… Ça fait longtemps que j'ai arrêté de rêver.

— De rêver à quoi ?

— Que tu fasses ta vie avec une femme normale, une femme que je pourrais être fière d'appeler ma belle-fille. J'ai reporté mes espoirs sur Nate à ce sujet.

— Eh bien, tu peux rêver, parce que mes intentions sont très sérieuses à son égard, et je suis plus sérieux que je ne l'aie jamais été avec une femme.

Il y eut un long silence pendant lequel Jillian le dévisagea, semblant chercher un signe qui serait venu confirmer qu'il se payait sa tête. Sauf que, dès qu'il était question de Margaux, il ne jouait plus. Il tenait à elle. Et il ne lui restait plus qu'à trouver ce qu'il devait faire pour qu'elle ressente la même chose.

— Tu ne plaisantes pas, déclara Jillian.

— Non.

— Mais c'est merveilleux ! dit-elle en sautillant, tout en se dirigeant vers le réfrigérateur, avant de commencer à préparer des œufs. Je l'ai aimée dès que je l'ai vue, tu sais. Mais je n'avais jamais pensé que tu étais assez malin pour te retrouver avec quelqu'un comme elle.

— Merci ! répondit-il, mi-vexé, mi-amusé. Mais ne te réjouis pas trop vite. On ne peut pas dire qu'elle se jette à mon cou.

— C'est ridicule. Elle est folle de toi. Ça se voit dans ses yeux chaque fois qu'elle te regarde.

— Peut-être. Mais elle est aussi échaudée, grâce à son ex-petit ami. Je ne me risque donc pas à faire de grandes déclarations, car je sais que cela la ferait partir en courant.

Il lui raconta la rupture que Margaux venait de traverser, et la demi-douzaine de fois où elle avait mentionné qu'elle avait besoin de faire une pause dans sa vie affective, dès que leur contrat serait mené à bien. Soit, elle ne s'était jamais montrée catégorique à ce sujet, mais il avait décodé les signes et il en avait tiré les conclusions qui s'imposaient. Et plus il tenait à elle, plus cela le blessait.

Il y avait une certaine ironie dans cette situation : pendant toute sa vie d'adulte, il avait fait tout son possible pour ne pas se fixer avec quiconque et maintenant qu'il avait fini par trouver une femme à qui il tenait, elle refusait de le prendre au sérieux. Et le pire, c'était qu'il n'avait aucune idée de ce qu'il devait faire pour y remédier. Jamais jusque-là il ne s'était trouvé dans la position de devoir faire des efforts pour conquérir une femme.

Il était Clint Hilton, après tout ! Il n'avait pas l'habitude de devoir prouver qu'il était digne d'intérêt. Il avait réussi à la mettre dans son lit, mais pour ce qui était de gagner son cœur, c'était une autre histoire.

— Laisse-lui un peu de temps, lui conseilla Jillian. Elle vient de traverser une épreuve, et ça ne m'étonne pas qu'elle hésite à s'engager avec quelqu'un d'autre aussi vite. Mais je suis sûre qu'elle changera d'avis quand vous vous connaîtrez mieux.

— Et ça ne risque pas d'arriver si tu vides ton sac en lui apprenant que tu sais tout de notre arrangement. Alors, si tu apprécies Margaux autant que tu le prétends, tu dois continuer de faire comme si tu n'étais pas au courant du contrat que j'ai signé avec elle. Va à ce rendez-vous et continue de jouer le jeu.

— Je ne vois vraiment pas en quoi c'est nécessaire. Ne serait-il pas préférable pour tout le monde que…

— Non, j'ai besoin d'un peu de temps pour la faire changer d'avis. Et notre petit arrangement joue en ma faveur.

Sa mère le regarda fixement avec une expression qui semblait indiquer qu'elle ne comprenait absolument pas ce qu'il voulait dire. Mais il voyait bien qu'elle réfléchissait aux tenants et aux aboutissants de la situation. Elle aimait Margaux et il savait qu'elle ne voulait pas risquer d'être celle par qui les choses finiraient entre eux.

— Quel choix me laisses-tu ? finit-elle par dire. Je veux bien jouer le jeu ce soir. Pour l'instant, c'est tout ce que je peux te promettre.

Il sourit, et l'embrassa sur la joue.

— Alors, il ne me reste plus qu'à rendre cette soirée inoubliable.

12.

Le Club 380 était la réplique d'un célèbre bar de Las Vegas des années 50. Il se composait d'une immense salle de restaurant au fond de laquelle se trouvait une scène où se produisaient des orchestres et, en contrebas, il y avait une piste de danse. La salle circulaire était bordée d'alcôves en velours rouge. C'était le genre d'endroit où Joe DiMaggio aurait pu emmener Marilyn Monroe et, Margaux ne pouvait s'empêcher de penser qu'à tout instant, une célébrité pouvait surgir.

Le code vestimentaire était plutôt habillé. Les hommes n'étaient pas admis s'ils ne portaient pas de veste et les femmes arboraient généralement des talons aiguilles.

— Cet endroit est vraiment incroyable, dit Clint.

— Tu n'étais jamais venu avant ? demanda Margaux quelque peu surprise.

— Non, répondit-il simplement.

Bo et Jillian s'étaient éclipsés sur la piste de danse, laissant à Clint et Margaux quelques instants d'intimité.

— Alors, que penses-tu de Bo ? demanda-t-elle.

— Je l'aime bien. Il ne ressemble pas du tout à mon père, ce qui est une bonne chose. Il est préférable que ma mère ne cherche pas à remplacer mon père, et un type comme Bo est parfait. Il est différent, mais c'est très positif.

— C'est ce que j'espérais.

— Tu as réussi, dit-il avec un grand sourire.

L'expression de son visage était si chaleureuse qu'elle sentit son estomac se nouer, comme presque chaque fois qu'elle le voyait, et elle se demandait si cette sensation disparaîtrait jamais. Il était d'une beauté à couper le souffle ce soir-là dans son costume gris clair qui mettait ses yeux bleus en valeur. Elle se demanda comment elle pourrait jamais résister à un homme aussi sexy.

— Que s'est-il passé avec son précédent mariage ? demanda Clint. Il n'a pas dit grand-chose à ce sujet.

— Sa première femme est morte du cancer il y a pas mal d'années. D'après ce que j'ai compris, son second mariage n'a pas duré longtemps, je crois que sa seconde femme s'intéressait davantage à son argent qu'à lui. Je suis allée à l'école avec sa fille et c'est elle qui l'a encouragé à m'appeler pour que je le guide dans ses choix.

— Au moins, maman se fiche de son argent.

— Oui, et il n'est pas intéressé non plus. Sa famille a de l'argent mais il gagne très bien sa vie en tant que trader.

— C'est l'impression que j'ai eue.

Bo et Jillian regagnèrent la table, le sourire aux lèvres.

— Votre mère est très gentille, dit Bo. Je suis sûr que je lui ai marché sur les pieds une fois ou deux, mais elle le nie farouchement.

— Ce n'est pas vrai, dit Jillian. Mais il m'a laissée mener la danse.

Elle avait le rose aux joues et les yeux brillants, deux signes que le rendez-vous se passait bien. D'ailleurs, d'après ce qu'elle pouvait en juger, Margaux trouvait que tout allait pour le mieux.

Bo Granger était grand et fort. Il était beau, mais pas au sens classique du terme, son visage avait beaucoup de caractère. De plus, il était très gai, ce qui en faisait un homme de bonne compagnie.

Et, plus important encore, lui et Jillian semblaient très à l'aise l'un avec l'autre. A première vue, leur rencontre était un succès, ce qui réconforta Margaux. Après tout, peut-être était-elle encore compétente dans ce qu'elle faisait.

— Maman, tu veux bien m'offrir la prochaine danse ? demanda Clint en tendant la main à sa mère.

— Bien sûr, dit Jillian avec un sourire radieux.

Ils s'éclipsèrent, laissant Margaux et Bo seuls.

— Alors ? demanda Margaux en buvant une gorgée de vin.

— Elle me plaît, dit Bo. Je crois que ma fille a eu raison de vanter vos mérites. Je passe vraiment une excellente soirée et j'aimerais vraiment la revoir si elle en a envie.

— Jillian semble elle aussi passer un bon moment.

— Cela dit, fit-il en riant, peut-être qu'elle ne voudra plus danser avec moi. Je suis vraiment un piètre danseur. Mais je me débrouille un peu mieux sur un terrain de golf.

— Je crois qu'elle aussi joue au golf.

— Vraiment ?

— Oui, je suis presque sûre qu'elle m'en a parlé.

Ils continuèrent à discuter de tout et de rien et lorsque Clint fut de retour, il invita Margaux à danser avec lui. C'était un slow langoureux et Clint la prit dans ses bras, une main posée au creux de son dos.

— Est-ce que ta mère apprécie sa soirée ?

— Je pense.

Elle leva la tête vers lui, l'air sceptique.

— Allez ! Je sais que tu l'as questionnée pendant que vous dansiez. Qu'a-t-elle dit ?

Elle le sentit rire contre sa poitrine.

— Elle passe un très bon moment. Tu as vraiment fait un excellent choix.

Margaux soupira.

— Oh, je l'espère. Jillian est bien trop jeune pour passer le reste de sa vie en veuve célibataire.

— Le seul fait qu'elle sorte de nouveau est bien plus que je n'attendais, surtout si vite. Tu t'es vraiment bien débrouillée, Margaux.

— Ce serait bien si ça pouvait marcher entre Jillian et Bo. Elle pourrait entamer le second chapitre de sa vie et tu pourrais en finir avec moi et retourner à ta vie d'avant.

Il la regarda d'un air perplexe.

— Je ne suis pas très sûr d'avoir encore envie de cette vie, dit-il, avant de la regarder dans les yeux en ajoutant : Je ne suis pas sûr d'en avoir jamais fini avec toi.

Elle le regarda fixement et eut l'impression qu'il était tout à fait sérieux.

— J'aime vraiment passer du temps avec toi, Margaux, ajouta-t-il.

Cela faisait un peu cliché, et elle se demanda s'il disait

cela à toutes les femmes avec lesquelles il sortait. Est-ce que ce genre de déclarations faisait simplement partie du jeu ? Margaux n'en avait aucune idée. Dès l'instant de leur rencontre, Margaux s'était sentie hors compétition, comme une petite joueuse qui se retrouverait tout à coup à une table dont les enchères étaient bien au-dessus de ses moyens. Elle n'était pas sûre de connaître les règles du jeu, ni quel crédit elle devait accorder à ses paroles, et pourtant tout dans son regard semblait indiquer qu'il ne bluffait pas.

Malgré tout, elle essaya de dédramatiser cet instant.

— Moi aussi, j'aime bien être avec toi.

Elle avait prononcé ces mots d'un ton léger et pourtant, il la regardait toujours avec autant d'intensité. Ils évoluèrent toujours l'un contre l'autre au rythme de la musique pendant un long moment, les yeux dans les yeux.

— Finissons-en avec ce dîner. J'ai envie de t'avoir tout à moi, lui murmura-t-il. Tu rentres avec moi ce soir ?

Et, lorsqu'elle ouvrit la bouche, elle finit par prononcer les mêmes paroles que celles qu'elle prononçait depuis deux semaines déjà.

— J'en meurs d'envie.

Il était plus de 10 heures lorsque Clint et elle arrivèrent dans sa chambre, et même si ce n'était pas la première fois qu'elle s'y trouvait, elle ne pouvait s'empêcher d'être impressionnée.

Un des murs était composé d'une immense baie vitrée qui s'étendait du sol au plafond et offrait une vue exceptionnelle sur la ville, ainsi qu'un accès direct à la piscine et à la terrasse. Contre un autre mur, se dressait une immense cheminée en marbre, et son lit se trouvait au milieu de la pièce, sur une petite plate-forme qui donnait l'impression qu'il flottait dans les airs.

— Pourquoi ne te mets-tu pas à l'aise ? suggéra-t-il. J'ai envie de te voir nue.

Le sourire de Clint était empli de promesses et, d'un coup de pied, elle fit valser ses chaussures tandis qu'il ouvrait les baies vitrées en allumant les lumières du patio, avant de mettre le Jacuzzi en marche.

Curieuse de découvrir la terrasse, elle avança pour la voir de plus près. Clint ôta sa veste et s'approcha de Margaux, qui était face à la baie vitrée.

— Tu es très belle ce soir, dit-il en faisant glisser sa robe sur ses épaules, et la laissant tomber à ses pieds. Est-ce que je te l'ai dit ?

Elle se retourna, vêtue à présent d'un seul ensemble de lingerie en dentelle noire qui sembla faire son effet à en juger par le regard que Clint posait sur elle.

— Environ une douzaine de fois.

Il passa une main dans les cheveux de Margaux et il l'embrassa avec passion.

— Je sais que je l'ai pensé au moins une centaine de fois, murmura-t-il, mais je n'étais pas sûr de l'avoir dit à haute voix.

Elle sourit et commença à déboutonner sa chemise.

— Allons dans le Jacuzzi, lui proposa-t-il.

Ils se déshabillèrent, puis ils sortirent sur le patio. Les lieux étaient entourés de murets, mais ils ne masquaient pas la vue imprenable sur le canyon. L'air de la nuit était calme, et seule une petite brise agitait les feuilles des palmiers qui bordaient le jardin. Dans le canyon, les lumières des rues et des maisons brillaient comme de petites étoiles, et Margaux entra dans le Jacuzzi et s'imprégna de la vue spectaculaire.

— Voilà ce que j'attendais, murmura Clint en entrant dans l'eau derrière elle et en s'immergeant.

Il avait le corps le plus sexy qu'elle ait jamais vu. Elle se rapprocha de lui et laissa sa tête basculer en arrière tandis qu'elle se laissait masser le dos et la nuque par les jets d'eau avec indolence. Elle avait l'impression d'être au paradis.

— Tu as dit que tu avais eu une semaine difficile, dit-elle en se relaxant sous l'effet des jets d'eau.

— Une semaine atroce. Brad, mon stagiaire, fait bourde sur bourde. Je crois qu'il a décidé de me faire faire faillite.

Il lui raconta tous les problèmes que Brad lui avait causés et lui dit que Stan, son associé, et lui l'auraient renvoyé s'il n'était pas le petit-fils de leur ami et actionnaire, Edward. Elle l'écouta, offrant ses conseils là où elle se sentait compétente et lui prêtant une oreille attentive lorsqu'elle n'avait rien à ajouter. Et tandis qu'ils discutaient, elle eut une agréable sensation de proximité avec lui.

C'était exactement le genre de moments qu'elle pensait ne pas pouvoir partager avec un homme tel que Clint. Et à présent, elle se demandait pourquoi. Bien sûr, l'idée qu'elle se faisait du mariage n'incluait pas de se prélasser nue dans un Jacuzzi avec vue sur tout Hollywood, mais quoi qu'il en soit, Clint et elle avaient eu une vraie conversation, empreinte de confiance, d'affection, d'admiration et de respect — toutes choses importantes à ses yeux.

— En définitive, conclut Clint, le gamin est pourri gâté et il n'y a pas grand-chose à en tirer. Si j'arrive à tenir jusqu'à la fin de l'été, après j'en serai débarrassé.

— Nous ne sommes qu'en mai, fit-elle remarquer. L'été n'a même pas commencé.

— Mais je n'ai pas le choix.

— Bien sûr que si ! Tu peux en parler à Edward. Tu ne lui rends pas service en faisant comme si tout allait très bien avec son petit-fils. Et en tant qu'ami, il attend sans doute de toi que tu sois franc avec lui.

— Tu as peut-être raison.

— Bien sûr que j'ai raison !

— Tu as l'air bien sûre de toi, dit-il avec un sourire en coin.

— Mon champ d'expertise dans le domaine des relations humaines ne se limite pas aux seules rencontres amoureuses.

Il glissa un bras autour de sa taille et il l'attira sur ses genoux.

— Non, je sais que tu as de nombreux talents. Et j'aime particulièrement la façon dont tu enfiles les préservatifs.

En l'entendant prononcer ces mots, elle sentit le sexe de Clint durcir contre sa cuisse.

— Ça te plaît ? J'ai vu une femme faire ça une fois dans un film porno.

Cela éveilla aussitôt son intérêt.

— Ah oui ? Et que se passait-il d'autre dans ce film que tu as vu ?

Elle sourit, puis elle passa son doigt mouillé sur les lèvres de Clint.

— C'était plutôt… chaud.

Elle se mit à genoux devant lui, et elle s'approcha de lui, de sorte que ses seins soient au niveau des lèvres de Clint. Il ne perdit pas de temps, il les caressa en les mordillant. La peau de Margaux laissait échapper de la vapeur, les enveloppant dans une atmosphère d'eau et de brume. L'air frais de la nuit éveilla chaque centimètre carré de sa peau, avivant ses sensations lorsque Clint prit un de ses tétons dans sa bouche qui, par contraste, lui sembla brûlante.

— L'homme était très bien monté, comme toi, poursuivit-elle avec un regard lascif. La femme a eu l'air d'apprécier quand il l'a prise sauvagement.

Clint poussa un léger gémissement, comme pour l'encourager à continuer. Ce qu'elle fit :

— Mais ce qu'elle aimait le plus, c'était de le lécher. Et elle ne s'en est pas privée…

Il mit les mains sous l'eau et la prit par la taille pour l'attirer contre lui, jouant contre sa peau humide avec ses dents. Attisée par les petits massages des jets d'eau et le sexe de Clint qu'elle sentait contre le sien, elle brûlait de le prendre en lui. Mais il leur fallait une protection.

— Où sont les préservatifs ? Pas très loin j'espère ? demanda-t-elle.

Il tendit la main derrière lui et chercha à tâtons, jusqu'à ce qu'il ait trouvé une poignée de sachets.

— J'avais tout prévu.

Elle fut impressionnée par le nombre.

— Je suppose que je vais devoir te raconter la suite du film, dit-elle d'un air malicieux.

Il eut un petit rire, puis ils laissa retomber les préservatifs sur le rebord du Jacuzzi.

— Raconte-moi…, murmura-t-il d'une voix enjôleuse.

Elle commença à le caresser, appréciant le contact de sa peau douce et de ses muscles fermes sous ses doigts. Elle sentit une douce chaleur la gagner, qui contrastait avec la légère brise qui se levait parfois et venait lui caresser les épaules et la faisait frissonner. Puis, la brise se calma, et elle fut de nouveau brûlante sous les mains et les lèvres expertes de Clint.

— La femme, poursuivit-elle d'une voix entrecoupée, aimait se faire prendre vite et fort.

Elle sentit le sexe de Clint vibrer contre sa cuisse.

— Tu me rends dingue.

Il lui donna un long baiser en la serrant fort contre lui, la laissant à bout de souffle.

— Je pense que je devrais te montrer la suite, dit-elle avec malice.

Sans attendre, il la fit glisser sur ses genoux et il se leva, l'eau ruisselant sur son ventre et la vapeur fusait de ses épaules tandis qu'il ouvrit le sachet du préservatif.

Elle se retourna et s'agrippa au rebord du Jacuzzi en lui tendant ses fesses, tout en lui jetant un petit coup d'œil par-dessus son épaule.

— Je crois que c'était à peu près comme ça, dit-elle.

Dans l'air baigné de vapeur, le feu qui brûlait dans le regard de Clint prit une teinte plus sombre. Et quand il l'attira brutalement contre son sexe en érection, elle eut le souffle coupé, croyant qu'il allait lui donner ce que son corps réclamait. Mais au lieu de venir en elle, il lui intima de se déplacer vers la droite.

— Par ici, dit-il en l'attirant vers le bord et en la guidant vers un point bien précis.

Elle sentit un flot bouillonnant affluer pour terminer sa course juste entre ses cuisses. Clint se plaça derrière elle, le sexe tout contre elle, et il poussa un petit gémissement de satisfaction.

— Juste là, dit-il.

Ils se déhanchèrent à l'unisson au rythme du jet bouillonnant et elle se sentit sur le point de perdre pied chaque fois que l'eau glissait entre ses cuisses. Et lorsque Clint se plaça à l'entrée de son sexe, Margaux crut qu'elle allait perdre le contrôle avant même qu'ils n'aient commencé.

— Oh oui…, dit-elle en se cambrant pour qu'il puisse venir profondément en elle.

Elle sentit la bouche de Clint se presser dans son dos et sa langue dans sa nuque. Il entra en elle très, très, lentement, puis il plaqua ses hanches contre les fesses de Margaux et il resta immobile quelques instants. Elle reprit son souffle tandis qu'il se penchait contre elle en lui caressant les seins et en lui mordillant l'oreille.

— Elle aimait être prise fort et vite, tu as dit ?

Elle entendit la tension dans sa voix, la même tension qu'elle ressentait sous la pression des jets d'eau qui la tourmentaient chaque fois qu'ils ruisselaient entre ses cuisses, là où leurs corps se rejoignaient.

— Je t'en prie, le supplia-t-elle.

Ses désirs étaient des ordres. Il commença à lui donner des petits coups lents, puis, très vite, encouragé par ses gémissements, il lui donna ce qu'elle attendait. Il la prit avec force et intensité, chacun de ses coups de reins la rapprochant plus près du jet massant.

Il la tenait fermement, sentant l'eau fuser entre eux, et très vite, les gémissements de Margaux s'accentuèrent et se firent plus plaintifs.

Elle sentait le corps de Clint claquer contre le sien, poussant son sexe toujours plus près du jet. Elle savait qu'elle n'allait pas pouvoir résister très longtemps à ce traitement.

— Je ne vais pas pouvoir me retenir, l'avertit-elle.

Mais il continua de la prendre sauvagement. L'eau tourbillonnait contre ses seins et au milieu des bulles, elle se sentait légère comme l'air. C'était comme si elle était caressée par mille mains, comme si mille langues la léchaient et à chaque mouvement de son sexe en elle, mille autres venaient leur succéder.

Elle s'agrippa au rebord du Jacuzzi, essayant de résister à la vague de plaisir qui l'envahissait.

— Oh, je…

— Vas-y bébé, laisse-toi aller…

Et lorsqu'il la propulsa vers le jet une fois de plus, elle perdit le contrôle.

Elle se mordit la lèvre et essaya de ne pas crier, mais elle ne put réprimer un petit bruit de gorge. Les sensations qui affluaient en elle étaient d'une telle violence qu'elle fut secouée de spasmes de plaisir.

Les mains et les jambes de Clint se mirent à trembler et il l'agrippa plus fermement pour essayer de recouvrer le contrôle, mais c'était trop tard, et sa jouissance ne se fit pas attendre et fut d'une rare intensité.

Il cria en enserrant sa taille, tandis que leurs corps bougeaient à l'unisson, laissant libre cours au plaisir qui s'était emparé d'eux. Puis, leurs mouvements se ralentirent peu à peu et, le souffle court, ils s'enlacèrent tendrement.

Ils glissèrent dans l'eau, sur le siège où tout avait commencé, Margaux était toujours empalée sur lui et il l'embrassa dans le cou en la caressant avec douceur.

— C'était délicieux, dit-il.

Mais pour Margaux, c'était plus que délicieux.

C'était… parfait.

Lovée contre lui, elle repensa aux deux semaines qui venaient de s'écouler. Pour la première fois, elle était prête à admettre ce qu'elle avait refusé de voir jusque-là.

Elle appréciait vraiment Clint Hilton. Plus qu'elle n'aurait dû le faire. Et tandis qu'ils étaient ainsi, dans les bras l'un de l'autre, elle ressentit une émotion trop forte pour être traduite avec des mots. Une émotion qui l'exaltait et lui faisait peur à la fois. Et à cet instant, elle sut que ce qu'elle avait voulu éviter à tout prix venait de se produire.

Elle était tombée amoureuse de Clint Hilton.

13.

Le lundi matin, Clint entra dans les bureaux de H & H Associates en sifflotant et il salua Carmen avec un large sourire et une douzaine de beignets.

— Tu t'es arrêté chez Rosie ? dit-elle en jetant un coup d'œil à la boîte qu'il tenait à la main. On fête quelque chose de spécial ?

Il la posa sur le bureau et elle s'empressa d'attraper un coupe-papier pour ouvrir la boîte et regarder à l'intérieur.

— Rien de spécial. Je peux bien faire plaisir à ma responsable administrative de temps en temps, non ?

— Tu pourrais le faire plus souvent, plaisanta-t-elle.

Elle sortit de la pièce et revint quelques instants plus tard avec des serviettes et une tasse de café qu'elle tendit à Clint.

— J'ai entendu que ça s'était plutôt bien passé, samedi soir. Est-ce que ta mère a apprécié le type que Margaux a trouvé pour elle ?

— Je pense. Ils devaient discuter aujourd'hui de l'éventualité de se revoir ou non. Nous verrons bien s'il l'appelle.

— Et qu'as-tu pensé de lui ?

Clint réfléchit quelques instants en buvant une gorgée de café.

— Il m'a bien plu. C'est un autodidacte, comme mon père, mais en dehors de ça il est très différent de lui, et c'est très bien comme ça. Ma mère a besoin de renouveau, et quelqu'un comme Bo est parfait pour elle.

— Je t'avais dit que Margaux était très douée !

Elle le lui avait dit, et Clint pouvait la remercier, et pas seulement pour sa mère. Il n'était pas impossible qu'elle lui ait permis de rencontrer sa future femme.

— Tu cherchais seulement des conseils pour aider ta mère à trouver un nouveau partenaire, poursuivit Carmen, et à peine trois semaines plus tard, elle ne s'est pas contentée de te donner des conseils, elle t'a livré l'homme en question sur un plateau.

— C'est vrai.

Carmen prit un beignet dans la boîte et elle s'en délecta.

— C'est super, dit-elle. Maintenant que ta mère est occupée, je suis sûre que tu dois être pressé de renouer avec ton ancienne vie amoureuse.

— A vrai dire, j'aime bien ma vie telle qu'elle est en ce moment.

Le visage de Carmen s'assombrit.

— Quoi ? ajouta-t-il.

Elle leva les yeux au ciel.

— Rien, dit-elle.

— Arrête ça. A quoi penses-tu ?

— C'est juste que… Sois prudent avec Margaux. Elle n'est pas une de tes conquêtes habituelles. Elle a été blessée, et elle n'est pas en mesure de penser clairement pour l'instant.

Il ouvrit la bouche, mais elle lui fit signe de la laisser continuer :

— Je pense vraiment que tu lui as fait beaucoup de bien et que tu es arrivé à un moment où elle avait besoin de ça. Mais je sais qu'elle attend la fin de ce contrat pour prendre un peu de recul et rester seule pour un temps.

— C'est ce qu'elle t'a dit ?

Carmen dut percevoir le choc dans sa voix, car elle prit son temps avant de répondre.

— Elle est très perturbée pour l'instant. Je sais qu'elle a l'intention de rester seule un moment quand tout cela sera terminé, ce qui est tout bénéfice pour toi. On sait bien, toi et moi, que tu aimes ta liberté.

— Eh bien, je suis peut-être sur le point de décider que la liberté n'est pas aussi exaltante qu'on le prétend.

Elle haussa les épaules.

— Je suis sérieux, affirma-t-il. J'aime beaucoup Margaux, et elle est plus qu'une simple aventure pour moi.

— Clint, elle vient de traverser une période difficile. Elle n'a pas besoin d'avoir le cœur brisé une fois de plus.

Il était réellement agacé à présent. Tout d'abord sa mère, et maintenant Carmen. Avait-il une si mauvaise réputation que cela ?

— Je n'ai pas l'intention de lui briser le cœur.

— Je sais bien que tu n'en as pas l'intention. Mais ce genre de choses arrive. Ne la mets pas dans une situation qu'elle n'est pas en état de gérer pour l'instant. Elle est fragilisée. Sois sûr de ce que tu veux vraiment avant de faire quoi que ce soit.

Il l'observa pendant un long moment.

— C'est tout ce que j'ai à dire, ajouta-t-elle.

Agacé, mais à bout d'arguments, il prit ses beignets et regagna son bureau, fermant la porte derrière lui. Il savait que Margaux avait certaines réserves à son sujet, mais il pensait que le week-end qu'ils venaient de passer ensemble avait changé les choses.

Pourtant, aux dires de Carmen, ce n'était pas le cas. C'était comme si personne ne prenait leur relation au sérieux, et cela parce qu'il avait choisi de passer la plupart de sa vie à papillonner. Mais il en avait fini avec cette vie de bâton de chaise. En fait, chaque jour passé avec Margaux le rendait plus certain qu'elle était celle avec qui il voulait passer le reste de sa vie. Il en était sûr. Mais l'était-elle ?

Carmen avait raison. Il ne savait pas vraiment ce qui se passait dans la tête de Margaux, mais il savait qu'il devait se montrer prudent. Et pour cela, il avait besoin de temps. Et ce temps, il ne l'aurait pas si sa mère et Bo Granger décidaient qu'ils étaient bien ensemble.

Il essaya de dissiper son inquiétude en mangeant des beignets et en passant des coups de fil, mais pendant l'heure qui suivit, les paroles de Carmen ne cessèrent de lui revenir à l'esprit. Margaux avait donc l'intention de rester seule pendant un temps. Clint avait du mal à le croire.

Mais une petite voix lui soufflait qu'il ne devait pas être trop sûr de lui. Une des choses qu'il aimait chez Margaux, c'était qu'elle avait la tête sur les épaules. Et même s'il pouvait séduire n'importe quelle femme et lui faire faire ce qu'il voulait, il savait que Margaux avait l'esprit bien arrêté et qu'elle n'avait pas peur de s'en servir.

Et que si son intuition lui soufflait de le quitter, elle risquait de le faire, même s'ils étaient très bien ensemble.

Il resta assis, le regard fixé sur le mur face à lui, essayant de trouver ce qu'il devait faire, mais il en revenait toujours au même point. Il lui fallait plus de temps. Ce qu'il n'aurait pas s'il ne parvenait pas à faire en sorte que leur contrat se poursuive. Et il n'y avait qu'une façon pour lui de s'en assurer.

Il décrocha le téléphone et appela sa mère.

— Je ne comprends pas où était le problème.

Margaux était allongée sur le sable de la plage préférée de Clint, les yeux irrésistiblement attirés par le coucher de soleil. A une cinquantaine de mètres d'eux, l'océan Pacifique s'agitait à un rythme régulier qui aurait dû avoir sur elle un effet calmant. Pourtant, son esprit était assailli de mille questions.

— Mais on était là, déclara-t-elle, incrédule. Ils ont vraiment passé une bonne soirée. J'ai même entendu Bo demander à Jillian s'il pouvait l'appeler. Et elle a dit oui.

— Les gens disent toutes sortes de choses quand ils sont mis au pied du mur.

— Mais Jillian a affirmé qu'elle avait eu l'impression de revivre. Ce n'est pas ce qu'elle a dit ?

Il haussa les épaules.

— Cela fait des années que j'ai cessé d'essayer de comprendre ma mère. Tu dois arrêter d'être si dure avec toi-même. La nuit leur a porté conseil et ils ont décidé qu'il était préférable de ne pas se revoir pour l'instant. Ce n'est pas la fin du monde.

— Je sais que ce n'est pas la fin du monde, mais ça n'a pas de sens.

Et cela n'était pas pour arranger sa confiance en elle qui était plutôt vacillante pour l'heure. Sans savoir pourquoi et comment, elle semblait avoir perdu son flair professionnel au cours des semaines écoulées. C'était comme si chaque couple qu'elle formait était voué à l'échec, tant et si bien qu'à présent elle doutait sérieusement de son avenir professionnel en tant que conseillère matrimoniale. Et si elle devait changer d'orientation professionnelle, elle ne savait pas du tout ce qu'elle aurait pu faire d'autre.

Depuis le lycée, c'était ce qu'elle avait voulu faire, ça et rien d'autre. Elle n'avait jamais eu d'autre aspiration professionnelle. Et si elle n'était pas plus qualifiée que le premier venu, à quoi bon ?

— Margaux, ne t'inquiète pas. En ce qui me concerne, ce que tu as accompli en deux semaines dépasse largement mes aspirations les plus folles. Tu as réussi à organiser un rendez-vous amoureux pour ma mère, pendant lequel elle a passé un excellent moment. Est-ce que tu sais que c'est un exploit ?

Elle fit une moue contrariée en suivant du regard le vol d'une mouette, jusqu'à ce qu'elle ait disparu de son champ de vision.

— C'est une réussite incroyable, assura-t-il. Et tu es très douée dans ce que tu fais. Je t'en prie, ne prends pas ça comme un échec personnel. Maman a sans doute juste un peu peur de se lancer dans une nouvelle relation.

C'est réellement une aventure pour elle de rencontrer quelqu'un de nouveau après toutes ces années, tu sais. En plus, tu oublies que ni l'un ni l'autre n'ont dit qu'ils ne voulaient pas se revoir. Ils ont juste fait savoir qu'ils souhaitaient se donner un peu de temps pour réfléchir. Laisse-leur le temps.

— Oui, je crois que je peux leur accorder un peu de temps.

Même si elle se demandait combien de temps il lui restait dans cette profession. Jamais jusque-là elle n'avait envisagé qu'elle puisse échouer. Mais sa vie et sa carrière semblaient sur le point de sombrer, et elle commençait seulement à en prendre conscience. Et la triste réalité lui fit monter les larmes aux yeux.

— Je suis désolée, je ne suis pas de très bonne humeur ce soir. Je n'aurais pas dû accepter ta proposition de promenade sur la plage.

Il passa son bras autour d'elle d'un geste affectueux.

— C'est absurde ! J'aime être avec toi, que tu sois de bonne ou de mauvaise humeur.

Elle vit la sincérité dans ses yeux bleus et cela la fit sourire. Même si sa vie ressemblait à un désastre pour l'heure, elle ne pouvait nier que sa rencontre avec Clint l'avait considérablement égayée. Et Margaux apprenait peu à peu à découvrir l'être charmant qui se cachait sous ses allures de play-boy.

Il avait l'étrange pouvoir de la faire sourire, même lorsqu'elle était contrariée ou angoissée. Ils pouvaient parler de tout, il arrivait toujours à se rendre disponible pour elle, et il la regardait toujours dans les yeux, comme si ce qu'elle avait à dire était la chose la plus importante au monde. Et quand il lui décochait son sourire ravageur, elle avait des papillons dans le ventre et elle était prête à s'embraser.

Bien sûr, ils étaient ensemble depuis très peu de temps, et les hommes étaient toujours plus attentifs lorsqu'ils essayaient de conquérir une femme. Mais en observant la façon dont Clint se comportait avec sa mère, Margaux suspectait que si une femme avait la chance de gagner son cœur, elle serait traitée de la même façon du premier jour jusqu'au dernier.

Et quand il plongeait son regard de braise dans le sien en la caressant et en l'embrassant tendrement, elle ne pouvait s'empêcher de se demander si elle pouvait avoir la chance d'être cette femme.

— Je ne te mérite pas, dit-elle.

Il lui répondit par un tendre baiser.

— Bien sûr que si.

— J'ai besoin de faire le point.

— Ce dont tu as besoin, c'est d'un week-end loin de tout ça. Avec moi. Je connais un magnifique hôtel sur la plage à San Diego. On pourrait partir vendredi soir et arriver là-bas pour le dîner, dit-il en se levant et en l'aidant à se relever.

— On partirait pour le week-end ?

— Laisse-moi m'occuper de toi. On pourrait passer le week-end à nous détendre sur la plage. Cet hôtel a un des plus beaux spas que tu puisses imaginer, un excellent restaurant de fruits de mer et une piscine avec bar. Mais si tu préfères, on pourrait aller au parc nautique de Sea World, si tu as envie de batifoler dans l'eau avec les dauphins ?

— Pour batifoler avec les requins ?

— Oui.

Main dans la main, ils longèrent la côte en marchant dans les vagues. L'eau apporta à Margaux une sensation de fraîcheur lorsque les vagues venaient lui lécher les pieds. Le chant des mouettes allié au bruit des vagues produisait une musique relaxante et elle commença à se détendre.

— Je ne suis pas allée à Sea World depuis que j'étais gamine.

— Alors, allons à Sea World !

— Je n'ai pas dit ça. Le spa est aussi très tentant.

Il s'arrêta et il la prit dans ses bras.

— On pourrait faire les deux. Si tu veux, je peux annuler mes rendez-vous de cette semaine et t'emmener plus loin.

Elle lut dans son regard qu'il était sérieux et elle en fut bouleversée. C'était la belle vie, de pouvoir ainsi tout laisser tomber pour décider de partir quelques jours plus tard. C'était plus qu'elle n'avait rêvé de faire avec Clint, mais s'il pouvait se payer le luxe de laisser son entreprise tourner toute seule, hélas, pour Margaux, sa vie professionnelle ne tenait plus qu'à un fil.

— Au train où vont les choses, je ne peux pas me permettre d'annuler mes rendez-vous de la semaine. Mais je peux probablement m'arranger pour partir un week-end.

Il sourit comme s'il venait de marquer un point. L'attirant contre lui, il l'embrassa avec passion et elle se laissa aller dans ses bras, le cœur battant.

Etait-ce la douceur de ses lèvres contre les siennes ?

Etait-ce la chaleur qui se dégageait du corps de Clint ? Etait-ce la puissance de ses mains ou la façon dont elles effleuraient son corps ? Tout ce qu'elle savait, c'était qu'elle avait perdu tout contact avec la réalité et, qu'à la fin de ce baiser, elle en voulait encore.

— Alors c'est décidé, on part ce week-end, dit-il.

Elle lui sourit, comblée à l'idée de partir quelques jours avec lui, laissant derrière elle tout ce qui lui était arrivé de déplaisant. Et, une fois de plus, elle était vraiment heureuse d'avoir rencontré Clint à ce moment-là. Il était apparu à l'instant où elle avait eu le plus besoin de lui. Et elle n'allait pas gâcher ces moments précieux en se demandant ce que cela voulait dire, ni où ils allaient comme ça.

14.

— Margaux a accepté de passer le week-end à San Diego avec moi.

Clint déposa un baiser sur la joue de sa mère avant de poser son ordinateur portable sur le bar en se servant un café. Ces derniers temps, sa mère avait pris l'habitude de se lever de bonne heure pour pouvoir discuter un peu avec son fils avant qu'il parte travailler, et il devait reconnaître que ça lui plaisait bien. Sa relation avec sa mère s'était améliorée depuis que Margaux avait pris les choses en main, lui enlevant ainsi un poids. Ou peut-être que, grâce à Margaux, il était de meilleure humeur en général. Quoi qu'il en soit, elle avait rendu sa vie plus belle. Et maintenant, il devait juste s'assurer que les choses restent ainsi.

— Franchement, Clint, jamais je n'aurais accepté de te suivre sur ce terrain-là si j'avais su qu'elle réagirait ainsi. La pauvre, elle a vraiment été anéantie quand elle a cru que Bo ne m'intéressait pas.

— Maman, tout ce que tu étais supposée faire, c'était lui dire que tu avais besoin de quelques jours pour réfléchir avant de décider si tu avais envie de le revoir. Et toi et Bo n'étiez pas sensés être de mèche et vous montrer hésitants l'un et l'autre.

— Je ne voulais pas que Bo puisse penser que c'était vrai. J'ai dû l'appeler pour le mettre au parfum et ensuite, c'est lui qui a proposé de jouer le jeu. Ce n'est pas ma faute s'il est allé trop loin, dit Jillian en lui lançant un regard accusateur. C'est le problème avec les mensonges. Ils ne sont jamais simples. Il faut en raconter un second pour couvrir le premier, puis un troisième pour couvrir le second, et ainsi de suite.

Clint leva les yeux au ciel.

— Entre toi et Margaux, toute cette histoire a pris des proportions incroyables. Pourquoi les femmes ont-elles besoin de tout tourner au mélodrame ?

— Et pourquoi les hommes ne peuvent-ils pas tout simplement dire la vérité ?

— Ce n'était qu'un petit mensonge sans importance, et après ce week-end, elle saura toute la vérité.

— Vraiment ? fit-elle, sceptique.

— Oui, j'ai tout planifié. Je vais offrir à Margaux le meilleur week-end de sa vie. On passera le vendredi et le samedi à l'hôtel, et le dimanche je me suis arrangé pour qu'on me prête un yacht. Ce sera un week-end de luxe, de calme et de volupté et, avant notre retour, elle aura compris à quel point mes intentions sont sérieuses. Laisse-moi juste le temps de ce petit voyage pour convaincre Margaux, et après, Bo et toi pourrez vous voir autant que vous le voudrez.

— Mais est-ce que tu as entendu ce que tu viens de dire ? On dirait que tu parles d'un de tes contrats d'affaires !

D'un point de vue purement tactique, c'était vrai. Après

tout, c'était son métier d'encourager les gens à lui faire confiance et en général, il s'en tirait plutôt bien. Alors pourquoi ne pas avoir recours à ses talents pour faire en sorte que Margaux abandonne l'idée que tout serait fini entre eux une fois leur contrat terminé ?

Et il était sûr qu'il réussirait. Après tout, séduire les femmes était un de ses plus grands talents. Et ce week-end, il pourrait démontrer qu'il obtenait toujours ce qu'il désirait.

— Au cas où tu ne l'aurais pas remarqué, mes affaires se portent plutôt bien, maman.

— J'espère que tu sais ce que tu fais. Je n'ai pas beaucoup aimé le ton de sa voix hier quand je lui ai dit que je voulais réfléchir avant de décider de revoir Bo ou non. Elle était comme sous le choc et elle semblait perturbée. Et je ne peux pas lui en vouloir, après la façon dont je me suis extasiée sur lui, elle doit sûrement penser que je suis cinglée pour avoir changé d'avis aussi vite.

— Je te promets que lundi, elle ne pensera plus que tu es cinglée. Laisse-moi juste ce week-end maman. Après ça, il n'y aura plus de mensonges, et tu pourras voir Bo autant que tu voudras.

— En fait, je le vois vendredi.

Il leva les yeux vers elle et vit le large sourire qui illuminait son visage.

— Vendredi ?

— Oui, je lui ai parlé et nous avons prévu de nous retrouver pour le déjeuner. Je t'ai seulement promis de ne pas en parler à Margaux, pas de ne pas sortir avec Bo.

Clint réfléchit quelques instants, puis il se dit qu'il ne trouvait rien à redire à la situation. Après tout, le but de toute cette opération était de relancer la vie sociale et affective de sa mère, non ? De plus, il aimait beaucoup Bo Granger.

Etrangement, Clint fut surpris de la façon dont Margaux avait réagi. Elle avait semblé si perdue et si désabusée le soir précédent sur la plage qu'il avait failli lui confesser toute la vérité. Il n'aurait pas cru qu'elle puisse être bouleversée à ce point, sinon il aurait trouvé un autre stratagème.

Mais en fin de compte, il avait réussi à lui remonter le moral et à la fin de la soirée, il s'était convaincu qu'un ou deux jours de doute dans l'esprit de Margaux étaient justifiés puisqu'il faisait tout cela pour une bonne cause.

— Essaie juste de ne pas rencontrer Margaux quand vous serez ensemble, demanda-t-il.

— Clint, vous serez partis pour le week-end, et tu m'as promis que la semaine prochaine, cette farce serait terminée. Et je ne plaisante pas. Après ce week-end, finie, toute cette comédie ! Elle décidera de rester avec toi ou non, mais quoi qu'il en soit, tu devras respecter sa décision. Contrairement à ce que tu penses, on n'obtient pas toujours ce qu'on veut au moment où on le désire.

— Moi, si, répondit-il en souriant.

Elle lui adressa un regard désapprobateur, tout en sachant bien qu'il avait raison.

— Tu ne peux pas la forcer à t'aimer quand tu veux et comme tu veux.

Non, mais il pouvait l'empêcher de le fuir. Ce qui le rendait fou, c'était qu'à chaque fois qu'il voyait une lueur de peur dans le regard de Margaux, il percevait aussi des sentiments intenses et profonds. Et si Margaux ne venait pas de subir une amère déception, elle aurait déjà reconnu qu'ils étaient liés par quelque chose de fort. S'il avait su que Margaux n'éprouvait rien pour lui, il aurait abandonné la partie depuis longtemps, mais ce n'était pas le cas, il n'avait aucun doute là-dessus.

Margaux l'aimait autant que lui l'aimait. Elle avait juste besoin qu'il fasse tomber ses peurs, une à une. Et au cours du week-end qui s'annonçait, il avait bien l'intention de s'occuper d'elle avec tellement d'attentions qu'elle ne pourrait plus ne serait-ce qu'envisager de le quitter.

— Il faut juste que je l'aide à voir ce qu'elle éprouve déjà, maman. C'est tout.

— Tu donnes l'impression que c'est si simple.

Ça l'était. Il était Clint Hilton après tout.

Margaux vérifia sa montre. Il ne restait plus que quatre heures avant que Clint vienne la chercher à son appartement pour l'emmener passer le week-end à San Diego. Elle était très impatiente. La semaine avait été longue, et l'absence d'Alan qui était parti en vacances n'avait rien arrangé. Margaux aurait eu bien besoin de son aide et de ses conseils. En outre, elle aurait apprécié sa compagnie.

Le moment était mal choisi pour rester seule avec ses pensées. Et depuis sa conversation avec Bo et Jillian, elle n'était pas loin de la dépression.

Le bruit de la porte d'entrée la tira de ses tristes pensées et elle se leva pour aller accueillir Stacy. Cela faisait deux semaines qu'elle avait confié une liste de tâches à Stacy, en particulier celle de contacter Claire, une de ses collaboratrices externes, pour un relooking complet, tant au niveau de sa tenue vestimentaire que de son maquillage. Margaux espérait que Claire avait su convaincre Stacy de se débarrasser de ses minijupes, de ses minuscules T-shirts et d'alléger son maquillage. Margaux avait également demandé à Stacy d'arrêter les séances de bronzage et à ce stade, elle devait avoir repris couleur humaine.

Impatiente de voir le résultat, Margaux sortit de son bureau pour aller à sa rencontre et lorsqu'elle l'aperçut, elle eut un choc.

Elle n'avait rien changé.

— Stacy…

Margaux la détailla des pieds à la tête, de sa queue-de-cheval hirsute à ses doigts de pied au vernis d'une couleur vert pomme. Sans parler de la peau nue entre les deux.

Stacy avait troqué sa minijupe contre un short en jean et un minuscule haut vert qui couvrait à peine ses seins. Il semblait que, ce jour-là, la tendance soit au vert, couleur qui aurait pu être assortie à ses yeux, si toutefois on parvenait à les voir à travers l'épaisse couche de mascara.

Stupéfiée et déçue, Margaux lui demanda :

— Avez-vous… rencontré Claire ?

Stacy semblait ne pouvoir s'empêcher de sourire béatement et Margaux se demanda quelle en était la cause. Margaux espérait au moins que ce n'était pas par fierté vis-à-vis de sa nouvelle tenue, car à part le changement du rose bonbon au vert pomme, elle ne trouvait rien de différent.

— Non, dit Stacy, rayonnante. J'ai rencontré un homme.

— O.K. ! Pourquoi ne me racontez-vous pas tout depuis le début ?

— Oh, il est incroyable, s'extasia Stacy en entrant dans le bureau de Margaux et en s'asseyant. C'est un type qui est un habitué du bar. Je ne l'ai jamais trouvé particulièrement mignon, alors je ne l'avais pas remarqué plus que ça. Mais il y a deux semaines, deux jours après notre rendez-vous en fait, il m'a proposé de sortir avec lui. J'étais de si mauvaise humeur et j'en avais tellement assez des mecs que j'ai dit oui, mais sans aucune intention de coucher avec lui. Et vous savez quoi ?

Margaux fit non de la tête.

— Il m'a emmenée dîner et, au retour, il s'est contenté de me faire la bise et il m'a demandé s'il pouvait me revoir. Est-ce que ce n'est pas génial ?

— Heu… si.

Pendant les dix minutes qui suivirent, Stacy continua de s'extasier sur Drake, son nouveau petit ami. Et plus elle parlait, plus Margaux se demandait pourquoi la jeune femme s'était donné la peine de venir au lieu d'annuler son rendez-vous. Stacy semblait avoir trouvé son prince charmant, et c'était normalement à ce stade que les relations entre Margaux et ses clients se terminaient.

— Et on a fini par faire l'amour, continua Stacy. Et il s'est révélé incroyable. C'est drôle, n'est-ce pas ? Un type que j'avais à peine remarqué se pointe au moment où je me prépare à me transformer en nonne et le sexe avec lui est mieux que jamais !

— C'est… super.

Margaux ne savait pas trop ce qu'elle aurait dû dire.

Si Stacy était venue lui demander conseil, elle n'en avait encore rien dit.

— Et vous savez ce qui est le plus beau dans toute cette histoire ? demanda Stacy. C'est qu'il m'aime exactement comme je suis. Il ne veut pas que je change quoi que ce soit. Ni mes cheveux, ni mes vêtements, rien.

Margaux prit une profonde inspiration.

— Je trouve que c'est formidable, Stacy. On dirait que vous avez trouvé l'homme qui est parfait pour vous.

— Oui ! lança-t-elle, avant de prendre un ton plus sobre. Et, en fait, il ne veut plus que je vous voie.

— Bien entendu, dit Margaux, forçant un sourire.

Stacy sortit son carnet de chèques.

— Mais vous êtes si gentille que je ne voulais pas vous poser un lapin, ni me contenter de laisser un message sur votre répondeur. Et puis, il y a des pénalités si on n'annule pas un rendez-vous au moins vingt-quatre heures à l'avance, non ? J'ai été si occupée cette semaine, que j'avais complètement oublié jusqu'à ce matin.

— Non, à vrai dire, il n'y a pas de pénalités.

— Bon, vous êtes sûre ? Parce que Drake avait proposé de payer. Il est adorable, n'est-ce pas ?

Margaux esquissa un nouveau sourire forcé.

— Oui, c'est adorable, mais vous ne me devez rien. La première consultation est toujours gratuite et vous n'avez rien à payer si vous choisissez de ne pas avoir recours à mes services. Je suis sincèrement contente que vous ayez trouvé quelqu'un qui semble vraiment tenir à vous. C'est la seule chose qui importe.

Stacy rangea son chéquier dans son sac.

— Oh, c'est si gentil ! Au moins, je parlerai de vous à toutes mes amies célibataires.

— C'est gentil à vous, merci.

Margaux raccompagna Stacy jusqu'à la porte et lorsqu'elle fut partie, elle sentit sa gorge se serrer. Elle n'était pas contrariée d'avoir perdu une cliente. Après tout, elle s'était un peu attendue à ne pas revoir Stacy, car elle avait bien senti lors de leur première rencontre que celle-ci n'avait pas accueilli ses suggestions avec beaucoup d'enthousiasme. Mais ce qui la bouleversait, c'était que cela se produise ce jour-là, pour venir clore une semaine déjà catastrophique.

Mais que lui arrivait-il ? Chaque jour qui passait sapait un peu plus sa confiance en elle. Et elle n'avait toujours pas digéré son échec avec Jillian et Bo. En fait, elle ne comprenait pas pourquoi cela n'avait pas fonctionné entre eux. Et soudain, elle décida que cette semaine ne serait pas un échec complet et qu'elle allait au moins essayer de comprendre ce qui s'était passé entre eux. Elle avait toujours appris de ses échecs et elle comprit que c'était en réagissant qu'elle pourrait reprendre confiance en elle.

Elle saisit le téléphone pour appeler Jillian et lui poser quelques questions supplémentaires, mais elle décida qu'un tête-à-tête serait préférable. Regardant sa montre, elle vit qu'elle avait largement le temps de passer chez Clint pour rendre une petite visite à sa mère et, sans perdre un instant, elle prit son sac et ferma l'agence pour le week-end.

Elle mit à profit les vingt minutes de trajet pour réfléchir à la façon dont elle allait formuler ses questions étant donné que Jillian n'était pas une cliente habituelle.

Elle devait l'aborder en tant qu'amie et faire preuve de subtilité.

Lorsqu'elle arriva dans la rue où habitait Clint, elle avait préparé un véritable plan d'action. Mais elle oublia tout aussitôt qu'elle vit la voiture de Bo garée dans l'allée de la maison.

Elle resta un long moment au volant de sa voiture, le regard rivé à la Jaguar qui était garée sur l'emplacement de parking de Clint. Il n'y avait pas de doute, c'était bien sa voiture, et elle n'avait aucune idée de ce qu'il faisait là.

Elle sortit de sa voiture et s'engagea dans l'allée qui menait à la maison. Lorsqu'elle sonna, elle entendit aussitôt Pom Pom aboyer à tue-tête, jusqu'à ce que Jillian ouvre la porte. Et quand elle le fit, l'expression de panique qu'elle lut dans son regard ne la rassura pas.

— Margaux ! Que... Que faites-vous dans les parages ?

Margaux jeta un coup d'œil par-dessus l'épaule de Jillian et scruta l'intérieur de la pièce.

— Est-ce que Bo est là ?

Jillian toussota.

— Heu...

A cet instant, Margaux aperçut Bo entrer par la porte du patio, un verre de Martini à la main et un large sourire aux lèvres.

Un sourire qui disparut dès que son regard croisa celui de Margaux.

Elle regarda Jillian, puis Bo.

— Est-ce que quelqu'un va m'expliquer ce qui se passe ?

Jillian bégaya, avant de s'exclamer.

— Oh, et puis zut ! J'avais bien dit à Clint que ce n'était pas une bonne idée.

— Qu'est-ce qui n'était pas une bonne idée ? demanda Margaux stupéfaite.

Jillian recula d'un pas pour la laisser entrer.

— Pourquoi n'entrez-vous pas ?

15.

— Comment ça, tu as été obligée de lui dire la vérité ?

Clint tenait son téléphone portable contre son oreille tandis qu'il entrait dans son bureau.

— Je ne m'attendais vraiment pas à ce qu'elle arrive comme ça à l'improviste, expliqua sa mère. Bo et moi avons été pris complètement au dépourvu.

— Et tu lui as tout dit ?

— Je n'ai pas eu le choix, Margaux n'est pas stupide, dit-elle, visiblement exaspérée. C'est exactement pour cela que je n'approuve pas ce genre de choses. La vérité finit toujours par se savoir et maintenant Bo et moi nous sentons très mal et cette pauvre Margaux est bouleversée.

Il ne manquait plus que cela !

— Est-elle toujours là ? demanda Clint. Laisse-moi lui parler.

— Non, elle est partie furieuse. Elle est très en colère contre toi, et contre nous tous d'ailleurs. Tu sais à quel point elle a été peinée d'apprendre que je n'étais pas intéressée par Bo, eh bien, maintenant elle est d'autant plus bouleversée qu'elle vient d'apprendre que nous lui avons tous menti.

Génial ! Pourquoi les choses n'auraient-elles pas pu aller dans son sens pendant juste trois petites heures ? Trois heures. C'était tout ce dont il avait besoin. Mais pour une raison qu'il ignorait, ces derniers temps le mauvais timing de sa mère avait un effet catastrophique sur sa vie amoureuse. Néanmoins, il savait que tout était sa faute et il n'avait pas besoin que sa mère le lui rappelle.

— Tu devrais l'appeler. Tu dois t'excuser.

— Je sais, répondit-il froidement, espérant seulement que les choses puissent être aussi simples. T'a-t-elle dit où elle allait ?

— Chez elle je suppose. Vous devez partir en week-end ensemble, non ? Cela dit, à en juger par son état de colère, je ne compterais pas là-dessus à ta place.

— Etait-elle furieuse à ce point ?

— On ne peut pas dire qu'elle soit partie avec le sourire. Le pauvre Bo se sent vraiment très mal. Margaux est une amie de sa fille, tu sais.

— Je te rappellerai un peu plus tard, dit-il.

Il raccrocha et composa le numéro de Margaux. Il fut déçu, mais pas surpris qu'elle ne réponde pas. Apparemment, elle ne voulait pas lui parler pour l'instant et il se demanda à quel point cela était mauvais signe. Il supposa que cela valait mieux qu'une série d'insultes, mais il n'en était pas sûr. Il lui laissa un message, espérant qu'elle ne soit pas trop fâchée contre lui. Puis il prit une série de plans destinés à Proctor, un de ses clients et les apporta dans le bureau de Carmen.

— Margaux n'a pas appelé dans la dernière demi-heure ?

Carmen secoua la tête.

— Non, pourquoi ?

— Pour rien, je me posais juste la question, marmonna-t-il. Où est Brad ?

— Il est à la poste. Il devrait revenir d'une minute à l'autre.

Il déposa le paquet sur le bureau de Carmen.

— Quand il rentrera, demande-lui d'apporter ces plans à la maison Proctor. Ce sont les nouveaux plans et Stan les attend. Je voulais les apporter moi-même mais j'ai eu un imprévu.

— Entendu.

Sans rien ajouter, il sortit et se mit en route pour l'appartement de Margaux, et passa les dix minutes que durait le trajet à se reprocher ce qui venait de se produire. Cela n'aurait jamais dû arriver. Comment avait-il pu conspirer contre Margaux dans son dos ? Pour une raison qui lui échappait, son jugement était faussé depuis quelque temps.

Il s'arrêta devant chez elle, soulagé de voir sa voiture. Ce ne fut qu'après avoir sonné à la porte qu'il lui vint à l'esprit qu'il ne savait pas du tout ce qu'il allait lui dire.

Comme elle ne répondait pas, il sonna de nouveau, puis il frappa quelques petits coups à la porte.

— Margaux, c'est Clint. Laisse-moi entrer s'il te plaît.

Il finit par entendre le verrou et Margaux ouvrit la porte. A son expression, il sut immédiatement que la partie était loin d'être gagnée. Ses grands yeux noirs semblaient prêts à lui lancer des flammes.

— Laisse-moi t'expliquer, l'implora-t-il en entrant, avant de refermer la porte derrière lui.

Il traversa la petite entrée et entra dans le salon, passant une main dans ses cheveux tandis qu'il essayait de trouver les mots justes. Mais avant qu'il ait eu le temps de dire quoi que ce soit, elle s'adressa à lui sur un ton accusateur qui lui confirma, si besoin était, qu'il était en très mauvaise posture.

— Tu m'as laissée croire que Bo et Jillian ne s'intéressaient pas l'un à l'autre.

— Non, ce n'est pas tout à fait vrai…

— Tu savais à quel point cela me blesserait, et tu m'as laissée le penser malgré tout.

— C'était une très mauvaise idée, je sais.

Il la vit se raidir et les larmes lui monter aux yeux. Clint regretta de ne pas pouvoir remonter le temps pour recommencer cette semaine. Il détestait la voir aussi contrariée et cela lui donna mauvaise conscience.

— Tu savais tous les problèmes que j'avais eus dans mon boulot, ajouta-t-elle. Et tu as délibérément rendu la situation pire encore.

— Non… O.K., peut-être.

Elle le regarda d'un air décontenancé.

— Pourquoi ferais-tu une chose pareille ?

— Je… Je ne voulais pas que ça s'arrête entre nous.

Ses paroles lui semblèrent plates et stupides une fois qu'il les eut prononcées, et elles ne firent que souligner la stupidité de ce qu'il avait fait. Ce fut à cet instant qu'il arrêta de se demander ce qui l'avait poussé à agir sans réfléchir au cours des deux semaines écoulées.

Qu'était-il arrivé à l'homme qui ne laissait jamais une femme avoir la moindre emprise sur sa légendaire assurance ? Où était l'homme qui n'avait jamais laissé les relations devenir assez sérieuses pour être confronté à ce genre de problèmes ? Et pourquoi fixait-il le regard de cette femme de façon aussi désespérée ?

Il connaissait les réponses à toutes ces questions. Il était tombé amoureux de Margaux Roth.

Ce fut une révélation qui le transporta de joie et le terrifia à la fois. Il avait toujours su qu'un jour, il trouverait l'amour, et maintenant que ce jour était venu, il ressentait la joie d'avoir une chose si précieuse à portée de main, de regarder cette femme si belle en sachant qu'elle était celle avec qui il avait envie de passer le reste de sa vie.

Mais cette joie était accompagnée de la peur de perdre ce qui était devenu si précieux à ses yeux. Et c'était cette peur qui avait régi tous ses actes. Il avait agi de façon irrationnelle parce que, pour la première fois de sa vie, il avait trouvé une femme qui valait la peine qu'il se batte pour elle. Et il n'envisageait pas le moins du monde de la perdre.

— Tu n'étais pas prêt à mettre un terme à notre petite aventure, dit-elle, alors tu as préféré me laisser penser que j'avais échoué ?

— Je te l'ai déjà dit. Ce n'est pas une aventure.

— On ne peut pas non plus appeler ça une relation.

— J'aimerais que ça le soit, dit-il en faisant un pas vers elle pour essayer de la toucher, mais elle recula.

— Tu n'as pas l'air de comprendre, répliqua-t-elle en

lui montrant quatre doigts. Les quatre principes : amitié, respect, communication basée sur l'honnêteté et points communs. Voilà en quoi consiste une relation.

— Tu as oublié de mentionner l'amour.

Elle resta interdite pendant quelques instants, prête à rétorquer, mais elle ne sembla pas trouver d'argument.

— Margaux, la supplia-t-il, je suis désolé. Ce que j'ai fait était stupide et j'ai eu tort. Laisse-moi me rattraper. Allons à San Diego, loin de tout ça, pour quelques jours. J'ai préparé un week-end incroyable pour toi. Nous avons des réservations dans le meilleur hôtel, dimanche, je t'emmène sur un yacht privé…

— Et tu crois que ce genre de choses a de l'importance pour moi ? demanda-t-elle en secouant la tête. Depuis le départ, cette histoire n'a aucun sens.

— Je sais, et je suis désolé de t'avoir menti.

— Non, dit-elle en levant la main. Je parle de toi et moi. Ce que nous avons fait n'a pas de sens. Et cela, depuis le départ.

Il sentit sa gorge se serrer.

— Je ne suis pas d'accord.

— Comment peux-tu dire ça ? Nous venons de mondes complètement différents. Nous ne partageons pas les mêmes valeurs.

— Quelles valeurs ne partageons-nous pas ?

— L'honnêteté, par exemple.

Il poussa un long soupir.

— O.K., ça je l'ai mérité. Mais l'homme que tu as vu cette semaine, ce n'était pas moi. Je suis honnête. Et qu'est-ce que ça peut faire qu'on vienne de mondes différents ? On est ici maintenant, et je pense qu'on est bien ensemble.

S'approchant d'elle, il adoucit le ton de sa voix et il lui caressa la joue en la regardant dans les yeux.

— Je t'aime Margaux. Et je me fiche que cela ait un sens ou non. Je sais ce que je ressens, c'est tout, dit-il en lui prenant la main et en la posant sur son cœur battant. Voilà ce qui me dit que ce que nous partageons est juste. C'est tout ce dont j'ai besoin.

Margaux resta immobile, le regard fixé sur Clint, pétrifiée par les paroles qu'il venait de prononcer, sans être tout à fait convaincue de les avoir bien comprises.

Il l'aimait ? Elle ne savait pas du tout comment prendre ce qu'elle venait d'entendre, et elle n'était certainement pas prête à y répondre. Comme toujours depuis leur rencontre, il avait réussi à perturber le cours de ses pensées au point qu'elle ne savait plus qui elle était, ni où elle allait.

Une partie d'elle avait envie de sauter dans ses bras en criant de joie, ravie que cet homme beau et riche soit si épris d'elle. Et cela ne faisait que prouver à quel point elle avait perdu la tête, parce que tout dans leur relation annonçait le danger. Et pour le cas où elle aurait été vraiment aveugle, sa déclaration d'amour était un signe supplémentaire.

De toute façon, elle n'était pas prête pour une nouvelle relation, surtout une relation qui évoluait à une telle rapidité. C'était trop, trop vite et elle leva les yeux vers lui et se dégagea de son emprise.

— Je ne suis pas du tout prête pour cela.

— Tu n'as pas besoin d'être prête. Continuons ainsi, et voyons où cela nous mènera. Je veux juste…, dit-il en lui caressant le bras, que tu ne me fuies pas et que tu nous laisses une chance.

Elle se sentit paralysée par la peur. Elle ne savait pas comment réagir ni ce qu'elle devait penser de la déclaration qu'elle venait d'entendre. Il y avait tellement de choses qui lui semblaient clocher dans ce tableau en apparence idyllique qu'elle ne savait pas par où commencer. Mais elle était sûre d'une chose : continuer ainsi ne l'aiderait pas à remettre ses idées en place, ni à remettre sa carrière sur pied.

Lentement, elle se tourna vers lui et plongea son regard dans le sien.

— Je suis désolée, mais je ne peux pas continuer ainsi.

— Je ne te demande pas de m'épouser. Je te demande juste qu'on continue notre relation et que tu gardes l'esprit ouvert.

— Mais c'est justement là où est le problème. Je ne sais pas où j'en suis. Je ne le sais plus depuis le jour où tu es entré dans mon bureau.

Il lui sourit avec assurance.

— Ma chérie, tu traverses une mauvaise période professionnelle, et je ne t'ai pas aidée. C'est en partie ma faute et j'en suis désolé. Mais si tu m'en laisses l'occasion, je te montrerai que nous pouvons traverser cela ensemble.

C'était des paroles gentilles, le genre de paroles qu'elle aurait attendu de l'homme qui partageait sa vie. Et elle aurait adoré les accepter, mais au fond d'elle, elle savait que cette romance ne l'aidait en rien. Elle ne réglerait pas ses problèmes en passant toutes ses soirées avec Clint à vivre dans son monde qui tenait plus du fantasme que de la réalité.

Sentant ses genoux fléchir, elle s'assit.

— Je ne peux pas comprendre ce qui m'arrive si nous sommes ensemble. J'ai besoin d'être seule pour cela.

— Margaux, il y a quelques heures, nous prévoyions de partir quelques jours ensemble. Viens avec moi à San Diego. Cela te fera du bien. On pourra se détendre, dormir, nous promener sur la plage et discuter tranquillement de tout ça. Je sais qu'en partant quelques jours, tu y verras plus clair et…

— Arrête ! Je t'en prie, arrête, s'écria-t-elle. Un week-end loin de tout ne réglera rien, ni une journée dans les magasins ou un dîner dans un grand restaurant. Ce dont j'ai besoin, c'est d'être seule, et je n'en ai pas eu l'occasion depuis que je suis revenue de chez Rob et que je t'ai trouvé sur le pas de ma porte.

— Très bien, dit-il sur un ton qui laissait percevoir la contrariété, même s'il essayait de la masquer. Je vais te laisser seule.

— Clint, j'ai besoin de plus de solitude que tu ne l'imagines, plus que tu n'as envie de m'en accorder.

— Je veux bien te laisser autant de temps que tu veux, Margaux. Mais tu dois me promettre que tu nous laisseras une chance une fois que tu auras trouvé les réponses aux questions que tu te poses.

— Je suis désolée. Je ne peux pas te faire une telle promesse. Je ne sais pas ce que je ressens, et je ne sais pas non plus de combien de temps j'ai besoin pour remettre de l'ordre dans ma vie, dit-elle en ravalant ses larmes.

Et je ne peux pas non plus te promettre que les choses reprendront là où nous les avons laissées. J'ai besoin de faire une pause. Une longue pause.

Il se tenait toujours debout devant elle, mais tout son corps s'était raidi et son regard chaleureux était devenu glacé.

— Alors, c'est ainsi. Je te dis que je t'aime et tu me réponds non merci. Ni maintenant, ni jamais.

Elle fut bouleversée par la douleur qu'elle perçut dans la voix de Clint.

— J'ai besoin d'être seule, lâcha-t-elle d'une voix étranglée. J'ai besoin de temps pour essayer de comprendre ce qui m'arrive.

Il resta immobile pendant un long moment, sans la quitter des yeux. Elle ne savait pas à quoi il réfléchissait et elle ne voulait même pas penser à quel point elle avait dû lui faire de la peine. Mais il fallait qu'elle lui dise ce qui, à ce stade de sa vie, était un besoin vital. Elle devait se retrouver.

Il s'approcha d'elle et prit sa main, embrassant le bout de ses doigts.

— Je voudrais que tu me répondes sincèrement, dit-il en plongeant son regard dans celui de Margaux. Eprouves-tu le moindre sentiment pour moi ?

Elle fut déconcertée de le voir si fébrile, et même si elle n'était pas sûre de ce qu'elle faisait, elle n'avait pas d'autre choix que de répondre avec sincérité.

— Oui.

Il sembla essayer de déchiffrer le regard de Margaux, comme pour s'assurer de la véracité de ses paroles.

— Dans ce cas, j'attendrai que tu comprennes ce que je sais déjà.

— Clint, s'il te plaît.

Il lui caressa les lèvres du bout des doigts.

— Tu prends du recul, tu fais une pause et quand tu auras compris à quel point tu m'aimes, je serai là à t'attendre.

Elle ouvrit la bouche pour lui répondre, mais avant qu'elle ait le temps de le faire, il la prit dans ses bras et il lui donna un long baiser.

Puis, il prit sa main et la serra fort, avant de lui dire :

— Viens me chercher quand tu seras prête.

Il se dirigea vers la porte et il sortit. Et même si Margaux avait envie de croire le contraire, elle savait au fond d'elle que c'était probablement la dernière fois qu'elle voyait Clint Hilton.

16.

— Je suppose que tu ne perdras pas d'argent avec ce contrat, mais tu n'en gagneras pas non plus.

Clint écouta les conseils de son avocat, Dwayne Montgomery, qui était à l'autre bout du fil tandis qu'il regardait par la fenêtre de son bureau.

— Merci, Dwayne.

Clint raccrocha, puis il se retourna et vit sa mère sur le pas de la porte.

— Maman, qu'est-ce qui t'amène en ville ?

— Je suis venue déjeuner avec Bo, dit-elle en entrant dans son bureau. Cela faisait longtemps que je n'avais pas vu Carmen alors j'ai décidé de passer dire bonjour.

Il traversa la pièce et l'embrassa sur la joue. Il était content de voir sa mère et il remarqua combien elle avait changé. Depuis qu'elle était avec Bo, elle avait retrouvé sa joie de vivre d'avant, du temps où elle était avec son père. Son contrat avec Margaux s'était révélé bien plus fructueux qu'il n'aurait pu l'imaginer. Il regrettait seulement que les choses ne se soient pas aussi bien terminées pour eux.

Cela faisait presque un mois qu'ils s'étaient séparés, et depuis, il n'avait pas eu de ses nouvelles. Chaque jour écoulé, son espoir de voir leur relation reprendre s'amenuisait de plus en plus. Il devait reconnaître que lorsqu'il l'avait laissée cette nuit-là, il était certain que Margaux l'aurait appelé dans les deux jours qui suivaient, au plus tard dans la semaine. Après tout, Clint n'avait pas pour habitude de dire à toutes les femmes avec qui il sortait qu'il les aimait. En fait, Margaux avait été la seule et unique femme à qui il avait fait une telle déclaration.

Il avait pensé que cela signifiait autant pour elle que pour lui, mais apparemment il avait eu tort. Et même si Carmen lui avait assuré que Margaux tenait profondément à lui, il ne savait pas pendant combien de temps encore il allait pouvoir attendre qu'elle ait mis de l'ordre dans sa vie. Clint avait un certain nombre de qualités, mais la patience n'en faisait pas partie. Et à ce stade, il ne savait pas s'il devait se rendre sur-le-champ à son bureau et faire une nouvelle tentative pour la conquérir ou considérer qu'il avait perdu son premier amour. Aucune option ne lui semblait très prometteuse.

— Etait-ce Dwayne Montgomery au téléphone ? demanda Jillian.

— Oui, dit Clint, j'ai des soucis avec mon stagiaire, et il se trouve que c'est le petit-fils d'Edward Mahoney. Il accumule les catastrophes. La dernière en date étant que je l'ai envoyé chez un de nos gros clients et il a trouvé le moyen de faire capoter le contrat.

— J'espère au moins que tu ne le laisseras plus approcher tes clients à présent.

Clint poussa un long soupir.

— J'aimerais arriver à m'en débarrasser une bonne fois pour toutes. Il ne me cause que des ennuis, et son stage dure encore six semaines.

— Alors, que comptes-tu faire ?

— Je n'en sais rien. Si j'avais écouté Margaux, j'en serais déjà débarrassé. Elle m'avait tout de suite dit que je devais avoir une conversation avec Edward, mais je ne voulais pas vexer un des plus vieux amis de papa.

— Tu as parlé à Margaux ?

— Non, c'est une conversation que nous avons eue il y a plus d'un mois. Je n'ai toujours aucune nouvelle, dit-il en jetant un coup d'œil à sa mère. Et toi ?

— Non, mais je suis très fière que tu respectes sa volonté. Je ne t'en croyais pas capable.

— Merci !

— Ne te vexe pas, c'est un trait de caractère que tu partages avec ton père. Ni l'un ni l'autre n'êtes capables d'attendre calmement que les choses se dénouent d'elles-mêmes. Mais je pense que c'est bon pour toi, d'apprendre à attendre pour obtenir ce que tu veux.

— Oui, mais ma patience a des limites. Et à un moment donné, je vais devoir accepter l'idée que certaines choses ne se produiront jamais.

— Certaines choses ne peuvent être contrôlées, tu veux dire. Fais-moi confiance, Margaux n'est pas le genre de femme à se laisser dicter sa conduite. Et si vous voulez construire quelque chose ensemble, tu devras apprendre à vivre avec ça. Laisse-lui simplement un peu plus de temps. Elle reviendra vers toi.

Il aurait aimé partager l'optimisme de sa mère, mais hélas, plus le temps passait, et moins il était certain d'avoir un avenir avec Margaux. Et s'il voulait éviter de devenir fou, il allait devoir aller de l'avant.

— Est-ce David que je viens de voir sortir du bureau ? demanda Alan.

— Oui, dit Margaux. Il est venu me dire qu'il n'aurait plus besoin de mes services.

David était le dernier client que Margaux venait de perdre, mais au moins cette fois, ce n'était pas parce qu'elle n'avait pas fait son travail correctement.

— Il est amoureux. D'un homme. Un de ses amis avec qui il est allé passer le week-end à Cabo.

Alan s'adossa au mur et croisa les bras.

— Oui, on l'avait vu venir.

— Je suppose que oui…

Il lui lança un regard réprobateur.

— N'aie pas l'air si dépité ! Ça fait des semaines que tu broies du noir. David est un succès. Il est venu te demander ton aide et tu as fait exactement ce dont il avait besoin. Tu devrais être fière de toi.

Elle sourit, appréciant l'attention de son associé, mais cela ne lui remonta pas le moral.

Ces dernières semaines avaient été les plus difficiles de sa vie, et malgré tout, elle n'avait trouvé aucune réponse aux questions qu'elle se posait.

— Ce n'est pas seulement David, ce sont tous mes clients qui sont des échecs ces derniers temps. Je perds la main, Alan.

Et ce qu'elle ne disait pas, c'était qu'elle était tout à fait déprimée. Elle avait sacrifié sa vie amoureuse pour essayer de comprendre ce qui n'allait pas dans sa carrière. Elle avait imaginé que les réponses viendraient, comme par magie. Mais un mois plus tard, elle n'avait aucune réponse et le cœur brisé.

En vérité, même si elle avait réussi à s'éloigner physiquement de Clint, elle n'avait pas réussi à le chasser de son cœur ni de son esprit. Et au lieu de prendre du recul et d'avoir les idées plus claires, elle était de plus en plus troublée.

— Mais non, tu ne perds pas la main, dit Alan. Tu es trop dure avec toi-même. Tu t'attends à atteindre la perfection en permanence, mais tu ne dois pas oublier que ce n'est pas une science exacte. Il y a des clients avec lesquels tu ne pourras pas communiquer, d'autres que tu ne pourras pas aider. Et ce que j'ai appris depuis plus de dix ans que je fais ce métier, c'est que les échecs, pour une raison que j'ignore, arrivent toujours de façon groupée. Mais tu ne dois pas perdre ta confiance en toi pour autant.

Margaux dut admettre que c'était exactement ce qui était en train de se produire. Sans l'aide d'Alan elle se serait sans doute laissé gagner par la peur et elle aurait certainement perdu pied. Elle le remercia et il la quitta pour se rendre à son rendez-vous suivant.

Une fois qu'elle se retrouva seule dans son bureau, elle se dit qu'elle aurait aimé avoir quelqu'un auprès d'elle qui lui dise ce qui n'allait pas dans sa vie et comment y remédier.

« Nous pouvons traverser cette épreuve ensemble. »

Les paroles de Clint la hantaient, surtout lorsqu'elle se retrouvait seule. Plusieurs fois au cours des derniers jours, elle avait regardé le téléphone fixement, s'enjoignant en pensée de le décrocher et de composer son numéro. Quatre semaines plus tôt, elle ne savait pas à quel point il allait lui manquer, et au lieu que cela passe avec le temps, son désir de le voir semblait grandir chaque jour.

Et même si Carmen lui avait dit qu'il l'attendait toujours

patiemment, Margaux avait du mal à la croire. Elle savait bien que Carmen ne lui aurait pas menti, mais peut-être qu'elle ne savait pas tout ce que faisait son patron. Et pour le cas où il serait passé à autre chose, Margaux ne savait pas si elle aurait été capable de supporter ce coup de fil. Et elle préférait l'imaginer en train de l'attendre plutôt que d'être forcée d'accepter l'idée qu'elle venait de faire voler en éclats un autre aspect de sa vie.

Parce que, quel que soit le nombre de fois où sa tête lui disait qu'elle avait eu raison de le repousser, son cœur semblait continuer de lui dire qu'elle avait commis la plus grosse erreur de sa vie.

Elle entendit qu'on ouvrait la porte d'entrée de l'agence, ce qui la tira de ses pensées, et elle s'écria :

— Qu'y a-t-il ? Tu as oublié quelque chose ?

Comme elle s'attendait à voir Alan, elle fut surprise d'entendre la voix de Jillian.

— Jillian ? s'exclama-t-elle en se levant pour aller accueillir la mère de Clint sur le pas de la porte de son bureau.

— Je ne suis pas passée à un mauvais moment ? demanda Jillian d'un air hésitant.

— Non, je n'ai pas de rendez-vous avant une heure.

Elle avança vers Jillian et la prit dans ses bras. Même si Margaux lui avait parlé quelquefois au téléphone au cours des dernières semaines, la voir en personne lui rappela combien elle et Clint lui manquaient.

— Asseyez-vous. Je peux vous offrir un café ?

— Non, merci, répondit Jillian. J'ai déjeuné avec Bo et nous nous disions que nous n'avions pas de vos nouvelles, alors j'ai décidé de passer.

— Tout va toujours bien entre vous ?

— Merveilleusement bien.

Jillian sourit et Margaux la trouva plus resplendissante que jamais. C'était le genre de transformations qu'elle voyait chez les gens qui étaient au début d'une nouvelle relation, et c'était la partie de son travail qu'elle appréciait le plus.

— Comment va Clint ?

Elle n'avait pu s'empêcher de poser la question.

— Il attend toujours. Je suis très fière de lui. La patience n'est pas son fort, et il n'aime pas non plus ne pas avoir le contrôle dans ses relations.

Même si elle trouva cela encourageant, Margaux ne manqua pas de noter l'insinuation qui se cachait derrière les paroles de Jillian. En d'autres mots, elle lui disait que Clint n'attendrait pas indéfiniment. Ce qui, une fois de plus, la mettait face au choix cornélien qui la terrorisait.

Jillian jeta un coup d'œil machinalement à travers la pièce.

— Et vous, comment allez-vous ?

Margaux s'apprêtait à lui donner une réponse toute faite, lui disant qu'elle allait bien, mais quelque chose dans l'expression de Jillian l'en empêcha. Peut-être était-ce son regard qui lui disait qu'elle le savait déjà sans avoir besoin de le lui demander.

— Je me sens très mal.

Jillian ne sembla pas surprise.

— Mais bien sûr, que vous vous sentez mal. Vous aimez mon fils mais vous vous obstinez à rester loin de lui. Ce que je ne comprends pas, c'est pour quelle raison.

Elle scruta le visage de Jillian, et ses yeux lui rappelèrent tant ceux de Clint que Margaux ne put nier qu'elle avait raison. Elle était amoureuse de Clint. Elle l'aimait de toute son âme.

— J'ai peur de faire une erreur, admit-elle.

— Mais pourquoi diable pensez-vous qu'aimer Clint soit une erreur ?

— Parce que nous venons de mondes complètement différents, essaya d'expliquer Margaux. Nous ne sommes pas faits du même bois. Si nous avions rempli les questionnaires que je donne à mes clients, je ne nous aurais jamais mis ensemble. Trop de choses ne correspondent pas.

— Quel genre de choses ? Les revenus ? Les origines familiales ? Les opinions politiques ?

— Oui, toutes ces choses.

— Mon Dieu ! Heureusement que personne ne nous a fait remplir un questionnaire quand j'ai rencontré Jerald. C'était un ouvrier du bâtiment qui travaillait en bleu et j'avais grandi à Beverly Hills. Et je ne parle même pas du fait que Jerald était baptiste et que j'étais catholique, qu'il était démocrate libéral et que ma famille était résolument républicaine. Et pourtant nous avons été très heureux pendant nos trente-cinq années de mariage.

Margaux resta assise, le regard perdu dans le vague. Elle n'avait rien à répondre à ça. Bien sûr, elle savait qu'il y avait toujours des exceptions, mais les gens qu'elle voyait chaque jour semblaient lui donner raison.

— Et maintenant que j'y pense, ajouta Jillian, si c'est ce que vous croyez, alors pourquoi avez-vous pensé que Bo et moi pourrions nous entendre ? Il a grandi à Detroit et il était fils de plombier. Vous deviez le savoir.

Margaux fit oui de la tête.

— Bien sûr, il a de l'argent maintenant, poursuivit Jillian.

Mais notre vécu est tout à fait différent, et pour ce qui est de nos valeurs, vous ne savez même pas quelles sont mes valeurs. Ce n'est pas comme si j'avais rempli un de vos questionnaires.

— Non, vous n'avez rien rempli.

— Alors, qu'est-ce qui vous a fait penser que Bo et moi serions parfaits l'un pour l'autre ? demanda Jillian.

— J'ai juste eu une intuition.

— Une intuition ? Est-ce le problème avec Clint ? Vous n'avez pas eu d'intuition ?

— Je…

Elle ne savait pas vraiment quoi répondre. Dès qu'il était question de Clint, elle était incapable de penser clairement. Et elle n'avait certainement pas fait confiance à son instinct ces derniers temps.

— Vous n'avez peut-être pas tout à fait tort, finit-elle par admettre.

— Margaux, j'ai eu une intuition depuis le jour où je vous ai rencontrée. Je pense que vous et Clint êtes faits l'un pour l'autre. Et je ne comprends pas pourquoi vous ne le voyez pas. C'est votre boulot, après tout.

Elle regarda Jillian fixement, et ce fut comme si quelque chose était en train de se débloquer. Les choses pouvaient-elles être si simples ? Pourquoi avait-elle arrêté de faire confiance à son instinct ? Jillian avait raison, lorsqu'elle avait décidé qu'elle et Bo formeraient un excellent couple, elle ne s'était fiée à aucun questionnaire. Et elle avait vu juste.

— Oh, Jillian, dit-elle avec une lueur d'espoir. Je crois que grâce à vous, maintenant je le vois.

17.

— Edward, je suis si content de vous voir, dit Clint en tendant la main à son ami, Edward Mahoney, en entrant dans son bureau de Los Angeles.

Clint avait pris rendez-vous pour discuter d'un nouveau projet, mais il avait bien l'intention d'aborder le sujet de son petit-fils, Brad. Cela n'allait pas être simple, vu qu'à chaque fois qu'Edward s'était enquis de Brad, Clint avait prétendu que tout allait bien.

Cela allait être délicat, au bas mot. L'assistante d'Edward apporta un café et, comme Clint s'y attendait, Edward ne tarda pas à aborder le sujet.

— Alors, mon petit-fils fait-il toujours l'affaire ?

— Edward, c'est une des choses dont je voulais vous parler. J'ai fait tout ce que j'ai pu pour lui donner une chance, mais…

Puis, il marqua une pause, cherchant les mots les moins déplaisants qu'il puisse trouver pour décrire ce qu'il pensait de Brad. Rien ne lui vint à l'esprit. Il commença à bafouiller :

— Brad n'est pas exactement…

— Je crois que les mots que vous cherchez sont « peu motivé » et « incompétent », suggéra Edward.

Clint croisa le regard d'Edward.

— Clint, je connais Brad depuis qu'il est né. Je sais comment il est.

— Je le trouve un peu dépourvu d'ambition.

Edward se mit à rire franchement.

— Mon cher, si un jour vous en avez assez de la construction, vous pourrez toujours faire carrière en politique.

Clint ne put réprimer le sourire qui se dessinait sur ses lèvres.

— C'est vrai, ajouta Edward. Brad ne veut rien faire qui ait un rapport quelconque avec le travail. C'est la faute de ma fille. Son père n'a jamais été là, et elle a compensé en le gâtant beaucoup trop. Et moi aussi, j'ai fait la même erreur, c'était mon premier petit-fils, vous savez comment c'est… J'aurais voulu vous en dire un peu plus quand je vous ai demandé de le prendre en stage, mais je ne souhaitais pas vous influencer, et je me suis dit que comme vous étiez le plus jeune de nos cadres, vous réussiriez peut-être là où j'avais échoué.

Clint secoua la tête.

— Je suis désolé…

— Ne le soyez pas, assura Edward en l'interrompant. Vous m'avez rendu un grand service en lui laissant une chance, et je vous en suis redevable. De plus, je dois vous avouer que j'ai eu l'impression de ne pas être à la hauteur quand je pensais que tout se passait bien avec vous. Vous savez, j'ai essayé de le placer à une dizaine de postes différents dans mon entreprise, reprit Edward en riant de bon cœur. Et très égoïstement, je suis content de voir que le problème ne vient pas de moi.

— Non, ça ne vient pas de vous. Et, croyez-moi, j'ai donné à Brad l'occasion de faire tous les travaux auxquels j'ai pensé, et je ne crois pas qu'il soit fait pour la construction.

— Avez-vous essayé le commerce ? demanda Clint sans conviction.

— Le commerce ?

— Oui, affirma Clint. Il a vraiment l'air passionné par le surf. Et je crois que dans un magasin de surf à Malibu, il pourrait gagner des millions.

— Vous le pensez vraiment ?

En fait, Clint n'avait jamais envisagé cette possibilité avant ce jour tant il était en colère contre lui, mais en y réfléchissant objectivement, chaque fois que le jeune homme parlait de surf, il semblait vraiment passionné et capable de vendre n'importe quoi à n'importe qui.

— Oui, redit Clint en hochant la tête. Mais assurez-vous que quelqu'un s'occupe des comptes pour lui, plaisanta-t-il.

Edward semblait véritablement intrigué et impressionné et Clint se demanda pourquoi il n'avait pas rendu visite à ce dernier plus tôt.

Ce qui orienta ses pensées vers Margaux.

Certes, il aimait bien jouer les héros, mais il ne pouvait pas mettre sa vie entre parenthèses indéfiniment. Si à ce stade, elle n'avait toujours pas compris ce qu'ils étaient l'un pour l'autre, quelques semaines de plus n'y changeraient rien.

Alors, le temps d'arriver à son bureau, il avait établi un

nouveau plan d'action qui n'impliquait pas qu'il attende indéfiniment qu'une femme décide si elle l'aimait ou non. C'était à lui de prendre les choses en main et de faire face aux conséquences quand elles se présentaient.

Lorsqu'il poussa la porte de verre du bureau de Carmen, elle l'accueillit avec un sourire hésitant.

— Alors, comment ça s'est passé ? demanda-t-elle.

Il lui raconta comment son rendez-vous s'était déroulé et il lui donna des instructions pour préparer un chèque à l'intention de Brad pour qu'il puisse lui parler avant la fin de la journée.

— J'aimerais bien dire qu'il va me manquer, dit Carmen, mais je dois avouer que je serai contente de retrouver le calme auquel je suis habituée.

— Et cela sera encore plus calme à partir de ce soir, parce que je vais prendre quelques jours de congé.

— C'est très soudain. Il s'est passé quelque chose ?

— En quelque sorte. Est-ce que tu pourrais annuler tous mes rendez-vous jusqu'à la fin de la semaine, s'il te plaît ? dit-il en se dirigeant vers son bureau, avant d'ajouter : Quel est le nom de cette chambre d'hôte qui t'avait tant plu l'été dernier ?

— Tu veux parler de Baindridge House sur la côte ?

— C'est ça. Tu as leur numéro ? Je voudrais savoir s'ils ont une chambre jusqu'à dimanche.

Elle le regarda d'un air interrogateur tout en faisant la recherche sur son ordinateur, puis lui tendit le numéro griffonné sur un bout de papier.

— Mais… c'est le genre d'endroit qui est plutôt fait pour les couples.

Il sourit et prit le bout de papier.

— Parfait.

Carmen le regarda, visiblement en proie à une certaine confusion, puis un grand sourire se dessina sur ses lèvres.

— Tu as eu des nouvelles de Margaux !

— Non, répondit-il. J'en ai fini d'attendre Margaux.

— Mais…

— Merci Carmen, dit-il en se dirigeant vers son bureau, le morceau de papier à la main.

Pour la première fois depuis longtemps, Margaux se sentait heureuse, et pas seulement parce qu'elle venait de comprendre ce qui était allé de travers dans sa carrière. Cette prise de conscience lui avait ouvert les yeux sur sa vie, y compris sa vie sentimentale. Même si elle n'avait pas apprécié la façon dont Rob avait mis un terme à leur relation, elle devait bien reconnaître que sur le fond, il avait raison. Ils s'entendaient très bien, comme de vieux amis, mais il n'y avait pas la moindre étincelle entre eux.

Margaux l'avait toujours su, plus ou moins consciemment, mais à présent, cela ne faisait plus de doute dans son esprit, tout comme ce qu'elle ressentait pour Clint était devenu une évidence.

Si elle avait écouté son cœur, elle l'aurait su dès l'instant où il était entré dans son bureau pour la première fois. Elle éteignit son ordinateur et décida d'aller sur-le-champ au bureau de Clint. Elle envisagea un instant de faire quelque chose de spécial, de lui apporter un cadeau ou quelque chose de ce genre, mais elle se ravisa. Elle n'avait pas la patience d'attendre une minute de plus. Elle avait envie d'avoir Clint dans ses bras, et dans sa vie.

Et c'était maintenant qu'elle le voulait.

— Margaux ! s'écria Carmen, visiblement surprise de la voir arriver à l'improviste.

Margaux remarqua la surprise de son amie et se dit que la spontanéité n'était en effet pas un de ses points forts, mais elle avait bien l'intention d'y remédier. Et soudain, elle remarqua à quel point elle était nerveuse à l'idée de revoir Clint après ces longues semaines.

— Dis-moi que Clint est là, supplia Margaux.

Carmen semblait toujours aussi stupéfaite.

— Non, il n'est pas là. Que fais-tu ici ?

Margaux était si excitée qu'elle ne put s'empêcher d'annoncer la nouvelle à son amie :

— J'y vois enfin plus clair, Carmen. J'ai compris ce qui n'allait pas dans mon travail, j'ai compris ce qui n'allait pas avec Rob et maintenant je voudrais réparer les dégâts que j'ai causés avec Clint. Où est-il ? Il va repasser ici ?

Carmen resta médusée pendant quelques secondes, puis elle dit :

— Non, il est parti pour la journée. En fait, il ne sera pas de retour avant lundi.

— Bon, je vais le retrouver chez lui dans ce cas.

Puis, le regard de Carmen attira son attention.

— Tu ne sembles pas ravie, dit-elle en observant Carmen, dont le visage se décomposait peu à peu. Qu'y a-t-il ? Dis-le-moi.

— Oh, Margaux ! dit Carmen en secouant la tête. Pourquoi n'as-tu pas compris tout ça hier ?

Margaux se figea.

— Hier ? Pourquoi ? Où est Clint ?

Mais en observant l'expression contrite de Carmen, elle n'était plus très sûre qu'elle voulait le savoir.

— Il est parti avant le déjeuner. Il… Mais pourquoi n'as-tu pas compris tout ça hier ?

— Où est-il allé ?

Carmen ouvrit la bouche, mais elle fut incapable de prononcer le moindre son, et Margaux sentit le sol se dérober sous ses pieds. Le bonheur qu'elle avait entrevu quelques minutes plus tôt venait de s'effondrer comme un château de cartes.

Il était inutile qu'elle pose la moindre question supplémentaire. Elle avait compris ce que signifiaient les paroles de Carmen. Clint était passé à autre chose, exactement comme elle l'avait craint. Mais cette fois, il ne s'agissait pas d'un échec supplémentaire. Elle était sous le choc.

— Il est parti ?

Carmen jeta un coup d'œil à la pendule.

— Il doit avoir quitté la ville à l'heure qu'il est. Ma chérie… il ne partait pas seul.

— Qui ? Où ?

Ce furent les seuls mots que Margaux parvint à prononcer. Carmen posa la main sur son épaule.

— Sur la côte. Il a pris le reste de la semaine et il n'avait pas l'intention de repasser ici.

Carmen semblait sur le point de pleurer et c'était la dernière chose dont Margaux avait besoin.

Margaux fondit en larmes et elle se dégagea de l'étreinte de Carmen, avant de se précipiter vers la sortie.

— Margaux, ne pars pas comme ça. Laisse-moi prendre mon sac et venir avec toi.

Incapable de regarder son amie en face, Margaux secoua la tête sans s'arrêter.

— Ça ira. J'ai besoin d'être seule.

Puis, sans attendre de réponse, elle sortit et s'engouffra dans l'ascenseur, le souffle court et les jambes tremblantes.

Elle avait perdu Clint. Elle avait attendu trop longtemps et elle avait poussé sa patience à bout. Elle avait encore une fois fait une erreur de jugement.

Sauf que cette fois, elle avait perdu l'amour de sa vie.

18.

Margaux se gara devant son appartement et coupa le moteur, prenant conscience seulement a posteriori qu'elle n'aurait jamais dû conduire dans l'état où elle était. Elle aurait sans doute dû accepter l'offre de Carmen de la reconduire chez elle, mais elle n'aurait pas supporté d'avoir à écouter ce qu'elle lui aurait dit pour essayer de la réconforter. Elle savait que Carmen lui aurait assuré qu'elle était trop bien pour Clint et qu'il n'en valait pas la peine s'il n'avait pas pu attendre qu'elle résolve ses problèmes. Elle lui aurait dit qu'il lui avait fait une promesse qu'il n'avait pas tenue, que les hommes étaient tous les mêmes et qu'elle était mieux sans lui.

C'était le genre de Carmen et ce n'était pas ce qu'elle avait envie d'entendre pour l'instant. Parce qu'elle savait qu'elle ne pouvait en vouloir qu'à elle-même.

Clint lui avait déclaré son amour et elle le lui avait jeté à la figure et, quoi qu'on en dise, elle avait bien mérité ce qui lui était arrivé. Clint n'était pas comme les autres hommes. Il était la meilleure chose qui lui soit jamais arrivée et elle l'avait rejeté comme si son amour avait été un poids et non quelque chose de précieux. Et elle ne se le pardonnerait jamais.

Elle prit son sac et sortit de sa voiture. Elle avait du mal à marcher, le corps endolori, et tout ce qu'elle voulait, c'était s'allonger sur son canapé et passer le reste de la soirée à regretter de ne pas pouvoir remonter le cours du temps. Elle était si anéantie par la peine et la colère qu'elle ne vit pas la silhouette qui se tenait au milieu de l'allée avant de la heurter.

— Holà ! entendit-elle tandis qu'elle sentit une main lui saisir le poignet.

Quand elle leva les yeux, son cœur faillit s'arrêter de battre.

Clint !

En un instant, il passa de la surprise à l'inquiétude.

— Margaux, qu'y a-t-il ?

— Tu…

Elle était incapable de parler, c'était comme si l'air s'était raréfié.

Il écarta une mèche de cheveux du visage de Margaux.

— Bébé, que s'est-il passé ?

Elle secoua la tête, trop désorientée et surprise pour prononcer le moindre mot. Que faisait-il là ? Carmen lui avait dit qu'il était parti, qu'il était passé à autre chose.

— Pourquoi pleures-tu comme ça ? demanda-t-il.

— Je suis passée à ton bureau, balbutia-t-elle entre deux sanglots, Carmen…

Il comprit aussitôt, et il poussa un soupir de soulagement.

— Ma chérie, il n'y aura jamais d'autre femme. C'est ce que j'étais venu te dire.

— Quoi ?

La prenant dans ses bras, il la serra contre lui en lui caressant les cheveux.

— Tu es à moi, Margaux. Il n'y a pas d'autre femme et il n'y en aura jamais.

Elle sentit les larmes lui monter aux yeux, mais cette fois, c'étaient des larmes de joie.

— J'étais venue te dire que je t'aime, avoua-t-elle en enfouissant son visage au creux de son épaule. Je croyais que tu étais parti avec quelqu'un d'autre.

Il l'embrassa sur le front.

— C'est avec toi que je pars.

— Moi ?

— Oui, répondit-il en la prenant par les épaules et en la regardant dans les yeux. Je suis venu te dire que j'en ai fini de t'attendre. Que tu me dois ce week-end que tu m'avais promis et qu'à la fin du week-end, tu seras à moi, que tu le veuilles ou non.

Il pressa ses lèvres contre celles de Margaux, et ce simple contact la submergea de sensations que, quelques minutes plus tôt, elle pensait ne plus jamais ressentir.

— Mais je suis arrivé à un compromis, dit-il, un large sourire aux lèvres. Au lieu des hôtels de luxe et des yachts de milliardaire, j'ai opté pour une chambre d'hôte très intime sur la côte et j'ai réservé pour quatre nuits.

— Pour que je sois à toi, répéta-t-elle comme pour rendre ces mots plus réels.

— Pour que tu sois à moi.

Elle le serra contre elle.

— Je suis déjà à toi, déclara-t-elle en l'embrassant. Je le suis depuis le jour où tu es entré dans mon bureau pour la première fois.

Elle l'embrassa de nouveau, puis elle lui murmura :

— Et j'étais venue te dire que je t'aime.

Il lui répondit par un magnifique sourire et il l'embrassa. Et en sentant le corps de Clint contre le sien, Margaux fut prise dans un tourbillon de sensations.

— Je t'aime aussi ma chérie. Et je t'aimerai toujours.

DAWN ATKINS

Une envie d'interdit

COLLECTION Audace

éditions Harlequin

Cet ouvrage a été publié en langue anglaise
sous le titre :
FRIENDLY PERSUASION

Traduction française de
RACHEL GRANDMANGIN

Ce roman a déjà été publié dans la collection
AUDACE N° 51
en février 2005

83-85, boulevard Vincent-Auriol, 75013 PARIS — Tél. : 01 42 16 63 63
Service Lectrices — Tél. : 01 45 82 47 47
www.harlequin.fr

1.

— Ce n'est pas parce que tu passes la nuit avec un homme que tu dois déposer une liste de mariage dès le lendemain matin ! déclara Tina d'un ton ferme en pointant un doigt accusateur en direction de sa meilleure amie. Arrête de prendre au pied de la lettre tout ce que ta mère t'a appris. Le sexe n'est pas forcément synonyme d'amour ! A ton âge, tu devrais le savoir…

Kara Collier laissa échapper un profond soupir.

— Ce n'est pas ma faute, je n'arrive pas à dissocier les deux… Moi, j'ai besoin d'une relation sérieuse, pas d'une suite d'aventures sans lendemain, expliqua-t-elle en buvant une gorgée de margarita.

— Reconnais quand même que tu as tendance à précipiter le cours des choses. Et qu'à chaque fois, tu t'en mords les doigts. Le même scénario se répète sans cesse : d'abord avec Brian, puis avec Paul… Que s'est-il passé avec Scott, cette fois-ci ?

Kara ne put s'empêcher de rougir.

— Eh bien… Je lui ai demandé s'il voulait que je lui libère un des tiroirs de ma commode. C'était une proposition pleine de bon sens, pour qu'il puisse laisser quelques affaires qui lui serviraient quand il passe la nuit chez moi… Mais il m'a accusée de vouloir lui forcer la main.

Elle marqua un temps d'arrêt.

— Et je… je n'ai plus de nouvelles depuis.

Tina leva les yeux au ciel.

— Seigneur ! Les hommes sont tous les mêmes. Ceci dit, je continue à penser que tu devrais commencer par changer d'attitude.

— Le problème, c'est que, dès que j'ai couché avec un homme, mon esprit s'emballe, gémit Kara. Je me mets subitement à faire tout un tas de projets, dont la plupart se terminent à l'église…

Après une nouvelle gorgée de son cocktail, elle conclut d'un ton déprimé :

— Je devrais peut-être cesser de fréquenter la gent masculine une bonne fois pour toutes…

— Evidemment, le célibat est une option dans un cas comme le tien, approuva Tina. Mais c'est loin d'être la seule.

— Et puis le célibat a un gros inconvénient, poursuivit Kara après quelques secondes de réflexion.

A sa meilleure amie — une jeune femme très à l'aise avec sa sexualité — elle pouvait tout avouer… même l'inavouable.

— Au début, tout va bien… Mais après un certain temps, je me sens bizarre… Comme s'il me manquait quelque chose.

Tina eut un sourire.

— Ce « quelque chose », c'est le sexe, n'est-ce pas ?

Une nouvelle fois, Kara se sentit gênée. Mais elle n'allait tout de même pas mentir à une amie si proche…

— En un sens, oui.

— En un sens, répéta Tina d'un ton ironique. Non mais écoute-toi ! Quand vas-tu te décider à grandir ? Ça n'a rien de sale, tu sais ! C'est même la chose la plus naturelle au monde…

Avec une pointe de soulagement, Kara vit s'approcher Tom, leur serveur préféré. Au moins, devant lui, Tina interromprait peut-être sa leçon de morale !

— Voulez-vous autre chose, mesdemoiselles ? demanda-t-il en constatant que leurs verres à cocktail étaient pratiquement vides.

— Oui, Tom, claironna Tina. Je voudrais que tu m'aides à convaincre Kara que le sexe n'est pas un péché qu'on rachète par le mariage.

— Tina ! protesta Kara, affreusement embarrassée.

— Désolé, ce type de service n'est pas dans mes cordes, répliqua Tom d'un ton égal. En revanche, je peux vous apporter deux autres margaritas, si vous le souhaitez.

— Volontiers, approuva Kara avant que son amie ne puisse ajouter une nouvelle déclaration inappropriée.

— Pas dans ses cordes, tu parles ! bougonna Tina dès que Tom se fut éloigné. Avec le physique qu'il a, ce type doit être un dieu du sexe, j'en mettrais ma main au feu !

— Comment peux-tu en être si sûre ? demanda Kara, intriguée.

— Je le sens, voilà tout, affirma Tina en haussant les épaules. Au fait, à propos de physique divin, où est passé notre ami Ross ? Il devrait déjà être ici à l'heure qu'il est…

— Il fallait qu'il termine le projet pour les bières Anderson, expliqua Kara.

Ross était l'un des graphistes de S & S, l'agence publicitaire où Tina exerçait ses talents de conceptrice-rédactrice, et où elle-même occupait le poste de directrice du marketing. Bien plus qu'un collègue, Ross était devenu l'un de leurs meilleurs amis. A ce titre, il les rejoignait toujours, en fin de semaine, pour boire un apéritif après le travail. D'ailleurs, il ne tarderait sans doute plus.

— Voilà ce que tu devrais faire au lieu d'enchaîner les histoires sans avenir : prendre des leçons auprès de Ross… et de moi.

— Je te l'ai déjà dit : c'est plus fort que moi. Et puis je ne vois pas ce qu'il y a de mal à vouloir faire des projets avec un homme, quand il semble être le bon. Je n'ai aucune envie de perdre mon temps dans une relation condamnée d'avance à ne pas durer…

Le souvenir du divorce de ses parents, alors qu'elle n'avait que dix ans, lui revint à la mémoire. Témoin de la souffrance de sa mère, elle avait compris très jeune cette leçon essentielle : en matière d'hommes, il fallait avant tout faire le bon choix… et toujours penser à ce que l'avenir pouvait vous réserver.

— Mais qui te parle de relation ? s'indigna Tina. Justement, il faut que tu apprennes à prendre la vie un peu plus à la légère ! Tu vois bien que ta vision des choses ne t'a pas rendue heureuse jusqu'ici. Alors pourquoi ne pas essayer d'adopter un autre comportement, au moins pendant quelque temps ?

Sans transition, elle ajouta, les yeux rivés sur les fesses de Tom qui passait non loin d'elles :

— Mon Dieu ! Quelle musculature splendide ! J'en ferais volontiers mon quatre-heures…

— Tu t'intéresses au derrière de Tom ou à mes problèmes sentimentaux ? demanda Kara d'un ton boudeur.

Après quelques secondes supplémentaires de contemplation rêveuse, Tina finit par se tourner de nouveau vers elle.

— Désolée, ma belle. Mais parler de sexe me fait toujours le même effet. Je préfère de loin la pratique à la théorie, tu sais.

Kara ne put s'empêcher de lever les yeux au ciel.

— J'ai peut-être la fâcheuse habitude de choisir des hommes qui ne sont pas faits pour moi, déclara-t-elle, mais au moins, moi, je choisis. Quand vas-tu donc te décider à te caser — ou au moins à essayer ?

— Un jour, peut-être. Mais rien n'est moins sûr. Je ne vois pas pourquoi je devrais à tout prix m'enchaîner à un homme pour la vie. Je n'ai aucune intention de me mettre à la merci de qui que ce soit. Si on tente de lier son destin à un type, on finit toujours par le regretter. Le jour où il vous quitte, par exemple…

— Et comment es-tu si sûre qu'il finira par te quitter ?

Tina eut un haussement d'épaules.

— Parce que ça finit toujours comme ça. Une fois dans ma vie je me suis laissé faire, et on ne m'y reprendra pas de sitôt !

— Mais enfin, c'était au lycée ! s'exclama Kara.

— Et alors ? Le lycée donne un très bon aperçu de la vie qui t'attend adulte. Surtout dans le domaine sentimental. Laisse-moi te dire que j'ai retenu la leçon…

Tina fit un geste de la main, comme pour éloigner de mauvais souvenirs.

— Bon, nous ne sommes pas là pour parler de moi, reprit-elle en se saisissant de son verre. Revenons à ton problème. Tu ne peux donc pas te passer très longtemps de faire l'amour, mais tu tombes toujours sur des sales types… Dans ce cas, j'ai peut-être la solution : as-tu pensé aux gadgets ?

Une nouvelle fois, Kara sentit qu'elle s'empourprait.

— Ecoute, Tina… Ces « gadgets » dont tu parles, ce n'est vraiment pas mon genre. Moi, j'ai besoin d'un homme pour prendre du plaisir. Pas d'un objet.

— Crois-moi, tu passes à côté de quelque chose de très agréable, assura Tina le sourire aux lèvres. Mais promets-moi au moins de faire un tour au magasin coquin dont je t'ai parlé… Tu y trouveras de la ravissante lingerie fine, et qui sait, tu te laisseras peut-être tenter par autre chose…

— Ça m'étonnerait. Non, vraiment, je ne crois pas qu'il y ait de solution à mon problème…

— Prenons les choses autrement, contre-attaqua Tina, refusant de s'avouer vaincue. Combien d'hommes as-tu connus jusqu'ici ?

— Pas énormément, reconnut-elle.

Deux liaisons à l'université et trois depuis — c'est-à-dire trois en huit ans —, voilà à quoi se résumait son C.V. sentimental et sexuel. Bien sûr, elle avait fréquenté d'autres hommes, mais n'avait pas pour autant couché avec eux. Chaque fois, elle s'efforçait de ne succomber à la tentation que si elle devinait la perspective d'une relation à long terme. Mais, inlassablement, sa soi-disant clairvoyance se révélait illusoire. Et ses partenaires bourrés de problèmes. Souvent des problèmes liés à leur capacité à s'engager…

— Avec Scott, j'ai essayé de ne pas aller plus vite que la musique, expliqua-t-elle. Mais, finalement, j'ai craqué… au bout de plusieurs mois quand même. Il semblait si parfait.

— Oui, il te *semblait* parfait, répéta Tina. C'est bien la question. Tu avais besoin d'un homme et tu es tombée sur lui. Alors tu t'es convaincue toute seule qu'il ferait l'affaire. Mais, quand on est en manque, on fait toujours le mauvais choix. C'est un peu comme faire les courses quand on meurt de faim… on ramène toujours de la nourriture trop grasse et trop sucrée qu'on n'achèterait pas d'habitude !

Après tout, la comparaison n'était pas si bête, songea Kara, amusée et tentée de croire au raisonnement de son amie.

— Tu n'as peut-être pas tort, concéda-t-elle. Mais ça ne me dit pas ce que je dois faire pour éviter de répéter indéfiniment les mêmes erreurs…

— C'est pourtant simple : tu dois changer complètement ta manière de voir les choses, déclara fermement Tina. Quand deux personnes couchent ensemble, cela signifie qu'elles s'apprécient suffisamment pour partager un moment de plaisir. Point à la ligne. Le sexe est une pratique joyeuse, légère, pas un engagement à vie.

Là encore, admit Kara, les propos de Tina ne semblaient pas dénués de fondement. Mais ils ne s'appliquaient pas à elle… Au fond de son cœur, elle ne réussissait pas à adhérer à un tel précepte. Etait-il complètement démodé de rêver à un amour sincère, que viendrait couronner une relation sexuelle tendre et intense à la fois ? A ses yeux, la tradition avait du bon : on se rencontrait, on se plaisait, on nouait des liens privilégiés, puis on couchait ensemble… avant de finir par se marier — ou au moins par vivre ensemble. Le tout dans des délais raisonnables.

— Et que faire quand on aspire à quelque chose de plus sérieux ? demanda-t-elle en soupirant.

— Attendre, répondit Tina sans hésiter. Ne pas se jeter à la tête du premier venu en pensant qu'il s'agit forcément de l'homme de ta vie. Et prendre du bon temps dans l'intervalle. Le prince charmant finira sûrement par se montrer un jour, mais pas tout de suite. Crois-moi, tu n'es pas encore prête. Tu veux simplement te persuader que tu l'es. Je suis sûre que Scott ne te manque même pas…

— C'est plus compliqué que ça, se défendit Kara.

Mais, au fond, Tina avait raison, songea-t-elle. En tout cas sur le plan purement physique. Scott avait une fâcheuse tendance à enchaîner les gestes avec une régularité presque mécanique… et un peu lassante. Cinq minutes pour s'embrasser, dix minutes de préliminaires, puis dix encore — souvent au maximum — pour l'acte proprement dit. Jamais une fantaisie, jamais une surprise. Bon, pour être honnête, elle-même n'avait rien d'une tigresse au lit, et elle préférait que l'homme prenne les commandes. Mais, avec lui, elle avait tout de même essayé, timidement, de varier les plaisirs pour sortir de la routine. Une fois elle s'était mise sur lui, une autre elle avait esquissé un modeste strip-tease… A en juger par la réaction de Scott — ou plutôt par son absence de réaction — elle n'avait pas su s'y prendre correctement. Et elle avait renoncé à pimenter leur vie sexuelle.

Tina jeta un coup d'œil appuyé sur le côté, en direction du bar.

— Regarde, Tom est de retour avec nos verres, observa-t-elle. Eh bien, tu vois, je suis sûre que lui et moi pourrions nous entendre merveilleusement au lit — sans aucun engagement. Laisse-moi te montrer comment je m'y prends…

Tom s'arrêta devant elles et déposa leurs cocktails sur la table avec adresse et rapidité.

— Besoin d'autre chose, mesdemoiselles ?

— Puisque vous le demandez, commença Tina avec un sourire enjôleur, je me demandais ce que vous faisiez après le service…

— En général, je rentre chez moi et je me couche, répliqua-t-il avec un calme olympien.

— Seul ? insista Tina en le regardant droit dans les yeux.

Il se contenta de l'observer d'un air indéchiffrable, avant d'acquiescer en silence. Kara ressentit presque de la pitié pour lui. Visiblement, il était décontenancé par la proposition à peine voilée de Tina… D'un autre côté, elle comprenait son amie : avec sa carrure impressionnante et son regard bleu marine, Tom était vraiment craquant.

— Je vois, reprit Tina. Tout cela ne me semble pas très folichon.

Tom haussa les épaules.

— Je ne vois pas pourquoi. J'aime la tranquillité.

— Moi aussi, affirma Tina.

Kara réprima un sourire. Tina mentait effrontément : quiconque la connaissait un tant soit peu savait très bien qu'elle détestait la tranquillité !

— J'ai un peu de mal à le croire, répliqua Tom, l'air dubitatif.

— En fait, cela dépend du genre d'activités tranquilles dont vous parlez, renchérit Tina sur un ton suggestif.

— Pour moi, c'est la navigation. J'ai un petit bateau et je vais souvent faire un tour sur le lac.

— Vraiment ? Tout cela m'a l'air très intéressant, poursuivit Tina en portant la paille de son cocktail à sa bouche dans un geste qui aurait affolé n'importe quel mâle. J'ai toujours rêvé d'apprendre à faire du bateau…

Tom ne paraissait pas décidé à mordre à l'hameçon.

— Vos beaux ongles vernis risqueraient d'en souffrir, dit-il avant de tourner les talons sans ajouter un mot.

Tina en resta bouche bée, la paille en l'air.

La tentation fut trop forte. Après le sermon que son amie venait de lui faire sur sa vie amoureuse, Kara estima qu'elle pouvait bien la taquiner un peu.

— Alors c'est comme ça qu'on s'y prend avec les hommes, hein ?

— Ça alors… Je n'arrive pas à y croire ! s'exclama Tina, sidérée. Il m'a ignorée ! J'aurais pourtant juré qu'il y avait des ondes positives entre nous…

Heureusement, elle semblait plus surprise que vexée.

— Après tout, je ne suis peut-être pas son genre, conclut-elle, philosophe. Il préfère peut-être les bombes blondes aux grands yeux bleus dans ton genre.

— Je t'en prie, ne dis pas de bêtises, l'arrêta Kara.

Blonde aux yeux bleus, elle l'était bel et bien. Mais, en dépit d'une silhouette acceptable et de traits réguliers, elle n'avait rien d'une bombe — loin de là. Et puis son style vestimentaire et sa coiffure, que Tina ne cessait de critiquer comme étant trop classiques, mais qu'elle avait adoptés justement pour cela, ne risquaient pas de la ranger dans la catégorie des vamps !

— Et pourquoi tu ne tenterais pas ta chance avec lui ? demanda soudain Tina.

— S'il te plaît, Tina, cesse de vouloir me pousser dans les bras d'un type dont je ne sais rien, et avec qui je n'ai sans doute aucun point commun. J'admets que Tom est joli garçon, mais ce n'est absolument pas mon type d'homme !

— Justement ! Il faut que tu couches au moins une fois avec un homme dont tu n'as aucune chance de tomber amoureuse. Quelqu'un de très attirant mais qui ne te convient pas du tout sur le long terme.

— Vraiment ?

— Mais oui ! insista Tina. De cette manière, tu te guériras de tes mauvaises habitudes… Et si l'heureux élu n'est pas Tom — d'ailleurs je n'en ai pas fini avec lui, crois-moi —, eh bien, nous trouverons quelqu'un d'autre. Quelqu'un comme… Attends, laisse-moi réfléchir…

Tina parcourut la salle des yeux, où un nombre appréciable de jeunes célibataires avenants se retrouvaient le vendredi soir. Presque sans le vouloir, Kara se mit à observer, elle aussi… jusqu'au moment où Ross Gabriel poussa la porte du bar.

— Quelqu'un comme Ross ! s'écria Tina d'un ton triomphant. Voilà, Ross serait absolument parfait !

Allons bon, Tina avait complètement perdu la tête, songea Kara en levant les yeux au ciel.

— Mais enfin, Ross est mon meilleur ami !

Oui, elle pouvait le dire : Ross était l'un de ses amis

les plus chers. Elle n'aimait rien tant que s'attarder du côté du département artistique de l'agence pour échanger avec lui des blagues idiotes ou jouer aux fléchettes. Ils s'entendaient à merveille, c'est vrai. Mais on ne couche pas avec quelqu'un simplement parce qu'on s'entend bien avec lui…

Bien sûr, Ross était un homme séduisant. Très séduisant, même, songea-t-elle en le regardant s'avancer dans le bar. En fait, elle l'avait trouvé attirant dès son premier jour de travail à l'agence.

Du moins jusqu'à ce qu'elle découvre qu'il n'était qu'un adolescent attardé. Un genre de Peter Pan — la vie sexuelle en plus. Il avait beau être du même âge qu'elle — vingt-neuf ans —, Ross habitait un appartement perpétuellement en désordre dans un quartier mal famé de la ville et ne se déplaçait qu'à Mobylette ou à vélo. Il adorait les consoles vidéo et pouvait passer des nuits entières sur le dernier jeu à la mode. Enfin, en dépit de son intelligence, d'un talent de graphiste évident et d'une maîtrise rare des rapports parfois épineux avec les clients, il se satisfaisait parfaitement d'un poste sans grandes responsabilités, bien en dessous de sa valeur réelle. En clair, il n'avait pas la moindre ambition professionnelle.

Et puis Ross était un vrai don Juan, toujours entouré de créatures de rêve. Elle était loin de répondre aux critères sûrement très élevés de Ross en matière de plastique féminine… Bien sûr, Ross l'appréciait trop pour le lui avoir clairement signifié, mais elle l'avait deviné à la tournure strictement amicale qu'avaient tout de suite prise leurs relations. A aucun moment ce tombeur de filles émérite ne lui avait fait la moindre avance…

Une fois encore, elle constata son incroyable pouvoir de séduction auprès des femmes. A peine entré, Ross était déjà en train de parler avec une ravissante jeune personne installée au bar. Il possédait cette sorte de magnétisme animal qui ne manque jamais de faire des ravages auprès du beau sexe. Un don difficile à définir, peut-être dû à un mélange d'un côté mauvais garçon à une évidente gentillesse… Sans compter sa capacité à écouter — assez exceptionnelle pour un homme — dont il usait souvent avec ses proches, et qui le rendait si cher à ses amis…

— Qu'est-ce que ça peut faire qu'il soit ton ami ? reprit Tina, totalement enthousiasmée par son idée. Il est sexy. Il a de l'expérience. Et tu ne tomberas jamais amoureuse de lui. Que demander de plus ?

— Ça, c'est bien vrai : je ne pourrai jamais tomber amoureuse de lui, répondit-elle en regardant la jolie blonde qui parlait avec Ross noter quelque chose sur un bout de papier qu'elle lui tendit. Son numéro de téléphone, à n'en pas douter.

Vraiment, Ross était incroyable. Comment parvenait-il à toutes les séduire, les unes après les autres ? Totalement indifférent à la mode, il arborait un look plutôt simple, voire un peu négligé. Mais, sur lui, le négligé paraissait charmant. Tout comme l'étaient ses longs cheveux noirs qu'il ne peignait jamais qu'avec ses doigts. C'était peut-être son côté artiste qui faisait craquer les femmes.

Pourrait-elle coucher un jour avec lui ? Avec Ross, son meilleur ami, presque le frère dont elle avait toujours rêvé ? Avec Tina, ils étaient vraiment les deux personnes auxquelles elle était le plus attachée. Mais, alors que

Tina lui disait ce qu'elle devait faire — ou plutôt ce qu'elle *devrait* faire —, Ross passait beaucoup de temps à l'écouter et à essayer de la comprendre. Il lui donnait toujours un point de vue masculin sur ses ruptures… et grâce à son humour elle finissait souvent par en rire plutôt que d'en pleurer.

C'était aussi lui qui lui avait tenu la main quand elle avait été malade dans les toilettes de l'agence après un déjeuner dans un restaurant de poissons, qui l'avait raccompagnée le soir et avait passé la nuit chez elle pour s'assurer que tout allait bien. Bon, il en avait profité pour boire sa meilleure bouteille de vin et pour manger la provision de foie gras français qu'elle réservait pour les grandes occasions… Mais c'était tout même extrêmement gentil de sa part.

Ross approchait de leur table, un grand sourire aux lèvres. Un sourire qui finit par disparaître quand il fut arrivé devant elles.

— Qu'y a-t-il ? les interrogea-t-il, l'air intrigué.

Kara comprit subitement que Tina et elle l'avaient dévisagé d'un regard insistant tandis qu'il approchait.

— Ma braguette est ouverte ? demanda-t-il en baissant les yeux.

— Non, non, intervint Tina. Nous te regardions parce que tu es vraiment *très* mignon.

Kara lui donna un léger coup de pied sous la table. Elle n'allait quand même pas lui dire…

— Si tu essaies de me flatter pour que je passe mon week-end à finir le projet Emerson, tu peux t'arrêter tout de suite, déclara Ross en s'asseyant. Mon week-end sera consacré à l'amour, comme toujours.

— Tu es vraiment incorrigible, tu sais, le morigéna Tina. Si tu faisais quelques heures supplémentaires et prenais un peu plus d'initiatives, tu pourrais faire du chemin à l'agence…

Ross eut un petit rire.

— Du chemin ? Tu veux dire des soirées entières à passer au bureau et des responsabilités qui me donneront un ulcère à l'estomac dans les deux mois ? Non merci, ça ne me tente pas du tout. Je tiens à ma liberté. Qui sait, je pourrais décider de partir faire le tour du monde sur un coup de tête ?

— Réfléchis-y quand même, insista Tina en se levant et en empoignant son sac. Bon, il faut que je parte. Je vous laisse faire des projets tous les deux, ajouta-t-elle en adressant un clin d'œil à Kara.

— Tina ! menaça-t-elle entre ses dents, furieuse.

— De quels projets parle-t-elle ? s'enquit Ross tandis que Tina s'éloignait sur ses vertigineux talons aiguilles.

— Je n'en ai aucune idée, mentit Kara.

Vite, vite, elle devait changer de sujet…

— Dis-moi, on dirait que tu as fait une nouvelle victime en arrivant, play-boy, le taquina-t-elle en désignant la jeune femme du bar.

— Tu veux parler de Lisa ? répliqua-t-il en feignant l'innocence. Ne me regarde pas avec cet air…

— Quel air ?

— Celui de « Ross s'est encore trouvé une ravissante idiote ». Tu sais, elle dirige tout un service dans une grande banque d'affaires !

— Contente de voir que tu relèves le niveau de tes exigences, railla-t-elle. Mais tu ne me feras pas croire que tu t'intéresses à elle pour ses compétences de gestionnaire…

Comme d'habitude, Ross n'était pas avare de confidences sur ses conquêtes, surtout après une bière ou deux, et ne lui avait pas caché que les dernières avaient un Q.I. proche du niveau de la mer…

— Tu en sais trop sur mon compte, ma vieille, il va falloir que je te liquide avant que tu ne parles, avertit-il d'un ton faussement menaçant en refermant ses doigts autour de son cou.

Kara gloussa en essayant de se libérer.

— Vous désirez boire quelque chose ? demanda Tom qui venait de faire son apparition.

Ross se détacha de Kara et expliqua au serveur :

— Ne craignez rien, je m'entraînais pour un prochain tournoi de lutte… Donnez-moi une bonne bière, s'il vous plaît.

— C'est noté. Au fait, ajouta Tom en se tournant vers Kara, votre amie est partie ?

— Oui, elle devait rentrer chez elle.

— J'espère que je ne l'ai pas blessée… C'est juste que je ne m'attendais pas à ce qu'elle me… me drague, bafouilla t-il un peu timidement, à la grande surprise de Kara.

— Ne vous en faites pas, je suis sûre que tout va bien.

Lui cachant soigneusement que Tina pensait à lui pour quelques nuits torrides sans lendemain, elle précisa :

— Vous lui plaisez beaucoup, vous savez.

Tom parut très étonné — et aussi ravi.

— Vraiment ?

Il reprit rapidement une expression plus neutre, comme s'il regrettait d'avoir affiché sa joie.

— C'est parce qu'elle doit se sentir seule en ce moment, voilà tout.

Sur ces mots, il les quitta pour aller chercher la bière de Ross.

— Qu'est-ce que c'est que cette histoire ? s'informa Ross.

— Tina lui a fait du gringue avant ton arrivée.

— Pourtant, il ne ressemble pas au genre d'hommes qui lui plaisent habituellement. Il a l'air trop… gentil.

— C'est en cela qu'il est son genre d'homme : il représente un défi à relever !

— Et Dieu sait si notre chère Tina aime les défis, s'esclaffa Ross. Bon, où en étais-je ? Ah oui.

Sans transition, il encercla de nouveau le cou de Kara à l'aide de ses grandes mains brunes.

Cette fois, elle ne put s'empêcher de remarquer à quel point ses paumes étaient chaudes et sa peau douce… Seigneur, elle aurait vraiment préféré que Tina ne lui suggère pas de coucher avec lui ! Voilà que l'idée ne cessait de lui traverser l'esprit depuis que Ross était assis près d'elle. Mieux valait qu'il ne la touche pas trop…

— O.K., je me rends, dit-elle en se reculant hors de sa portée. Je voulais juste te taquiner, c'est tout.

— Ah, mademoiselle Kara et ses jugements sur ma vie amoureuse…

— Tu me trouves trop coincée, c'est ça ? demanda-t-elle, un peu contrariée.

— Mais non… Moi aussi, je te taquinais.

Il l'observa avec acuité pendant quelques secondes.

— Qu'y a-t-il, ma belle ? Tu n'as pas l'air dans ton assiette. Miller n'a pas apprécié ta présentation ? Je suis navrée, j'aurais aimé être là, mais c'était vraiment impossible.

Ross aimait participer à la présentation des projets aux clients. Et, à dire vrai, sa présence rassurait Kara dans ces moments importants. Son enthousiasme s'avérait souvent contagieux et il lui inspirait une confiance supplémentaire.

— Non, tout s'est bien passé. Et il a positivement adoré ton illustration et tes choix typographiques.

— Adoré ? répéta Ross d'un ton narquois. La seule chose que Miller adore, c'est son chiffre d'affaires ! Mais merci quand même pour le compliment.

— Mais non, il a vraiment adoré. Tina a raison, tu sais. Tu as beaucoup de talent. Et tu devrais l'exploiter davantage. J'ai entendu dire que Lancer part s'installer à Los Angeles, ce qui signifie que le poste de directeur artistique de l'agence va bientôt se libérer. Tu devrais postuler.

— Arrête d'essayer de me pousser sur la voie du succès. Je suis très bien là où je me trouve, merci.

De nouveau, il scruta son visage, comme s'il était à la recherche d'une réponse.

— Si ce n'est pas le projet Miller, alors qu'est-ce que c'est ? Je vois une lueur de tristesse dans tes yeux.

Inutile de chercher à lui mentir. Ross lisait en elle à livre ouvert.

— C'est juste que… Scott a rompu avec moi.

— L'imbécile. Tu veux que j'aille lui démolir le

portrait ? proposa-t-il en prenant une pose de boxeur, tous biceps dehors.

Décidément, il avait vraiment de jolis muscles sous le T-shirt noir tout simple qu'il portait…

— Merci, mais ce ne sera pas nécessaire. Depuis quand réagis-tu de manière aussi belliqueuse ?

— Depuis que des abrutis se permettent de maltraiter ma meilleure amie, expliqua-t-il gentiment. Mais tu as raison : je préfère largement faire l'amour plutôt que la guerre !

Faire l'amour… Pourquoi ces mots dans la bouche de Ross prenaient-ils soudain une résonance particulière à ses oreilles ? Pourquoi se sentait-elle presque troublée par le sourire coquin qui accompagnait ses paroles ? Tout cela était vraiment ridicule…

— Scott n'est pas un abruti, corrigea-t-elle pour la forme.

— Il l'est puisqu'il a laissé tomber une fille aussi géniale que toi.

Elle se retint de rougir sous le compliment.

— Merci. Tu es trop gentil.

— Non, non, je suis sérieux : tu es trop bien pour tous ces guignols. Trop intelligente, aussi. Quand ils se rendent compte que tu es brillante, ils ont la trouille.

— Arrête…

Malgré ses protestations, les adorables propos de Ross lui firent du bien. Sûrement parce qu'il était un homme, et qu'un point de vue masculin sur sa vie amoureuse était précieux. Ses amies, elles, étaient forcément de son côté, solidarité féminine oblige… Mais elle avait le sentiment que Ross lui dirait la vérité si elle était en tort. Voilà pourquoi son amitié lui était si chère. Voilà aussi pourquoi elle ne pourrait jamais le traiter un jour comme l'objet sexuel dont Tina lui avait recommandé l'usage.

Quand Tom lui apporta sa bière et qu'il en but avec délices quelques gorgées, elle observa de nouveau le jeu des muscles de ses avant-bras tandis qu'il portait la chope jusqu'à ses lèvres, avant d'examiner la carrure impressionnante de ses épaules… Il possédait vraiment un corps d'athlète pour quelqu'un qui se prétendait trop paresseux pour fréquenter un club de gym, songea-t-elle avec perplexité. Cela ne pouvait pas seulement venir de son activité sexuelle débordante, tout de même ?

— Alors, que s'est-il passé ? reprit-il en léchant un peu de mousse au coin de sa bouche.

Une fois encore, elle s'en voulut de trouver le geste sensuel. Mais qu'avait-elle donc aujourd'hui ? Elle maudit intérieurement Tina qui s'était permis de lui mettre en tête des idées complètement folles.

— J'espère que ce type ne t'a pas fait perdre ta confiance en toi, au moins. Parce que tu es très sexy, ne l'oublie jamais.

Cette fois-ci, elle rougit franchement.

— Ça n'a pas marché entre nous, c'est tout, se contenta-t-elle de dire sans répondre à sa dernière remarque.

— Allez, donne-moi quelques détails croustillants… Moi, je ne suis pas aussi cachottier sur ma vie amoureuse.

Kara eut un petit sourire.

— Ça, c'est le moins que l'on puisse dire ! Même pour les choses les plus intimes, tu n'es jamais avare de confidences. D'ailleurs, je n'arrive toujours pas à croire que tu aies pu rompre avec… Comment s'appelait-elle, déjà ? Heather ? Enfin, bref, que tu aies pu rompre avec une femme parce que tu trouvais qu'elle poussait des cris de souris au lit…

— Il y avait plus, admit négligemment Ross. Elle n'aimait pas Otis Redding.

— Voilà qui est impardonnable, en effet, dit-elle en levant les yeux au ciel.

Ross afficha soudain une expression moins désinvolte.

— Sérieusement… Qu'est-ce qui n'a pas marché entre vous, ma belle ? demanda-t-il d'un ton si prévenant qu'elle en eut la gorge serrée.

Face à la sollicitude de son ami le plus cher, elle capitula. Et lui raconta par le menu l'affaire du tiroir de la commode et de ses conséquences catastrophiques. Ross, l'air concentré, écouta jusqu'au bout sans l'interrompre. Puis il se carra dans son fauteuil club et soupira, catégorique :

— C'est bien ce que je disais. Ce type n'en valait vraiment pas la peine. Tu mérites mille fois mieux.

Une vague de soulagement l'envahit. Comment réussit-il à trouver avec autant d'exactitude les mots qui la consoleraient à coup sûr ?

— Merci, murmura-t-elle simplement.

— Mais je t'en prie. Les amis sont là pour ça.

— Tu sais, Tina pense que mon problème est toujours le même : je m'emballe trop vite. Je ne sais pas prendre le temps de savoir si c'est le bon ou pas.

Elle marqua une pause, un peu embarrassée. Puis se jeta à l'eau.

— Elle pense que ce problème est lié à mon… manque d'expérience.

Voilà, elle venait d'avouer son point faible à un homme dont les innombrables conquêtes féminines ne manquaient jamais de chanter les louanges…

— Tu sais, en matière de sexe, ce qui compte, c'est la qualité, pas la quantité, répliqua-t-il comme en écho à ses pensées. Et n'oublie pas que tu parles à un spécialiste en la matière, conclut-il en lui adressant un clin d'œil comme pour se moquer de lui-même.

— Seigneur, tu es d'une arrogance ! plaisanta-t-elle en retour. Bon, alors d'après toi, mon problème est plutôt que je choisis mal mes partenaires ?

— C'est possible, confirma-t-il en plongeant son regard dans le sien.

Kara ne put se retenir d'admirer ses prunelles ensorcelantes, d'un brun mordoré vraiment unique, qui pétillaient d'intelligence et de vivacité.

— En fait, pour Tina, j'ai besoin d'avoir des relations sexuelles uniquement pour le plaisir, de manière à ce que je ne tombe pas amoureuse du premier type potable qui passe, précisa-t-elle d'une traite.

— Dans l'optique de quelqu'un comme Tina, le raisonnement ne manque pas de logique. Et, dans le fond, je suis tout à fait d'accord avec elle. Le sexe a une valeur en soi. Il n'a besoin d'aucune autre justification.

— Comment se fait-il que vous n'ayez jamais couché ensemble, si vos points de vue sont si proches ? l'interrogea-t-elle presque sans réfléchir.

— Qui te dit qu'il ne s'est rien passé entre nous ? rétorqua-t-il en lui faisant un nouveau clin d'œil. Non, je plaisante, bien sûr. Le sexe est une chose et l'amitié en est une autre.

Cette fois-ci, ils touchaient vraiment au vif du sujet, comprit Kara, partagée entre l'envie de changer de sujet et celle de l'explorer plus avant. Finalement, elle posa la question qui ne cessait de l'obnubiler depuis l'extravagante suggestion de Tina :

— Dis-moi… Est-ce que cela signifie que tu ne pourrais en aucune façon coucher avec l'une de tes amies ?

— Tout dépend de quelle amie il s'agit, répondit-il tranquillement en prenant une gorgée de bière.

Un peu affolée par sa propre audace, elle prit le parti de se lancer.

— Et, si cette amie, c'était moi ?

A ces mots, Ross s'étrangla avec sa bière, se mit à tousser, puis à rire.

— Tu plaisantes, n'est-ce pas ?

— C'était l'idée de Tina, expliqua-t-elle d'un ton un peu froid, blessée — plus qu'elle ne l'aurait cru — qu'une telle éventualité lui paraisse aussi saugrenue.

Ross continuait à l'interroger du regard.

— Elle dit qu'il faudrait que je couche au moins une fois dans ma vie avec quelqu'un de complètement inadapté à ma vision du prince charmant, et naturellement tu es la première personne à qui nous avons pensé, déclara-t-elle avec un peu de perversité, pour se venger de sa réaction un peu vexante.

— Aïe ! Voilà un compliment ou je ne m'y connais pas, grimaça-t-il. J'ai déjà entendu des choses plus gentilles dans ma vie…

Il l'observa un instant, puis sembla se rendre compte qu'il n'avait peut-être pas été très gentil non plus.

— Ce serait bizarre, non ? Nous sommes amis, fit-il valoir plus sérieusement.

— Je sais. C'est exactement ce que j'ai dit à Tina.

Elle se garda bien d'ajouter que la suggestion de leur amie commune lui faisait voir Ross, depuis son arrivée au bar, sous un jour un peu différent…

— Pour rien au monde je ne voudrais gâcher notre amitié, reprit Ross.

— Moi non plus. Et le sexe gâche toujours tout…

— Pas toujours, corrigea-t-il en lui jetant un regard qui la troubla malgré elle. Il peut aussi être très naturel. Et très agréable.

— Mais nous sommes tellement différents l'un de l'autre ! argumenta-t-elle.

— On dit bien que les opposés s'attirent, non ? Même si, bien sûr, il faut considérer l'hypothèse d'une incompatibilité physique.

— Attends une minute, protesta-t-elle. Tu es en train de m'insulter ou quoi ?

— Pas du tout, ma belle, se défendit-il dans un grand sourire. Je note simplement, comme toi, que nous sommes extrêmement différents, c'est tout. Toi, tu es plutôt du genre sage… ce qui est loin d'être mon cas !

— Je ne suis pas toujours aussi sage que tu le crois, contesta-t-elle.

— Vraiment ? demanda-t-il, amusé. Je te parie vingt dollars que tu portes une culotte de grand-mère.

A sa grande honte, elle réalisa qu'elle portait en effet

une vieille culotte en coton blanc à l'élastique un peu fatigué...

— Ça n'est pas juste, bougonna-t-elle. Ce n'est pas ma faute si mes jolis dessous étaient tous au lavage ce matin...

Ross eut un petit sourire en coin.

— C.Q.F.D. Les femmes que j'ai l'habitude de fréquenter n'ont pas de sous-vêtements de grand-mère à mettre le jour où tous les autres sont au sale... D'ailleurs, la plupart d'entre elles ne portent pas de culotte...

Il fit une pause et ajouta, un sourire narquois aux lèvres :

— ... du tout !

La simple idée que Ross puisse l'imaginer dans sa culotte des jours de lessive la mortifia. Mieux valait se rendre à l'évidence : sur le plan sexuel, ils ne jouaient pas dans la même ligue. Mais — et elle en fut elle-même surprise — cette pensée excita sur-le-champ son instinct de compétition. Ainsi que d'autres instincts qu'il était plus prudent de ne pas tenter d'identifier.

— Il ne te vient pas à l'idée que tu pourrais me sous-estimer ? le titilla-t-elle. Si ça se trouve, je suis totalement transformée au lit. Les filles en apparence les plus sages réservent parfois des surprises...

« Non mais tu t'entends parler, ma vieille, songea-t-elle aussitôt avec affolement, tu n'es pas en train d'essayer de le convaincre de coucher avec toi, quand même ? »

— Je ne voudrais pas courir le risque de te briser le cœur, Bébé, lança-t-il avec la tranquille assurance des grands séducteurs.

— Oh, je t'en prie, tu n'es pas si irrésistible que ça !

Et puis je ne tombe amoureuse que si je pense qu'il y a une possibilité d'aller plus loin… Et tu es sûrement le dernier avec lequel je puisse envisager une relation à long terme !

— J'ai peut-être une profondeur insoupçonnée, qui sait ? la taquina-t-il à son tour.

Furieuse qu'il tente à tout prix d'avoir le dernier mot, elle se lança sans réfléchir :

— Mais ce n'est pas la profondeur qui m'intéresse, moi, répliqua-t-elle d'une voix qui se voulait suggestive — mais qui, à son grand dépit, ressemblait plutôt à un coassement. C'est surtout la taille…

Ross la contempla sans mot dire, pendant quelques secondes. Puis il rendit son jugement d'une voix douce :

— Tu as encore des progrès à faire, ma belle, car on voit que tu te forces…

Kara soupira, découragée. Il avait totalement raison, elle n'avait rien d'une de ces créatures pour qui la séduction animale était une seconde nature… Et, même si cet état de fait la désolait, elle n'y pouvait rien changer.

— Tu te forces trop souvent à aller contre ta vraie nature, poursuivit-il. Voilà pourquoi, toute vanité mise à part, notre amitié t'est bénéfique. Avec moi, tu es toujours toi-même.

— A chacun ses défauts, rétorqua-t-elle. Toi, on peut dire que tu ne te forces pas toujours suffisamment. Si je n'étais pas là…

— J'aurais sûrement été licencié depuis belle lurette, je suis au courant, l'interrompit-il.

Ils le savaient tous deux : Ross avait la fâcheuse habitude d'arriver très en retard le matin, et si Kara ne l'avait pas

« couvert » un certain nombre de fois, il aurait sans doute été sanctionné par leur employeur…

— Nous nous devons beaucoup l'un à l'autre. Je viens de te le dire : nous sommes bénéfiques l'un pour l'autre.

— C'est vrai, reconnut-elle.

Il leva sa chope de bière comme pour trinquer à sa santé.

— Mais je ne suis pas sûr que cela vaudrait aussi sur le plan sexuel.

— C'est encore vrai, déclara-t-elle en essayant de masquer sa légère déception. De toute façon, il me serait totalement impossible de coucher avec toi. T'embrasser serait comme… comme embrasser mon frère.

— Ah, bon ? demanda-t-il, une lueur indéfinissable dans le regard.

Alors, sans prévenir, il se pencha vers elle.

Et l'embrassa.

Une onde de surprise la parcourut tout entière, et se mua bientôt en trouble physique intense.

Elle se mit à trembler si fort qu'elle se crut sur le point de défaillir. Juste au moment où elle fermait les yeux pour mieux savourer la sensation incroyable qui l'envahissait, Ross mit fin à leur baiser.

— Je sais pertinemment que tu n'as pas de frère, mais, si tu en avais un, crois-tu qu'il t'embrasserait comme ça ?

— Je… Je ne pense pas, bredouilla-t-elle.

Il plongea son regard dans le sien, puis il se passa la langue sur les lèvres.

— Mmm… Ton baume pour les lèvres à la cerise est un délice.

Ces mots rompirent aussitôt le charme de l'instant. Kara eut le sentiment de s'éveiller en sursaut.

— Sur le plan technique, je te donne la moyenne, réussit-elle à déclarer d'un ton qui se voulait détaché.

Tout plutôt qu'il ne se rende compte à quel point elle était chamboulée…

Elle le vit froncer les sourcils.

— La moyenne ? Tu plaisantes, j'espère ? Laisse-moi une deuxième chance, j'étais peut-être mal préparé.

Sur ce, il se pencha de nouveau vers elle. Kara, le cœur battant un peu trop vite, se recula prestement dans son fauteuil.

— Inutile. Ta démonstration était on ne peut plus claire.

Elle se détesta de sentir une certaine frustration l'envahir. En réalité, elle n'aurait pas dit non à un deuxième baiser… Mais, bien sûr, il n'en était pas question.

— Nous sommes amis et c'est la seule chose qui compte, reprit-elle en luttant pour raffermir sa voix. Je refuse de mettre notre amitié en danger. Et puis je trouverai bien un autre homme qui ne me corresponde pas du tout, dont je pourrais *ne pas* tomber amoureuse tout en prenant du bon temps.

Il la dévisagea un bon moment, une lueur de malice dans les yeux. Ce regard la déstabilisa encore un peu plus et… l'excita en même temps.

A l'évidence, s'il existait un homme sur cette planète capable de lui donner du plaisir, c'était bien Ross. Le problème, c'est que Ross était aussi son meilleur ami. Et que, contrairement à ce qu'il affirmait, le sexe changeait toujours les relations entre les gens.

D'autant plus que, vu l'état affolant dans lequel l'avait plongée un seul de ses baisers, elle n'osait pas imaginer ce qui lui arriverait si elle se retrouvait un jour au lit avec lui… Elle pourrait bien découvrir tout un monde de sensations bien trop dangereuses…

Non, vraiment, le risque était trop important.

Et il était hors de question qu'elle le prenne.

2.

Après le départ de Kara, Ross commanda et but pratiquement cul sec une autre chope de bière.

Mais le goût pourtant prononcé du houblon ne réussit pas à effacer sur ses lèvres celui, enivrant, du baume à la cerise de Kara… Et il le savoura tout le long du chemin qu'il fit pour rentrer chez lui.

Dire qu'elle avait littéralement *frissonné* quand il l'avait embrassée ! Cela montrait bien à quel point elle était réceptive à la sensualité. Et à quel point, sous son tailleur sévère de directrice du marketing, se cachait un corps assoiffé de plaisir…

Dès sa première rencontre avec Kara, il l'avait trouvée très attirante. Mais elle s'était montrée si réservée et sage — quoique amicale — qu'il n'avait pas tenté de la séduire. Puis il avait fait sa connaissance, découvert son humour et sa gentillesse, piqué bon nombre de fous rires et discuté pendant des heures avec elle — bref, ils étaient devenus amis. Et l'amitié était l'une des choses qui lui tenaient le plus à cœur. Bien plus qu'une conquête supplémentaire à inscrire à son palmarès.

Sans compter qu'il avait très vite compris que Kara

n'était pas du genre à prendre le sexe comme un passe-temps. Elle y mêlait toujours des sentiments — d'ailleurs, c'était peut-être la raison pour laquelle sa vie amoureuse s'avérait souvent décevante. Et jamais il n'aurait supporté de la décevoir. Ou pire, de la faire souffrir. Ce qui excluait tout type de rapport autre qu'amical.

Et pourtant… Tina pensait qu'il était tout désigné pour apprendre à Kara comment dissocier le corps et le cœur.

Mais le pouvait-il vraiment ? Evidemment, l'idée était plus que tentante. Le goût délicieux de son baume pour les lèvres à la cerise ne cessait de le lui rappeler. Passer quelques nuits avec elle, entretenir un nouveau rapport uniquement fondé sur la recherche du plaisir… Une relation purement physique était sûrement ce dont Kara avait besoin en ce moment. Du moins si elle parvenait à la maintenir sur un plan purement physique… ce qui, la connaissant, paraissait peu probable. Kara était tout sauf une femme légère. Faire l'amour sans éprouver de sentiment pour son partenaire ne lui ressemblait pas.

Tandis que lui était passé maître en la matière depuis la fin de ses études. Ou, pour être plus précis, depuis son histoire avec Beth. Cette période de sa vie lui avait enseigné que s'attacher à une femme présentait de gros risques. Les gens changeaient trop pour être capables de faire des projets à long terme. En tout cas, lui avait besoin de changement.

Beth cherchait un homme stable, quelqu'un en qui elle pourrait avoir toute confiance. Et, par amour pour elle, il avait essayé — de toutes ses forces — d'être cet homme-là. Il avait accepté le travail que le père de Beth lui avait trouvé, grâce à ses relations, dans un grand studio de graphisme. Mais le poste était d'un ennui mortel : il consistait surtout à reproduire en plusieurs exemplaires, avec de très légères variations, les projets de ses supérieurs. Bref, sa créativité lui servait autant qu'un couteau à une poule.

Au début, il s'était efforcé de voir les bons côtés de la chose — qui se résumaient essentiellement à la joie de Beth de le voir rentré dans le rang… Mais, très vite, il s'était senti prisonnier. Au travail, mais aussi dans son couple. Dans un dernier sursaut, il avait tenté de se convaincre du contraire, de dissimuler sa frustration… jusqu'au jour où il avait tout avoué à Beth.

Encore aujourd'hui, il ne pouvait pas penser sans un serrement de cœur à son expression désespérée quand il lui avait annoncé qu'il partait. Seigneur, il avait détesté la faire souffrir. Il s'était entendu lui dire ce que tous les hommes disent en de pareilles circonstances : « Je t'assure, tu n'as rien à voir là-dedans… C'est de moi que vient le problème, et de moi seul. » Les mots avaient beau être galvaudés, ils ne reflétaient, dans son cas, que la pure vérité. Beth était une jeune femme adorable, mais il ne supportait pas l'existence qu'il menait avec elle. Il avait besoin de mouvement, pas de routine. Il aimait que la vie le surprenne. A l'époque, il se connaissait mal. Aujourd'hui, il avait appris à assumer ses véritables désirs — sur le plan professionnel et sentimental.

Désormais, il savait que le mieux pour lui était de ne pas trop s'approcher des femmes en quête du grand amour. Des femmes sérieuses qui cherchaient autre chose qu'une passade. Des femmes comme Kara, en un mot.

En dépit de cet interdit, il était difficile de ne pas songer encore une fois à la délicieuse perspective d'une aventure avec elle. Si elle recherchait bel et bien un initiateur, pourquoi ne serait-il pas l'heureux élu ? Il la connaissait mieux que personne et avait beaucoup d'affection pour elle. Le premier venu ne s'embarrasserait peut-être pas de précautions et risquait de lui faire du mal. N'était-il pas le mieux placé pour « l'aider » en douceur ? A bien y réfléchir, cette solution n'avait que des avantages... Du moins si Kara jouait vraiment le jeu.

Il retourna la question en tous sens en gravissant l'escalier qui menait à son appartement. Lorsqu'il pénétra chez lui, la vue du désordre épouvantable qu'il laissait s'accumuler depuis plusieurs semaines ne lui arracha qu'un soupir résigné. A cet instant, il avait bien mieux à faire que de s'attaquer au ménage : apprendre à maîtriser les magnifiques accords de guitare qu'un musicien lui avait montrés la veille dans l'un des meilleurs clubs de jazz de la ville. Il s'attela aussitôt à la tâche avec enthousiasme, mais dut assez rapidement se rendre à l'évidence : sa concentration laissait grandement à désirer.

Même penché sur son instrument, il continuait à rêver au baiser qu'il avait échangé avec Kara. Il sourit en se souvenant comment elle avait tenté de dissimuler le trouble qu'elle éprouvait — en vain, bien sûr. Ses émotions se lisaient sur son visage. Oui, vraiment, la très sage Kara Collier ne demandait sûrement qu'à expérimenter les sensations fortes pour lesquelles elle semblait faite, même si elle ne s'en rendait pas compte...

Et puis elle soutenait qu'il lui paraissait inconcevable de tomber un jour amoureuse de lui. Voilà qui s'avérait de bon augure — d'autant qu'elle semblait de bonne foi. D'ailleurs, lui-même s'imaginait mal qu'il puisse en aller autrement : ils étaient si différents ! Au bureau, elle le rendait fou en établissant jour après jour des listes et des protocoles à respecter impérativement. Certes, il reconnaissait volontiers qu'en agissant de la sorte elle ne faisait que remplir sa fonction de directrice du marketing. Elle se devait d'encadrer au mieux les élans parfois désordonnés de l'équipe des créatifs à laquelle il appartenait. En fait, sur un plan professionnel, ils se complétaient parfaitement. Mais, dans un couple, cette alchimie se transformerait inévitablement en affrontements à répétition…

Tout en plaquant les accords sur sa guitare, il repensa à la tristesse de Kara quand elle lui avait annoncé sa rupture avec Scott. Mais pourquoi s'acharnait-elle à sortir avec des nuls pareils ? Il aimerait tant l'aider à sortir de ce cercle vicieux qui la faisait toujours retomber dans les bras d'un nouvel imbécile indigne d'elle parce qu'elle avait souffert à cause du précédent. Et qu'elle pensait sans doute, inconsciemment, ne pas mériter mieux… Il fallait absolument qu'elle acquière davantage de confiance en elle !

Et peut-être pourrait-il l'y aider. Elle aussi était toujours prête à l'aider quand il se fourrait dans un mauvais pas, non ? Comme lorsqu'il arrivait en retard au bureau et qu'elle le couvrait auprès du grand chef, ou quand elle l'aidait à accoucher de nouvelles idées en fin de journée alors qu'il pensait ne plus avoir un seul neurone en état de marche.

Peut-être que, s'ils établissaient des règles du jeu, ils parviendraient à mener à bien ce « projet ».

Il lâcha le manche de sa guitare et s'esclaffa tout seul. Des règles du jeu ? Voilà qu'il pensait comme Kara, maintenant !

Son fou rire passé, il se prit à réfléchir sérieusement. Une chose était sûre : lasse d'être déçue par les hommes, Kara semblait réellement déterminée à passer à l'action. Et il ne supporterait pas qu'un nouvel imbécile profite de la situation.

Sans compter qu'ils feraient sûrement des étincelles au lit, tous les deux, à en juger par l'intensité de leur premier — et pourtant modeste — contact charnel…

Oui, vraiment, plus il y songeait, moins l'idée lui paraissait saugrenue. S'ils partaient sur des bases saines et avec les meilleures intentions amicales du monde, comment l'aventure pourrait-elle mal tourner ?

— Je ne peux pas faire une chose pareille, déclara Kara à la minute où elle vit Tina entrer dans la cuisine de l'agence où elle était en train de préparer son thé du matin.

— Attends une seconde, balbutia Tina en se dirigeant tout droit vers la cafetière pleine de café serré.

Amusée, Kara la regarda se servir une énorme tasse de liquide brûlant et en avaler la moitié presque d'un coup. Tina soutenait qu'elle n'était bonne à rien avant d'avoir sa juste dose de caféine.

Encore ensommeillée, elle se frotta les yeux puis les leva vers son amie.

— Je t'écoute. Qu'est-ce que tu ne peux pas faire ?

— Coucher avec Ross, murmura-t-elle, priant pour

que personne d'autre ne pénètre dans la cuisine au même moment.

— Et pourquoi pas ? demanda Tina, qui s'éveillait rapidement grâce à son intérêt pour ce début de conversation.

— C'est compliqué.

Elle s'interrompit, se remémorant la nuit qu'elle venait de passer à se poser des questions sur le sujet.

— Nous… nous nous sommes embrassés, finit-elle par avouer, confuse.

Cette fois-ci, Tina ouvrit des yeux grands comme des soucoupes.

— Quoi ? Eh bien, toi au moins, tu ne perds pas de temps ! Et c'était comment ?

— Assez intense, je dois l'admettre.

— Parfait ! Des rapports physiques intenses, de bons moments entre amis, et pas d'enjeu, donc pas de déception possible ! Exactement ce qu'il te faut.

— Je ne crois pas. Je trouve l'idée un peu risquée.

— Risquée ? s'étonna Tina. Pourquoi ? Tu ne risques pas de tomber amoureuse de Ross, pourtant. D'ailleurs tu me l'as dit toi-même. Vous êtes bien trop différents, à peu près autant que le jour et la nuit.

— Je m'inquiète quand même pour notre amitié, expliqua Kara. Je n'ai pas envie de la mettre en danger. Je ne suis pas sûre que nous pourrions continuer à nous comporter comme si de rien n'était une fois que…

Tina termina sa tasse de café, s'en versa une autre sur-le-champ, sans quitter Kara des yeux.

— Et si, contre toute attente, je tombe quand même

amoureuse de lui ? Non, vraiment, ce n'est pas une bonne idée.

— Tu es tellement… puritaine dès qu'il est question de plaisir ! rétorqua Tina. Pourquoi n'es-tu pas capable de te détendre et de prendre du bon temps ?

Kara sentit sa gorge se serrer. En effet, pourquoi n'en était-elle pas capable ?

— Et puis il ne te laisserait jamais construire une relation un tant soit peu sérieuse avec lui, poursuivit Tina.

Là, elle marquait un point.

— Ça, c'est vrai, observa-t-elle, songeuse.

Deux heures plus tard, Kara revint dans la cuisine pour prendre l'en-cas qu'elle prenait tous les jours vers 10 h 30 — toujours le même : un yaourt allégé et une pomme.

Tout en se penchant pour ouvrir la porte du réfrigérateur et en sortir les aliments qu'elle y conservait dans un sac en plastique, elle songea que sa collation quotidienne symbolisait d'une manière un peu déprimante combien sa vie était terriblement prévisible.

Mais, soudain, le contact d'une main qui lui caressait les fesses vint briser sa routine. Et surtout la fit violemment sursauter, ce qui eut pour effet de projeter sa tête contre le compartiment à glace du réfrigérateur.

Qui avait le culot de faire un geste aussi déplacé ? fulmina-t-elle en se retournant en une fraction de seconde.

Son cœur fit un bond dans sa poitrine lorsqu'elle découvrit devant elle un Ross parfaitement content de lui, arborant un sourire coquin qu'elle reconnut aussitôt. C'était celui qu'il adressait d'ordinaire à ses futures conquêtes lorsqu'il faisait leur connaissance.

Luttant contre le frisson intense qui prenait possession de tout son corps, elle affecta de se masser le crâne — qui en réalité n'avait pas subi grand dommage.

— Excuse-moi… J'étais dans le passage, peut-être ? demanda-t-elle d'une voix qu'elle voulait narquoise.

— Il me semblait qu'il y avait un peu de poussière sur ta jupe, répliqua-t-il d'un air malicieux en parfaite contradiction avec l'apparente innocence de ses paroles.

Il la contempla un moment, puis ajouta en la regardant droit dans les yeux :

— Tu sais, j'ai réfléchi à ta proposition…

Kara se sentit rougir. Dans la lumière vive du matin, et surtout dans un cadre professionnel, l'idée de coucher avec Ross paraissait plus folle que jamais.

Elle se força à rire.

— Ecoute, je crois que mon deuxième cocktail m'était monté à la tête, voilà tout. N'en parlons plus.

— Parlons-en, au contraire, rétorqua-t-il en s'approchant d'elle pour lui prendre la main. Tu sais, Kara, je crois vraiment que je peux t'aider.

Gênée, elle libéra sa main, et fit un gros effort pour adopter un ton léger :

— Tu m'as déjà aidée. Grâce à toi, il n'y a plus un grain de poussière sur ma jupe !

De toute façon, elle avait déjà fait une croix sur cette histoire insensée née de l'esprit fantasque de Tina. En revanche, elle retiendrait peut-être l'autre suggestion de son amie, et ferait sans doute un tour au magasin coquin dont elle lui avait parlé. Et, au pire, si cela ne suffisait pas, elle trouverait un autre homme pour se dévergonder un peu. Mais cet homme ne serait pas Ross.

— Alors, on se dégonfle, se moqua-t-il gentiment, visiblement peu disposé à la laisser en paix. Le baiser était déjà plus que tu n'en pouvais supporter ?

— Pas du tout, qu'est-ce que tu vas imaginer ? Simplement, il n'est pas question d'abîmer notre amitié. Vraiment, je n'ai pas envie de prendre ce risque.

— Qui sait si le fait que nous soyons amis ne va pas rendre toute cette expérience encore meilleure ? Je sais exactement ce que tu recherches, et je ne vois pas comment un parfait inconnu pourrait te rendre ce service plus efficacement que quelqu'un qui te connaît aussi bien que moi. Et puis nous pourrions nous donner un cadre précis pour éviter tout dérapage. Des règles du jeu, si tu préfères.

— Des règles du jeu ? répéta-t-elle, étonnée.

De toute évidence, il avait réfléchi à tout cela de manière détaillée…

Ross eut un sourire.

— J'étais sûr que ce point précis te plairait. Ecoute, pourquoi ne passes-tu pas chez moi ce soir pour que nous en discutions ?

— Je ne crois pas que ce soit une bonne idée, déclara-t-elle avec fermeté.

Elle n'en était pas spécialement fière, mais il n'était en effet pas impossible qu'elle soit en train de se dégonfler…

Et alors ? songea-t-elle, convaincue qu'elle faisait le bon choix. Etait-il interdit de se protéger contre les conséquences hasardeuses d'actes qu'elle pouvait très bien éviter de commettre ? Rien ne lui garantissait que cette expérience très particulière ne tournerait pas au désastre… Et elle n'avait aucune envie de prendre ce risque.

— Tu ne sais pas ce que tu rates, lâcha Ross d'un ton plein de sous-entendus.

Kara sentit une sorte de chaleur diffuse lui envahir le ventre en l'entendant prononcer ces mots. Il avait probablement raison : elle passait sans doute à côté d'une belle source de plaisir. Ross avait de l'expérience, il respirait la sensualité et il était son ami, ce qui l'inciterait à se montrer patient avec elle…

Bon sang, où avait-elle la tête ? Il n'en était pas question, point final !

— Je vais être obligée de te croire sur parole, annonça-t-elle avant de quitter la cuisine d'un pas moins assuré que d'habitude.

En sortant du bureau, Kara se dirigea tout droit vers le magasin de lingerie que Tina lui avait si chaudement recommandé.

En franchissant le seuil, elle réalisa que, si la boutique vendait bien des sous-vêtements, les présentoirs débordaient surtout de gadgets en tous genres… mais tous destinés à remplir une seule et même fonction. Le type de gadgets qu'elle n'avait jamais possédés de sa vie, et que, jusqu'à hier soir, elle n'aurait jamais pensé acquérir. Mais c'était ça ou coucher avec son meilleur ami, alors…

Rougissante, elle attrapa sur l'un des rayons une boîte au contenu oblong plus qu'explicite et se dépêcha ensuite de prendre aussi toute une série de gadgets, beaucoup plus innocents : un boa en plumes, de l'huile parfumée pour le corps et un ensemble de culottes — qui se révélèrent être, réalisa-t-elle en s'acheminant vers la caisse, comestibles !

Stupéfaite de son audace, elle paya le tout sans oser regarder la vendeuse et sortit de la boutique sans lever les yeux.

Puis, décidant qu'il fallait qu'elle se détende, elle se dirigea résolument vers le vidéo-club le plus proche. Une fois à l'intérieur, elle choisit le dernier film comique de Woody Allen. Elle sortit en trombe et entra en collision avec un torse puissant. Un léger cri de surprise lui échappa lorsqu'elle reconnut Ross. De saisissement, elle laissa tomber la vidéo qu'elle avait à la main ainsi que le sac contenant les achats effectués au magasin de lingerie. Dont chaque élément se répandit à terre, sous le regard bientôt goguenard de Ross.

Il se pencha pour ramasser le tout et lui agita la boîte rose sous les yeux.

— Je vois que tu t'apprêtais à passer une soirée des plus… agréables, la taquina-t-il.

— Ça ne te regarde pas, bougonna-t-elle, mortifiée.

Rouge écarlate, elle le vit ensuite inspecter la cassette qu'elle venait de sélectionner.

— Le dernier Woody Allen, très bien.

Manifestement, il se retenait d'éclater de rire.

Quelle déveine d'être tombée sur lui à ce moment précis ! songea Kara.

— Ne me dis pas que tu fantasmes sur Woody Allen ?

— Arrête, s'il te plaît, l'implora-t-elle nerveusement.

Il se trouve que j'ai décidé de faire des… expériences, voilà tout. C'est mon droit, non ?

— Ton droit le plus strict, reconnut-il en se mordant la lèvre pour ne pas rire. Mais pourquoi faire des expériences dans ces conditions alors que je te propose mes services — gratuitement, en plus ?

— Je ne…

Honteuse de sa lâcheté, elle se rendit à l'évidence : cette comédie avait assez duré. Si Ross était tellement convaincu qu'il pouvait l'aider, qu'il le prouve.

— Très bien, Monsieur Je-sais-tout. Je t'accorde une chance. Allons chez toi voir si nous pouvons tomber d'accord sur ces fameuses règles du jeu.

En fait, elle ne risquait rien. Au pire, elle saurait ce qu'il avait exactement en tête — ce qui ne l'engageait pas à grand-chose.

A la seconde où ils pénétrèrent dans son appartement, Ross se mit à ranger frénétiquement tout ce qui traînait un peu partout, c'est-à-dire beaucoup de choses : chemises, chaussettes, emballages de pizza, bouteilles de bière…

— Ne te donne pas toute cette peine pour moi, intervint Kara.

Pourtant, elle était secrètement ravie qu'il fasse un effort, pour une fois. Elle était déjà venue très souvent chez lui, mais jamais il n'avait levé le petit doigt pour mettre un peu d'ordre dans le chaos ambiant. La dernière fois, elle avait même dû pousser elle-même un tas de vêtements sales pour pouvoir s'asseoir sur le canapé…

Oui, décidément, cet appartement était à l'image de la

personnalité de Ross : bohème. Ses meubles dépareillés provenaient tous des puces ou de ventes aux enchères d'organismes de charité. Pour sa part, jamais elle n'aurait pu vivre entourée d'objets d'occasion, qui avaient traîné Dieu savait où ! En revanche, elle appréciait beaucoup sa collection de tableaux, de photographies et de sculptures modernes, souvent achetés à des amis artistes sans le sou. Il possédait également de nombreux disques vinyles, surtout du jazz et du rock, aux pochettes elles aussi très décoratives — certaines étaient même accrochées au mur.

Incontestablement, Ross avait du goût. En revanche, en bon adolescent attardé, il était dénué du plus petit penchant pour l'ordre… Baissant les yeux, elle en eut une nouvelle preuve en apercevant les nombreux fils emmêlés d'une console de jeu vidéo installée sous le téléviseur, ainsi qu'une énorme pile de coussins posés à même le sol juste devant l'écran…

— Ça t'ennuie si je remets tout cela en place ? ne put-elle s'empêcher de demander en ramassant les coussins sans même attendre sa réponse et en les replaçant sur le canapé.

— Pas du tout, lança Ross depuis l'autre bout de la pièce. Donne-moi encore une minute et je serai tout à toi, ajouta-t-il avant de repartir dans la cuisine.

« Je serai tout à toi… »

Les mots résonnèrent dans sa tête tandis qu'elle prenait place sur le canapé en essayant désespérément de faire le point.

C'est vrai, elle voulait apprendre à dissocier le sexe des sentiments. Et elle ne pouvait se cacher que Ross lui avait paru très attirant la première fois qu'elle l'avait rencontré. Et elle avait toujours éprouvé une pointe d'envie en songeant aux femmes qu'il mettait dans son lit, convaincue qu'il était un amant hors pair. Enfin, il y avait cet étrange empressement, assez flatteur, qu'il mettait à la convaincre depuis ce matin que le plan de Tina gagnerait à être mis à exécution.

Mais tout même… En dépit de toutes les « règles du jeu » du monde qu'ils allaient établir, elle n'était pas du tout certaine de réussir à franchir le pas avec lui. Ce serait trop… bizarre. Excitant certes, mais dangereux.

Ross reparut, deux bouteilles de bière à la main. Lorsqu'il lui en tendit une, elle la prit d'une main si tremblante — elle n'avait pas réalisé à quel point sa nervosité était grande — que Ross referma ses doigts sur les siens en un geste qui se voulait apaisant. Il s'assit à côté d'elle et la regarda droit dans les yeux, tendrement.

— Ne t'inquiète pas, Kara… Il n'y a vraiment rien à craindre, tu sais.

Ça, elle n'en aurait pas juré, songea-t-elle, évitant de justesse de se perdre dans son regard brun et vert, infiniment troublant…

— Allons-y tout doucement, murmura-t-il d'une voix qui la fit frissonner.

Affolée par ses propres réactions, elle reprit possession de ses mains pour chercher un calepin et un stylo dans son sac à main.

— Parlons un peu de ces fameuses règles, proposa-t-elle pour se raccrocher à quelque chose de rationnel.

Très lentement, Ross lui ôta le carnet des mains.

— Contentons-nous de parler, d'accord ? Nous sommes

amis, non ? Pas besoin de prendre des notes comme s'il s'agissait d'une réunion professionnelle…

Elle ne répondit rien, un peu honteuse. Ross la contempla un moment avant de lui rendre son calepin avec un soupir.

— Bon, j'ai compris. Tu ne serais pas tout à fait toi-même sans ton organisation légendaire.

Soulagée d'avoir un support clair — l'écriture — dans une situation aussi confuse, elle inscrivit en haut de la première page : Sexe avec Ross, règles de conduite.

— Très bien, commença-t-elle avant qu'il puisse dire quoi que ce soit. Règle numéro un : l'amitié passe avant tout.

— Absolument, approuva-t-il. Rien ne doit prendre le pas là-dessus.

Kara inscrivit la première règle, puis, prise d'un doute, fronça les sourcils.

— Mais comment serons-nous sûrs que notre amitié n'est pas en danger ?

— Justement, répliqua Ross comme s'il avait déjà tout prévu. C'est la règle numéro deux : à la minute où l'un d'entre nous sent que quelque chose ne va pas, il le dit et on arrête tout. Et aucune justification ne sera demandée.

Kara prit en note ce qu'il venait de dire en acquiesçant :

— Oui, je pense que c'est une bonne idée.

— Règle numéro trois, poursuivit Ross. Nous devons rester concentrés sur l'objectif à atteindre.

— L'objectif ? répéta-t-elle. Je ne crois pas t'avoir jamais entendu employer ce mot auparavant…

— Disons que, pour une fois, je suis vraiment motivé,

dit-il en lui adressant un clin d'œil. Et cet objectif est que tu apprennes à t'amuser en faisant l'amour.

Kara se sentit subitement comme un rat de laboratoire. Après tout, ils seraient deux à mener cette expérience un peu particulière…

— Mais toi aussi, il faut que tu t'amuses !

— Ne t'inquiète pas pour moi : je t'assure que je m'amuserai aussi.

Il lui jeta un regard suggestif qui la troubla plus qu'elle ne l'aurait voulu. Il fallait absolument qu'elle garde l'esprit clair au moment où ils élaboraient le cadre de cette folie…

— Règle suivante : nos activités communes ne nous empêcheront pas de continuer à fréquenter d'autres personnes, déclara Ross.

Quand elle lui adressa un regard en coin, il haussa les épaules.

— Il y a cette jolie blonde qui travaille chez l'un des clients de l'agence…

— Et bien sûr, il y a aussi Lisa, la charmante jeune femme que tu as rencontrée au bar l'autre soir, ironisa-t-elle. Mais tu ne t'arrêtes donc jamais ?

En réalité, cette dernière règle la tranquillisait plutôt qu'autre chose. Comment pourrait-elle s'attacher à un tel coureur de jupons ?

— Règle numéro cinq, poursuivit-elle dans la foulée, nous devrons nous montrer honnêtes l'un envers l'autre. Pas question de nous mentir par politesse, d'accord ?

— D'accord. J'ajouterais une sixième règle : en cas d'incompatibilité sexuelle, nous n'insistons pas.

Elle s'arrêta soudain d'écrire, un peu vexée.

— Je sais que tu crois que je suis épouvantablement ennuyeuse au lit, commença-t-elle un peu sèchement, mais, si c'est à propos de la culotte de grand-mère que je portais l'autre jour, sache que…

— Du calme, l'interrompit-il en lui souriant gentiment. Je voulais juste dire que faire l'amour, c'est un peu comme danser. Parfois, les rythmes des deux partenaires ne s'accordent pas, c'est tout. Et cela n'a rien de grave, ni d'insultant pour qui que ce soit.

— Si tu le dis, conclut-elle, sceptique.

Mais, après tout, c'était lui l'expert, non ?

— Mais je suis persuadé que nous nous accorderons à merveille, tu sais, la rassura-t-il. Tu es sexy, moi aussi, il n'y a aucune raison que nous ne fassions pas des étincelles ensemble.

Une nouvelle fois, elle se sentit troublée plus que de raison.

— Ross… Tu es absolument sûr que tu pourras respecter la règle numéro un ? demanda-t-elle, un peu inquiète.

— J'en suis plus que sûr. Jamais je ne pourrais survivre à l'agence sans toi. Tu as d'autres questions ? Ou d'autres idées de règles, peut-être ?

Elle prit le temps de la réflexion, buvant une gorgée de bière en cherchant quelle règle fondamentale elle aurait bien pu oublier. Une fois que la liste serait close, il serait trop tard… Subitement, elle eut une illumination.

— Oui, j'ai une autre idée : en cas de besoin, nous pourrons établir toute nouvelle règle qui nous paraîtrait nécessaire. D'un commun accord, bien sûr. Qu'en penses-tu ?

Ross poussa un profond soupir.

— Seigneur ! Dire qu'un instant, j'ai failli oublier que tu étais Madame Management ! Là, franchement, j'ai vraiment l'impression d'être au bureau…

— Il faut savoir se montrer flexible dans la vie. Et pas seulement au bureau. Je pense que cette dernière règle pourra nous servir, argumenta-t-elle sans se laisser démonter.

La vérité, c'est qu'elle avait tellement peur qu'il lui fallait impérativement savoir qu'en cas d'imprévu elle pourrait se protéger à tout moment grâce à une nouvelle règle… Or, avec le peu d'expérience dont elle disposait, elle risquait fort d'être rapidement confrontée à l'imprévu !

Ross eut un sourire coquin.

— Tu as raison, la flexibilité est une chose importante. Par exemple, je connais une jeune femme qui peut cambrer les reins jusqu'à…

— Arrête, je t'en prie ! l'interrompit-elle, affolée. J'espère que tu ne t'attends pas à ce genre de choses avec moi, parce que tu cours au-devant d'une grande déception ! Je n'ai rien d'une contorsionniste, tu sais…

— D'une contorsionniste, peut-être pas, mais tu te sous-estimes sûrement, dit-il d'une voix un peu rauque qui lui noua le ventre. Qui sait si nous n'allons pas libérer la tigresse qui sommeille en toi ?

Elle dissimula l'effet que lui faisaient ses propos en plaisantant.

— La tigresse, je ne sais pas… Mais ce qui est sûr, c'est qu'il faut que je me libère tout court ! Bon, je crois que nous avons fait le tour de la question des règles du jeu, reprit-elle plus sérieusement. Tu veux que je te les relise une dernière fois ?

— Inutile. Je les ai déjà mémorisées. Et tu ne me feras pas croire que ce n'est pas aussi ton cas.

— Très bien, conclut-elle en rangeant son calepin dans son sac, tendue à l'idée qu'ils en avaient terminé avec la partie théorique.

Et cette impression de danger ne fit que s'accroître quand le silence s'installa entre eux. Assis tout près d'elle — trop près — il la regardait avec une intensité chargée de sous-entendus érotiques évidents. Mal à l'aise, elle se pencha pour prendre sa bière sur la table basse, mais, lorsqu'elle voulut la porter à ses lèvres, elle cogna le goulot contre l'émail de ses dents. Seigneur, on n'avait pas idée d'être aussi émotive ! Ross allait vraiment la prendre pour la dernière des gourdes. Comment pouvait-on éprouver du désir pour une fille aussi gauche ?

Au lieu de cela, il lui sourit tendrement en lui prenant la bouteille des mains avant de la reposer sur la table basse. Puis il lui passa un bras autour des épaules en se rapprochant d'elle jusqu'à la toucher. Kara sentit les battements de son cœur s'accélérer.

— Tu sais, murmura-t-il, cette conversation m'a mis dans d'excellentes dispositions. Et si on commençait tout de suite ?

« Tout de suite ? » s'affola-t-elle intérieurement.

Bien sûr, la tombée de la nuit avait plongé la pièce dans une pénombre agréable, propice à l'intimité. Il y avait aussi l'odeur qui émanait de la peau de Ross, une odeur propre et épicée à la fois, très virile, qui aurait séduit n'importe quelle femme. Et puis il y avait son sourire, charmeur à en perdre la tête, et ses grands yeux reflétant une lueur indéfinissable qu'elle ne lui avait jamais vue…

Mais de là à coucher avec lui sur-le-champ, il y avait une distance qu'elle n'était pas sûre de pouvoir franchir ! Soudain au pied du mur, elle réalisa qu'elle n'était pas prête à faire l'amour avec son meilleur ami.

— Ecoute, il commence à se faire tard… Nous pourrions peut-être reporter ça à samedi ?

— « Ne remets pas à demain ce que tu peux faire aujourd'hui », cita-t-il avec assurance. C'est toi, Kara, qui m'as enseigné cette maxime.

— Ne te sers pas de ma conscience professionnelle contre moi, s'il te plaît…

Mais elle devait bien reconnaître qu'il n'avait pas tort. Si elle attendait samedi, elle aurait trois longues journées pour faire grimper son appréhension — et elle n'avait vraiment pas besoin de ça. Il ne fallait pas perdre de vue son intérêt à long terme dans cette affaire : elle devait absolument apprendre à dédramatiser le sexe — son avenir amoureux en dépendait. Franchement, à part Ross, en qui elle avait toute confiance, elle ne voyait pas qui pourrait l'aider à accomplir un tel apprentissage. Alors, puisqu'elle devait le faire, pourquoi pas maintenant ?

— D'accord, finit-elle par acquiescer. Allons-y, si tu crois que c'est le bon moment.

— Seigneur, quel enthousiasme ! railla-t-il.

— Excuse-moi, ce n'est pas ce que je voulais dire, mais… C'est juste que je me sens…

— Nerveuse. Je sais. Attends, je connais un bon moyen pour te détendre.

Elle le vit se saisir d'une télécommande posée sur la table basse et, aussitôt, la voix grave et sensuelle de Barry White s'éleva dans la pièce.

Elle songea immédiatement à la confidence qu'il lui avait faite un jour : la musique du grand chanteur de soul avait le don de faire fondre les femmes. En tout cas, il l'avait constaté à maintes reprises et n'hésitait jamais à se servir de ce petit truc pour créer une ambiance favorable au bon déroulement des événements…

— S'il te plaît, Ross, essaie de ne pas utiliser tes vieilles combines avec moi, le pria-t-elle. D'accord ?

— Désolé, s'excusa-t-il en coupant la musique. J'ai tendance à oublier que tu connais ma vie sentimentale et mes petites habitudes par cœur…

Sans transition, il se pencha vers elle, les yeux gourmands. Kara, soudain palpitante, s'attendait à un baiser identique à celui qu'il lui avait prodigué dans le bar… Mais Ross la prit par surprise. Au lieu de se poser sur ses lèvres, sa bouche se nicha au creux de son cou, lentement, habilement, en petites traînées de baisers qui lui arrachèrent des frissons.

Essayant de ne pas se souvenir du grand principe de Ross selon lequel le cou était l'une des zones les plus érotiques chez la femme, elle se laissa aller aux sensations délicieuses qui se propageaient en elle. Jusqu'au moment où lui revint à la mémoire une scène que Ross avait vécue, et qu'il lui avait racontée le lendemain, hilare : un jour qu'il embrassait précisément au même endroit une jeune beauté, il avait avalé par mégarde un pendentif en or qui s'était détaché de la chaîne qu'elle portait autour du cou…

Incapable de se retenir, elle éclata de rire.

Ross s'immobilisa, interloqué.

— Qu'y a-t-il de si drôle ?

— Désolée, répondit-elle en pouffant de rire. Je viens juste de me souvenir de l'histoire de Lorraine. C'était bien elle dont tu avais mangé le bijou, non ?

— Heu, oui. Mais je ne crois pas que le moment soit bien choisi pour aborder ce genre de sujet… Restons concentrés, d'accord ?

— D'accord. Excuse-moi, dit-elle en gloussant peinant à retrouver son sérieux.

— Bon. Je vois qu'il va falloir employer les grands moyens…

Cette fois-ci, le baiser de Ross prit possession de sa bouche, et elle n'eut plus aucune envie de rire. Rapidement, elle oublia le reste du monde pour savourer le goût de ses lèvres, la chaleur de son corps musclé contre le sien, le contact de ses mains sur ses épaules, le haut de sa poitrine, ses seins… C'était si bon qu'elle en fut toute chamboulée.

— Non… Ne me dis pas que tu portes l'un de ces stupides soutiens-gorge rembourrés, quand même ? demanda-t-il soudain en s'écartant légèrement pour l'interroger du regard.

— Et alors ? Qu'est-ce que ça peut bien faire ? protesta-t-elle en essayant de l'attirer de nouveau vers elle. Du moment qu'il continuait à l'embrasser, elle se fichait bien du reste…

Mais Ross ne se laissa pas faire.

— Tu n'as pas besoin de ce genre d'artifices, tu sais, la sermonna-t-il. Tes seins sont très bien au naturel.

— Ecoute, soupira-t-elle, un peu agacée, le haut que je porte a un décolleté un peu trop plongeant pour que je me passe complètement de ces artifices, comme tu dis. Contente-toi de les ignorer. Tu me déconcentres.

— Très bien, dit-il avant de la reprendre dans ses bras avec une fougue qui la surprit.

Il l'embrassa de nouveau, puis la contempla un instant avec insistance.

— Tu es si belle…

Méfiante, elle fronça les sourcils.

— C'est encore une de tes recettes pour faire succomber les femmes ?

A son tour, il afficha un air étonné.

— Bien sûr que non. Tu es *vraiment* très belle, tu sais. Et, depuis que tu portes des lentilles de contact à la place de tes lunettes, on peut admirer beaucoup mieux le bleu extraordinaire de tes yeux…

— Merci, murmura-t-elle, bouleversée par ses compliments.

Pensait-il vraiment ce qu'il venait de dire ou essayait-il seulement de la flatter pour lui donner confiance en elle dans un moment qu'il savait délicat ? Difficile à dire…

Ross resserra son étreinte autour d'elle.

Elle se laissa de nouveau emporter par son extraordinaire science du baiser. Jamais un homme ne l'avait embrassée comme cela… Malheureusement, un détail l'empêchait de profiter pleinement de la situation : quelque chose était coincé entre sa nuque et le dossier du canapé. Cherchant à se débarrasser de cet objet gênant, elle glissa une main derrière sa tête… pour y dénicher un affriolant string en dentelle rouge.

Eberluée, elle l'agita sous le nez de Ross.

— Il va falloir que tu m'expliques la présence de

ceci… Soit tu as des goûts inhabituels en matière de sous-vêtements, soit l'une de tes conquêtes t'a laissé un petit souvenir.

Elle le vit hausser les épaules avec désinvolture.

— Je suppose que Suzie a dû l'oublier ici.

— Comment a-t-elle pu oublier sa culotte ? demanda Kara, incrédule.

— Ça, ma belle, c'est mon petit secret, se vanta Ross, mi-ironique, mi-sérieux. Je leur tourne tellement la tête qu'elles oublient jusqu'à leur propre nom lorsqu'elles sortent d'ici !

— Oh, je t'en prie ! se moqua-t-elle en levant les yeux au ciel. Tu es peut-être un amant hors pair, mais crois-moi, une femme sait toujours où se trouvent ses sous-vêtements. A mon avis, Suzie a surtout voulu marquer son territoire.

— Franchement, je ne sais pas. Tu sais, Suzie est du genre tête en l'air…

— Je croyais que tu ne sortais plus avec des bimbos sans cervelle ?

Ross eut un petit rire.

— Elle n'a peut-être pas de cervelle, mais elle possède d'autres atouts… Sa langue, par exemple, est…

— C'est bon, l'interrompit Kara, un peu agacée. Epargne-moi les détails. Je n'ai aucune envie de connaître les différents atouts, comme tu dis, de tes nombreuses conquêtes. J'ai l'impression que je ne soutiendrais jamais la comparaison.

Ross lui prit le string rouge des mains et le jeta à l'autre bout de la pièce.

— Tu as entièrement raison. Oublions les autres filles

et leurs vêtements, et préoccupons-nous plutôt de te débarrasser des tiens…

Sur ces mots, il glissa lentement une main sous son chemisier.

La sensation aurait dû être agréable… mais, en dépit de tous ses efforts, elle ne put s'empêcher de glousser et dut s'écarter de lui pour échapper au contact de ses doigts qui la chatouillaient au-delà du supportable.

— Excuse-moi…, dit-elle, hilare. Mais je suis très chatouilleuse à cet endroit !

— Et là ? demanda Ross en la caressant un peu plus bas, autour du nombril.

Kara serra les dents… En vain. Au lieu de se pâmer de plaisir, elle éclata de rire une nouvelle fois.

Ross eut l'air plus affecté qu'elle ne l'aurait cru.

— Tu essaies de me dire que je m'y prends mal, c'est ça ? l'interrogea-t-il d'un ton soupçonneux.

— Pas du tout, protesta-t-elle, navrée. C'est vraiment ma faute… Attends, je vais changer de position. Laisse-moi me mettre au-dessus, ça améliorera peut-être les choses.

— J'aurais dû me douter que tu préférais avoir le dessus, plaisanta Ross tandis qu'elle manœuvrait pour se placer autrement.

Elle ignora la pique et étouffa un petit cri de douleur.

— Aïe ! Ton coude me rentre dans les seins, se plaignit-elle en essayant de trouver une position plus confortable.

Ross, luttant lui aussi pour se dégager, poursuivit sur un ton railleur :

— Je me demande bien comment tu peux sentir quoi

que ce soit avec le gilet de sauvetage qui te tient lieu de soutien-gorge…

— Oh, espèce de…

Elle n'eut pas le temps de finir sa phrase : ils tombèrent tous deux du canapé, déséquilibrés par leurs tentatives infructueuses pour s'y maintenir tout en échangeant leurs places.

Ils roulèrent sur la moquette du salon, hilares, en se chatouillant mutuellement pour se venger l'un de l'autre.

Kara finit par se redresser, et s'assit par terre en luttant pour reprendre son souffle.

— Je crois que nous n'y arriverons pas, déclara-t-elle, partagée entre le soulagement et la déception.

— Mais je commençais à peine à m'amuser ! protesta Ross. Laisse-moi encore une chance, ma belle, proposa-t-il en se penchant vers elle pour l'embrasser de nouveau.

En dépit de toute sa bonne volonté — et du plaisir indéniable qu'elle prenait aux baisers de Ross — Kara ne put empêcher un fou rire de la prendre tout entière.

— Heureusement que je n'ai pas de doute sur mes talents, fit-il remarquer en lui adressant un regard en coin. Parce que, visiblement, ils n'ont aucun effet sur toi…

Kara lui sourit avec douceur. La dernière chose qu'elle souhaitait, c'était de blesser son meilleur ami. Surtout lorsqu'il venait de se dévouer pour une bonne cause !

— Ça n'est pas ce que tu crois, Ross. C'est juste que… Tout cela paraît trop bizarre. Nous sommes trop proches, tu comprends ?

Elle le dévisagea un instant, espérant qu'il comprenait bel et bien. Avec ses cheveux noirs ébouriffés par leur corps à corps et sa moue déçue, il était vraiment très mignon. Très sexy même.

Elle lui caressa la joue et ajouta avec sincérité :

— Tu es vraiment un bon ami, Ross. Merci d'avoir essayé.

— Dommage, grommela-t-il en lui posant une main sur la poitrine. J'aurais adoré savoir ce qui se cachait derrière ce maudit gilet de sauvetage. En tout cas, les baisers étaient réussis, non ?

— Très, acquiesça-t-elle.

En fait, il n'avait sans doute pas idée à quel point elle les avait appréciés… Le souvenir de leur sensualité torride lui monta soudain à la tête. L'espace d'une seconde, elle fut tentée d'effectuer un nouvel essai… Avant de se rendre à l'évidence : pourquoi les mêmes causes ne produiraient-elles pas les mêmes effets ? Dès qu'elle sentirait les mains de Ross sur son corps, elle se remettrait sûrement à rire…

Et puis, règles du jeu ou pas, risquer de gâcher leur belle amitié lui répugnait vraiment. Non, décidément, il valait mieux renoncer. En revanche, Ross l'avait au moins aidée à s'assurer d'une chose : elle avait vraiment besoin d'apprendre à faire l'amour à la légère. Ou du moins sans en faire toute une affaire d'Etat. En goûtant ses merveilleux baisers, elle avait compris qu'on pouvait prendre beaucoup de plaisir sans être amoureuse…

— Il va falloir que je m'y prenne autrement, finit-elle par dire. Que je trouve quelqu'un d'autre pour remplir cette délicate mission. Et je pense qu'un parfait inconnu, avec qui il n'y aura aucun enjeu émotionnel, fera sans doute mieux l'affaire…

— Et comment comptes-tu t'y prendre pour le rencontrer, ce parfait inconnu de rêve ? demanda Ross en levant un sourcil.

— Je ne sais pas encore, mais je pense que je pourrais aller dans un bar, ou quelque chose comme ça.

— Fais attention à toi, ma belle. Ne va pas dans n'importe quel endroit mal famé, d'accord ?

Elle fut très touchée par son attitude protectrice, mais choisit de ne pas le montrer. Mieux valait le laisser en dehors de tout ça.

— Pour qui me prends-tu ? Je ne suis pas folle ! J'essaierai de trouver quelqu'un de bien. Quelqu'un comme toi. Un homme charmant, mais qui n'est pas mon genre. Je ne sais pas, moi, un musicien… ou un homme d'affaires de passage. Ou un pilote d'avion, pourquoi pas ?

— Mais où vas-tu aller ? insista-t-il. Dans quel bar ?

Pour couper court à ses questions, Kara lui donna le premier nom qui lui vint à l'esprit.

— Aucune idée. Peut-être le bar de l'hôtel Hyatt. Il accueille souvent des hommes d'affaires et des pilotes, justement. Mais surtout ne t'inquiète pas pour moi. Je suis une grande fille, tu sais.

— Je sais, répliqua Ross sans la lâcher du regard. Mais promets-moi quand même d'être très prudente, d'accord ? Ne te contente pas du premier venu. N'oublie pas que tu es belle et sexy, alors choisis un type à la hauteur, et prends tes précautions. Surtout utilise un préservatif. Oh, et une dernière chose : laisse tomber le gilet de sauvetage. Tu n'as vraiment pas besoin de ça.

— C'est compris, *papa*, ironisa-t-elle pour ne pas lui

laisser deviner à quel point ses compliments et sa sollicitude la touchaient.

Puis, en se radoucissant un peu :

— Merci pour ton amitié, Ross.

— De rien, ma belle. Mais je suis désolé de ne pas pouvoir être à la fois ton ami et ton parfait inconnu…

— Oui, c'est dommage. Mais c'est la vie, conclut-elle en songeant avec dépit qu'il y avait peu de chances que l'inconnu qu'elle rencontrerait peut-être embrasse aussi bien que Ross…

3.

Ross repéra Kara presque instantanément.

Assise au bar de l'hôtel Hyatt, elle irradiait littéralement de grâce et de sensualité dans une robe noire près du corps au décolleté assez plongeant pour rendre fou n'importe quel homme.

Dans la lumière tamisée des bougies qui éclairaient doucement la salle, la pâleur de son teint et la blondeur de ses cheveux semblaient plus élégantes que jamais. Un maquillage savant — Seigneur, ces lèvres délicatement peintes en rouge sang ! — achevait de la rendre incroyablement attirante.

Il se passa une main dans les cheveux par réflexe, oubliant qu'il les avait soigneusement rabattus vers l'arrière avec du gel. Kara voulait faire l'amour avec un parfait inconnu ? Eh bien, il allait lui donner entière satisfaction.

Le parfait inconnu, ce soir, c'était lui. Ou plus exactement le play-boy sud-américain qu'il était devenu. Ce matin, il avait fait l'acquisition d'une chemise de soie noire et d'un costume en lin crème, avait emprunté une lourde gourmette en or à l'un de ses amis, puis avait révisé ses connaissances en espagnol tout l'après-midi.

Au dernier moment, il avait renoncé à s'affubler d'une fausse moustache, craignant qu'elle ne le gêne pour embrasser. Et puis, si elle se détachait dans un moment inopportun, la magie qu'il voulait instaurer entre eux risquait d'en pâtir…

Pourquoi faisait-il cela, au juste ? s'interrogea-t-il pour la millième fois de la journée. D'abord parce qu'imaginer Kara seule dans un bar, en train de sourire timidement aux hommes alentour en quête d'une aventure lui était tout simplement insupportable. Et s'il lui arrivait quelque chose ? Il ne se le pardonnerait jamais.

Et puis il y avait le souvenir de ce qui s'était passé entre eux la veille. Un souvenir brûlant, troublant, presque sauvage. Prendre Kara dans ses bras — même quand elle s'était mise à glousser — lui avait rappelé l'attirance immédiate qu'il avait éprouvée pour elle lors de leur première rencontre. Une attirance qui renaissait subitement avec une intensité qui l'étonnait lui-même.

Hier, si Kara n'avait pas jeté l'éponge la première, il aurait sauté le pas. Il sentait encore l'odeur suave de sa peau, un mélange de cannelle et de vanille, éprouvait encore le contact de ses lèvres pulpeuses sur les siennes. Toute la nuit, la frustration née de cette étreinte inachevée l'avait empêché de trouver le sommeil. Au matin, il n'avait plus qu'une idée en tête : finir ce qu'ils avaient commencé. Par tous les moyens.

Mais comment faire, puisqu'elle avait manifesté sa préférence pour un parfait inconnu ? Bien sûr, il aurait pu renoncer et lui présenter un type bien de sa connaissance — après avoir menacé le type en question de le tuer s'il lui faisait du mal. Mais au fond, qui était mieux placé que lui pour savoir ce que Kara cherchait vraiment ? Et puis ils s'étaient déjà mis d'accord sur de strictes règles de conduite qui empêcheraient la situation de dégénérer… De son côté, il se faisait confiance pour ne pas dépasser certaines limites. En matière de relations avec les femmes, il savait depuis longtemps dédramatiser. Faire en sorte que tout reste simple. Et surtout très agréable.

Pourvu que Kara comprenne ces arguments, songea-t-il en refusant d'examiner plus avant ses motivations profondes.

Prenant une profonde inspiration, il s'avança lentement vers le bar sans la lâcher des yeux. Belle à damner un saint, Kara, à y regarder de plus près, semblait ce soir un peu nerveuse. Visiblement, elle n'avait pas conscience d'être la femme la plus désirable de tout le bar — peut-être même de toute la ville. Ce qui ne faisait qu'ajouter à son charme… mais la rendait aussi vulnérable par le premier imbécile qui saurait l'aborder en lui adressant un compliment ! Justement, il repéra avec inquiétude l'un de ces dragueurs à la petite semaine qui s'approchait d'elle en la dévorant des yeux. La vulgarité de l'individu faillit lui arracher un grondement. Pas question de laisser Kara dans les griffes d'un type pareil !

Il pressa le pas. Parvenu à quelques mètres d'elle, elle lui parut encore plus sexy. Avec ses jambes nues croisées très haut et ses talons aiguilles interminables, elle avait vraiment tout d'une femme fatale. Assurément, ce soir, elle ne portait pas de culotte de grand-mère, mais plutôt des dessous en dentelle… Cette simple idée faillit lui faire perdre la tête et renforça son désir.

D'un mouvement adroit, il coupa la route au dragueur

de supermarché juste sous le nez de Kara. Et, après avoir lancé un regard sans équivoque à l'inconnu qui n'avait rien de parfait, il se planta devant elle, un sourire charmeur aux lèvres.

— Puis-je me joindre à vous, *señorita* ? demanda-t-il courtoisement en prenant son meilleur accent espagnol.

— Pardon ? répliqua-t-elle, interloquée, avant d'ouvrir les yeux comme des soucoupes. Ross ? Mon Dieu, mais qu'est-ce que tu…

— *Perdoname, señorita,* murmura-t-il, mais je ne suis pas Ross. Mon nom est Miguel. Je viens d'Argentine, et je suis de passage dans votre ville. Mes affaires m'ont conduit ici, où malheureusement je ne connais personne. Je serais très heureux de pouvoir passer un moment en votre compagnie.

Kara n'en croyait pas ses oreilles. Ni ses yeux, d'ailleurs.

Ross était presque méconnaissable. Il avait ramené ses épais cheveux noirs en arrière à l'aide d'un gel fixant, portait un costume clair à la coupe parfaite, qui mettait particulièrement bien en valeur sa carrure virile… et il faisait semblant de ne pas la connaître. Il paraissait très sérieux, ce qui signifiait qu'il ne se moquait pas d'elle.

Soudain, elle comprit. Ross avait tout simplement décidé de devenir le parfait inconnu qu'elle recherchait ! Son cœur fit un bond dans sa poitrine. Quelle merveilleuse attention… De fait, il était vraiment différent du Ross qu'elle fréquentait d'habitude. La tenue et la coiffure qu'il arborait se mariaient parfaitement avec sa peau mate et ses grands yeux noirs, lui donnant une allure plus mûre, plus virile. Plus exotique aussi. En un mot, diablement plus sexy, s'avoua-t-elle en avalant sa salive à grand-peine.

— Je vous en prie, asseyez-vous, proposa-t-elle avec un sourire en entrant dans son jeu.

Tandis que Ross s'exécutait, elle s'interrogea sur les raisons de cette apparition surprise. En tout cas, elle devait avouer qu'elle se sentait incroyablement soulagée… Traîner dans les bars à la recherche d'une aventure n'était pas dans ses habitudes et, juste avant l'arrivée théâtrale de Ross, elle avait vu se diriger vers elle un horrible type qui comptait visiblement venir lui présenter ses hommages… qu'elle aurait sans doute eu toutes les peines du monde à accepter. Oui, vraiment, elle était plus qu'heureuse de voir survenir son meilleur ami. Surtout quand il ressemblait à un séduisant inconnu…

Justement, *son* inconnu se pencha vers elle. Elle nota qu'il avait poussé la sophistication jusqu'à adopter une nouvelle eau de Cologne, plus musquée que celle qu'il portait habituellement… Réprimant un frisson sensuel, elle le regarda droit dans les yeux.

— Puis-je vous poser une question ? s'enquit-il sans se départir de son accent.

— Mais je vous en prie, accepta-t-elle de sa voix la plus charmeuse en se penchant à son tour pour mettre en valeur son décolleté comme Tina le faisait quand elle voulait mettre un homme à genoux.

Toute sa nervosité s'était envolée comme par magie. Si Ross pouvait endosser une identité qui n'était pas la sienne, pourquoi ne pourrait-elle pas faire de même ?

— Comment se fait-il qu'une femme aussi belle que vous se trouve seule ici, ce soir ?

— J'attendais quelqu'un, expliqua-t-elle d'un ton mystérieux, avant de marquer une pause pour faire durer le suspense. Vous.

Elle faillit rire tellement sa réplique lui parut galvaudée, mais elle fut ravie de l'avoir prononcée quand elle vit un large sourire illuminer le visage de Ross. Ou plutôt de Miguel.

— J'en suis très heureux, murmura-t-il en rivant son regard au sien. Puis-je vous offrir quelque chose à boire ?

— J'ai une meilleure idée.

Puis, sans réfléchir davantage, elle fit quelque chose qu'elle n'avait jamais fait auparavant. Mais, ce soir, tout paraissait permis… Elle attrapa le bel inconnu par les revers de sa veste et l'attira contre elle pour l'embrasser avec fougue. Etonnée par sa propre audace, elle se rassura en se disant que cet étranger était en fait son meilleur ami. Puis, rapidement, le plaisir intense du baiser que Ross — ou était-ce Miguel ? — lui rendit au centuple prit le pas sur tout le reste. Une onde de chaleur se propagea dans tout son corps, délicieusement.

Quand ils mirent fin à leur étreinte, elle demanda d'une voix rauque, submergée par un désir fou :

— Y a-t-il un endroit où nous pourrions nous isoler un peu ?

— Bien sûr, *señorita*. Je dispose d'une chambre dans cet hôtel.

— Vraiment ? demanda-t-elle, sidérée.

— Est-ce que tu crois que je plaisanterais dans une

situation pareille ? répondit Ross avec sa voix habituelle.

— Non, en effet, acquiesça-t-elle en souriant. Je n'arrive pas à croire que tu aies fait tout cela pour moi… Tu as même acheté de nouveaux vêtements ! Ils te vont à merveille…

— Je fais tout cela pour nous deux, *señorita*, corrigea-t-il en se fondant de nouveau dans la peau de son personnage. Au fait, comment dois-je vous appeler ?

— Kar… Non, Katherine, se reprit-elle en donnant le premier prénom élégant qui lui traversa l'esprit. Après tout, elle aussi avait le droit de changer d'identité… Maintenant, veuillez me conduire à votre chambre, s'il vous plaît.

— Avec grand plaisir, répondit Ross-Miguel tout sourires en l'aidant à descendre de son tabouret, avant de la prendre par la taille pour l'entraîner vers le hall de l'hôtel.

Kara avait du mal à croire qu'elle s'apprêtait à faire l'amour avec son collègue et ami, celui qui buvait le lait à même la bouteille dans la cuisine de S & S et se promenait pieds nus dans les couloirs de l'agence quand l'envie lui en prenait… Ce même Ross, avec qui elle avait partagé tant de fous rires et de parties de fléchettes, s'était soudain mué en un élégant ressortissant sud-américain dont le regard de braise la faisait littéralement fondre…

Dans l'ascenseur, lovés l'un contre l'autre, ils n'échangèrent pas un mot. Mais elle voyait ses yeux se poser sur elle avec avidité, comme s'il imaginait déjà tout ce qu'il allait faire pour l'amener au paradis. Kara sentit ses sens s'enflammer à la perspective de ce qui allait suivre.

Elle sursauta légèrement quand les portes de la cabine s'ouvrirent au dix-septième étage. Ross-Miguel l'escorta jusqu'à la porte de sa chambre. Mais, avant d'entrer, il la plaqua contre le mur du couloir avec une fougue qui lui coupa le souffle.

— Je n'ai pas la patience d'attendre une minute de plus *para tus... para tus... Cómo se dice ?*

Elle le vit froncer les sourcils, à l'évidence à la recherche du mot « lèvres ».

— *Labios*, chuchota-t-elle.

— Exactement, confirma-t-il avant de l'embrasser intensément, puis d'ouvrir enfin la porte de la chambre.

Ou plutôt de la suite, constata-t-elle en pénétrant dans une pièce immense au luxe si étudié qu'elle craignit immédiatement que le prix en soit beaucoup trop élevé pour Ross.

— Je paierai la moitié de la note, lança-t-elle avant de se rendre compte qu'elle aurait mieux fait de tenir sa langue : une telle proposition risquait de briser la magie du moment.

— Mais, *señorita* Katherine, je suis un homme riche ! protesta Miguel en refermant la porte derrière lui. Et j'aime dépenser mon argent pour faire la joie des êtres qui me sont chers.

— Merci, se contenta-t-elle de répondre, en se souvenant que Ross avait en effet l'habitude d'utiliser son salaire d'une manière bien différente de celle qui était la sienne.

Sans attendre davantage, il la prit dans ses bras et se mit à la caresser à travers la fine étoffe de sa robe moulante, tout en la relevant petit à petit. Puis il se figea un instant, la main sur le haut de sa cuisse.

— Je te rassure, je ne porte pas de culotte de grand-mère, ce soir, lui glissa-t-elle à l'oreille.

— Je m'en doutais, murmura-t-il en retour. Je prenais simplement le temps d'apprécier le contact de ta peau sous mes doigts… Tu es si douce…

Lorsqu'il entreprit de défaire la fermeture Eclair de sa robe, elle s'enhardit :

— Mais, si j'avais su que j'allais te rencontrer ce soir, je n'aurais pas porté de culotte du tout…

Pour toute réponse, Ross poussa un grognement en l'embrassant dans le cou. Puis, ayant baissé la fermeture à glissière jusqu'au bout, il tira doucement sur le tissu, et la robe tomba d'un coup à ses pieds, la laissant presque nue devant lui.

En se préparant pour cette sortie très spéciale, elle ne savait pas si elle allait rencontrer un homme — et encore moins si elle ferait l'amour avec lui. Mais elle avait tout de même revêtu ses plus beaux dessous, selon le principe essentiel qui veut que l'on est sexy parce qu'on *se sent* sexy. Et, en cet instant troublant à l'extrême, elle ne le regrettait pas…

Ross la dévorait littéralement du regard, comme hypnotisé par sa silhouette et par l'ensemble de dentelle noire qu'elle portait. De son côté, elle se sentait étrangement calme, ne craignant pas de s'exposer ainsi, en toute impudeur, devant un homme. D'habitude, elle éprouvait une envie irrépressible de se glisser entre les draps pour ne pas laisser le temps à son partenaire de l'observer de trop près… de peur qu'il ne soit déçu. Mais, ce soir, elle s'offrait en toute sérénité à l'admiration de Ross.

— Tu es si belle, Kara… je veux dire, Katherine, dit-il d'une voix rauque. Sais-tu combien tu es *bellissima* ?

Elle rougit un peu et se contenta de sourire.

— Regarde, ordonna-t-il doucement en l'entraînant devant le grand miroir placé au-dessus d'une magnifique table en marbre rose. Tu vois ce que je vois ?

Embarrassée — cette fois, c'en était trop pour sa timidité naturelle — elle refusa d'abord de se contempler dans le miroir et détourna les yeux. Mais, encouragée par la présence de Ross posté juste derrière elle, ainsi que par les caresses qu'il fit courir sensuellement tout le long de son dos et de ses fesses, elle finit par obéir.

Kara regarda son reflet, ou plutôt l'image de la mystérieuse Katherine, et aima ce qu'elle vit. Ces sous-vêtements noirs à la dentelle délicatement ouvragée mettaient en valeur la pâleur laiteuse de sa peau. Ses cheveux blonds, coiffés avec soin, semblaient receler des paillettes d'or, et ses yeux, qui lui semblèrent plus grands que d'habitude, luisaient d'une excitation qu'elle ne se rappelait pas avoir déjà éprouvée.

Frémissante, elle leva une main vers Ross pour lui caresser la joue, sans cesser de fixer le miroir, ravie du tableau torride qu'ils formaient tous les deux, peau claire contre teint mat, lui en costume élégant et elle presque entièrement dévêtue.

Une décharge de plaisir la parcourut lorsque Ross posa ses larges paumes sur sa poitrine comme pour en prendre possession. Cette fois-ci, l'image devenait proprement érotique… Perdant toute inhibition, elle se frotta contre lui pour flatter l'érection qu'elle sentait tout contre elle. Etouffant un nouveau grondement, Ross fit très lentement glisser les bretelles de son soutien-gorge le long de ses épaules, puis de ses bras, avant de libérer les fruits de chair impatients qu'il protégeait. Elle le regarda faire, éperdue, tout en constatant que leur pointe se dressait sous l'effet du désir qui montait en elle, inexorable.

Le souffle de Ross, dans son oreille, se fit presque sifflant quand il posa enfin les mains sur ses seins. Elle crut devenir folle. Elle devait absolument le toucher, lui aussi. Abandonnant la vision pourtant enivrante du miroir, elle se retourna pour lui faire face et entreprit de défaire fébrilement les boutons de sa chemise.

— Laisse-moi faire, commanda Ross, visiblement incapable d'attendre, en ôtant d'un coup sa chemise par le col.

Electrisée, elle parcourut son large torse du bout des doigts, avant de descendre jusqu'à ses abdominaux à la musculature impressionnante.

— Vous faites beaucoup d'exercice physique en Argentine, on dirait, lança-t-elle sans chercher à dissimuler le trouble intense qui s'emparait d'elle.

— Suffisamment, répondit Ross d'une voix presque étouffée par le plaisir.

D'une main experte, il la débarrassa de sa culotte de dentelle, qui tomba au sol dans un petit froissement soyeux, et elle n'eut plus qu'à faire un pas en avant, encore juchée sur ses vertigineux talons aiguilles, pour être entièrement nue devant lui. Ross marqua un temps d'arrêt, comme frappé de stupeur par cette vision.

— Tu es si..., commença-t-il de sa voix normale

avant de se reprendre. *Dios*, vous êtes si belle, *señorita* Katherine… Vous êtes comme une œuvre d'art.

Tout en parlant, il lui caressa les seins, les hanches et les cuisses, suivant du bout des doigts les courbes de son corps comme s'il voulait les imprimer à jamais dans sa mémoire.

Kara éprouva l'envie de faire de même sur-le-champ.

— A ton tour, maintenant, annonça-t-elle en portant la main à sa braguette, qu'elle ouvrit prestement pour le révéler entièrement nu devant elle.

Elle faillit sourire en découvrant qu'il ne portait pas de caleçon : comme Ross, Miguel appartenait à cette catégorie d'hommes qui ne toléraient aucun retard dans leur quête du plaisir… Mais son envie de sourire céda bientôt la place à une émotion plus profonde, animale et sensuelle à la fois. La vue de l'érection triomphante de Ross offerte à ses regards dans toute la splendeur de sa virilité envoya une délicieuse décharge électrique dans tout son corps.

— C'est pour toi, murmura-t-il doucement. C'est toi qui me fais cet effet-là, ma belle…

Leurs yeux se croisèrent brièvement, et Kara crut défaillir en lisant la fougue du désir dans le regard de Ross. D'un geste qui lui parut le plus naturel du monde, elle prit son sexe rigide dans sa main, lui arrachant au passage un grondement satisfait.

— Tu me rends fou, lâcha-t-il d'une voix enrouée par l'excitation.

— Tu veux dire *loco*, corrigea-t-elle en faisant aller et venir sa main le long de son membre palpitant.

Ross eut un nouveau gémissement, puis glissa sa main entre ses cuisses, à la recherche de sa toison intime. Kara sentit une vague de chaleur divine se répandre dans son bas-ventre.

— Oh oui, touche-moi, implora-t-elle en oubliant toute retenue.

Un doigt, puis deux s'aventurèrent dans les replis humides et brûlants de sa chair, menaçant de lui faire perdre la tête. S'il continuait comme ça, elle ne répondait plus de rien… Jamais de sa vie elle ne s'était sentie prête à jouir aussi vite.

Comme s'il lisait dans ses pensées, Ross retira ses doigts, se baissa et la prit dans ses bras pour la porter jusqu'à la table de marbre installée devant le vaste miroir.

La tête en feu, elle noua ses jambes autour de lui et chercha à l'attirer en elle.

— Doucement, ma belle… Prenons notre temps.

Il la prit par le menton et lui fit légèrement pivoter la tête vers le tableau incroyablement érotique que formait leur reflet.

— Regarde-toi… Regarde-nous, intima-t-il en lui mordillant le lobe de l'oreille.

Elle s'exécuta, haletante. Jamais elle n'aurait osé se délecter de sa propre image dans un moment pareil. Mais aujourd'hui, nue dans les bras du séduisant Miguel, plus rien ne comptait que de jouir de toutes les manières possibles de ce plaisir aigu qu'elle prenait à partager ces instants torrides avec lui…

Dans le miroir, elle vit le visage de Ross se pencher sur sa poitrine et sa bouche se refermer sur la pointe tendue à l'extrême d'un de ses seins. Elle poussa un petit gémissement de volupté et rejeta la tête en arrière.

— C'est bon ? demanda Ross en l'embrassant dans le cou et en lui écartant les cuisses pour mieux se préparer à la pénétrer. Tu aimes ce que je te fais ?

— Oh… C'est tellement… tellement…

Incapable de parler, elle se contenta de l'embrasser en retour, à pleine bouche.

Ross choisit cet instant pour entrer en elle d'un brusque coup de reins qui lui arracha un cri inarticulé.

Lentement, il commença à aller et venir entre ses jambes, la faisant basculer dans un tourbillon de sensations inouïes, dévorantes, dévastatrices.

— Encore… encore…, fut tout ce qu'elle réussit à dire tandis que le plaisir montait en elle par vagues impérieuses.

De temps à autre, elle entrevoyait l'image de leur corps à corps dans le miroir, témoin d'une extase qu'elle n'avait encore jamais ressentie auparavant.

Puis Ross accéléra le rythme de leur étreinte, lui faisant perdre tout sens de la réalité pour l'amener, en une explosion fulgurante, au point culminant de la jouissance. Des spasmes violents la parcoururent des pieds à la tête, et elle cria en atteignant l'orgasme, dont la puissance fut décuplée par les contractions simultanées de celui de Ross.

Lorsque les battements de leurs cœurs se furent un peu calmés, Kara chuchota, encore lovée contre Ross :

— C'était… C'était vraiment incroyable.

— En effet, acquiesça-t-il. En effet, *señorita*.

Elle lui sourit avec tendresse, juste au moment où elle se rendit compte qu'elle venait de faire l'amour avec son meilleur ami. Le corps et l'esprit encore comblés, elle ne put empêcher une bouffée d'inquiétude de l'envahir. Un peu désorientée, elle s'écarta de lui et se remit sur pied.

— Je ferais mieux de partir, annonça-t-elle en lui faisant une bise sur la joue.

Sans lui laisser le temps de répondre, elle ramassa ses affaires éparpillées sur le sol et se précipita dans la salle de bains.

Lorsqu'elle en ressortit, elle aperçut Ross confortablement calé contre les oreillers de l'immense lit qui trônait au centre de la chambre.

— Pourquoi ne resterais-tu pas encore un peu ? proposa-t-il avec un sourire enjôleur. La chambre est à notre disposition jusqu'à demain matin, tu sais…

La tentation de revivre le plaisir rare qu'elle venait d'éprouver l'effleura un instant. Mais elle se rendit presque aussitôt à l'évidence : mieux valait ne pas risquer de dissiper la magie de cette première fois. Comme Cendrillon s'évadant aux douze coups de minuit, elle ferait mieux de filer avant que la réalité ne reprenne le dessus. Elle secoua donc la tête en enfilant ses escarpins.

— Je crois que ce serait trop pour ce soir. Tu m'as donné exactement ce dont j'avais besoin.

— J'en suis très heureux.

— Vraiment, tu as été parfait. Un parfait… inconnu, acheva-t-elle dans un sourire.

Il lui adressa un salut théâtral.

— Je suis ravi de vous avoir satisfaite, *señorita. Adios, que rida mia.*

— *Adios*, Miguel, *mi amor*, répliqua-t-elle en entrant une dernière fois dans son jeu.

Le fait est qu'il était beaucoup plus simple de s'adresser à Miguel — qu'elle ne reverrait jamais, pour la bonne raison qu'il n'existait pas — qu'à Ross, son meilleur ami…

Sur le chemin qui la ramenait chez elle, elle médita longuement sur ce qui venait de se passer. Leur étreinte datait de quelques minutes à peine, et pourtant elle avait déjà un mal fou à croire qu'elle avait couché avec Ross. Surtout de cette façon. Etait-ce vraiment elle qui, entièrement nue devant un vaste miroir, avait crié dans ses bras pour l'encourager à la posséder, encore et encore ?

Jamais elle n'avait fait l'amour de cette manière, si spontanée, si impudique… et si excitante. Mais, avec Ross — ou plutôt avec Miguel —, tout avait semblé si naturel… Qu'y avait-il de mal à tout cela, au fond ?

Elle s'interrogea avec le plus d'honnêteté possible. Etait-elle déjà en train de tomber amoureuse, comme elle était en quelque sorte tentée de le faire chaque fois qu'elle couchait avec un homme ? Eh bien, non. Elle se sentait tout simplement bien, pleine de confiance en elle et très détendue. Ce qu'elle venait de vivre correspondait exactement à ce que Tina lui avait recommandé : une merveilleuse relation physique entre deux adultes consentants. Qui n'avaient pas l'intention d'entamer une histoire d'amour.

Mais que se passerait-il quand elle reverrait Ross au bureau, dès le lendemain matin ? La situation risquait d'être pour le moins étrange. Ou très drôle. Ou très sexy.

Difficile de trancher pour le moment.

4.

— Je n'arrive pas à le croire ! s'exclama Tina après que Kara lui eut raconté les événements de la veille.

Traversant la cuisine de S & S, Kara se resservit une tasse de thé — indispensable, ce matin, puisqu'elle peinait à garder les yeux ouverts après une nuit presque blanche à penser à son beau play-boy argentin…

— Moi non plus, je n'arrive pas à le croire, renchérit-elle en se rasseyant. Ce qui m'ennuie le plus, c'est la perspective de croiser Ross dans les couloirs d'une minute à l'autre… Qu'est-ce que je vais bien pouvoir lui racontrer ? Dire qu'il m'a vue… dans ce genre de circonstances !

Tina fronça les sourcils.

— En train de faire l'amour ? Et alors ? Il n'y a rien de plus naturel ! D'ailleurs, voilà la solution à ton problème : tu n'as qu'à être parfaitement naturelle. Te comporter le plus normalement du monde. Comme si tu avais une double vie — d'ailleurs c'est le cas : hier soir, tu étais une audacieuse inconnue et lui un don Juan sud-américain en voyage d'affaires. Aujourd'hui, vous êtes de nouveau Kara, directrice du marketing un peu coincée, et lui Ross, l'adolescent attardé qui collectionne les bandes dessinées des années 60.

— Je suppose que tu as raison, approuva Kara, assez convaincue. En fait, tu avais raison sur toute la ligne : désormais, je sais qu'on peut passer la nuit avec un homme sans être pour autant amoureuse de lui.

— Alléluia ! se réjouit Tina. Bienvenue au club des grandes filles !

— Tu ne trouves pas que c'est très gentil de la part de Ross d'avoir fait ça pour moi ? ajouta-t-elle.

— Si. Mais je te rappelle qu'il y a également trouvé son compte, d'après ce que tu m'as dit.

Tina la dévisagea un moment, l'air soupçonneux.

— Dis-moi… Tu n'es pas en train de t'emballer de nouveau, au moins ? Aucune rêverie à propos de liste de mariage, hein ?

— Bien sûr que non. C'était juste pour un soir entre nous.

Sauf qu'elle ne cessait pas de revivre ce fameux soir depuis hier… Préférant ne pas s'arrêter trop longtemps sur ce point, elle revint à son sujet de préoccupation immédiat.

— Alors, selon toi, il faut que je me comporte absolument norma…

— Miguel en vue, la prévint Tina à voix basse, les yeux braqués sur le couloir.

— Ross ! s'écria-t-elle — un peu trop fort et avec un enthousiasme un peu forcé — lorsqu'il pénétra dans la cuisine.

— Alors, Kara, tu t'es amusée, hier soir ? s'enquit-il

d'un ton parfaitement neutre en se versant une tasse de café. Tu as rencontré quelqu'un, finalement ?

Un peu déstabilisée, elle finit par répondre :

— Heu… oui.

Lorsqu'il s'approcha d'elle, elle sentit son cœur se mettre à battre un peu plus vite. C'était vraiment ridicule. De quoi avait-elle donc peur ?

— Bonne nouvelle, la félicita-t-il comme si de rien n'était.

Cette fois-ci, elle sentit monter en elle une bouffée de déception mêlée de colère. La soirée qu'ils avaient passée ensemble ne représentait donc rien pour lui ?

— J'espère que tu as obtenu tout ce que tu désirais, poursuivit-il en s'approchant encore jusqu'à lui caresser la joue du bout des doigts.

Ce simple geste la toucha profondément. Elle s'était trompée : leur soirée de passion représentait bel et bien quelque chose pour lui… tout comme c'était le cas pour elle.

— Absolument tout ce que je désirais. Et plus encore.

Tant pis pour Tina, qui ne perdait pas une miette de leur conversation. Après tout, elle savait déjà presque tout sur leur petite aventure…

Tina, justement, se leva en grognant, sans doute agacée par la tournure de sa dernière phrase — peut-être pas assez naturelle et détachée à son goût.

— Sois prudente, dit-elle en pointant un doigt vers elle. Je ne dirai rien d'autre, mais souviens-t-en, conclut-elle avant de les laisser seuls.

— Très bon conseil, chuchota Ross en souriant. Et surprenant, venant de Tina.

— Je sais, répondit-elle en riant. Elle devient très maternelle ces derniers temps.

— Tu vas bien ? demanda Ross en redevenant sérieux.

— Bien sûr. Pourquoi pas ? rétorqua-t-elle en sentant sa bouche s'assécher.

— Je veux dire, tu n'es pas déjà éplorée d'amour pour moi ?

— Eplorée d'amour, moi ? Tu es doué, mais pas à ce point !

— Désolé, mais la modestie n'est pas mon fort, déclara-t-il avec légèreté.

— C'est ce que je constate une nouvelle fois. Mais, tu vois, je n'ai oublié ni mon nom ni… mes sous-vêtements.

Une décharge d'adrénaline la parcourut lorsqu'elle eut terminé sa phrase. Elle se revit, presque dévêtue devant lui, tandis qu'il la débarrassait de sa culotte avec une sensualité qui l'avait fait frémir…

— Je… Ça me fait tout drôle d'en parler avec toi, avoua-t-elle, troublée.

— Je comprends, acquiesça-t-il en se passant une main dans les cheveux. Mais c'est tout aussi difficile de ne pas en parler. Pour être honnête, je n'arrête pas d'y penser.

— Moi non plus. Je n'arrive pas à croire que j'ai fait cela… Que c'était moi qui… qui…

Elle s'interrompit, rougissante.

— Cesse de douter de toi. Tu étais incroyablement sexy, tu sais, dit-il en lui coulant un regard intense. Mais je n'ai pas été surpris. Ça fait longtemps que j'ai remarqué que tu n'as pas conscience du sex-appeal exceptionnel que tu possèdes.

Elle comprit qu'il était sincère. Son compliment lui alla droit au cœur — mais, curieusement, il suscita aussi une autre émotion, moins amicale…

— Merci, Ross. Cette expérience m'a beaucoup apporté. J'ai énormément appris grâce à toi. Merci, vraiment.

— Et tu es sûre que tu ne t'es pas réveillée avec l'envie de me proposer un tiroir dans l'une de tes commodes ? railla-t-il gentiment.

Elle fut soulagée qu'il se mette à plaisanter.

— Arrête, tu es beaucoup trop gamin pour que je te propose jamais une chose pareille !

— Inutile de devenir désagréable, répliqua-t-il en lui adressant un clin d'œil. Je préférais nettement quand tu étais à mes pieds, tu sais…

Elle pouffa.

— Allez, grand dieu du sexe, laisse-moi passer, il faut que je retourne travailler.

En le regardant lui envoyer un baiser du bout des doigts quand elle s'engagea dans le couloir pour regagner son bureau, Kara sentit son soulagement devenir une vraie satisfaction. Ils avaient passé haut la main l'épreuve un peu délicate du lendemain matin. La belle parenthèse de la veille se refermait. Harmonieusement.

Du coup, elle ne s'arrêta qu'un instant dans son bureau et passa ensuite dans celui de Ross, qui devait toujours être dans la cuisine, pour déposer sur sa table de travail un chèque couvrant la moitié des frais de la chambre d'hôtel.

Mais, un peu plus tard dans l'après-midi, lorsqu'elle

revint d'un rendez-vous à l'extérieur, elle trouva sur son propre bureau le chèque soigneusement déchiré, auquel était joint un Post-it sur lequel Ross avait griffonné : « Faites-moi le plaisir d'être mon invitée. Miguel. »

Sans qu'elle comprenne pourquoi au juste, lire ces mots lui coupa les jambes, et elle dut s'asseoir pour ne pas perdre l'équilibre. « Miguel… le beau Miguel… », songea-t-elle avec émotion.

Le soir venu, une fois rentrée chez elle, Kara s'aperçut qu'elle tournait en rond, ne parvenant pas à se détendre comme à l'ordinaire. Elle se sentait… surexcitée. Lire et regarder la télévision l'ennuyèrent assez rapidement.

La vérité était toute simple : Miguel lui manquait déjà. Mais comment savoir si Katherine manquait déjà à Miguel ?

Le cœur battant, mais déterminée à en avoir le cœur net, elle décida qu'il n'y avait qu'un seul moyen de le savoir.

Une heure plus tard, elle franchissait le seuil du bar de l'hôtel Hyatt, vêtue comme la veille de sa plus jolie robe noire, cherchant des yeux un certain play-boy argentin à l'accent fluctuant. Après tout, il ne pouvait rien arriver de grave : si Miguel faisait son apparition, parfait. S'il ne venait pas, personne ne saurait jamais quelle idée ridicule lui était passée par la tête.

Malheureusement, Miguel ne se montra pas. Et, au fond, c'était peut-être mieux ainsi. Comment leur deuxième nuit pourrait-elle être à la hauteur de la première ? La magie de ce qu'ils avaient vécu hier tenait en grande partie à l'effet de surprise. Et Ross avait été assez fin pour s'en rendre compte. Contrairement à elle…

Finalement, quand le pianiste de l'endroit, affublé d'un smoking fatigué, attaqua *Strangers in the night,* elle faillit éclater de rire devant le comique de la situation, et quitta le bar sans se retourner.

Quand Ross fit son entrée au Hyatt, déguisé en Miguel et se sentant complètement idiot, les dernières mesures de la chanson la plus connue de Frank Sinatra se faisaient entendre.

Si c'était un coup d'épée dans l'eau, tant pis. Il voulait juste savoir si Kara — ou plutôt Katherine — avait pensé à la même chose que lui. Ou plutôt si elle avait désiré la même chose que lui. Si ce n'était pas le cas, tant pis. Le souvenir de leur unique nuit ensemble devrait lui suffire.

Se perchant sur un tabouret et commandant un whisky, il attendit, l'œil aux aguets, espérant la voir faire son apparition. Mais, quand le pianiste, ayant épuisé tout son répertoire, entama une seconde fois *Strangers in the night,* il se fit une raison. Katherine ne viendrait pas. Et il avait été complètement stupide de l'espérer.

Elle l'avait dit elle-même : il était doué, mais pas à ce point.

Le lendemain, Kara se rendit au bureau de bon matin. Rien de tel que de se mettre au travail pour oublier le fantasme stupide qu'elle avait cru pouvoir réaliser la veille.

Ross, lui, avait été assez malin pour ne pas tenter de réitérer l'expérience. D'ailleurs, peut-être n'en éprouvait-il aucune envie, lui qui aimait tant les aventures d'un soir…

Au bout de deux heures d'immersion totale dans l'un de ses dossiers les plus épineux, elle avait réussi à ne plus y penser. En revanche, elle mourait de faim, étant partie de chez elle sans prendre le temps de petit-déjeuner. Le moment était venu de faire une pause du côté de la cuisine.

Lorsqu'elle y pénétra, elle eut un petit pincement au cœur. Ross était assis là, en train de siroter tranquillement un café en lisant le journal.

Et en sifflotant un air qu'il lui semblait bien reconnaître…

Quelle étonnante coïncidence !

— Je ne savais pas que tu étais un fan de Frank Sinatra, lança-t-elle d'un ton léger en essayant de dissimuler son trouble.

Ross leva les yeux, l'air surpris, et il lui sembla qu'il rougissait légèrement.

— Pas spécialement, en fait. C'est juste que j'ai entendu cette chanson dans un bar, hier soir, et qu'elle est tellement lancinante qu'elle m'est restée dans la tête depuis…

Un peu étonnée par sa propre réaction, Kara sentit les battements de son cœur s'accélérer.

— Le chanteur ne portait pas un vieux smoking défraîchi, par hasard ?

Ross leva un sourcil.

— Ne me dis pas que tu étais là ?

— Si, avoua-t-elle dans un souffle. J'espérais y croiser quelqu'un de ma connaissance.

Il se leva et s'approcha d'elle, lentement, ce qui n'arrangea rien à l'étrange émotion qu'elle éprouvait.

— Miguel était bien là, tu sais, murmura-t-il. Mais, apparemment, il est arrivé trop tard. *Qué lástima* !

Ses jambes furent sur le point de se dérober sous elle quand elle l'entendit parler espagnol. Et elle dut s'appuyer au réfrigérateur pour conserver son équilibre. Seigneur, mais que lui arrivait-il donc ?

— Veux-tu recommencer ? demanda Ross tout à trac, en la regardant droit dans les yeux.

— Crois-tu que ce soit une bonne idée ?

— Juste pour le sexe. Pour s'amuser. Nous sommes bien d'accord sur ce point ?

— Oui, bafouilla-t-elle, subitement gênée. Peut-être as-tu encore des… des choses à m'apprendre.

— Absolument, confirma-t-il avec un sourire coquin. Je suis sûr que le Grand Maître peut encore enseigner beaucoup de choses à son jeune disciple.

— Je vois. Sauf que je ne savais pas que le sexe était un art martial, répliqua-t-elle.

— Pourquoi crois-tu que les guerriers Chou Lin sont toujours aussi détendus et maîtres d'eux-mêmes ?

Kara se détendit à son tour. Voilà qui était parfait. S'ils arrivaient à blaguer comme à leur habitude sur un tel sujet, les choses ne pourraient pas mal tourner…

Mais, à cet instant précis, elle vit Ross se pencher vers elle. De toute évidence pour l'embrasser…

Elle recula précipitamment, un peu affolée.

— Mauvaise idée. Pas ici.

Ici, au bureau, ils étaient Kara et Ross, simples collègues de travail, et non la mystérieuse Katherine et le ténébreux Miguel…

— Ce soir, alors, décréta-t-il avec son délicieux accent espagnol de play-boy argentin. Miguel est toujours en ville, et il se damnerait pour une nouvelle soirée avec Katherine.

Luttant pour calmer son excitation, Kara ouvrit la bouche pour répondre, mais pas un son n'en sortit.

— Qu'est-ce que vous avez, tous les deux ? demanda Bob, le chef informaticien, en faisant irruption dans la cuisine et en les inspectant d'un œil intrigué.

Evidemment, ils se faisaient face en silence, distants d'à peine quelques centimètres… Et, si elle ressentait si fort la tension sexuelle qui régnait entre eux, il n'y avait aucune raison pour que les autres ne la perçoivent pas. Il fallait se reprendre, et vite ! Pas question que tout le bureau soit au courant de leurs frasques intimes !

— Nous pratiquons la méditation transcendantale, annonça Ross avec le plus grand sérieux. Bref, rien qui te concerne, mon vieux.

— A propos de ce qui me concerne, reprit Bob en fouillant dans le placard à la recherche d'un sachet de thé, tu te souviens que tu as promis de me conduire à l'aéroport, ce soir ?

Ross se tapa le front et esquissa une grimace dépitée à l'attention de Kara. Visiblement, il avait complètement oublié qu'il n'était pas libre ce soir…

— Bien sûr, l'aéroport, dit-il à voix haute.

« Ce n'est pas grave, articula-t-elle en silence, une autre fois ».

— Demain, dans ce cas, déclara Ross.

Elle hocha la tête.

— Demain quoi ? demanda Bob. C'est ce soir que je prends l'avion, nom d'un chien !

— Bien sûr, bien sûr. Où avais-je la tête ? affecta de s'excuser Ross. Compte sur moi, mon vieux.

Bob lui tapota l'épaule en signe de remerciement et sortit, une tasse de thé à la main.

Kara vit deux grands yeux sombres se river aux siens. Un ange — ou était-ce un démon tentateur ? — passa dans la pièce, avant qu'elle ne réussisse à acquiescer :

— Demain soir, donc.

Sur ces mots, elle quitta la cuisine, l'esprit en feu.

Une fois dans son bureau, elle eut toutes les peines du monde à se concentrer sur son travail.

Une chose était sûre, cependant : elle avait un nouveau rendez-vous avec le beau Miguel. Et pas plus tard que demain soir.

Enfin, pas plus tard... Si elle voulait être parfaitement honnête avec elle-même, le temps allait lui paraître terriblement long.

Une heure plus tard, alors qu'elle essayait désespérément d'avancer sur ses dossiers, Tina fit irruption dans son bureau et referma vivement la porte derrière elle.

— Alors, ces retrouvailles ? demanda-t-elle d'un ton complice.

Kara chercha ses mots avec soin.

— Eh bien... Disons que Miguel et moi sommes convenus d'un autre rendez-vous.

— Non ? s'écria son amie, surexcitée. Quand ça ?

— Demain. Ce soir, il n'est pas libre : il doit accompagner Bob à l'aéroport.

— Oh… C'est vraiment génial ! Raconte-moi tout !

Kara lui fit le récit de leur chassé-croisé de la veille, au bar de l'hôtel Hyatt.

— Mon Dieu, s'exclama Tina. Comme c'est charmant… Et surtout diablement érotique ! Alors, qu'avez-vous prévu de faire cette fois-ci, bande de coquins ?

— Nous n'en avons pas encore parlé. La même chose que mercredi, je suppose. Sauf que, cette fois-ci, je tiens absolument à payer la chambre d'hôtel !

Tina réfléchit un instant, puis déclara :

— Vous n'allez tout de même pas suivre le même scénario deux fois de suite… Ce serait indigne de vous, mes chéris. Et en plus, vous risquez d'être un peu déçus du résultat… La nouveauté est un puissant aphrodisiaque, tu sais.

— Mais alors quoi d'autre ? demanda-t-elle ingénument.

Il n'était pas dans ses habitudes d'élaborer des scénarios érotiques…

— Attends, laisse-moi réfléchir… Tu dis que Ross doit aller à l'aéroport ce soir, c'est bien ça ?

— Oui, soupira-t-elle, dépitée. Et c'est bien dommage.

Le visage de Tina s'illumina tout à coup.

— Au contraire ! Je crois que j'ai exactement ce qu'il te faut ! L'idée du siècle, et même le costume qui va avec. Suis-moi dans mon bureau, je vais tout t'expliquer…

*
* *

En début de soirée, à peine arrivé devant le terminal sud de l'aéroport, Ross sortit de la camionnette de Bob pour l'aider à prendre sa valise dans le coffre.

Il se flattait, en toutes circonstances, d'être un ami fiable et généreux. Et ce soir ne faisait pas exception à la règle, même si Bob n'était pas à proprement parler un ami — plutôt un simple collègue avec qui il entretenait de bons rapports. Même si, surtout, tenir la promesse qu'il lui avait faite de l'accompagner ici le privait de l'une des expériences les plus érotiques de sa vie…

— Merci, mon pote, lança Bob en lui donnant une petite tape amicale sur l'épaule. Je te laisse la camionnette. Surtout n'hésite pas à t'en servir en cas de besoin. Mais n'oublie pas que je reviens dimanche soir…

— Ne t'inquiète pas. Je serai là.

— Merci encore, répéta Bob en s'éloignant vers les portes automatiques du terminal.

Ross le regarda distraitement se fondre dans la foule qui se pressait devant le hall des départs. Quand, soudain, ses yeux se posèrent sur un visage qui ne lui était pas inconnu. Celui, à en juger par la tenue qu'elle portait, d'une ravissante hôtesse de l'air. Pourtant, il était bien sûr de n'en compter aucune parmi ses conquêtes…

La jeune femme lui adressa un sourire hésitant.

Sidéré, il reconnut Kara. Non, c'était impossible ! Bon sang, à force de penser à leur soirée manquée, voilà qu'il commençait à avoir des hallucinations !

Il faillit se pincer pour s'assurer qu'il ne rêvait pas, mais il dut se rendre à l'évidence : il s'agissait bien d'elle.

Vêtue d'un uniforme bleu composé d'une jupe droite et d'une petite veste cintrée, elle s'avança vers lui comme dans un rêve.

— Bonjour, monsieur, dit-elle sans cesser de sourire, d'une voix où perçait cependant un peu de nervosité.

Ça, c'était bien Kara ! Timide et déterminée à la fois. Elle avait sans doute dû prendre sur elle pour mettre sur pied cette nouvelle rencontre imprévue.

— Monsieur ? s'étonna-t-il en l'observant avec acuité, curieux de savoir ce qu'elle avait en tête.

Sans se démonter, elle poursuivit son discours avec un professionnalisme étudié :

— Si vous voulez bien me suivre… Avant que les autres passagers ne montent à bord de l'avion, j'aimerais avoir le plaisir de vous offrir quelque chose… Un café, un thé… ou autre chose qui puisse vous plaire.

— L'avion ? répéta-t-il, abasourdi, incapable de se remettre de sa surprise. Même si c'était une très agréable surprise…

— Ayez la bonté de me suivre, se contenta-t-elle de répondre en le regardant droit dans les yeux d'un air plus que suggestif.

Ross sentit son désir monter d'un cran. Visiblement, elle ne portait rien sous sa veste, pas même le chemisier réglementaire des hôtesses… Dieu seul savait ce qu'elle avait imaginé pour la suite ! En tout cas, il brûlait de le savoir…

— Où me conduisez-vous ? demanda-t-il en l'attirant vers lui, incapable de résister.

Kara se passa la langue sur les lèvres dans un geste qui faillit avoir raison du peu de sang-froid qui lui restait.

— Au septième ciel, annonça-t-elle d'une voix rauque.

Ross sentit une chaleur incontrôlable envahir son bas-ventre.

— J'ai toujours eu envie d'y faire un tour, répondit-il du tac au tac, en caressant les courbes affolantes de ses hanches.

Frémissante, Kara recula d'un pas comme si elle craignait elle aussi de perdre la maîtrise d'elle-même.

— Après avoir garé votre véhicule, rejoignez-moi au comptoir de ma compagnie, la Desert Air, pour un embarquement immédiat...

— Comptez sur moi, mademoiselle, je vous rejoins dans une minute.

Il la regarda onduler dans sa jupe droite, perchée sur de hauts talons qui accentuaient encore la cambrure de ses reins, jusqu'aux portes automatiques du hall des départs.

Fou de désir, il sauta dans la camionnette de Bob à la vitesse de l'éclair et dut lutter pour ne pas écraser l'accélérateur sur le chemin du parking.

Il se gara si précipitamment qu'il manqua percuter le plot de béton marquant les limites de la place. Une fois sur le chemin du terminal de l'aéroport, son érection persistante l'obligea à marcher moins vite qu'il ne l'aurait souhaité, mais il parvint enfin au comptoir de Desert Air, devant lequel l'attendait une Kara aux yeux brillant d'impatience.

Il la suivit sans un mot jusqu'au tarmac en se demandant comment elle avait bien pu obtenir cet uniforme — et surtout l'autorisation de circuler librement dans des zones normalement interdites au public. Bien sûr, il savait que Desert Air était l'un des plus gros clients de l'agence S & S. Et il savait aussi que, quand Kara avait une idée en tête, il était difficile de l'empêcher de la concrétiser…

Mais, lorsqu'elle s'arrêta devant un véritable avion immobilisé dans un hangar isolé en bout de piste — sans doute l'un de ceux qu'on utilisait pour les stages de désensibilisation destinés aux voyageurs phobiques de l'avion —, il ne put s'empêcher d'admirer sa débrouillardise. Et surtout de vibrer à l'idée de ce qui l'attendait…

Il y avait bien quelques ouvriers dans le hangar, mais ils semblaient tous occupés sur un autre avion situé assez loin du leur. Et personne ne sembla s'étonner de voir une hôtesse gravir les marches de la passerelle d'embarquement en compagnie d'un passager. En fait, personne ne prêta attention à eux… Rassuré par la perspective de ne pas être interpellé par la police de l'air, il suivit Kara dans l'escalier menant à bord en admirant la courbe de ses fesses magnifiquement moulées par le très seyant uniforme qu'elle portait.

Il se retint in extremis de poser la main sur elle en dépit du désir brûlant qui le démangeait. Mais Kara devait avoir un scénario en tête, et il préférait le respecter. Et puis rien ne valait le plaisir de découvrir ce qu'elle avait imaginé au fur et à mesure…

Parvenue à l'entrée de l'appareil, Kara se retourna vers lui, un délicieux sourire aux lèvres.

— Bienvenue à bord, monsieur… ?

— Migu… Mike. Appelez-moi Mike.

Mieux valait choisir un nouveau personnage pour accentuer un peu plus le plaisir d'entrer dans un monde de fantasmes encore inexplorés… Kara elle-même n'avait-elle pas endossé une nouvelle identité, celle d'une hôtesse de l'air visiblement peu farouche et incroyablement désirable ?

— Très bien Mike, poursuivit-elle de la même voix suave en lui faisant signe de la suivre. Nous vous avons réservé un siège en première classe.

Il s'installa docilement dans le large fauteuil en cuir qu'elle lui désigna, dont elle releva l'accoudoir pour former une banquette avec le siège attenant.

— Laissez-moi vous aider à vous mettre à l'aise, Mike, dit-elle en se penchant pour incliner son dossier, révélant du même coup un décolleté plongeant qui lui arracha un gémissement que Kara feignit de ne pas entendre. Il ne s'était pas trompé : de toute évidence, elle ne portait pas de chemisier — ni même de soutien-gorge, d'ailleurs…

— Voilà qui est mieux, n'est-ce pas ? demanda-t-elle en se redressant.

Il la vit rougir, comme si elle prenait subitement conscience de l'audace qu'elle allait devoir déployer pour passer à l'étape suivante du scénario qu'elle avait concocté.

— Ne trouvez-vous pas que l'on se sent facilement seul, lorsqu'on voyage en avion pour ses affaires, monsieur ? reprit-elle d'une voix un peu fébrile. Mais, lorsque deux étrangers se rencontrent pendant un vol, une alchimie presque magique peut très facilement se créer entre eux… Qu'en pensez-vous ?

Même au milieu de son excitation, Ross comprit qu'elle se sentait nerveuse. C'était sans doute la première fois qu'elle prenait en main l'organisation d'une petite mise en scène érotique pour un homme et, s'il la trouvait parfaitement à la hauteur, il eut soudain envie de faire un geste pour l'aider à se détendre... Une envie qui l'obsédait littéralement depuis qu'il l'avait aperçue devant l'aéroport dans son uniforme d'hôtesse de l'air...

Kara tressaillit quand il passa une main sous sa jupe et qu'il commença à caresser la peau satinée de ses jambes. Il remonta peu à peu, sentant sa bouche s'assécher sous l'effet du désir. De son côté, Kara émit un profond soupir, qui se mua aussitôt en gémissement incontrôlable.

— Ce... Ce n'est pas ce que j'avais prévu, bredouilla-t-elle en s'appuyant contre le dossier de son siège comme si elle avait du mal à garder son équilibre. Tu es le passager et moi, l'hôtesse... C'est à moi de m'occuper de toi, pas le contraire...

— Oh, ne t'inquiète pas, tu t'occupes très bien de moi en cet instant, répliqua-t-il en rivant son regard au sien. Tu me permets d'apprendre enfin quelque chose que je cherche à savoir depuis des années : ce que vous autres charmantes hôtesses cachez sous la jupe serrée de votre uniforme...

Sur ces mots, il nicha ses doigts à l'endroit précis où ses cuisses se rejoignaient, pour découvrir, grisé, qu'elle ne portait en fait absolument aucun sous-vêtement...

Kara jeta un petit cri et cambra les reins pour mieux se prêter à ses attouchements intimes.

— Chut... Tu ne voudrais tout de même pas que les autres passagers se rendent compte que je suis en train de te caresser ?

Malgré son trouble manifeste, elle trouva la force d'entrer dans son jeu et d'acquiescer en faisant mine de jeter un regard alentour, comme pour s'assurer que personne ne remarquait ce qu'ils faisaient.

Ross sentit un violent flux d'excitation le submerger. Son sexe était si dur qu'il en devenait presque douloureux. Mais il était résolu à ne pas se préoccuper de lui-même avant d'avoir amené sa belle hôtesse au septième ciel, et d'avoir vu les traits de son visage bouleversés par la jouissance…

Sans hâte, il commença à aller et venir tout contre les replis humides de son sexe, jouant à en suivre les contours jusqu'à entendre sa respiration s'accélérer en cadence. Alors il introduisit un doigt en elle, puis deux, et comprit à la manière dont Kara s'agrippa à son siège qu'il avait touché juste.

Il la vit se mettre à trembler lorsque son pouce se posa sur son clitoris pour y imprimer de petits cercles concentriques, tandis qu'il continuait à la pénétrer d'un geste expert à l'aide de son index.

— Oh… mon Dieu… mon Dieu…, balbutia Kara en rejetant la tête en arrière.

— Attention, ma belle, les autres passagers vont se douter de quelque chose…

— Mais, Ross… je veux dire, Mike…, protesta-t-elle sans parvenir à achever sa phrase.

L'entendre prononcer son nom déclencha un signal d'alarme dans la tête de Ross. L'idée qu'elle pense à lui — et non à son double fantasmatique — dans un moment pareil lui parut un peu dangereuse. D'ailleurs, lui aussi ferait mieux de ne pas la considérer comme la Kara qu'il connaissait si bien…

— Dites-moi votre nom, bel ange descendu du ciel.

— Je… je m'appelle… Angela, annonça-t-elle, incapable d'en dire plus.

— Ravi de faire votre connaissance, Angela. Maintenant voyons si nous pouvons vous faire atteindre le septième ciel…

— C'est… déjà presque le cas, monsieur, murmura-t-elle en attirant sa tête tout contre elle.

Enivré par le contact de sa poitrine, il y enfouit son visage, s'aidant de sa main libre pour défaire les premiers boutons de sa veste et mordiller la pointe de ses seins, l'une après l'autre.

— Oh… oh…, gémit Kara en s'arc-boutant sous ses doigts qui s'activaient de plus en plus vite entre ses cuisses.

Ross crut qu'il allait exploser. Jamais il n'avait contemplé un spectacle si érotique : une jeune « hôtesse » pleine de sex-appeal debout devant lui, tentant maladroitement de retenir ses cris de plaisir tandis qu'il la caressait…

Soudain, il vit Kara se mordre la lèvre inférieure et ses pupilles se dilater sous l'effet du plaisir. Il la contempla, bouleversé, tandis qu'elle atteignait le point culminant de la jouissance.

Au bout de quelques secondes, elle se détendit, comblée, et lui passa une main dans les cheveux.

— Seigneur ! dit-elle d'une voix essoufflée. C'était si bon… Jamais je n'ai éprouvé de pareilles sensations.

Il lui sourit en la serrant contre lui :

— Je suis heureux que vous ayez trouvé le chemin du septième ciel grâce à moi, mademoiselle.

*
* *

Les jambes en coton, l'esprit en feu, Kara dut s'asseoir un moment sur les genoux de Ross.

Elle ne lui avait pas menti : jamais elle n'avait pris autant de plaisir aux caresses d'un homme. Sauf que ces attouchements exquis lui avaient fait perdre la tête, et surtout le fil du plan qu'elle avait prévu de suivre ! Dans son scénario, Ross était un voyageur solitaire qui n'avait pas connu de femme depuis des mois, et elle une sorte de geisha des airs qui l'aurait consolé de sa solitude par tous les moyens…

Et voilà qu'il avait inversé les rôles et qu'elle n'avait pas eu un geste pour lui…

— Dire que j'avais l'intention de me mettre entièrement à ton service, se lamenta-t-elle d'un ton dépité.

— Honneur aux femmes, la taquina-t-il en déposant un rapide baiser sur ses lèvres.

— A ton tour, maintenant, déclara-t-elle, bien décidée à lui donner autant de plaisir qu'elle venait d'en recevoir.

Se redressant un peu, elle se plaça à califourchon sur lui, les jambes légèrement écartées.

Les yeux de Ross étincelèrent d'une lueur malicieuse.

— Mais, mademoiselle… Que vont penser les autres passagers s'ils vous voient me chevaucher de la sorte ?

— Que vous avez bien de la chance, monsieur, dit-elle en baissant lentement la fermeture Eclair de son jean.

D'un geste qu'elle voulait assuré — l'assurance était capitale pour la réussite de son plan —, elle libéra son sexe et fit mine de se désoler :

— Oh, je vois que vous avez besoin d'aide, monsieur… Vous savez, les hôtesses sont très bien formées aux soins de première urgence. Je vais voir ce que je peux faire pour vous soulager…

— Je vous donne carte blanche, mademoiselle, susurra-t-il entre ses dents, visiblement au comble de l'excitation.

Sans attendre davantage, elle surélevа un peu ses hanches puis se rassit sur lui, très lentement, pour l'accueillir au plus profond de son intimité.

Ross eut l'air d'éprouver un bonheur indicible. Il posa ses mains sur sa poitrine et se mit à la masser en la regardant dans les yeux tandis qu'elle entamait la chevauchée qui les enverrait tous deux au septième ciel…

Des ondes de plaisir pur la parcoururent de la tête aux pieds. Avant de perdre tout sens de la réalité, elle eut le temps de s'étonner de ne pas éprouver les doutes qui l'assaillaient d'habitude quand elle prenait des initiatives de ce genre avec un homme… « Vais-je trop vite ? Trop lentement ? Et si je lui faisais mal ? »

Aujourd'hui, rien de tout cela. Le plaisir qu'elle voyait s'inscrire sur les traits de Ross parlait de lui-même. Et celui qu'elle sentait de nouveau croître en elle ne faisait que confirmer cette intuition… Ce plaisir-là était trop intense pour être à sens unique.

— Vous êtes extrêmement douée, mademoiselle, murmura Ross avant de l'embrasser avec fougue.

— Merci, monsieur. Nous… nous essayons toujours de prendre un soin tout particulier de nos pass… passagers de première classe, réussit-elle à articuler pendant que d'incroyables éclairs de volupté la traversaient.

Très vite, la jouissance s'empara d'elle une seconde fois. Emportée par un tourbillon de sensations, elle se sentit chavirer dans un autre monde et cria de toutes ses forces, incapable de se retenir. Au même moment, Ross fut pris lui aussi de spasmes d'une violence extrême, et il jouit en poussant un grognement sourd.

Elle se laissa ensuite aller contre lui, attendant que les battements désordonnés de son cœur retrouvent un rythme normal à l'unisson des siens.

— Bon sang, c'était vraiment incroyable, lui confia Ross au creux de l'oreille.

— Je suis contente que tu aies apprécié.

Elle était plus que sincère. Jusqu'au dernier moment, elle avait craint que son scénario tombe à plat, qu'ils se sentent ridicules dans leurs rôles, mais il n'en avait rien été. Bien au contraire.

La réalisation de ce fantasme s'était révélée très différente de celui incluant les personnages de Miguel et Katherine, mais elle n'avait pas été moins réussie. Ni moins délicieuse…

— Je n'avais pas envie d'attendre jusqu'à samedi soir… Alors, puisque tu devais absolument aller à l'aéroport, j'ai décidé de m'y rendre moi aussi… Et quoi de plus normal, au fond, pour une hôtesse de l'air ? conclut-elle en souriant.

— Quelle merveilleuse idée… Je reconnais bien là ton légendaire sens du devoir et de l'organisation. Evidemment, au bureau, cela me fatigue parfois, plaisanta-t-il comme de coutume quand ils abordaient ce sujet, mais dans des cas comme celui-ci, je dois reconnaître que ce sont des qualités appréciables…

Kara sentit une pointe de malaise s'immiscer en elle. En un clin d'œil, en l'entendant parler de leur vie à l'agence, l'audacieuse Angela et le séduisant Mike avaient laissé place aux bons vieux Kara et Ross…

Prenant dangereusement conscience qu'elle était encore assise à califourchon sur son meilleur ami — et qui plus est, sans culotte — elle se releva sur-le-champ et s'éloigna du fauteuil de Ross pour remettre un peu d'ordre dans sa tenue.

Tandis qu'il se rhabillait, Ross l'interrogea sur les détails de son scénario :

— Au fait, comment as-tu fait pour te procurer cet uniforme ?

En s'affairant sur les boutons de sa veste, elle s'efforça de prendre un ton neutre malgré l'étrangeté soudaine de la situation.

— Tu sais que Desert Air est l'un de nos meilleurs clients… Il se trouve que Tina avait une de leurs panoplies d'hôtesse dans le placard de son bureau. Je crois qu'ils le lui avaient donné au moment de la dernière campagne que nous avons organisée pour eux… Ensuite, j'ai passé quelques coups de fil aux responsables en demandant un libre accès à leurs locaux aéroportuaires, soi-disant parce que nous avions besoin de faire des observations sur le terrain pour leur prochaine campagne.

Ross lui adressa une œillade pleine de sous-entendus.

— Ça, je dois dire qu'en fait d'observations sur le terrain, nous avons rempli notre mission… L'agence serait très fière de notre conscience professionnelle !

Kara se sentit de nouveau un peu gênée à l'idée qu'ils

retrouvent aussi rapidement leurs véritables identités. D'autant qu'après un tel ouragan érotique, elle devait lutter pour maîtriser les frissons exquis qui parcouraient encore tout son corps et qu'elle avait — en dépit des apparences qu'elle tentait de préserver — toutes les peines du monde à entretenir une conversation digne de ce nom…

Mieux valait, pour quelques instants encore, se comporter comme Angela l'aurait fait… Et mettre un point final à la réalisation de ce fantasme avant de rentrer chez elle et de reprendre une vie normale.

Une fois que Ross et elle eurent retrouvé une apparence décente, elle se pencha une dernière fois vers lui avec un sourire de circonstance.

— Merci d'avoir choisi notre compagnie, monsieur. Nous espérons vous revoir très bientôt sur Desert Air. Passez une bonne journée à Phoenix, Mike.

Ross comprit où elle voulait en venir et se leva pour rejoindre la porte de l'appareil où elle l'escorta, le cœur battant encore un peu trop vite.

— Merci à vous, charmante Angela. Je vous promets de ne plus jamais emprunter les avions de l'un de vos compagnies concurrentes, lâcha-t-il d'une voix douce. Vous m'avez converti à tout jamais. Je connais désormais le chemin qui mène au septième ciel.

Sur ces mots, il lui donna une petite tape sur les fesses et descendit de l'avion d'un pas nonchalant.

Kara le regarda s'éloigner et traverser le hangar un sourire béat aux lèvres. Prenant une profonde inspiration de l'air frais qui circulait dans l'entrepôt largement ouvert sur l'extérieur, elle se sentit formidablement bien.

Au loin, elle aperçut un appareil qui prenait son envol

entre les marquages lumineux de la piste de décollage. Depuis toujours, elle adorait les aéroports. Mais elle savait que, désormais, elle ne les verrait plus jamais du même œil…

A cet instant, elle chercha de nouveau Ross du regard. Depuis l'autre extrémité du hangar, il lui adressa un baiser du bout des doigts avant de disparaître. Quelque chose lui noua soudain l'estomac. Ils n'avaient absolument pas discuté de ce qui venait de se produire — ou plutôt de se reproduire —, et elle se demanda ce que cela signifiait pour lui. Considérait-il que cette seconde étreinte serait la dernière ? Certainement, puisqu'il n'avait pas été question de renouveler l'expérience.

Sa raison lui disait qu'il en allait très bien ainsi. Elle était allée au bout de sa quête de sensations fortes hors de toute relation amoureuse.

Mais, si elle était honnête envers elle-même, elle savait bien que son corps, lui, encore ébloui par ce qu'il venait de vivre, n'était pas du tout du même avis…

5.

Le lendemain matin, avant de se mettre au travail, Kara se faufila dans le bureau de Ross, à peu près certaine de ne pas l'y trouver à cette heure-ci, puisqu'il arrivait toujours bien après elle.

Sans pouvoir se retenir de sourire, elle posa sur sa table un petit avion en plastique aux couleurs de la compagnie Desert Air — de ceux que les hôtesses ont l'habitude d'offrir aux enfants voyageant seuls pour qu'ils puissent jouer pendant le vol.

Elle y joignit le petit mot qu'elle avait préparé, puis s'apprêta à tourner les talons quand elle se retrouva nez à nez avec Ross.

Zut ! Il était bien matinal aujourd'hui, songea-t-elle en rougissant légèrement.

Après lui avoir adressé un sourire, Ross se pencha pour voir ce qu'elle venait de déposer sur son bureau et lut le petit mot à voix haute :

— « Voler toujours plus haut. Angela. » Quel excellent slogan et surtout quel excellent conseil !

Il lui coula un regard brûlant.

— Tu sais, j'ai passé toute la nuit à penser à l'uniforme que tu portais hier soir… et surtout à ce qu'il y avait dedans.

— Vraiment ?

Elle essaya de ne pas paraître trop enthousiaste, mais elle se sentit soulagée de savoir qu'elle n'était pas la seule à fantasmer sans trêve sur leur folle aventure à l'aéroport !

Une lueur de désir brilla dans ses prunelles.

— Oh oui ! Ce n'est même rien de le dire… Dis-moi, y a-t-il une chance que la compagnie nationale des chemins de fer devienne un jour cliente chez S & S ? J'adorerais vivre une histoire de ce genre dans un train ?

— Un train ? répéta-t-elle en essayant de maîtriser le trouble qui la gagnait. Je ne sais pas si l'agence passera un jour un accord avec une compagnie ferroviaire. Mais, en parlant de moyens de transport, j'ai toujours rêvé de faire l'amour à l'arrière d'un taxi…

Ross parut emballé par l'idée.

— C'est vrai ? Tu sais, j'ai un ami qui en possède un, et qui pourrait peut-être…

Kara se força à éclater de rire — en vérité, la proposition lui paraissait bien trop… tentante pour être une bonne idée.

— Mais non, je plaisantais, voyons, Ross ! Je pense que nous devrions nous en tenir là en ce qui concerne nos transports de ces derniers temps…

Elle vit le visage de Ross se rembrunir tout à coup, mais il se força à poursuivre la conversation d'un ton léger :

— Oh, je vois. Nous deux, ça commence à devenir un peu… étrange à tes yeux, c'est ça ?

Elle acquiesça en silence.

— Si c'est ton seul problème, j'ai la solution, annonça-t-il en ouvrant le premier tiroir de son bureau.

Il en sortit le pistolet à eau dont ils s'étaient déjà souvent servis, pour de mémorables « batailles » dans les couloirs de l'agence, et l'aspergea sans prévenir.

— Oh, espèce de…, ragea-t-elle en battant en retraite, impuissante.

Ross la pourchassa en riant jusqu'au couloir.

— N'oublie pas la réunion de 11 heures ! cria-t-elle en s'éloignant, ravie qu'ils puissent chahuter comme des collégiens en dépit des jeux très adultes qu'ils avaient pratiqués ces derniers temps…

Elle referma la porte de son bureau derrière elle et se frotta le menton.

Ross avait bien dit qu'il connaissait un chauffeur de taxi ?

« Non, non, ça ne serait pas raisonnable », se morigéna-t-elle en s'installant devant son ordinateur, bien décidée à se sortir ces idées folles de la tête.

— Ross ? Hou ! hou !

Amy, la jeune femme avec qui il était en train de prendre un verre, lui agita une main devant la figure.

— Tu dors ou quoi ? Je viens de te poser une question, il me semble… A moins que tu n'aies pas envie d'y répondre ?

Perdu dans ses pensées, Ross faillit sursauter.

— Hein, quoi ? Si, si, bien sûr que j'accepte d'y répondre. Mais tu peux répéter ta question, s'il te plaît ?

La jeune femme fit de son mieux pour ne pas montrer son impatience.

Et pourtant, elle avait des raisons de s'impatienter ! se dit Ross, légèrement honteux. Depuis qu'ils étaient dans ce bar — environ une heure — il ne parvenait pas à se concentrer sur leur discussion. Six jours s'étaient pourtant écoulés depuis sa rencontre avec la belle Angela, mais il n'arrivait pas à penser à autre chose !

— Je te demandais si tu avais toujours voulu travailler dans le graphisme publicitaire…

— Pas vraiment, se força-t-il à répondre. En fait, j'aimais tout ce qui se rapportait à l'art. Et c'est un peu par hasard si je me suis tourné vers le graphisme. Mais je ne sais pas si je ferai ça toute ma vie… Et toi ? conclut-il poliment.

Elle commença à lui parler de sa vocation précoce pour la communication — elle occupait un poste haut placé dans l'une des plus grosses entreprises de la ville —, mais il décrocha assez rapidement.

« Bon sang, Ross, tu as vraiment un problème ! Qu'est-ce qui t'arrive, mon vieux ? » se sermonna-t-il intérieurement.

Amy avait pourtant tout pour lui plaire : une silhouette à damner un saint, un beau visage, beaucoup d'humour et d'intelligence, mais… il s'en fichait éperdument. Son esprit revenait sans cesse à Kara-Katherine-Angela, et à ce qu'ils avaient fait ensemble. Leurs deux étreintes lui avaient littéralement fait oublier tout le reste. Et pourtant, il n'était pas un novice en matière de sexe !

Mais, avec Kara, tout semblait différent. Peut-être parce qu'elle ne ressemblait en rien aux femmes entreprenantes qu'il fréquentait d'habitude, et qu'elle mettait en tout un mélange d'audace et de timidité qui le rendait fou.

— Tu n'as pas l'air dans ton assiette, aujourd'hui, s'interrompit Amy en le dévisageant avec inquiétude.

— Je suis désolé. Je suis un peu fatigué, c'est tout.

— Eh bien essaie de te réveiller un peu pendant que je vais faire un petit tour aux toilettes… Je ne sais pas, commande un café, par exemple, lança Amy d'un ton qui disait bien qu'elle comptait passer toute la soirée — et peut-être même la nuit — avec lui.

Il la regarda machinalement pendant qu'elle s'éloignait vers le fond du bar, mais contempler sa silhouette de naïade n'éveilla aucun désir en lui. Au contraire, sa démarche soigneusement chaloupée ne fit que lui rappeler celle de Kara dans son affriolante jupe droite d'hôtesse de l'air…

Bon sang ! Il avait la parfaite partenaire sous la main, mais il ne cessait de penser à un fantasme désormais inaccessible ! Voilà qui ne lui ressemblait pas du tout…

Sauf si ce fantasme pouvait être assouvi une toute dernière fois. Après tout, ils n'avaient pas formellement décidé, d'un commun accord, de ne plus jamais faire l'amour…

Et puis cela ferait peut-être du bien à Kara, qui avait tendance à vouloir toujours tout contrôler, d'être surprise de nouveau. Quand Miguel l'avait abordée, elle n'avait pas dit non. Au contraire, elle s'était laissé faire avec une docilité et une sensualité qui…

Non, non, ce n'était pas le moment de s'emballer ! se raisonna-t-il furieusement. D'abord parce qu'Amy allait reparaître d'un instant à l'autre. Ensuite parce que les réticences de Kara étaient évidentes. Elle semblait vraiment désireuse de passer à autre chose, et l'avait même félicité quand il lui avait parlé, par honnêteté — et aussi pour voir sa réaction — de son rendez-vous avec Amy.

Il sourit en se souvenant d'un détail, assez révélateur tout de même. Si Kara l'avait encouragé à sortir avec une autre femme, elle lui avait toutefois demandé de ne pas se servir de l'accent espagnol de Miguel à cette occasion… Ce qui signifiait qu'elle consentait à partager Ross… mais pas ses *alter ego* imaginaires, qui lui appartenaient, à elle seule.

N'était-ce pas le signe qu'il pouvait au moins tenter sa chance ? La semaine qui venait de s'écouler avait apporté assez de preuves qu'ils étaient capables de continuer à se fréquenter en amis sans se sentir gênés.

En voyant Amy revenir à leur table, il prit la décision de tout faire pour en avoir le cœur net. Il serait heureux d'offrir à Kara une « leçon » supplémentaire, et il n'avait aucune raison de ne pas le lui proposer.

Tout comme il n'avait aucune raison de ne pas raccompagner Amy et de lui promettre de l'appeler… quand il le pourrait.

Le lendemain, après une longue journée de travail, Kara prit la direction de son bar préféré, comme tous les vendredis, en priant pour que Tina soit déjà là — mais surtout pas un certain graphiste junior !

Au cours d'une de ces interminables réunions dont leur chef avait le secret, Ross, placé juste en face d'elle, n'avait cessé de lui couler des regards brûlants tout en confectionnant un avion avec une feuille de papier prise dans son bloc à dessin…

Affreusement gênée — surtout par les souvenirs qui lui revenaient dès qu'elle posait les yeux sur ce maudit avion en papier — elle avait tenté de l'ignorer… en vain, bien sûr. Et, lorsqu'elle avait senti la pointe de ses seins se durcir sous la veste stricte de son tailleur, une indicible panique s'était emparée d'elle… Seigneur, pas en pleine réunion prévisionnelle, tout de même !

Voilà pourquoi il valait mieux que Ross ne vienne pas au bar ce soir : elle lui tordrait le cou avant qu'il n'ait le temps de prononcer un mot… A moins qu'elle ne se jette sur lui pour l'embrasser sauvagement ! Dans l'un ou l'autre cas, c'était une mauvaise idée.

Elle poussa un soupir de soulagement en s'installant au comptoir. Visiblement, pas de Ross à l'horizon… Malheureusement, pas de Tina non plus. Ou plutôt si, mais elle était bien trop occupée à tenter de prendre sa revanche sur Tom, le séduisant barman, qu'elle se contenta de lui faire signe qu'elle l'appellerait plus tard dans la soirée.

Tant pis, elle se contenterait d'un petit cocktail en solitaire pour se détendre après cette journée à haut risque.

Mais, juste au moment où elle portait son verre à ses lèvres, la vision de Ross à l'entrée du bar lui donna un véritable coup au cœur. Déconcertée, elle renversa un peu de sa margarita sur le comptoir en essayant de reposer son verre d'une main tremblante.

Ross se dirigea tout droit vers elle sans prêter la moindre attention, contrairement à son habitude, aux jolies filles qui ne manquaient pas dans la salle de ce pub branché.

Il ne la quitta pas du regard et elle frissonna tandis qu'il approchait à grands pas, comme un tigre fonçant sur sa proie.

Affolée, elle détourna les yeux et fit mine d'éponger le liquide répandu devant elle pour se donner une contenance.

— Salut, lança Ross d'une voix chaude en se penchant dangereusement vers elle.

— Salut. Heu… excuse-moi, il faut que je fasse un petit saut aux toilettes, bredouilla-t-elle en descendant si vite du tabouret sur lequel elle était assise qu'elle en perdit l'équilibre.

— Doucement, doucement, conseilla Ross en la rattrapant par le bras avant qu'elle ne se torde la cheville. Inutile de t'enfuir, ma belle.

Ses grands yeux bruns se plantèrent dans les siens.

— Ce n'est que moi, Ross… Tu sais, ton ami ? Celui avec qui tu joues aux fléchettes au bureau ? Celui qui collectionne les vieilles B.D. et les T-shirts de surfeur ?

Kara poussa un profond soupir.

— Je sais. Excuse-moi.

Ross lui sourit gentiment.

— Va donc aux toilettes. J'ai bien l'intention de te faire rire quand tu reviendras, et je ne voudrais pas qu'il t'arrive un malencontreux incident.

Cette fois-ci, elle se détendit un peu.

— Je contrôle parfaitement ma vessie, protesta-t-elle d'un ton faussement indigné.

« Ma vessie, c'est une chose, mais le reste de mon corps, c'est une autre affaire… », songea-t-elle en se dirigeant vers les toilettes, rageant contre le trouble qui s'emparait désormais d'elle dès que Ross se trouvait dans les parages.

Lorsqu'elle revint, la vue de Ross en train de l'attendre lui fit de nouveau l'effet d'une décharge électrique. Dans l'atmosphère chaleureuse et la lumière tamisée du bar, il ressemblait beaucoup trop au somptueux Miguel pour qu'elle garde la tête parfaitement froide…

Luttant contre ses pulsions déplacées, elle se rassit et s'efforça de lancer une conversation innocente.

— Tu sais, je crois que le grand patron songe à toi pour remplacer Lancer à la tête du département graphisme.

Ross leva les yeux au ciel.

— Ah non, tu ne vas pas recommencer avec ça ! De toute façon, je ne crois pas du tout qu'on pense à moi pour ce poste.

— Eh bien, moi, je suis sûre du contraire. Et puis qu'est-ce que tu as contre le succès, bon sang ?

— Qui a dit que c'était ça, le succès ?

— Accepter une promotion quand elle s'offre à vous ne me semble pas la meilleure définition de l'échec, en tout cas, riposta-t-elle aussitôt.

— Ecoute, Kara. Je ne réagis pas comme toi sur ce plan-là. Je ne travaille ni pour la gloire ni pour l'argent. Ni pour être fier de moi, ou quoi que ce soit de ce genre. J'aime m'amuser dans mon boulot. Moi, quand je ne m'amuse plus, je m'en vais.

Pour une raison obscure, son manque d'ambition professionnelle la contraria encore plus que de coutume. Quand se déciderait-il enfin à grandir ?

— Mais tu es la personne la plus qualifiée pour occuper ce poste ! Dans l'agence, il n'y a pas d'autre candidat valable, et ce serait tout de même trop bête de faire appel à quelqu'un de l'extérieur quand nous avons le profil idéal sous la main ! Tu possèdes toutes les compétences requises, et par-dessus le marché tu as un excellent contact avec nos clients. Vraiment, je pense que ce poste est exactement ce qu'il te faut.

— Et toi, ce qu'il te faut, c'est un autre verre, rétorqua Ross en faisant signe au barman.

Mais elle n'allait pas le laisser s'en tirer par une pirouette…

— Je suis sérieuse, Ross. Je serais désolée de te voir rater une opportunité extraordinaire parce que tu sous-estimes ton potentiel…

— Merci, grande sœur, plaisanta-t-il, mais je ne rate rien du tout, crois-moi.

— A ta guise, se résigna-t-elle à dire avant de tremper les lèvres dans le nouveau cocktail qu'on venait de lui apporter.

— Au fait, que dirais-tu de passer une nouvelle soirée ensemble dès demain ? proposa Ross comme s'il prononçait là la phrase la plus naturelle du monde.

Prise au dépourvue, Kara s'étrangla de surprise avec son cocktail. Après une brève quinte de toux, elle balbutia :

— Pardon ?

Evidemment, elle avait parfaitement entendu ce qu'il venait de dire. Mais elle avait besoin de gagner un peu de temps pour décider quelle attitude adopter…

— Je pourrais passer chez toi, disons, vers 7 heures, ça te va ? reprit Ross sur le même ton.

Hésitante, elle l'interrogea :

— Tu crois que… que c'est une bonne idée ?

— Je crois que j'ai une bonne idée pour une nouvelle leçon, argumenta-t-il dans un sourire. Je pense que cela ne peut pas te faire de mal.

L'esprit en ébullition, elle comprit qu'elle n'arriverait pas à refuser.

— Eh bien, s'il s'agit d'un défi pédagogique, cela change tout !

— Parfait. Dans ce cas, laisse ta porte d'entrée déverrouillée. Et mets des vêtements faciles à enlever…

Kara sentit les battements de son cœur s'accélérer. Pourquoi réagissait-elle de manière aussi épidermique ?

— Très bien, murmura-t-elle sans oser le regarder.

— Voilà un plan comme je les aime, déclara Ross avec satisfaction.

Un plan ? Ross, qui ne ratait jamais une occasion de célébrer les joies de l'improvisation et qui détestait tout ce qui ressemblait de près ou de loin à de l'organisation, venait de lui proposer un plan ? Il n'y avait pas qu'elle dont le cerveau battait la campagne ! Cette constatation, au lieu de la soulager, ne fit que l'inquiéter…

« Qu'importe », lui souffla une petite voix intérieure. L'essentiel était ailleurs : ils avaient de nouveau rendez-vous demain soir.

6.

Le lendemain soir, à 7 heures précises, Kara se trouvait dans sa cuisine, faisant nerveusement les cent pas, à défaut de pouvoir se concentrer sur la moindre tâche, même la plus anodine — faire du thé, par exemple.

Après un examen minutieux de sa penderie, elle avait opté pour le vêtement le plus facile à enlever qu'elle avait pu trouver : une longue robe rouge qui se boutonnait sur le devant. En dessous, elle portait un ensemble de dentelle, rouge lui aussi, dont le soutien-gorge se fermait commodément entre les seins. Voilà qui devait répondre aux attentes de Ross.

Dévorée d'impatience, elle riva son regard à l'horloge murale. 7 h 5… 7 h 6… 7 h 7…

« Bon sang ! ragea-t-elle, il pourrait au moins essayer d'être ponctuel dans une pareille circonstance ! » Elle se sentait vraiment stupide ainsi, plantée au beau milieu de sa cuisine, à attendre…

Si elle était honnête envers elle-même, elle devait reconnaître que ce qui la perturbait le plus était l'occasion que le retard de Ross lui offrait de s'interroger sur le bien-fondé de cette nouvelle rencontre.

Le désir impérieux qui l'avait poussée à accepter sa proposition était-il suffisant pour coucher encore une fois avec son meilleur ami — compte tenu des risques qu'une telle situation comportait ? Bien sûr, Ross l'avait dit : il s'agissait là d'un simple apprentissage. Et on n'apprenait pas tout de la sexualité pour la sexualité en une seule fois — ou même deux —, n'est-ce pas ? L'important était de garder son objectif en tête : être capable de faire l'amour sans s'attacher sentimentalement à son partenaire. Et, de ce point de vue-là, elle croyait être sur le bon chemin.

Un nouveau coup d'œil à l'horloge lui apprit qu'il était déjà 7 h 15. Le moment était venu de lui téléphoner pour lui demander ce qu'il fabriquait, décida-t-elle en quittant la cuisine en direction de sa chambre, où se trouvait l'appareil. Mais, dans le couloir, elle tomba nez à nez avec Ross. Elle eut à peine le temps d'ouvrir la bouche, — et de constater qu'il était entièrement vêtu de noir —, qu'il l'attrapa au vol et la bâillonna fermement d'une main.

— Où cours-tu comme ça, ma jolie ? demanda-t-il d'une voix insolente.

— Mmm, tenta-t-elle de répondre, impuissante.

Il libéra sa bouche pour la laisser s'expliquer.

— Comme tu étais en retard, j'allais t'appeler.

— Très bien, mais maintenant que je suis là, recommençons depuis le début, veux-tu ?

Il la contempla des pieds à la tête.

— Tu es ravissante. Et cette robe est parfaitement adaptée.

Adaptée à quoi ? s'interrogea-t-elle, intriguée au plus haut point.

Mais Ross semblait trop absorbé par son décolleté pour préciser plus avant sa pensée.

— Ross ? Redescends sur terre, tu veux ?

— Hmm ? Ah oui, pardon.

Aussitôt, il la bâillonna de nouveau d'une main, et de l'autre lui enserra la taille avec autorité.

— Ne crie pas et tout se passera bien, ordonna-t-il en feignant de la menacer. Tu promets de ne pas crier ?

— Mmm, promit-elle avec autant de conviction que possible.

— Mon Dieu, que voulez-vous de moi ? s'enquit-elle en entrant dans son jeu lorsqu'il eut libéré sa bouche.

— Absolument tout, annonça-t-il d'un ton éloquent. Ton corps, ton esprit, tes sens. Je veux contrôler absolument tout ce que tu ressens. Et ne t'avise pas d'essayer de me résister…

Elle frissonna avec intensité lorsqu'il sortit de sa poche un bandeau pour les yeux, qu'il lui noua autour de la tête en moins d'une seconde. Ainsi aveuglée, elle était entièrement à sa merci… ce qui n'était pas pour lui déplaire.

Puis il la souleva de terre avec rudesse, comme il l'aurait fait d'un sac de pommes de terre, et la cala contre son épaule droite.

— Mais… Qu'est-ce que tu fais ? demanda-t-elle, un peu affolée tout de même.

— A ton avis ? Je te kidnappe, bien sûr…, déclara-t-il en se dirigeant vers la porte.

Elle l'entendit prendre les clés sur la table de l'entrée, refermer soigneusement la porte derrière eux et, avant qu'elle ait eu le temps de comprendre vraiment ce qui se passait, sentit l'air frais de la nuit lui caresser le visage.

Quand elle comprit, aux bruits de portières qui lui parvenaient et aux gestes plus délicats qu'il accomplissait, qu'il était en train de l'installer confortablement à l'arrière d'une voiture, elle éprouva un léger soulagement. Au moins, il n'avait pas décidé de l'enlever sur sa Mobylette, un engin qui, en plus d'être ridicule, ne lui inspirait aucune confiance ! Sans doute avait-il choisi de faire bon usage de la camionnette de Bob pendant son absence…

Et, lorsqu'il l'arrima à l'aide de la ceinture de sécurité après l'avoir allongée sur la banquette, son soulagement se mua en confiance totale. Ross était parfois si insouciant…

D'ailleurs, sa manière de conduire, assez sportive, le confirmait… Heureusement qu'elle était attachée, sinon elle aurait fort bien pu tomber du siège dans un virage !

— Qu'allez-vous faire de moi quand nous arriverons à destination ? demanda-t-elle en haussant la voix pour couvrir le bruit du moteur.

— Rien que tu ne voudrais pas que je te fasse, répliqua-t-il de sa voix habituelle. Règle numéro trois, tu te souviens ?

— J'aime mieux ça. Mais je crois bien qu'il s'agissait de la règle numéro quatre, tu sais.

Elle l'entendit rire.

— Tu es vraiment incorrigible… Mais, si tu veux bien éviter ce genre de remarque technique, je t'en saurais gré. Un malfaiteur se fiche bien de ces détails… Et tu vas mettre tout mon scénario par terre si tu continues !

Elle sourit en silence, bien décidée en effet à ne pas gâcher une nouvelle aventure qui s'annonçait si excitante…

Soudain, la voiture s'immobilisa dans un grand coup de freins. Lorsque Ross ouvrit la portière, un air frais chargé d'effluves aquatiques lui parvint. Où pouvaient-ils bien être ? Près d'un étang ou d'un lac, en tout cas. Mais il y en avait beaucoup dans la région…

Sans lui ôter le bandeau qu'elle portait toujours sur les yeux, Ross l'aidait à sortir du véhicule. A cet instant, une puissante odeur d'eucalyptus vint lui chatouiller les narines, et elle distingua nettement la petite musique entraînante d'un manège pour enfants.

Ils se trouvaient à Encanto Park, un parc d'attractions pour petits et grands. Elle se souvint que Ross lui avait parlé un jour de l'un de ses amis, gérant du terrain de golf, qui habitait sur place.

— Pas un mot et pas un bruit, jolie demoiselle. Et surtout n'essaie pas d'enlever ton bandeau, sinon…, ordonna Ross en la prenant par le bras pour la conduire au pas de charge, comme si l'on risquait de les repérer, jusqu'à un bâtiment tout proche. Du moins c'est ce qu'elle en déduisit d'après les bruits de porte qui résonnèrent.

Une fois à l'intérieur, Ross la lâcha, et elle cessa tout d'un coup de percevoir le moindre bruit.

— Ross ? Tu es toujours là ? s'inquiéta-t-elle, prise d'une envie subite de repérer l'endroit où elle se trouvait.

— Bien sûr que je suis toujours là, répondit-il d'une voix chaude — et étonnamment toute proche. Mais je te défends de continuer à m'appeler Ross. Désormais, pour toi, je serai le Voleur d'Amour…

Le Voleur d'Amour ? Voilà qui était intéressant — et surtout très prometteur…

— Maintenant, voyons un peu ce que tu caches

là-dessous, reprit-il en défaisant rapidement les boutons de sa robe.

Il y eut un silence, pendant lequel elle n'entendit que sa propre respiration s'accélérer sous l'effet du trouble qui s'emparait d'elle.

— Tu es ma prisonnière, ma belle, souffla Ross au creux de son oreille. A partir de maintenant tu n'as plus le droit de rien faire, sauf de ressentir ce que je veux que tu ressentes.

Son cœur manqua un battement lorsqu'elle réalisa que, non content de lui avoir bandé les yeux, il était en train, sans prévenir, de lui attacher les mains derrière le dos ! Un frisson brûlant, mélange d'appréhension et d'excitation, lui parcourut l'échine.

Mais Ross avait raison. Pour donner vie à ce fantasme, il fallait bel et bien qu'elle s'abandonne entièrement. Qu'elle renonce à vouloir tout contrôler comme elle le faisait en temps normal. Qu'elle se soumette à la puissance du charnel à l'état pur…

A cet instant, elle sentit sa robe tomber à ses pieds. Ross ne dit rien. Elle devinait qu'il était en train de la regarder, à demi nue, comme lors de la première rencontre de Miguel et Katherine. Difficile d'imaginer son expression en cet instant précis… Mais elle l'entendait, lui aussi, respirer un peu trop fort, et avoir ainsi la preuve de son désir la chamboula encore un peu plus…

— Recule, commanda-t-il sobrement.

Elle s'exécuta prudemment jusqu'à sentir quelque chose bloquer sa progression.

— Maintenant allonge-toi sur le lit.

A tâtons, elle chercha l'emplacement exact du lit pour

ne pas tomber et s'y assit d'abord doucement avant de s'y étendre pour de bon.

Ignorante de l'endroit où elle se trouvait, en partie immobilisée par les liens qui maintenaient fermement ses poignets l'un contre l'autre, et désormais presque aussi exposée que si elle était entièrement nue, le tout sur un lit inconnu, elle eut le réflexe de se tortiller un peu pour tenter, au moins, de libérer ses mains.

— Inutile de te rebeller, prévint une voix rauque tout près d'elle. Tu es entièrement en mon pouvoir, ma belle.

De nouveaux frissons se mirent à courir sur sa peau.

— Est-ce que tu aimes ça ? demanda le Voleur en lui effleurant le visage. Est-ce que tu aimes être à ma merci ? Est-ce que tu aimes savoir que je vais faire de toi exactement ce que je veux ?

Sur ces mots, il lui ôta ses sandales et commença à lui masser les pieds langoureusement.

Comment un simple contact sur le pied pouvait-il se révéler aussi délicieux ? s'interrogea-t-elle, chavirée par ses attouchements pourtant bien innocents.

— Oh oui, j'aime ça… J'aime tout ce que tu me fais.

— C'est bien. Je veux vraiment que tu aies confiance en moi, ma belle. Tu me connais, n'est-ce pas ? Tu sais que je ne te ferais pas de mal ?

— Oui, chuchota-t-elle.

— La seule chose que le Voleur d'Amour veut prendre, c'est toi… jusqu'à ce qu'il ne te reste plus un seul cri de plaisir en réserve…

Elle frémit intensément à cette idée délicieusement affolante. Et plus encore lorsque Ross frôla la peau si sensible de son ventre, dans une caresse qui lui arracha un gémissement.

— Est-ce que tout cela te plaît, ma belle ? demanda-t-il en ôtant sa main de son ventre.

— Ou… Oui, se contenta-t-elle de balbutier.

— Parfait. Alors, voyons, par où vais-je commencer mon rapt ?

Elle retint sa respiration dans l'attente du prochain contact. Attendre ainsi sans voir aucun des mouvements qu'il s'apprêtait à accomplir avait quelque chose d'incroyablement érotique.

— Je crois que je vais opter pour ceci, finit-il par dire en défaisant d'un geste l'agrafe de son soutien-gorge.

L'esprit en feu, elle imagina son regard qui se posait sur ses seins, dont la pointe durcit sur-le-champ.

— Je vois que tu apprécies notre petit jeu, ma belle… Voilà pourquoi, maintenant que tu es… disons mise en condition, je vais mettre la touche finale à mon plan machiavélique…

Avec un étonnement mêlé de surexcitation, elle sentit qu'il était en train de lui attacher les poignets aux barreaux du lit ! Elle comprit que Ross avait tout prévu pour qu'elle se sente entièrement soumise à ses moindres désirs… Jamais encore elle n'avait vécu une expérience aussi extrême.

Et elle devait bien s'avouer qu'elle découvrait un plaisir intense à se mettre, au propre comme au figuré, aussi complètement entre les mains d'un homme…

Ross lui effleura de nouveau le ventre dans un frôlement imperceptible qui la laissa insatisfaite. Maintenant qu'elle était en sa possession, elle brûlait qu'il la touche, qu'il l'embrasse, qu'il la fasse sienne… Qu'il aille jusqu'au bout, tout de suite…

Elle cambra les reins pour mieux s'offrir, comptant sur lui pour ne pas la faire languir trop longtemps.

— Doucement, ma belle… n'oublie pas que c'est moi qui commande… C'est moi qui décide ce que je fais, et surtout quand je le fais.

Elle se laissa retomber sur le matelas, pantelante. Un froissement de tissu tout près du lit lui laissa penser que Ross devait être en train de se déshabiller, lui aussi. Du moins devait-il avoir enlevé sa chemise, puisqu'elle n'entendit pas de bruit de fermeture Eclair, ce qui signifiait qu'il portait encore son pantalon… Qu'avait-il donc en tête ?

Un frisson de plaisir la traversa quand une chaleur humide vint chatouiller la base de son cou. La langue de Ross remonta et redescendit très lentement le long de sa peau, dans un baiser qui lui donna la chair de poule.

— Oh…, gémit-elle, éperdue.

— Tu aimes ça ? chuchota Ross.

— Oui… Tu ne le sens donc pas ?

Pour toute réponse, il plaça cette fois-ci sa bouche sur son torse, juste au-dessus de sa poitrine. Et il y déposa une pluie de baisers, toujours très lentement.

Seigneur, il voulait donc la rendre folle ? s'interrogea-t-elle, haletante. Pourquoi ne prenait-il pas possession de ses seins ? Mais elle était presque sûre qu'il ne s'exécuterait pas si elle le lui demandait, comme pour souligner de nouveau qu'il était aujourd'hui le seul maître de son plaisir…

Et puis, avec les deux mains attachées au lit, elle ne

pouvait pas guider sa tête vers l'endroit qui réclamait toute l'attention de cet homme… Ce Voleur d'Amour avait vraiment pris toutes ses précautions !

Presque involontairement, elle s'arc-bouta de nouveau sur le lit. Mais Ross prit alors un malin plaisir à s'éloigner d'elle…

Puis, enfin, quand elle eut patienté quelques secondes qui lui semblèrent des heures, ses lèvres se refermèrent sur la pointe de son sein droit. Etonnée par sa propre réaction, elle cria littéralement de plaisir. C'était bien la première fois qu'elle se sentait au bord de la jouissance simplement parce qu'on titillait sa poitrine… Mais la sensation était bel et bien dévastatrice, sans doute parce qu'elle l'avait tant attendue, et accrut encore son besoin d'être touchée partout, tout de suite… Et aussi de le toucher, lui… Ce qui était pour le moment impossible.

Ross mordilla ensuite le mamelon de son autre sein, sans hâte, comme s'il prenait un malin plaisir à ne pas précipiter le cours des choses… Heureusement, il finit par descendre lentement vers son ventre, qui irradia soudain d'une chaleur exquise.

Kara sentit une voluptueuse onde de choc la submerger quand la langue experte de Ross s'immisça enfin entre ses cuisses pour venir chatouiller son sexe à travers la fine dentelle de sa culotte. Lorsqu'il écarta doucement l'étoffe pour atteindre directement sa chair la plus intime, elle crut qu'elle allait exploser. Craignant qu'il ne s'interrompe une nouvelle fois pour augmenter un peu plus le besoin presque animal qu'elle avait de lui, elle coinça sa tête entre ses genoux pour l'obliger à rester en place.

Alors Ross se vengea en ne venant pas tout de suite

mettre sa langue à l'endroit précis où il savait qu'elle aimerait qu'il la pose, préférant explorer d'abord les replis satinés situés un peu plus bas…

— N'oublie pas que c'est moi qui commande, ma belle, murmura-t-il d'un ton provocateur en cessant ses attouchements quelques secondes.

— Je… Je t'en prie…, bredouilla-t-elle, dévorée d'impatience, en luttant en vain pour se délivrer de ses liens.

— Non, attends encore un peu, ordonna-t-il d'une voix qui disait assez l'excitation qui l'avait envahi lui aussi. Laisse-moi faire.

D'un geste à la lenteur étudiée, il fit glisser sa culotte le long de ses jambes. Alors seulement il reprit le chemin du cœur de sa féminité. Le contact de sa langue sur son clitoris la fit défaillir de bonheur. Ses caresses agiles, d'abord de simples frôlements, se muèrent peu à peu en pressions plus précises, plus appuyées… incroyablement enivrantes.

— Oh…

« Ross », faillit-elle ajouter dans le torrent de plaisir qui l'emportait, avant de se reprendre à la dernière seconde.

Sans même s'en rendre compte, elle commença à remuer le bassin au rythme des assauts de sa langue, si douce et si puissante à la fois. Bientôt, toute pensée cohérente lui échappa, et elle s'abandonna totalement à l'extase inouïe qu'il lui procurait. Des vagues montaient en elle, de plus en plus haut, de plus en plus fort. Il lui semblait voir des étincelles passer devant ses yeux bandés, et elle laissa échapper des paroles inarticulées.

Puis l'orgasme la foudroya, si fort qu'elle fut prise de

violents spasmes des pieds à la tête. Des spasmes de la jouissance la plus pure qu'il lui ait jamais été donné de connaître…

Tremblante, elle laissa retomber sa tête sur le matelas tandis que Ross restait immobile entre ses jambes, buvant à même leur source les dernières contractions de son plaisir.

Quand elle eut repris un peu son souffle après cette incroyable déflagration, elle éprouva un besoin épidermique de le prendre dans ses bras, de sentir tout contre elle la chaleur de ce corps qui lui avait échappé jusque-là… Mais elle était toujours entravée par ces maudits liens. Des liens qui, pourtant, avaient sûrement contribué à faire naître cette étonnante volupté d'être inconditionnellement offerte à un homme pour la première fois…

Cependant, au prix d'un petit effort supplémentaire qu'elle n'avait pas tenté jusque-là, elle se libéra. Naturellement, Ross ne l'avait pas ligotée comme une véritable prisonnière… Un sourire lui vint en songeant que le Voleur d'Amour n'était pas aussi impitoyable qu'il le clamait. Ce qui ne l'empêchait pas d'avoir une petite revanche à prendre sur lui…

— C'était très agréable, murmura-t-il en lui embrassant une dernière fois le ventre avant de se redresser pour prendre possession de sa bouche.

— Oui, très, acquiesça-t-elle en faisant mine d'avoir toujours les mains liées.

Mais, à l'instant même où il approchait ses lèvres des siennes, elle se redressa brusquement, le déséquilibra plus facilement qu'elle ne l'aurait cru — sans doute l'effet de surprise — et le fit basculer sous elle avant de s'installer sur lui, pesant de tout son poids pour s'assurer qu'il ne lui échapperait pas.

— Maintenant, c'est toi qui es mon prisonnier, annonça-t-elle triomphalement en ôtant son bandeau pour le regarder droit dans les yeux.

— Bien joué, ma belle, reconnut-il sans opposer la moindre résistance quand elle utilisa les liens dont elle venait de se libérer pour l'attacher à son tour aux barreaux du lit.

Il sourit en se délectant de la vision de ses seins dressés à quelques centimètres de son visage.

— Je suppose que tu vas faire absolument ce que tu veux de moi, désormais, feignit-il de s'alarmer.

— En effet. Et, à ta place, je n'attendrais aucune clémence de ma part.

Kara fut étonnée par le plaisir qu'elle prenait à le voir ainsi à sa merci. Elle qui venait d'expérimenter les joies de la soumission consentie comprit soudain pourquoi Ross avait paru si satisfait de mener la danse jusqu'ici… Et elle se réjouit de lui rendre la pareille.

Il était si beau comme ça, étendu sous elle, à demi nu… Les muscles de son torse se contractant à l'idée de ce qu'elle allait faire… Et ce n'étaient pas les idées qui lui manquaient ! Mais d'abord, elle allait le taquiner un peu — pour le principe, et aussi pour qu'il goûte à son tour au plaisir subtil, que recèle l'attente…

— D'abord, débarrassons-nous de tes vêtements, annonça-t-elle en défaisant la ceinture de son pantalon, puis en le lui ôtant sans se presser.

Elle n'aurait pas cru recevoir un tel coup au cœur en apercevant son membre dressé, palpitant de désir.

— Que faire, maintenant ? s'interrogea-t-elle à haute voix en le narguant.

Le visage de Ross se contracta comme s'il n'en pouvait déjà plus.

— Tu pourrais me toucher, par exemple, suggéra-t-il d'une voix presque suppliante.

— Mmm… Je ne crois pas. Pas encore, du moins.

Ross émit un gémissement plaintif.

— Tu as l'intention de me torturer, c'est ça ?

— Absolument.

Faussement pensive, elle porta ses mains à ses seins et les caressa un moment avant de les presser doucement.

Le gémissement de Ross se mua en grognement sourd.

Alors elle se pencha et approcha ses seins de son membre palpitant pour l'agacer par petits frottements successifs, avant de le serrer délicatement entre les deux globes de chair qu'elle sentait parcourus de tiraillements délicieux.

La respiration de Ross s'accéléra. Kara choisit ce moment précis pour s'interrompre.

— Je t'en prie, ne t'arrête pas, l'implora-t-il.

— Dois-je comprendre que tu aimes ça ? demanda-t-elle d'un ton faussement innocent.

— Si j'aime ? répéta-t-il, incrédule. Au nom de tout ce qui m'est cher, je t'en supplie, continue…

— Non, décréta-t-elle sans pitié.

En fait, elle s'étonnait elle-même… C'était bien la première fois qu'elle tenait tête à un homme !

— Allons, protesta-t-il, je ne t'ai pas fait attendre si longtemps…

— Peut-être, mais toi, tu m'as kidnappée, répliqua-t-elle tranquillement. Sans compter que j'ai trouvé que tu conduisais un peu trop vite, tout à l'heure… Cela mérite bien une punition…

A cet instant, ses yeux se posèrent sur le bandeau — en fait, un carré de soie noire au contact très doux — dont elle venait de se débarrasser. Avec une langueur étudiée, elle passa en une longue caresse le bandeau sur le visage puis sur sa poitrine, son ventre, puis son sexe…

Ross, les pupilles dilatées, poussa un nouveau gémissement de frustration.

Bien décidée à lui faire perdre tout contrôle, elle effleura son membre palpitant avec le petit foulard, d'un geste qui eut apparemment raison du peu de sang-froid qui lui restait.

— Bon sang, tu vas me tuer…, murmura-t-il dans un souffle.

— C'est bien mon intention, le taquina-t-elle en se courbant légèrement pour frôler son torse avec ses seins.

Il tenta de capturer sa bouche au passage, mais elle se déroba en souriant.

— Non… C'est moi qui commande cette fois-ci.

— S'il te plaît… embrasse-moi.

— J'ai une meilleure idée, répliqua-t-elle, soudain envahie par un besoin presque primitif.

Sans attendre, elle se lova tout contre lui et emprisonna le haut de son sexe entre ses lèvres.

Ross fut agité par un violent frisson.

Plaçant sa main à la base de son pénis, elle entreprit un lent mouvement de va-et-vient tandis que sa langue en agaçait l'extrémité. En temps normal, cette caresse très intime la mettait un peu mal à l'aise. Mais aujourd'hui, il en allait tout autrement…

Elle essaya tout simplement de se mettre à la place de Ross pour mieux deviner quels gestes et quel rythme le satisferaient le plus. Au bout de quelques instants, elle leva un œil vers son visage, et l'expression comblée qu'elle y lut la rassura totalement sur sa capacité à lui donner du plaisir.

Bientôt il se mit à suivre ses mouvements avec ses hanches, s'enfonçant plus profondément encore dans la chaleur accueillante de sa bouche. Soudain, elle le sentit se raidir, vit les muscles de son abdomen se contracter et tout son corps se mettre à trembler. Il voulut se retirer, mais elle le maintint en place, déterminée à aller pour la première fois jusqu'au bout de cette expérience hautement érotique.

La chaude semence se répandit en elle, douce et salée à la fois, et elle se sentit bouleversée.

Progressivement, Ross s'immobilisa, soupirant de bonheur à plusieurs reprises.

— Seigneur… C'était… C'était tout simplement incroyable… Merci…

Il se délivra des liens qui l'entravaient et la prit tendrement dans ses bras.

Plus émue qu'elle ne l'aurait cru, elle se nicha contre sa poitrine. Ce qu'ils venaient de partager était si fort…

Si fort qu'elle en fut subitement un peu effrayée. Il n'était pas normal qu'elle ressente un tel trouble dans les bras de son meilleur ami…

Désorientée, elle se dégagea de son étreinte et se leva promptement.

Ross la suivit d'un œil inquiet.

— Kara ? Tu te sens bien ?

— Oui, oui, très bien, parvint-elle à répondre de l'air le plus naturel qu'elle put.

Et voilà qu'il venait en plus de prononcer son prénom, lui rappelant plus clairement encore qu'ils n'étaient pas les personnages qu'ils incarnaient depuis le début de la soirée… Sa gorge se serra.

— C'était formidable, reprit-elle pour ne pas l'affoler. Mais je crois que je ferais mieux de me rhabiller, maintenant.

Elle ramassa en hâte ses dessous et sa robe et courut s'enfermer dans la salle de bains dès qu'elle l'eut repérée.

Quand elle revint après avoir enfilé ses vêtements et s'être passé un peu d'eau fraîche sur le visage, Ross s'était lui aussi rhabillé et l'attendait près de la porte du petit pavillon où ils se trouvaient.

Une fois dehors, elle inspira profondément l'air de la nuit empli du parfum divin des eucalyptus et des roses plantées un peu partout dans le jardin.

— Encanto Park ! Je m'en étais doutée.

— Oui, mon ami Bill habite ici toute l'année, expliqua Ross, confirmant ses hypothèses. Mais il est parti en vacances en me laissant ses clés… Tu veux en profiter pour faire un tour dans le parc d'attractions ? Un petit tour de manège ou une barbe à papa, peut-être ?

— Un vrai cambrioleur ne parlerait pas de la sorte, se força-t-elle à plaisanter.

— Je peux toujours t'attacher à un des chevaux de bois du manège, si tu y tiens, proposa-t-il en lui coulant un regard malicieux.

Elle frissonna au souvenir de la sensation intense qu'elle avait éprouvée à être ainsi privée de sa liberté de mouvement, prisonnière consentante qui découvrait les plaisirs particuliers — mais si exquis — de la soumission volontaire…

— Non, je ne crois pas que les gens venus ici faire un tour en famille après le dîner apprécieraient beaucoup ce genre de spectacle…

Il soupira, visiblement déçu qu'elle cherche à s'esquiver au plus vite.

— C'est dommage de ne pas en profiter, l'air de la nuit est si doux… Que dirais-tu de faire un tour de barque sur le lac ?

Kara secoua la tête.

— Désolée. Je crois qu'il vaut mieux que nous rentrions.

Elle le vit balayer le parc des yeux, s'attarder sur les rives du lac joliment éclairées par quelques réverbères à l'ancienne, une légère brise soulevant quelques mèches de ses cheveux noirs. Dans la pénombre, ses prunelles semblaient briller d'une lueur inhabituelle…

Soudain, un sourire espiègle illumina son visage.

— Si c'est comme ça…

Il lui posa brièvement une main sur l'épaule.

— Touché. C'est toi, le chat.

— Qu'est-ce que tu entends par là ? demanda-t-elle, surprise.

— C'est ton tour, expliqua-t-il en souriant de plus belle. Samedi prochain, c'est à toi d'imaginer quelque chose.

— Je ne comprends pas…, tenta-t-elle en guise d'esquive.

Pourtant, en son for intérieur, elle savait pertinemment à quoi il faisait allusion.

Ross la dévisagea sans rien dire, d'un regard intense.

— Tu veux dire…, recommencer ce que nous avons fait ce soir ? demanda-t-elle, le cœur battant.

— Plutôt inventer un nouveau scénario. Surprends-moi, ma belle.

— Je… Je ne sais pas si c'est très raisonnable, tu sais.

— Je me fiche pas mal que ce soit raisonnable ou non. Tu es une merveilleuse partenaire et j'ai une folle envie de continuer.

Il sembla regretter la manière dont il venait de formuler sa pensée.

— Je veux dire, tu as encore besoin d'entraînement, non ? Tu connais le proverbe : C'est en forgeant…

— « Qu'on devient forgeron », récita-t-elle, l'air absent.

— Absolument, acquiesça Ross. Et je pense qu'avec tes dons naturels, tu peux devenir un excellent forgeron.

Kara comprit très bien que son besoin d'être « entraînée » leur servait désormais d'excuse, même si le ton badin de leur échange aurait pu tromper quelqu'un d'extérieur à leur conversation.

7.

Dimanche matin, Kara fut réveillée par un bruit strident et insistant que, dans les brumes du sommeil, elle mit une longue minute à identifier. Quelqu'un sonnait à la porte.

Jetant un coup d'œil à sa pendule, elle constata qu'il n'était que 9 heures. Qui pouvait avoir le culot de venir la déranger à une heure pareille, sachant qu'il s'agissait de sa seule grasse matinée de la semaine ?

L'espace d'une fraction de seconde, elle se prit à espérer que ce soit Ross.

La sonnerie résonna de plus belle.

— J'arrive, j'arrive ! Une minute ! cria-t-elle en enfilant un kimono de satin.

Ce simple geste — le frôlement de l'étoffe contre sa peau — lui arracha un frisson de tout le corps. Ces derniers temps, la moindre de ses sensations lui paraissait plus intense…

Dans le couloir menant à la porte d'entrée, elle comprit qu'il devait s'agir de Tina. Elle seule était assez effrontée pour tirer ses amis du lit le dimanche matin !

Un regard dans le judas confirma son hypothèse.

Elle ouvrit la porte.

— Tina, commença-t-elle sur un ton de reproche.

— Je sais, je sais, il est tôt, l'interrompit-elle avec un sourire. Mais j'ai apporté le petit déjeuner pour me faire pardonner…

Elle brandit un sac en papier rempli de croissants.

— Et puis, nous avons à parler, pas vrai ? ajouta-t-elle en lui adressant un clin d'œil.

Résignée, Kara la fit entrer dans la cuisine. Après tout, Tina n'avait peut-être pas tout à fait tort. Elle avait bien besoin de faire le point avec l'aide de sa meilleure amie sur ses relations avec Ross.

Tina s'affaira dans la cuisine, sortant d'un placard deux tasses à café et des verres pour le jus d'orange fraîchement pressé qu'elle avait apporté en plus de la nourriture.

Puis elle s'assit, fouilla dans le sac de croissants et en tendit un à Kara.

— Non merci, s'excusa-t-elle. Je n'ai pas très faim.

Tina fronça les sourcils.

— Refuser un bon croissant tout chaud ? Voilà qui ne te ressemble pas… Que se passe-t-il ?

Kara s'assit à son tour en soupirant.

— Rien de spécial. Du moins j'espère. C'est juste que… j'ai passé une autre soirée avec Ross hier.

— Une autre soirée ? Je suppose que vous ne vous êtes pas contentés d'aller boire un verre quelque part, n'est-ce pas ?

— Non, en effet.

— Alors je ne vois vraiment pas pourquoi tu fais cette tête ! s'écria-t-elle gaiement. Raconte-moi… Je veux connaître tous les détails croustillants !

— Il m'a emmenée à Encanto Park et…

Elle s'interrompit, un peu gênée.

— Je ne peux pas te raconter la suite. C'est trop personnel.

Tina leva les yeux au ciel en mordant dans son croissant.

— Trop personnel ? Seigneur, écoute-toi, on dirait que tu parles à ta mère ! Mais c'est moi, enfin ! Tu sais bien, Tina ton amie la débauchée… Et puis je te rappelle que c'est moi qui t'ai conseillé de parfaire ton éducation sexuelle… Il faut bien que je mesure tes progrès !

Kara eut un sourire.

— Disons que c'était très intense. Il est venu ici et a fait sembler de me kidnapper. Il m'a bandé les yeux et m'a emmenée dans la petite maison qu'un de ses amis possède dans l'enceinte d'Encanto Park et… je pense que tu peux imaginer la suite.

— Mais c'est un scénario formidable ! J'étais sûre que notre bon vieux Ross avait beaucoup d'imagination. Et pour tout te dire, je t'envie beaucoup. Toi, tu te fais kidnapper par ton amant pendant que je passe mes soirées à faire les yeux doux à un barman qui veut m'emmener faire du bateau le week-end prochain !

Tina fit une petite grimace comique, et, cette fois-ci, Kara éclata de rire.

— Alors, quel est votre prochain projet coquin ? reprit Tina, tout émoustillée. Le maître et l'esclave ? Le professeur et son élève ?

— Je n'en ai pas la moindre idée, avoua Kara. Tout ce que je sais, c'est que, cette fois-ci, c'est mon tour d'imaginer quelque chose.

Tina leva un sourcil interrogatif.

— Nous organisons la réalisation d'un fantasme à tour de rôle… Tu imagines ? reprit Kara. Par moments, je me demande si je ne devrais pas tout arrêter… Il ne faudrait pas que j'en prenne l'habitude, tu comprends ?

Tina fronça les sourcils.

— Mais vous avez bien établi des règles du jeu dès le départ, non ? Rassure-moi : tu n'éprouves pas l'envie de traîner Ross devant monsieur le maire, n'est-ce pas ?

— Oh non, pas du tout. J'ai juste envie de faire sauvagement l'amour avec lui.

— Voilà qui est bon signe, affirma Tina. Ça signifie que tu apprends enfin à te décoincer et à dissocier le sexe et l'amour. Et cela signifie aussi que Ross et toi êtes des partenaires extrêmement compatibles au lit…

Elle resta un moment les yeux dans le vague, pensive, puis ajouta :

— Donc, il t'a kidnappée, hein ? Je suppose qu'il avait tout le matériel adéquat, et qu'il s'en est servi…

— Oui, reconnut Kara, légèrement rougissante. Il avait même prévu des cordelettes de soie pour m'attacher en douceur…

— Sacré Ross ! Qui aurait cru qu'il pourrait se montrer si délicat et si attentionné avec une femme ? dit Tina en souriant.

Kara se revit allongée sur le lit de la petite maison d'Encanto Park, gémissante, tandis que la langue de Ross descendait lentement le long de son ventre pour venir se nicher entre ses cuisses…

Seigneur, comment pouvait-elle être excitée par un simple souvenir — qui plus est à 9 heures du matin, alors qu'elle était en train de prendre son petit déjeuner dans sa cuisine avec sa meilleure amie ?

— Alors tu me conseilles de continuer ? demanda-t-elle, un peu inquiète.

— Oh que oui ! Tu serais vraiment folle de ne pas profiter plus longtemps d'une telle aubaine ! s'exclama Tina.

Pourvu qu'elle ait raison, songea Kara même si elle sentait que ce qu'elle vivait avec Ross lui faisait un bien fou.

Elle se sentait plus féminine, plus épanouie, plus assurée qu'elle ne l'avait jamais été…

— Comme je te le disais, c'est à mon tour d'imaginer un petit scénario érotique. Le problème, c'est que je n'ai aucune idée…

— Vraiment aucune ? insista Tina. Si tu arrêtes de te censurer en permanence, je suis sûre que tu finiras par trouver quelque chose d'explosif…

— En résumé, je pense que ce projet est exactement ce dont la société Emerson a besoin, conclut Kara avec conviction en tapotant le dossier qu'elle avait posé devant elle.

Mitch Jones, son homologue chez Emerson, lui adressa un grand sourire.

— De la glace aux Esquimaux, déclara-t-il, visiblement ravi, tout en faisant signe au serveur du restaurant d'apporter l'addition de leur déjeuner de travail.

— Je vous demande pardon ?

— Vous seriez capable de vendre de la glace aux Esquimaux, expliqua-t-il.

Kara se contenta d'un haussement d'épaules.

— Je ne crois pas, Mitch. Je me contente de faire mon travail du mieux possible.

Mitch la dévisagea avec attention.

— En tout cas, une chose est sûre, Kara : vous avez changé ces derniers temps. Je ne sais pas… C'est peut-être votre nouvelle coiffure… Elle vous va vraiment à ravir.

— Merci, se contenta-t-elle de répondre, un peu étonnée par sa remarque.

Depuis quelques semaines, elle avait en effet pris l'habitude de porter ses cheveux lâchés — elle qui préférait jusque-là les ramasser en chignon — parce qu'elle aimait la manière dont Ross s'en emparait lorsqu'ils faisaient l'amour…

Cette pensée lui remit soudain à la mémoire leur soirée de samedi. Elle s'était décidée à l'emmener dans un club de sport ouvert toute la nuit, où elle avait prétendu qu'il devait s'entraîner, en bon sportif de haut niveau, avant sa prochaine compétition. Ross avait dû soulever quelques poids et haltères avant de gagner le droit de se faire chouchouter par sa masseuse en titre…

Elle frissonna en se remémorant leur incroyable étreinte dans les vestiaires, déserts à cette heure avancée de la journée, mais où ils auraient très bien pu se faire surprendre par un membre du personnel… Le goût de l'interdit avait épicé encore un peu plus leur petite mise en scène, et, lorsqu'ils s'étaient séparés, Ross avait promis de songer à un autre lieu public où ils pourraient un jour s'entraîner de nouveau sans craindre de finir au commissariat pour exhibitionnisme…

Plongée dans ses délicieuses pensées, Kara sursauta en entendant Mitch reprendre la parole.

— Vos yeux aussi semblent différents… A vrai dire, je n'avais jamais remarqué qu'ils étaient d'un bleu si parfait, nota Mitch en la fixant avec intensité.

Kara s'apprêtait à lui répondre sur le ton de la plaisanterie, quand elle s'arrêta net.

Mitch était bel et bien en train de flirter avec elle ! Lui qui n'avait jamais manifesté rien de plus que de la politesse à son égard n'avait pas cessé de lui faire des compliments pendant tout le déjeuner. Et voilà qu'il passait maintenant à la vitesse supérieure en lui parlant de son physique en des termes plus que flatteurs…

Comment expliquer une telle évolution ? Elle n'avait pourtant pas changé en l'espace de si peu de temps ! A moins que Mitch n'ait perçu, au-delà de sa simple apparence, le changement plus profond qui s'était récemment opéré en elle… Jamais sa vie sexuelle n'avait été si satisfaisante et, à en croire Tina, les hommes réagissaient toujours à cette plénitude érotique qu'ils sentaient instinctivement chez une femme.

— Je n'arrive pas à comprendre comment j'ai pu ne pas m'en apercevoir plus tôt, poursuivit Mitch d'un ton admiratif qui la fit rougir.

En le détaillant, elle se rendit compte que Mitch Jones était tout à fait le genre d'homme qui la séduisait d'habitude. Grand, blond, intelligent, il possédait un charme certain. Sans compter une belle carrière. Bref, il avait tout pour plaire…

— Kara, seriez-vous libre samedi soir ? l'interrogea-t-il sans transition.

Prise au dépourvu, elle s'efforça de ne pas paniquer. Cette proposition aurait dû la réjouir… Mieux, elle aurait dû s'empresser d'accepter. C'était bien pour pouvoir sortir avec d'autres hommes sans forcément tomber amoureuse de ceux qui ne lui convenaient pas qu'elle avait demandé à Ross de faire son « éducation » ! Et voilà qu'une très bonne opportunité de mettre son savoir en pratique se présentait à elle…

Alors pourquoi n'éprouvait-elle aucune envie de dire oui ?

— Je ne sais pas si vous m'avez entendu, mais je viens de vous inviter à sortir samedi soir, répéta Mitch avec un sourire indulgent. Nous pourrions dîner, et peut-être ensuite aller danser quelque part…

— Je… Excusez-moi, Mitch, je vous ai parfaitement entendu, mais…

La vérité était toute simple : samedi soir, elle avait déjà rendez-vous. Avec Ross. Sauf, précisément, qu'il ne n'agissait pas d'un véritable rendez-vous, puisqu'elle ne sortait pas avec Ross…

D'ailleurs, c'était une des règles sur lesquelles ils étaient tombés d'accord avant de commencer leurs travaux pratiques : ils gardaient la liberté de sortir avec qui leur plaisait. Ross n'avait-il pas le premier mis cette règle en pratique, en prenant une fois un verre avec une certaine Amy ? Elle était sûre qu'il ne lui ferait aucun reproche si elle décommandait leur rendez-vous pour passer la soirée avec Mitch. Au contraire, il se réjouirait sûrement pour elle.

—… mais vous avez déjà quelqu'un dans votre vie en ce moment, répondit Mitch à sa place.

Kara déglutit avec peine.

— Eh bien, je… Qu'est-ce qui vous fait dire ça ?

— Cela saute aux yeux, dit-il gentiment. Vous ne seriez pas contre l'idée de passer une soirée avec moi, mais quelque chose vous retient. Ou plutôt quelqu'un.

Terriblement embarrassée, Kara opta pour la vérité.

— Oui, c'est en quelque sorte le cas. Je suis désolée, Mitch.

Il soupira avec résignation avant d'ajouter :

— A vous voir ces temps-ci, je m'en doutais un peu. Mais, si jamais vous êtes de nouveau disponible un jour, surtout n'hésitez pas. Ma proposition reste valable sans limitation de durée.

Décidément, cet homme était adorable. Même éconduit, il restait souriant et aimable. Ce qui ne faisait que souligner un peu plus le fait qu'elle aurait dû accepter l'occasion qu'il lui offrait de mieux le connaître.

Alors, comment expliquer l'absurdité de sa conduite ? Qu'est-ce qui ne tournait pas rond chez elle ? Cela ne lui ressemblait pas de lâcher la proie pour l'ombre. Ou plutôt la perspective d'une véritable relation avec un homme bien sous tous rapports pour un simple… fantasme.

C'était probablement le signe qu'elle prenait ce qu'elle vivait avec Ross bien trop à cœur. Et qu'elle retombait dans ses vieux travers… Pourtant, ils avaient établi des règles censées la prémunir contre tout emballement déplacé. En avait-elle enfreint une sans même s'en rendre compte ? Aussitôt, elle les passa en revue mentalement.

« L'amitié avant tout » : de ce côté-là, pas de problème.

« A la moindre gêne, on arrête tout » : loin de ressentir une quelconque gêne — du moins passée leur première tentative infructueuse —, elle n'y avait pris que du plaisir… Et quel plaisir !

« En cas d'incompatibilité sur le plan physique, pas d'entêtement inutile » : sur ce point-là, il n'y avait pas d'hésitation possible.

« Ne pas perdre de vue l'objectif » : bien au contraire, ils n'avaient fait que se préoccuper de cela.

« Ne pas s'empêcher de fréquenter d'autres gens » : là, évidemment, elle devait bien reconnaître qu'elle venait tout juste de faire une entorse à la règle… Mais cela était-il si grave ?

Et enfin : « Etre honnête en toutes circonstances. » Là était le problème. Comment pouvait-elle prétendre être honnête, alors qu'elle venait tout juste de se mentir à elle-même ? Elle venait d'enfreindre l'une de leurs règles du jeu, et ce n'était pas anodin.

D'autant que, si elle voulait être honnête jusqu'au bout, elle devait bien reconnaître que l'objectif de départ — l'aider à être plus à l'aise avec sa sexualité — était largement atteint. Et qu'il était temps d'interrompre une « formation » qui n'avait donc plus de raison d'être.

Il fallait à tout prix qu'elle en parle avec Ross. Dès samedi soir.

Qui sait, peut-être parviendraient-ils à se mettre d'accord sur une nouvelle règle qui leur permettrait de résoudre ce problème ?

*
* *

Bon sang, mais que pouvait bien fabriquer Ross ? s'impatienta Kara en vidant son verre de limonade.

Installée au comptoir de Bucky's Barn, le bar country-western où il lui avait donné rendez-vous en laissant un message sur son répondeur, elle attendait déjà depuis une bonne demi-heure.

Et Dieu savait qu'elle n'avait pas besoin d'attendre davantage ces temps-ci ! Depuis jeudi — jour où elle avait décliné la proposition de Mitch Jones — elle ne faisait que cela : attendre leur *dernier* rendez-vous... Celui où elle lui annoncerait qu'il ne fallait plus qu'ils se fréquentent.

Elle avait passé en revue toutes les façons possibles de lui expliquer sa décision. Et opté en fin de compte pour la franchise : « Je crois que je suis en train de m'attacher. »

Connaissant Ross et sa phobie de l'engagement, il devrait filer sans demander son reste. Et le problème serait réglé.

Enfin, façon de parler...

L'idée lui serra le cœur. C'était un peu comme devoir renoncer à une fête dont on avait pris l'habitude, Noël par exemple. L'envie de se livrer à un tout dernier fantasme avec lui — un dernier cadeau à ramasser sous le sapin — s'empara d'elle tout à coup. Surtout qu'elle brûlait de savoir quel genre de scénario il pouvait bien avoir mis au point dans un endroit comme celui-ci... Joueraient-ils aux cow-boys ? Au shérif et au voleur — ou plutôt à la voleuse ? A moins que...

« Non, Kara ! se raisonna-t-elle. C'est la pire chose à faire, et tu le sais bien. » Comment pouvait-elle imaginer lui dire qu'ils en resteraient là juste après avoir fait l'amour ? Impossible.

En attendant, elle risquait bien de ne rien pouvoir lui annoncer du tout si Ross ne faisait pas son apparition, songea-t-elle en consultant sa montre une nouvelle fois. Quelque chose clochait… Le Voleur d'Amour était arrivé en retard, lui aussi, mais seulement d'un petit quart d'heure. Non seulement Ross savait qu'elle détestait attendre, mais il devait bien se douter qu'un retard exagéré ne constituait pas le meilleur des aphrodisiaques…

A tout hasard, elle téléphona chez lui depuis la cabine installée au fond du bar. Personne. Elle laissa un message avant de consulter son répondeur téléphonique, au cas où. Et, en effet, il y avait bien un appel de Ross.

— Kara, où es-tu ? s'étonnait-il. Les chevaux vont bientôt rejoindre leurs box et le champagne n'est déjà plus très frais… J'espère qu'il ne t'est rien arrivé.

Des chevaux ? Du champagne ? Mais de quoi parlait-il ?

Saisie d'un doute, elle consulta l'annuaire mis à la disposition des clients et comprit son erreur : la ville comptait *deux* Bucky's Barn. Le second était un centre équestre situé à l'autre bout de la ville…

— Y a-t-il une Kara Collier dans la salle ? demanda le patron du bar.

— Oui, c'est moi, répondit-elle en se dirigeant vers le comptoir.

— Un appel pour vous, dit-il en lui passant le combiné.

C'était Ross, qui venait lui aussi de consulter son répondeur. Elle lui expliqua son erreur en s'excusant.

— Ce n'est pas grave, ma belle, dit-il d'un ton soulagé. J'avais peur qu'au dernier moment tu n'aies pas eu envie de venir. Que tu te sois lassée de moi…

Kara sentit une boule se former dans sa gorge. Elle était bien loin de s'être lassée de lui… Mais le résultat serait le même.

— Bon, tant pis pour la chevauchée sauvage que j'avais prévue, reprit-il. Rejoins-moi chez moi et nous mettrons à exécution le plan de secours…

Le plan de secours ? En quoi pouvait-il bien consister ? Kara raccrocha en soupirant. De toute façon, elle ne le saurait jamais… Leur rendez-vous manqué était un signe du destin. Le signe qu'ils devaient mettre un terme à cette merveilleuse parenthèse érotique avant que les choses ne tournent mal.

Quand elle arriva devant la porte de Ross, sa résolution était prise. Elle allait lui parler sans attendre. Sans lui demander au préalable en quoi consistait le « plan de secours » auquel il pensait…

Il lui ouvrit la porte simplement vêtu d'une serviette de bain nouée autour de la taille, les cheveux encore humides. Et un grand sourire aux lèvres.

Rien qu'en l'apercevant, Kara sentit sa résolution faiblir. L'odeur du shampooing à la noix de coco que Ross avait l'habitude d'utiliser vint lui chatouiller les narines. Et la vue de son large torse musclé la fit littéralement fondre de désir…

— Tu… tu viens de prendre une douche ? demanda-t-elle en entrant.

Quelle question stupide ! Cela se voyait, non ? Seigneur,

si elle ne reprenait pas ses esprits au plus vite, elle n'arriverait jamais à lui parler aujourd'hui…

— Oui. Je ne voulais pas t'imposer l'odeur du cheval que j'ai monté en t'attendant chez Bucky's…

Kara fit une petite grimace.

— Si cela peut te consoler, sache que nous ne nous serions pas beaucoup amusés ensemble, même si j'avais trouvé le bon Bucky's : j'ai une peur bleue des chevaux.

Ross ne lui laissa pas faire un pas de plus. Il l'enlaça et la serra contre lui.

— En fait, que tu aimes ou non les chevaux n'aurait eu aucune importance, expliqua-t-il d'une voix chaude. Je n'avais prévu qu'une courte balade jusqu'à un petit bois situé juste à côté, où nous aurions pu boire du champagne et faire l'amour dans la nature…

Kara frissonna à l'évocation de ce scénario de rêve. Dire qu'à cause d'une stupide erreur elle n'avait pas pu profiter une toute dernière fois de l'imagination débordante de son professeur…

— Mais ce n'est que partie remise, poursuivit Ross en se plaquant encore plus étroitement contre elle. Heureusement, j'ai pensé à un plan de secours… En fait, j'ai gardé le flacon d'huile dont nous nous sommes servis samedi dernier. Et je me suis dit que ma masseuse préférée pourrait peut-être m'offrir un nouveau soin personnalisé, mais à domicile, cette fois… Qu'en penses-tu ?

Kara sentit son érection, déjà impressionnante, pointer à travers la serviette de toilette et venir frotter son bas-ventre. Elle ouvrit la bouche pour répondre, mais pas un son n'en sortit. Ross en profita pour l'embrasser avec fougue.

Seigneur, ce n'était pas du tout ce qu'elle avait prévu…

Et, si Ross continuait à l'exciter de la sorte, elle ne pourrait plus mettre ses résolutions en pratique !

Au prix d'un gros effort de volonté, elle se libéra de son étreinte.

— Ross… Je… Quelque chose ne va pas, parvint-elle à articuler.

— C'est parce que tu portes un jean trop serré, ma belle. Attends, je vais arranger ça, proposa-t-il en portant la main à sa braguette.

Elle l'arrêta d'un geste vif. En dépit du désir qu'elle ressentait pour lui en cet instant, elle se força à se jeter à l'eau. Visiblement, Ross ne s'attendait pas du tout à ce qu'elle allait lui annoncer, mais elle devait le faire.

— Non, ce n'est pas ce que je voulais dire… Quelque chose ne va pas parce que nous ne sommes pas en train de suivre le moindre scénario, expliqua-t-elle presque à contrecœur. Aujourd'hui, nous sommes simplement Ross et Kara qui allons faire l'amour dans ton appartement. Nous avons déjà essayé une fois, tu te souviens ? Et nous avons lamentablement échoué…

Ross fronça les sourcils, totalement décontenancé.

— Mais ça n'a rien à voir ! Les choses ont changé, depuis ce jour-là…

Comme elle ne trouvait pas la force de poursuivre, il en profita pour la prendre de nouveau dans ses bras. Son corps s'était si bien habitué à cette étreinte douce et virile à la fois qu'il refusa de lui obéir quand elle lui ordonna de se dégager.

Ross avait entièrement raison. Les choses avaient bien changé depuis le premier jour où ils avaient tenté de faire l'amour. Elles avaient changé parce qu'aujourd'hui, elle n'avait pas envie de Miguel ni de Mike… mais bel et bien de Ross. De Ross tel qu'il était en cet instant, au naturel, sans déguisement ou identité d'emprunt. Tout en lui invitait au baiser, à la caresse…

— Je crois que nous devrions…, commença-t-elle, la voix chevrotante.

Ross se méprit sur ses intentions.

— Que nous devrions nous déshabiller ? Je suis bien d'accord avec toi ! déclara-t-il joyeusement en s'attaquant cette fois-ci aux boutons de son chemisier.

Lorsqu'elle sentit la chaleur de ses paumes se propager sur la peau fine de ses seins, elle sentit sa détermination fondre comme neige au soleil. Un désir brûlant se répandit dans ses veines comme un torrent impérieux. Tout son corps la suppliait de se laisser faire, d'accepter les caresses délicieuses que Ross savait si bien lui prodiguer…

Confusément, elle se demanda si sa résolution était si importante que cela. Et surtout si urgente. Pourquoi ne pas profiter une dernière fois de ce plaisir inouï qui ne faisait de mal à personne ? Elle pourrait très bien arrêter juste après…

Un sursaut de conscience l'arrêta juste à temps, au moment précis où Ross défaisait les derniers boutons de son chemisier.

Haletante, elle s'écarta de lui au prix d'un grand courage.

— Non… Je crois que nous devrions arrêter.

Elle crut que la mâchoire de Ross allait se décrocher.

— Tu as bien dit… arrêter ? demanda-t-il, abasourdi.

Elle hocha la tête en reboutonnant son vêtement d'une main tremblante. Le moment était venu de lui dire la vérité…

— Je crois que je suis en train de m'accoutumer à tout ça… A nous, avoua-t-elle à voix basse, incapable de confesser qu'elle était en train de s'accoutumer à *lui*.

— Mais je ne vois pas où est le problème… Tu t'accoutumes au plaisir, voilà tout ! riposta Ross. Il n'y a rien de mal à cela. Je ne vois pas pourquoi tu n'aurais pas le droit de t'amuser.

— Mais j'ai le sentiment d'en vouloir toujours plus, et…

— Si ce n'est que ça, coupa-t-il, on peut aussi se voir le vendredi soir, si tu veux. En plus du samedi.

— Non, dit-elle avec fermeté. Tu ne vois pas que cette envie est un mauvais signe ? Elle m'empêche de penser à autre chose, à d'autres gens.

Ross sembla tout à coup prendre conscience de ce qu'elle cherchait à lui dire.

— Oh, je vois.

Il la dévisagea un moment.

— Tu veux dire que tu commences à prendre tout cela au sérieux, n'est-ce pas ? Comme avec les types que tu as fréquentés jusqu'ici ?

— A peu près, dit-elle en rougissant.

Pour être honnête, elle n'en était pas encore à penser à leur liste de mariage, mais, si elle avait refusé de sortir avec Mitch, un homme bien sous tous rapports, cela signifiait qu'elle en prenait le chemin…

— Tu en es sûre ?

— Oui.

Le visage de Ross se décomposa. Tout à coup, il parut si triste qu'elle faillit le prendre dans ses bras pour le consoler. Mais voilà bien la dernière chose à faire dans un tel moment…

Dieu merci, Ross possédait une capacité étonnante à rebondir en toutes circonstances, elle le savait. Elle en eut la preuve sur-le-champ.

Il la regarda droit dans les yeux et annonça :

— Eh bien, c'est une surprise, mais je suis heureux que tu m'en aies parlé. Après tout, en tentant cette expérience, nous ne savions pas comment elle allait tourner.

— Une expérience qui a parfaitement fonctionné, ajouta-t-elle. Nous avons largement atteint notre objectif de départ.

— Et c'était merveilleux tant que cela a duré…

— Ça oui, confirma-t-elle, soudain submergée de souvenirs tous plus incroyables les uns que les autres.

Ils se regardèrent en silence pendant une longue minute. Kara sentit son cœur se serrer, puis annonça :

— Je crois que je ferais mieux de partir.

— Je… Comme tu veux, dit-il d'un ton résigné. Je crois que je vais devoir m'occuper de moi tout seul, ce soir…

— Qu'est-ce que tu veux dire ?

— Eh bien, tu ne crois quand même pas que je vais survivre si je reste dans l'état où tu m'as mis, ma belle ?

— Tu veux dire que tu vas…

Elle s'interrompit, un peu gênée.

— Me caresser dès que tu auras tourné le dos ? J'y compte bien ! Tu m'as rendu fou !

Elle ne put s'empêcher de l'imaginer en train de faire

aller et venir ses doigts le long de son membre dressé, seul sur son lit… Peut-être en train de penser à elle…

— Je n'ai jamais été capable de faire ça.

— Tu plaisantes, j'espère ? Chaque fois que tu m'as touché, j'ai littéralement perdu la tête !

Elle rougit légèrement.

— Non, je voulais dire… me caresser.

Ross parut sidéré.

— Quoi ? Tu veux dire que tu ne sais pas te donner du plaisir toute seule ?

Elle secoua la tête avec embarras.

Une lueur malicieuse passa dans les prunelles de Ross.

— C'est trop bête. Voilà une chose que j'aurais pu t'enseigner.

— Vraiment ? demanda-t-elle, sincèrement surprise.

— Vraiment. Quel dommage que nous arrêtions justement nos leçons ce soir… Nous aurions pu passer un très bon moment. Mais…

Il lui sembla que Ross tentait de la convaincre une dernière fois.

— Mais nous ne le ferons pas, conclut-elle malgré l'envie qu'elle avait de rester.

— Je suppose que tu as raison, concéda-t-il à regret.

Il lui caressa doucement la joue en la contemplant avec acuité.

— Tu es une femme extrêmement sensuelle et douée pour l'amour, ma belle. J'espère que tu le sais, maintenant.

— Oui. Grâce à toi. Tu as été le meilleur des professeurs, tu sais.

— Je ne t'ai rien enseigné que tu ne savais déjà, corrigea-t-il. Je t'ai simplement aidée à explorer les possibilités qui s'offraient à toi.

Toute une gamme d'émotions se succédèrent dans les yeux de Ross. Des regrets, bien sûr, mais aussi du désir et l'affection… Subitement, elle se représenta avec lui dans quelques années, menant une vie tranquille mais parfaitement satisfaisante — en particulier au lit… Le dimanche matin, ils iraient faire le marché avant de lire le journal dans un petit jardin public… Ensuite, ils rentreraient chez eux dévorer un brunch qu'ils auraient préparé ensemble et feraient l'amour tout l'après-midi…

Seigneur, mais qu'est-ce qui lui prenait ? Elle perdait complètement la tête ! Il s'agissait de Ross, son meilleur ami ! Vraiment, il valait mieux en finir dès ce soir avant de risquer de souffrir…

— C'est vrai, reprit Ross. Prends l'exemple du Voleur d'Amour… Je n'ai pas eu besoin de t'enseigner comment inverser les rôles. Ni comment me rendre fou de désir à petit feu…

Elle sourit en se souvenant d'un autre scénario.

— Moi, j'ai aimé la manière dont tu as passé ta main sous ma jupe d'hôtesse dès que nous sommes montés à bord de l'avion…

— Tu avais l'air un peu nerveuse. Je me suis dit que cela te détendrait.

— Me détendre ? Tu penses, j'ai plutôt failli m'évanouir !

Ce fut au tour de Ross de sourire.

— Heureusement, j'étais là pour te soutenir…

— Et Miguel… Ah, Miguel ! soupira Kara. Il était vraiment… *fantástico.*

Ils pouffèrent ensemble au souvenir de la manière dont Ross avait écorché la langue espagnole ce soir-là.

— Mais Katherine était fantastique, elle aussi ! Une vraie créature de rêve, sauf que j'étais bien réveillé. J'ai failli me pincer pour y croire, tu sais.

Kara sentit qu'elle ne résisterait pas longtemps à l'évocation de ces merveilleux moments. Chaque mot échangé lui rappela une foule de sensations divines, qu'elle brûlait de ressentir de nouveau. Maintenant…

— Je ferais vraiment mieux de partir, maintenant.

Ross hocha la tête et s'approcha pour l'embrasser. Au dernier moment, il déposa un baiser très doux sur son front, comme s'il avait réussi *in extremis* à ne pas s'emparer de ses lèvres.

— Sors d'ici avant que je ne fasse de toi mon esclave sexuelle, grommela-t-il d'une voix rauque. Ou que je devienne le tien.

L'espace d'une seconde, il n'y eut rien de plus désirable au monde à ses yeux.

Elle s'enfuit avant de céder à la tentation.

8.

Une heure plus tard, Kara se tournait et se retournait dans son lit, incapable de trouver le sommeil. Et surtout incapable de ne pas regretter la décision qu'elle venait de prendre.

Pourquoi n'auraient-ils pas droit à un tout dernier fantasme ? Une dernière étreinte en souvenir de l'expérience merveilleuse qu'ils avaient vécue…

S'ils s'accordaient tous deux sur le fait qu'il s'agissait bien de la dernière, où était le problème ?

Pour la dixième fois en dix minutes, elle tendit la main vers le téléphone posé sur la table de nuit. Puis, une nouvelle fois, elle la laissa retomber sur son lit. Pourquoi chercher à retarder l'inévitable ? Il faudrait bien, un jour ou l'autre, qu'ils se décident à mettre fin à tout cela… Sinon elle viendrait à le regretter, elle en avait la certitude.

Mais tout son corps était tendu comme un arc sous l'effet de la frustration. Elle se souvint du sourire coquin de Ross quand il lui avait proposé de lui apprendre à se donner du plaisir toute seule. Qui sait ? Peut-être serait-elle capable de trouver la clé de cet acte mystérieux sans son aide ? En tout cas, elle ne perdait rien à essayer… Tout plutôt que de rester sans rien faire quand son désir pour lui la torturait.

Timidement, elle glissa une main entre ses jambes et effleura son sexe en pensant à lui. Avec un peu plus d'insistance, elle entreprit de se caresser vraiment. Mais le résultat n'était pas à la hauteur de ses espérances.

Comment Ross s'y était-il pris pour deviner le rythme adéquat, la juste pression sur sa chair la plus intime qui à chaque mouvement de ses doigts la rapprochait un peu plus de l'orgasme ? Rassemblant ses souvenirs, elle tenta bien d'imiter ses gestes experts, mais se rendit rapidement à l'évidence : sans Ross, cela ne fonctionnait pas. Oh, ce n'était pas désagréable, mais cela n'avait vraiment rien de torride.

Kara poussa un profond soupir et enfouit sa tête dans son oreiller. Inutile d'insister. Elle ferait mieux de dormir. Le problème, c'est qu'elle ne voyait pas du tout comment y parvenir…

Elle se redressa vivement en entendant résonner la sonnette de la porte de l'entrée. Qui pouvait bien se présenter chez elle à 11 heures du soir ? Ce n'était pas Tina, tout de même ?

Enfilant à la hâte son kimono en satin, elle courut jusqu'à la porte, le cœur battant.

Elle crut défaillir de bonheur en constatant que c'était Ross. Elle ouvrit grand la porte.

— Ross ? Qu'est-ce que…

— Je te demande simplement de m'écouter, coupa-t-il en franchissant le seuil avant de refermer la porte derrière lui sans attendre qu'elle l'invite à entrer. J'ai bien réfléchi depuis ton départ : si je respecte ta décision de mettre fin à nos petits jeux, je pense qu'il est de mon devoir de t'enseigner comment te donner du plaisir toute seule. Il en va de la rigueur de mon enseignement. Si je ne suis plus là pour te faire jouir, comment vas-tu faire ? Il faut que tu aies ton indépendance si tu ne veux pas de nouveau tomber dans les bras du premier abruti venu simplement parce que tu as envie de faire l'amour...

Il lui sourit d'un air mi-malicieux, mi-désespéré. Visiblement, il se trouvait dans le même état qu'elle...

— Je... Je ne sais pas, bredouilla-t-elle dans un dernier élan de sagesse.

— Juste une toute dernière leçon ? insista Ross, devinant son trouble. Je serais ton sexologue particulier, si tu veux bien. Le docteur... heu... Le docteur Michaels. Imagine que je porte une blouse blanche, et non mon vieux jean délavé.

Une toute dernière leçon ? songea-t-elle, déjà vaincue. Pourquoi pas, après tout, car ils en mouraient d'envie tous les deux ? D'autant qu'elle venait de constater quelques minutes plus tôt qu'elle n'avait en effet aucune autonomie en matière de plaisir solitaire...

Ross fit quelques pas en direction de sa chambre.

— Ainsi, c'est ici que tu vis ? Cela ressemble exactement à l'idée que je me faisais de ton intérieur : propre, bien rangé et très féminin...

— Je suis heureuse que cela te plaise, dit-elle. Heu... Que cela vous plaise, docteur Michaels.

Une lueur de joie pure passa dans les yeux de Ross.

— En effet, je pense que ce cadre conviendra parfaitement à notre leçon particulière, mademoiselle Collier. Auriez-vous l'amabilité de vous allonger sur votre lit pour que je puisse procéder à l'examen habituel ? demanda-t-il en entrant à sa suite dans la chambre.

Il empila les deux oreillers l'un sur l'autre et les tapota pour l'inciter à s'installer confortablement.

Kara lui obéit sans attendre.

— Je crois comprendre, mademoiselle Collier, que vous souffrez de… d'un trouble de l'onanisme, déclara-t-il dans un demi-sourire.

— En effet, docteur Michaels, murmura Kara, amusée par le choix de ses mots. Et il s'agit d'un problème chronique.

— Un problème chronique ? feignit-il de s'alarmer. Dans ce cas, vous avez eu le bon réflexe en faisant appel à moi. Je suis justement un spécialiste. Vous savez, ce type de trouble ne doit pas être pris à la légère. Il existe des traitements très efficaces.

Tout en parlant, il s'assit sur le bord du lit et écarta lentement les pans du kimono que portait Kara. Elle sentit une onde brûlante la traverser quand les yeux de Ross se posèrent sur sa peau nue. Elle sentait son désir s'accroître au même rythme que le sien, comme une vague irrépressible qui menaçait de les emporter tous les deux…

— Dans le cas de dysfonctionnements persistants, la seule solution est d'essayer…

Il promena son regard sur les globes tendus de ses seins.

— Et d'essayer…

Ses yeux descendirent plus bas, vers son ventre inondé d'une chaleur délicieuse.

— Et d'essayer encore…

Enfin, il contempla avec avidité l'endroit où ses cuisses

se rejoignaient en un petit fouillis de boucles blondes, et elle eut l'impression, au plaisir inouï qu'elle prit à ce simple regard, qu'il venait de la toucher, alors qu'il n'en était encore rien…

— Jusqu'à la réussite complète, conclut-il d'une voix rauque en lui écartant légèrement les jambes.

— Que dois-je faire, docteur ? parvint-elle à articuler.

— Si j'étais à votre place, je commencerais par là, conseilla-t-il en lui prenant la main droite et en la posant sur l'un de ses seins.

— Hmm…, gémit-elle en suivant le geste très habile qu'il imprimait à sa paume.

— Dites-moi ce que vous ressentez, mademoiselle Collier.

— Eh bien, je… C'est très doux.

Kara était troublée à la fois par ses propres caresses et par la main de Ross qui les guidait.

— Touche le mamelon… Pince-le doucement…, suggéra Ross en oubliant son rôle de « médecin » sous le coup de la tension érotique qui s'installait.

— Oh…, s'émerveilla-t-elle en sentant la pointe durcir délicieusement sous ses doigts.

Dire que, depuis tant d'années, elle n'avait jamais eu l'idée de se caresser toute seule la poitrine… Sauf qu'aujourd'hui, elle n'était pas seule : il lui semblait que le regard de Ross imprimait à chacun de ses gestes une intensité supplémentaire.

— Tu vois, dit-il en respirant un peu plus vite. Quand je sens la pointe de tes seins durcir sous mes doigts, je sais que tu commences à te laisser envahir par l'excitation…

Tandis qu'elle poursuivait son exquise exploration sur l'autre sein, Ross lui écarta un peu plus les jambes. Dans un réflexe, elle tenta de les refermer. Ross la retint d'une main douce mais ferme.

— Ne te sens pas mal à l'aise, ma belle… Ton corps est magnifique, la rassura-t-il. Et puis le docteur a besoin de tout voir s'il veut t'aider à guérir…

Puis il guida sa main libre jusqu'à son bas-ventre en suggérant :

— Vas-y, apprends à mieux te connaître aussi à cet endroit… Découvre quelles caresses te font vraiment du bien…

Timidement, Kara glissa un doigt dans la moiteur tiède de son sexe sous le regard approbateur de Ross.

— C'est ça, l'encouragea-t-il, continue comme ça…

Une décharge électrique parcourut ses reins lorsqu'elle effleura le point le plus sensible de son corps et elle ne put se retenir de gémir.

— Tu commences à y prendre du plaisir, n'est-ce pas ?

Le corps en feu, elle se contenta de hocher la tête avant de fermer les yeux pour mieux se concentrer sur ce qu'elle ressentait. Accélérant le rythme de ses attouchements, elle sentit la volupté s'intensifier à chaque pression de ses doigts.

— Maintenant, explore l'intérieur de ton sexe, ordonna Ross.

Sans attendre, elle plongea un doigt, puis deux, au plus profond de son intimité. La puissance de ce qu'elle éprouva en cet instant la fit gémir de nouveau, plus fort cette fois. Ses hanches se mirent à tressaillir en cadence.

— Oh, balbutia-t-elle, éperdue. C'est si bon…

— Je le vois, ma belle… Tout ton visage exprime le plaisir que tu ressens. N'oublie pas ta poitrine, continue à la caresser en même temps.

Elle lui obéit aussitôt, chavirée par l'ivresse que ces caresses simultanées faisaient naître en elle.

Puis elle se souvint de la manière dont Ross l'avait touchée dans l'avion. Sans cesser de faire aller et venir son index en elle, elle posa son pouce sur son clitoris et y imprima de petits cercles concentriques qui lui firent perdre rapidement toute notion de la réalité. Sauf de la voix de Ross qui l'encouragea de plus belle, encore et encore…

Soudain, une déflagration de plaisir envahit chaque cellule de son corps. Elle s'arc-bouta, sa main s'agitant frénétiquement entre ses cuisses, et sentit l'orgasme la foudroyer dans un feu d'artifice de sensations inouïes.

Hors d'haleine, elle se laissa retomber sur le matelas, le corps encore agité des soubresauts de l'extase. Au même instant, Ross se glissa tout contre elle et lui murmura à l'oreille :

— Tu me rends fou… Je veux être en toi, à la place de tes doigts.

Kara, encore enfiévrée par le plaisir qu'elle venait de prendre, commença à défaire les boutons de son jean d'une main tremblante. Elle aussi avait envie qu'il la possède sur-le-champ…

Sans qu'elle ait eu le temps de comprendre comment il avait pu se déshabiller aussi vite, elle le vit la prendre par les hanches et la pénétrer aussitôt, comme si, en effet, sa vie en dépendait.

En l'espace de quelques puissants coups de reins, elle fut de nouveau au bord de l'orgasme. Et elle voyait bien, à la lueur presque animale qui brillait dans les yeux de Ross, qu'il en était de même pour lui. En cet instant, ils n'étaient plus que deux corps possédés par la fièvre du désir, tournés vers un même but qu'ils ne pourraient atteindre qu'ensemble…

Kara crut défaillir quand le torrent de la jouissance se déversa une seconde fois dans ses veines. Et, lorsqu'elle sentit la chaude semence de Ross se répandre en elle, elle cria son nom en le serrant très fort contre elle.

Ce n'est qu'une fois un peu redescendue sur terre qu'elle réalisa la bévue qu'elle venait de commettre. Submergée par cette tempête passionnée, elle avait complètement oublié le Dr Michaels et sa patiente à problèmes, Mlle Collier…

Ross se dégagea et roula sur le lit à son côté. Allongés tous près l'un de l'autre, ils reprirent lentement leur respiration.

— Désolé, mais je n'arrive pas à pratiquer le sexe en simple spectateur, plaisanta Ross. Tu m'excites beaucoup trop pour cela, Kara.

Kara sentit son cœur battre la chamade de plus belle. Elle ne s'était pas trompée : leurs identités d'emprunt ne faisaient plus illusion. Ce soir, ils étaient bien Ross et Kara, collègues et amis de longue date. Et ils venaient de faire l'amour sauvagement.

Le pire, c'est que cette idée ne lui déplaisait pas autant qu'elle l'aurait cru… Ce qui ne l'empêchait pas de réaliser, au plus profond d'elle-même, qu'elle se trouvait désormais dans une situation assez risquée.

Déboussolée, elle s'appuya sur un coude et se tourna vers Ross.

— Ross… Qu'allons-nous faire, maintenant ?

— Je ne sais pas encore, avoua-t-il. Laisse-moi une minute pour réfléchir…

Réfléchir ? Ross voulait réfléchir à leur situation ? Encore un signe que quelque chose ne se déroulait pas normalement, s'alarma-t-elle. En tant qu'amie, elle était bien placée pour le savoir : lorsqu'il devenait l'amant d'une femme, ce n'était vraiment pas son genre d'essayer d'analyser ce qui se passait entre eux…

Au bout de quelques instants, Ross se tourna à son tour vers elle.

— Je crois que j'ai trouvé, annonça-t-il triomphalement.

— Vraiment ? s'étonna-t-elle.

La solution était donc si simple que ça ?

— Je crois. Ecoute-moi, commença-t-il. Tu as peur de t'attacher à moi, c'est bien ça ? Affectivement parlant, je veux dire ?

— Eh bien… Oui, c'est à peu près ça.

— Tu crains de te mettre à penser à moi comme à un petit ami, voire un mari, avec des enfants, un chien, une maison ; et toutes ces bêtises ?

Toutes ces bêtises ? Elle faillit sourire. Voilà typiquement le genre de réflexion qui n'appartenait qu'à Ross…

Elle hocha la tête.

— Mais enfin, c'est ridicule, Kara ! Si tu examines la situation à froid, tu constateras de toi-même que tes craintes sont totalement absurdes. Comment veux-tu qu'une femme comme toi puisse tomber amoureuse d'un type comme moi ? Je n'ai aucune ambition. Je ne suis qu'un adolescent attardé qui roule en Mobylette et qui collectionne les vieilles bandes dessinées. Tu sais bien que je ne grandirai jamais… Alors comment pourrais-tu avoir envie de construire quoi que ce soit avec moi ?

Kara le dévisagea attentivement. Le fait est qu'il venait de soulever un point important. Et très pertinent. Elle savait depuis leur rencontre que Ross n'était pas du tout son genre. Elle n'avait aucune envie d'épouser un homme comme lui.

— Tu n'as pas tort, reconnut-elle, presque convaincue.

— Ça, je le sais ! s'exclama-t-il. Nous sommes diamétralement opposés.

— Mais on dit bien que les opposés s'attirent, argumenta-t-elle en se faisant l'avocat du diable.

— Sur le plan sexuel, peut-être. Mais pour bâtir une relation sur le long terme, il faut se ressembler.

— Ou être capable de faire des compromis. D'ailleurs, tous les couples sont obligés d'en faire.

Ross laissa échapper un soupir.

— Je ne le sais que trop bien, mais je ne suis pas sûr que cela puisse faire le bonheur des gens. Ma mère était l'incarnation même du compromis et de l'esprit de sacrifice. Elle a renoncé à sa personnalité pour se dévouer corps et âme à son mari et à ses enfants. Et je sais très bien qu'elle était malheureuse, au fond.

Kara fronça les sourcils.

— N'empêche que ta mère n'a jamais quitté ton père,

même une fois que toi et tes sœurs êtes partis à l'université… Nous ne sommes plus au Moyen Age, elle aurait très bien pu demander le divorce…

— Eh, mais tu es de quel côté ? protesta Ross. Je suis censé te convaincre que je ne suis pas celui qu'il te faut, et toi…

— Je sais. Mais justement, j'ai besoin d'être sûre, expliqua-t-elle en fixant ces grands yeux bruns qu'elle connaissait si bien, et qui pourtant, ce soir, lui semblaient receler tant de secrets.

— C'est vrai, mon père et ma mère sont restés ensemble après notre départ, mais seulement par habitude. Comme des pigeons dans une cage qui ne réalisent pas qu'à l'extérieur, le vaste monde ne demande qu'à être découvert, soupira-t-il. Non vraiment, je crois qu'il est contre nature de vouloir renoncer à ce que l'on est pour quelqu'un d'autre.

— C'est vraiment ce que tu penses ? insista-t-elle, le cœur étrangement lourd, tout à coup.

— Oh oui. Mais ne fais pas cette tête ! Je sais que tu es beaucoup moins pessimiste que moi. Et je sais aussi que tu trouveras l'homme qu'il te faut en temps et en heure. Je suis persuadé que, le moment venu, tu choisiras le bon, et pas un de ces *losers* que tu as fréquentés jusqu'ici. C'est d'ailleurs dans ce but que nous avons commencé nos « rencontres », non ?

— En effet, approuva-t-elle en avalant péniblement sa salive.

Après avoir marqué un temps d'hésitation, elle poursuivit :

— Dis-moi, Ross… D'après toi, à quoi ressemble l'homme que je devrais choisir ?

— Je ne sais pas au juste, mais cela devra être quelqu'un de stable et de responsable, répliqua-t-il aussitôt comme s'il avait déjà réfléchi à la question. Quelqu'un d'ambitieux, mais pas d'arriviste. Quelqu'un qui t'emmènera au cinéma le samedi soir et prendre un brunch en terrasse le dimanche matin. Un homme qui voudra des enfants de toi et achètera une voiture familiale, et qui t'offrira des vacances à Hawaii avec ses économies.

Kara leva les yeux au ciel.

— Evidemment, dans ta bouche, tout cela a l'air d'un ennui mortel…

— L'essentiel, c'est que ce ne soit pas ennuyeux à tes yeux… Et cela ne l'est pas, je me trompe ?

— Non.

— Alors ce que je pense moi n'a aucune importance. Ce qui compte, c'est toi et ton futur prince charmant. Et ce prince charmant, ce n'est pas moi, c'est évident, non ?

— Tu n'as pas tort, admit-elle.

Et pourtant, elle avait encore le sentiment qu'un point restait irrésolu, sans qu'elle puisse déterminer lequel.

— Et toi Ross ? Qu'attends-tu d'une femme ? Et ne crois pas t'en tirer en me disant que tu ne t'engageras jamais. Je veux une réponse, même théorique.

Ross parut songeur.

— J'avoue que je n'y ai jamais vraiment réfléchi. Mais je dirais quelqu'un qui ne fait pas toute une montagne des petits problèmes de la vie. Quelqu'un qui sait profiter de chaque instant de l'existence… Et qui n'a pas peur de rompre avec ses habitudes pour partir à l'aventure. Qui pourrait par exemple tout plaquer pour traverser le pays avec moi dans une vieille voiture…

— Je vois, commenta-t-elle sobrement.

Il venait de décrire exactement tout ce qu'elle n'était pas.

Ces petits problèmes de la vie auxquels il avait fait allusion étaient sans doute ce qui l'occupait la plupart du temps, tout comme la majorité des gens : remplir son frigo, garder son travail ou en trouver un meilleur, payer ses impôts… Quant à tout plaquer pour traverser le pays dans une vieille voiture, sûrement pas ! Pourquoi supporter des milliers de kilomètres sans climatisation alors qu'on pouvait tout simplement prendre l'avion ?

— En fait, tu cherches ta jumelle, c'est ça ?

Ross pouffa de rire.

— Désolé, mais tu m'as demandé un portrait-robot théorique. Et il est fort probable que cette femme n'existe pas. La plupart des femmes sont comme toi : elles cherchent la sécurité. Et je les comprends très bien.

Il eut un sourire penaud, comme s'il s'excusait de ne pas être le parti idéal dont toutes les filles rêvaient.

Kara comprit soudain pourquoi Ross avait tant de succès malgré son peu de goût pour l'engagement. Ce n'était pas seulement son physique — même s'il fallait reconnaître que cela jouait un grand rôle dans son pouvoir de séduction. Non, il y avait autre chose : Ross était un être foncièrement gentil et honnête. Il n'essayait pas de dissimuler qui il était ou ce qu'il voulait. Il ne mentait pas pour vous mettre dans son lit et vous briser le cœur ensuite.

Dans un subit élan de tendresse, elle vint se nicher entre

ses bras musclés. Ross sourit et lui passa doucement la main dans les cheveux.

— Alors, ma belle, t'ai-je fait assez peur pour te convaincre que tu ne voulais pas avoir une vraie relation avec moi ?

— Disons que, présenté de cette manière, cela semble en effet impossible.

— Mais tu as bien compris également que je ne veux pas que nous arrêtions de nous voir pour autant, n'est-ce pas ? Il nous reste tant de choses à explorer ensemble, tant d'expériences à faire… Pense à ce que tu viens d'apprendre sur le plaisir solitaire. Tu vois bien que nos petites séances sont bénéfiques pour toi…

— Bénéfiques pour moi ? Et pas pour toi peut-être ? demanda-t-elle d'un ton railleur.

— Pour moi aussi, évidemment, confessa-t-il. Très bénéfiques même.

Il lui sourit d'un air radieux.

— Jamais je n'ai pris autant de plaisir avec une femme.

Kara crut que son cœur allait s'arrêter de battre.

— Tu plaisantes ?

— Pas du tout. Je crois que tu ne te rends pas compte à quel point tu es sexy et douée. J'envie le prochain type que tu mettras dans ton lit…

Il s'interrompit, et son sourire disparut comme si l'idée d'avoir un jour un successeur lui paraissait déplaisante. Kara ne put s'empêcher de se réjouir de cette réaction si spontanée. Sans le savoir, Ross était peut-être plus attaché à elle qu'il ne le croyait…

— Alors nous sommes d'accord ? reprit-il en l'enlaçant

puis en passant une jambe au-dessus de la sienne dans un geste très familier. Comme deux amants de longue date…

Affolée par ses pensées, Kara se dit qu'elle devait absolument trouver un moyen de se protéger. Elle se souvint *in extremis* de la dernière règle qu'ils avaient établie le tout premier jour : en cas de besoin, chacun pouvait proposer une ou plusieurs nouvelles règles.

— Nous sommes d'accord, mais à une condition : que nous respections une nouvelle règle.

— Une nouvelle règle ? répéta Ross, incrédule. Laquelle ?

— Nous nous fixons une limite.

— Une quoi ?

— Tu m'as bien entendue : une limite. Je ne sais pas moi, pas plus de quatre nouveaux rendez-vous, par exemple.

— Seulement quatre ? s'insurgea Ross. Mais alors tu fais une croix sur tous les fantasmes que nous pourrions réaliser ensemble ? Tu sais, je déborde littéralement d'idées…

— Quatre fois devraient amplement suffire, insista-t-elle en partie pour se convaincre elle-même, tout en résistant à la tentation de lui demander ce qu'il avait en tête.

— Que dirais-tu de constituer une liste ? suggéra Ross, plein d'enthousiasme. Je te dis quels sont mes fantasmes et en échange tu me fais part des tiens… De cette manière, nous saurons exactement combien de rendez-vous supplémentaires il nous faudra pour les assouvir. Nous pourrions même nous voir deux fois par semaine au lieu d'une, et…

— Stop, l'arrêta-t-elle fermement. L'idée de départ était de fixer des limites, pas de les étendre à l'infini.

— D'accord, acquiesça Ross à regret. Mais je continue à penser que cette idée de liste est géniale. Et ne me dis pas que tu n'aimes pas établir des listes : tu passes ton temps à en faire !

— Ross..., commença-t-elle d'un ton de reproche.

— O.K., se résigna-t-il. Fixons une limite si tu veux, mais pas avant d'avoir assouvi les fantasmes qui nous tiennent le plus à cœur.

Ses yeux brillèrent d'une lueur torride et elle sentit sa résolution commencer à flancher.

— Il y a forcément des rêves coquins que tu aimerais voir se concrétiser, non ?

Le cœur battant, elle choisit de mentir.

— Pas vraiment, non.

— Mais si, voyons. Je suis sûr qu'il y en a, petite cachottière... Tu m'as déjà parlé d'un scénario comportant un taxi, tu te souviens ? Mettons-le sur notre liste. Quoi d'autre ?

— Je... Je ne sais pas, s'empourpra-t-elle. J'aime bien l'idée de prendre du sirop de chocolat et de... de nous en couvrir le corps pour...

— Pour ensuite nous lécher mutuellement ? termina Ross, visiblement ravi. J'adore cette idée.

— Tu ne crois pas que c'est un peu cliché ?

D'un geste très doux, il lui prit la main pour la poser sur son membre déjà dur.

— Est-ce que tu penses que je serais dans un tel état si je trouvais cela trop cliché ?

— Non… je ne pense pas, admit-elle en sentant une bouffée de désir prendre possession de son ventre.

Lentement, il guida sa main de haut en bas le long de son sexe.

— Nous pourrions peut-être commencer tout de suite… Tu n'as pas de sirop de chocolat dans ta cuisine ?

Au prix d'un effort surhumain, elle réussit à reprendre ses esprits.

— Non, Ross, dit-elle en s'écartant de lui. Nous en avons fini pour ce soir. Un fantasme à la fois, si tu veux bien. Ça aussi, c'est une nouvelle règle. Et un rendez-vous par semaine.

— Tu es sûre ? demanda Ross avec un regard suppliant.

— Certaine.

Faute de quoi, elle le savait, elle risquait de le regretter plus tard.

9.

Deux semaines plus tard, à la fin de sa pause déjeuner, Ross se laissa tomber dans le fauteuil situé en face du bureau de Tina.

— Sais-tu où est Kara ? s'enquit-il du ton le plus détaché possible.

En réalité, il brûlait de le savoir. Ces derniers temps, il suffisait qu'il la perde de vue l'espace de quelques heures pour qu'il commence à se sentir mal à l'aise, Dieu seul savait pourquoi.

— Elle avait un déjeuner de travail avec Mitch Jones, le chef du marketing chez Emerson, expliqua Tina en sortant un jeu de cartes du tiroir de son bureau. Une petite partie ?

Ross fronça les sourcils. Pourquoi Kara ne lui avait-elle pas parlé de ce déjeuner ? Il ressentit un petit pincement au cœur.

— D'accord, mais une seulement, parce qu'il faut que je retourne travailler, annonça-t-il à Tina qui distribuait déjà les cartes.

En fait, il se promettait de passer au plus vite devant

le bureau de Kara pour voir si elle était enfin revenue… Juste pour en avoir le cœur net, bien sûr.

— Et ce Mitch Jones, comment est-il ? demanda-t-il innocemment.

Ce fut au tour de Tina de froncer les sourcils.

— Qu'est-ce que tu veux dire par là ?

Il comprit aussitôt son erreur. Il ne fallait surtout pas que Tina se fasse des idées…

— Je voulais juste savoir s'il était réceptif aux projets de l'agence, se rattrapa-t-il maladroitement.

Tina eut un petit sourire entendu.

— Depuis quand te préoccupes-tu du bon déroulement des projets marketing de l'agence ? Ne me dis pas que subitement tu vas devenir un bourreau de travail, railla-t-elle. A moins que tu n'aies décidé de te battre pour obtenir le poste que Lancer va libérer ?

— Certainement pas, protesta-t-il. J'ai bien l'intention de continuer à vivre l'esprit en paix.

Ils jouèrent la première partie en silence — et Ross la perdit lamentablement, bien trop absorbé par l'image de Kara prolongeant son déjeuner de travail par un petit verre de liqueur en tête à tête avec le premier chef du marketing venu, qui ne devait pas en revenir de se trouver face à une femme aussi séduisante… Il devait essayer de se montrer sous son meilleur jour en étalant ses connaissances en matière de vins ou en lui parlant de sa résidence secondaire en Floride — peut-être même de flirter discrètement avec elle…

La voix railleuse de Tina le tira brutalement de ses pensées.

— Pourrais-tu te concentrer un peu, Ross chéri ? Je

crois que nous devrions faire une deuxième partie — mais une vraie, cette fois-ci…

— Heu… pardon. Donne-moi les cartes, je vais distribuer.

Tina se carra dans son fauteuil et le dévisagea attentivement.

— Alors, j'ai entendu dire que tes leçons très particulières portaient leurs fruits…

Ross faillit lâcher le paquet de cartes qu'il tenait en main.

— Qu'est-ce que t'a dit Kara ? l'interrogea-t-il avec avidité.

— Relax, mon chou. Si tu veux tout savoir, elle ne m'a pas dit grand-chose… Seulement qu'elle apprenait beaucoup de choses et que tu étais un excellent professeur.

— C'est tout à fait exact, voulut-il plaisanter. Je suis très doué en la matière. N'hésite pas à parler de moi aux plus jolies de tes amies…

Mais, bizarrement, ses vieilles fanfaronnades ne l'amusaient même plus lui-même… Et il en vint même à regretter d'avoir dit cela.

— En fait, je dois t'avouer que je me fais un peu de souci pour Kara, reprit Tina, inhabituellement sérieuse. Elle passe son temps à rêvasser, même au bureau, et c'est un miracle si elle n'a pas encore foncé dans un mur tellement elle semble se ficher complètement de ce qui l'entoure… Tu ne voudrais pas ralentir un peu ?

Ross sentit son cœur faire un bond dans sa poitrine.

— Ralentir un peu ? C'est elle qui t'a dit qu'elle voulait ralentir un peu ce qui se passe entre nous ?

Tina le fixa d'un œil malicieux.

— Non, je voulais parler de la manière dont tu distribues les cartes. J'ai peur que tu finisses par m'en jeter une à la figure tellement tes gestes sont brusques.

— Oh… Désolé, dit-il, soulagé au-delà des mots.

Tout en rassemblant les cartes qui s'étaient éparpillées un peu partout sur le bureau, il songea que lui aussi se faisait un peu de souci ces derniers temps — pas pour Kara, mais pour sa propre santé mentale. Attendre une semaine entière entre chaque rendez-vous lui était devenu insupportable.

A la minute même où il avait réussi à la convaincre que ce petit jeu ne présentait aucun danger pour elle — et par la même occasion à la convaincre de ne pas en rester là —, il avait commencé à s'angoisser. C'était peut-être cette nouvelle règle qu'elle avait cru bon de leur imposer… Quelle drôle d'idée, aussi, de fixer à l'avance un terme à une aventure aussi excitante ! songea-t-il pour la millième fois en deux semaines.

Désormais, ils se retrouvaient également le jeudi soir, chez lui. Pas pour faire l'amour, hélas — Kara restait intraitable sur ce point —, mais pour établir leur liste de fantasmes, en choisir un, et mettre au point tous les détails du scénario.

Sauf qu'ils avaient parfois le plus grand mal à résister à la tentation de se jeter l'un sur l'autre… Jeudi dernier, par exemple, lorsqu'ils avaient évoqué le fantasme de la danseuse de cabaret et du jeune client timide, ils s'étaient tellement échauffés les sens rien qu'en en parlant que Kara avait quasiment fui en omettant de lui dire au revoir, par peur de faire une entorse à la maudite règle qu'elle avait instaurée. Et il avait bien cru en mourir de frustration.

La prochaine fois, ils avaient prévu de jouer au gendarme et au voleur… Il songea subitement qu'acheter une paire de menottes pimenterait encore un peu plus leur petite mise en scène. D'ailleurs, il connaissait un endroit qui…

— Ross ? Tu es sur la planète Mars, ou quoi ? protesta Tina en lui agitant une main devant les yeux. C'est à toi de jouer…

— Désolé. Je pensais à autre chose, dit-il en abattant une carte au hasard sur le bureau.

Tina se pencha vers lui.

— Je vois bien que tu pensais à autre chose, espèce de nigaud… En fait, tu as exactement le même air que Kara en ce moment. Tu es vraiment sûr que vous savez ce que vous faites, n'est-ce pas ?

— Sûr et certain, soupira-t-il. De toute façon Kara passe son temps à nous imposer de nouvelles règles plus contraignantes les unes que les autres… Alors je ne vois vraiment pas comment nous pourrions déborder du cadre que nous nous sommes fixé depuis le début. Non, vraiment, il s'agit d'une aventure purement sexuelle. Nous sommes d'accord sur ce point.

Bien sûr, il n'était pas totalement honnête. Mais à quoi bon lui avouer que, lorsqu'il avait tenté de persuader Kara qu'ils n'étaient absolument pas faits l'un pour l'autre, il avait senti s'éveiller en lui le désir de la convaincre du contraire ?

— Du moment que vous en êtes sûrs tous les deux, alors il n'y a en effet rien d'alarmant, reprit Tina d'un ton qui semblait révéler qu'elle n'était pas dupe.

Elle abattit sa dernière carte, remportant aisément une

partie à laquelle il n'avait prêté aucune attention. Puis, innocemment, jeta un œil à sa montre.

— Dis donc, il n'en finit pas, ce déjeuner avec Mitch Jones…

Ross sentit son estomac se nouer. Tina savait appuyer exactement là où il fallait pour le faire réagir…

— N'oublie pas qu'il s'agit d'un déjeuner de travail, lança-t-il en essayant de masquer sa propre impatience. Tu sais bien que Kara ne met jamais fin à une réunion avant d'avoir passé en revue tous les détails.

— Oui, c'est sûrement ça, acquiesça-t-elle avec ironie.

Ross serra les poings en silence. Tina avait raison. Qu'est-ce que Kara pouvait bien trouver à ce type pour prolonger autant ce déjeuner ? Il aurait donné n'importe quoi pour savoir où ils se trouvaient et ce qu'ils se disaient.

Au prix d'un gros effort de volonté, il se rassura en se disant que Kara et lui avaient passé un accord.

Et il décida d'allonger le plus possible sa liste de fantasmes à assouvir !

D'ailleurs, il trouverait un moment dans l'après-midi pour lui rappeler le programme torride sur lequel ils s'étaient mis d'accord.

Voilà qui lui ferait sûrement oublier son maudit déjeuner de « travail ».

Kara se faufila dans la salle de conférences le plus discrètement possible.

Pour la première fois de sa vie, elle était en retard à une réunion. Mais Mitch Jones était un homme tellement charmant qu'elle n'avait pas vu le temps passer. Et elle s'était sentie profondément rassurée de pouvoir apprécier sincèrement sa compagnie : si elle continuait à trouver d'autres hommes attirants, cela signifiait bien que son étrange relation avec Ross n'empiétait pas sur sa vie sentimentale future…

— Ravi que vous ayez pu vous libérer pour vous joindre à nous, déclara Saul Siegel, le grand patron, d'un ton plus que sarcastique.

Kara s'assit en rougissant.

— Je vous prie de m'excuser, monsieur. Cela ne se reproduira pas.

Tandis que la réunion reprenait son cours normal, elle fit de son mieux pour éviter le regard de Ross, pourtant placé juste en face d'elle. Mais, au bout d'une longue minute, il lui fallut bien lever les yeux…

Elle eut l'impression de recevoir un coup dans l'estomac quand leurs yeux se rencontrèrent. Ce qu'elle lut dans ceux de Ross — le reproche, le désir, la possessivité — était si intense et si perturbant qu'elle faillit en lâcher le stylo qu'elle tenait entre ses doigts.

Elle s'efforça de masquer au mieux le trouble qui s'était emparé d'elle en se concentrant sur les propos de Saul Siegel. Mais le mal était fait… Jamais elle n'avait aussi peu écouté ce qui se disait au cours d'une réunion !

Par bonheur, celle-ci prit fin assez rapidement. A peine les participants avaient-ils commencé à quitter la salle que Ross se dirigea droit vers elle pour lui prendre la main et l'entraîner.

Sans voix, le cœur battant, elle se laissa conduire jusqu'à la salle des photocopieuses, dont Ross referma aussitôt la porte derrière eux, avant de la plaquer sauvagement contre le mur et de l'embrasser avec fougue.

— Bon sang, je ne pense qu'à ça depuis ce matin ! maugréa-t-il dans son oreille en promenant frénétiquement ses mains sur ses hanches.

L'esprit en feu, Kara laissa échapper un gémissement de plaisir.

— Cette robe te va à merveille, ma belle. Porte-la samedi soir, veux-tu ? pria-t-il en glissant une main sous le tissu pour remonter jusqu'à sa culotte.

Ce geste, pourtant enivrant, la ramena soudain à la réalité.

Qu'étaient-ils en train de faire ? Ils étaient au bureau, pour l'amour du ciel ! Tout cela était déplacé, imprudent, dangereux… mais tellement bon !

Lorsque quelqu'un voulut ouvrir la porte, Ross eut heureusement le réflexe de bondir sur la poignée pour l'en empêcher.

Les jambes en coton, Kara remit en catastrophe un peu d'ordre dans sa tenue.

— Désolé, mais cette porte aurait sérieusement besoin d'être réparée, mentit Ross en laissant entrer l'un de leurs collègues visiblement très surpris.

Kara s'efforça d'afficher un air naturel et de sortir la tête haute, mais elle tremblait si fort que son attitude ne devait laisser aucun doute sur ce que Ross et elle étaient en train de faire.

En proie à la panique, elle eut toutes les peines du monde à ne pas courir jusqu'à son bureau, où elle s'enferma, une fois arrivée, pour réfléchir à ce qui était en train de lui arriver.

*
* *

Jeudi soir, elle gravit l'escalier menant à l'appartement de Ross les bras chargés de paquets contenant les provisions pour le dîner chinois qu'elle avait prévu de préparer.

Et elle comptait bien se contenter de dîner avec Ross. Pas question de déraper une nouvelle fois, comme cela avait failli se produire la semaine dernière, se promit-elle fermement.

Ce soir, le programme était simple : poulet aux brocolis et aux champignons noirs. Et surtout discussion entre amis sur leur étrange relation, qu'il fallait à tout prix clarifier. Elle frissonna en se remémorant l'incident désastreux qui s'était déroulé à côté des photocopieuses de l'agence. Comment avait-elle pu se laisser aller de la sorte et prendre de tels risques au bureau ?

Vraiment, il leur fallait impérativement faire le point de manière rigoureuse. Et, si elle entendait accepter de parler de la mise en scène érotique qu'ils planifiaient pour samedi soir, elle orienterait surtout la conversation vers les règles qu'ils devaient respecter à tout prix. Quitte à en promulguer de nouvelles en cas de besoin…

Enfin, dernier point — mais non des moindres —, elle estimait capital de reparler à Ross du poste de directeur artistique qui allait bientôt se libérer à l'agence. Si Ross ne voyait pas de lui-même qu'il s'agissait d'une opportunité à ne pas manquer, elle ne pouvait pas rester inactive. En tant qu'amie — quoi d'autre ? —, il lui était intolérable de penser qu'il tuait tout bonnement sa future carrière dans l'œuf…

Prenant son courage à deux mains, elle frappa à la

porte, bien décidée à exécuter son programme, si ambitieux soit-il.

Mais, lorsque Ross lui annonça que la porte n'était pas fermée à clé et qu'elle entra, le trouvant assis en tailleur sur son canapé, en train de jouer de la guitare et simplement vêtu d'un jean noir et d'une veste de costume à même la peau, elle sentit sa résolution faiblir.

Pourquoi fallait-il qu'il soit si charmant ? songea-t-elle, la gorge serrée, tandis qu'il lui adressait un sourire irrésistible.

« Voilà que je réagis comme une groupie », se pensa-t-elle se moquant d'elle-même, pour tenter de dissiper l'émotion qui l'étreignait. C'était sans doute ridicule — et surtout très imprudent —, mais si Ross lui avait proposé de réaliser dès ce soir un fantasme mettant en scène une rock-star et la jeune présidente de son fan-club, elle aurait accepté sur-le-champ…

Tandis qu'elle restait plantée là, ses sacs de courses à la main, il continua à jouer doucement, et surtout merveilleusement bien. Puis, certainement surpris de la voir comme statufiée — Seigneur, pourquoi était-elle soudain incapable de faire un geste ou de prononcer un mot ? —, il lui sourit de nouveau.

— Qu'y a-t-il dans ces sacs, ma belle ?

— Du… du poulet à la chinoise, parvint-elle à articuler. Ou plutôt les ingrédients qui permettront de le cuisiner.

Comme s'il détectait quelque chose d'étrange dans sa conduite, Ross posa sa guitare sur le canapé et vint lui prendre les sacs des mains pour les porter dans la cuisine lui-même. Encore un peu chamboulée par ses propres réactions à une scène pourtant banale, elle le suivit d'un pas machinal. Bon sang, il fallait à tout prix qu'elle recouvre ses esprits !

Elle regarda Ross vider le contenu des sacs sur le minuscule plan de travail de sa cuisine.

— Qu'est-ce que c'est que ça ? l'interrogea-t-il en inspectant une large poêle à fond arrondi.

— Un wok. Idéal pour réussir la cuisine chinoise.

— Mais il est tout neuf… Tu ne l'as pas acheté exprès pour ce soir, quand même ?

— Si, parce que je sais que tu adores la cuisine chinoise. Je te montrerai comment t'en servir… C'est très facile. De cette manière, tu pourras manger autre chose que ces pizzas ou hamburgers dont tu fais une consommation affolante.

— Dis-moi combien il t'a coûté et je te rembourserai.

— Non, c'est un cadeau. Quoi de plus normal de la part d'une amie ?

Une amie qui ne pouvait plus le regarder sans perdre tous ses moyens, songea-t-elle ironiquement.

Pour se donner un peu de répit, elle entreprit de passer ses provisions en revue : poulet, oignons, brocolis, champignons noirs, épices… Tout était là, constata-t-elle avec soulagement. Ces temps-ci, elle se surprenait à être tête en l'air — elle si rigoureuse d'habitude — jusqu'à oublier parfois d'acheter l'ingrédient principal d'une recette…

Elle se mit à la recherche d'un couteau bien affûté. Mais, en ouvrant le premier tiroir du seul petit meuble que comptait la cuisine de Ross, elle n'en crut pas ses yeux. Le tiroir était rempli de… tournevis, enveloppes, piles électriques, feutres, pansements… Il y avait un peu de tout — et, bien sûr, dans le plus grand désordre.

— Ross ? Mais qu'est-ce que c'est que ça ?

Elle le vit hausser les épaules.

— Des produits de première nécessité, pourquoi ?

— Plutôt des objets qui n'ont rien à faire dans une cuisine, fit-elle remarquer. Tu ferais mieux de les classer et de les ranger ailleurs… Où sont les couverts et les ustensiles ?

Ross eut un sourire.

— Je ne me sers pas de grand-chose, tu sais… En revanche, je suis l'heureux propriétaire d'une magnifique collection de tasses aux effigies des plus grands super-héros de tous les temps, annonça-t-il fièrement. Regarde.

Il ouvrit le second tiroir et lui fit admirer une ou deux pièces.

— Ecoute, Ross, ce n'est pas que je n'apprécie pas ta collection, déclara-t-elle avec une pointe d'impatience, mais ce n'est pas avec ça que je vais pouvoir découper le poulet ou préparer les légumes… Tu n'aurais pas plutôt un couteau bien aiguisé ?

Ross ouvrit le troisième tiroir, y prit un long couteau et le posa sur le plan de travail, à côté des aliments. Après quoi il se tourna vers elle et lui souleva doucement le menton pour l'obliger à le regarder droit dans les yeux.

— Kara… Qu'est-ce qui se passe ? Il y a un problème, je le sens, mais je ne peux pas t'aider à le résoudre si tu ne m'en parles pas.

Renonçant à lui mentir, elle annonça d'un trait :

— C'est juste que… je crois que nous devrions être plus prudents au bureau.

— Tu veux parler de ce qui s'est passé dans la salle des photocopieuses, n'est-ce pas ? Ecoute, je sais que j'ai un peu perdu les pédales, mais j'ai été pris d'une envie absolument incontrôlable. Si ce type de situation te met mal à l'aise, cela ne se reproduira plus.

— Tu me le promets ? demanda-t-elle, hypnotisée par l'intensité de son regard.

— Je te le promets, jura-t-il gravement.

— Merci, se contenta-t-elle de répondre, préférant attendre encore un peu pour lui parler de la suite.

— Et toi, en échange, tu promets de ne plus critiquer mon habitat naturel ? demanda-t-il sur le ton de la plaisanterie.

Elle acquiesça en souriant et se plongea dans la préparation du dîner. Ross partit mettre de la musique dans le salon et revint lui prêter main-forte en sifflotant. La mélodie de jazz qui lui parvenait aux oreilles lui rappela la manière si belle dont Ross avait joué à son arrivée.

— Je ne savais pas que tu étais si doué à la guitare.

— Doué, je n'en suis pas si sûr… En revanche, je sais que j'adore ça.

— Tu n'as jamais pensé à faire partie d'un groupe ?

— Il m'arrive de temps en temps de faire un bœuf avec des amis, mais ça ne va pas plus loin. Je n'ai pas besoin de gagner de l'argent grâce à une activité pour considérer qu'elle en vaut la peine, tu sais.

Kara posa son couteau, rougissante.

— Ce n'est pas ce que je voulais dire… Simplement, si tu te produisais devant un public, d'autres que toi pourraient profiter de ton talent, voilà tout…

Ross, lui aussi, cessa de couper les oignons qu'il avait

entrepris d'émincer. Il la considéra avec sérieux — peut-être même une légère inquiétude, si elle en jugeait par ce que reflétait son regard.

— Tu aimes pousser les gens à se surpasser et à mettre la barre toujours plus haut, n'est-ce pas ? Mais tu sais, l'angoisse de la performance et la pression peuvent aussi vous gâcher la vie.

C'était le moment ou jamais… Kara tâcha de prendre un air désinvolte.

— Justement, Ross, puisque tu parles de mettre la barre un peu plus haut, je repensais au poste que Lancer va bientôt libérer…

Elle le vit lever les yeux au ciel.

— Oh non, ça ne va pas recommencer… Tina et toi, vous n'avez que cette histoire de poste à la bouche !

— Mais ce n'est pas sans raison ! répondit-elle avec animation. Je suis sûre que ce poste serait parfait pour toi. Et qu'il ne s'accompagnerait d'aucune forme d'angoisse ou de pression puisque tu possèdes absolument toutes les compétences requises pour l'occuper…

Il fit mine de se suicider en posant une branche de céleri contre sa tempe à la manière d'un pistolet.

— J'apprécie beaucoup ton enthousiasme et tes compliments, ma belle, mais nous en avons déjà parlé et je t'ai dit que je ne voulais pas de ce poste. Alors inutile d'insister. Et, à propos, inutile aussi de t'acharner sur ce pauvre champignon : tu es en train de le réduire en purée.

Kara baissa les yeux et constata avec embarras que Ross avait raison.

Mais, au fond, n'était-il pas compréhensible qu'elle prenne la chose à cœur ? Pourquoi Ross refusait-il ne serait-ce que de faire un essai à la tête du département graphique de l'agence ? Si ce poste lui déplaisait tant, il pourrait toujours faire marche arrière…

« Qu'est-ce que cela peut bien te faire, après tout ? s'interrogea-t-elle, respirant profondément pour se calmer. C'est sa vie professionnelle qui est en jeu, non la tienne. Laisse-le rester au même poste pendant vingt ans, si ça l'amuse ! Ce n'est *pas* ton problème. »

Pendant la demi-heure qui suivit, elle se concentra avec l'aide de Ross sur la préparation de sa recette, soulagée par le calme qui était revenu entre eux. Au moins, ils étaient capables de faire la cuisine dans une atmosphère détendue !

Enfin, ils prirent place autour de la table du salon, après que Kara eut disposé dessus le peu de vaisselle digne de ce nom qu'elle avait réussi à dénicher au fond d'un placard.

— Eh bien, bon appétit, déclara-t-elle en se saisissant des baguettes chinoises qu'elle avait apportées.

— Miam… C'est absolument délicieux, fit Ross dès qu'il eut goûté sa première bouchée. Surtout, ne te gêne pas : tu peux revenir me préparer de bons petits plats comme celui-ci absolument quand tu veux…

« Que dirais-tu si je t'en préparais tous les soirs jusqu'à la fin de nos jours ? » faillit-elle répondre.

Seigneur… Elle avala avec peine sa deuxième bouchée de poulet. Comment pouvait-elle avoir de telles pensées ? Comment pouvait-elle croire une seule seconde qu'elle avait un avenir avec cet incorrigible coureur de jupons qui n'aimait rien tant que sa liberté ?

Leur discussion à cœur ouvert sur la nature véritable

de leur relation — purement charnelle, évidemment, à en croire Ross — datait d'à peine deux semaines. Et, à l'époque, elle s'était rendue à ses arguments.

Mais, depuis, sa vision des choses avait évolué. Depuis, elle avait dîné avec lui le jeudi soir, l'avait vu s'occuper gentiment de porter les courses de ses voisins du dessous — un couple de personnes âgées —, l'avait observé tandis qu'il jouait avec Abby, la petite fille du rez-de-chaussée qui l'aimait comme un frère et poussait des cris de plaisir quand il la prenait sur ses épaules pour la promener devant l'immeuble. Elle s'était surprise à penser qu'il ferait sans nul doute un excellent père…

Et voilà que, ce soir, elle ne pouvait s'empêcher de dresser la liste de tout ce qu'elle achèterait si Ross la laissait s'occuper de lui : des verres, bien sûr, mais aussi un dessous-de-plat, un nouvel aspirateur, un nouveau rideau de douche, un nouveau…

— Au fait, dit Ross j'ai parlé à mon ami Bill, le chauffeur de taxi. Il est d'accord pour me prêter sa voiture un soir où il n'est pas de service. Et il n'est jamais de service le samedi soir…

Kara sentit un frisson brûlant lui parcourir l'échine. Ainsi, il n'avait pas oublié…

— Voilà qui promet d'être amusant, commenta-t-elle en dégustant une nouvelle bouchée de poulet.

— Amusant ? répéta Ross, incrédule. Je pense surtout que ce sera torride…

Elle laissa échapper un petit rire nerveux. Au moins, aujourd'hui, il abordait ce sujet périlleux à table, bien loin du canapé où ils étaient assis la semaine dernière — et qui avait failli être fatal à leurs bonnes résolutions…

— Je voulais aussi te parler de mon idée pour la prochaine fois. Voilà, je pensais jouer le rôle d'un capitaine de l'équipe de football de l'université… Quant à toi, tu serais ma pom-pom girl préférée, qui n'aurait encore jamais couché avec un homme…

Kara fronça les sourcils, luttant pour ignorer les images hautement érotiques que venaient d'éveiller dans son esprit les propos de Ross.

— La prochaine fois est censée être la dernière, tu te souviens ?

— C'est ce qu'on verra, objecta Ross en balayant l'air de sa main. En attendant, écoute comment je vois les choses : je suis allé faire un tour sur le terrain de foot du campus et je me suis rendu compte qu'il n'y avait plus un chat après 9 heures du soir… Je pense que nous pourrions en profiter… Qu'en penses-tu ?

— Je ne sais pas. Je dois dire que me mettre dans la peau d'une pom-pom girl me paraît un peu… kitsch. Est-ce que c'est absolument nécessaire ?

— Non, bien sûr. Ce qui me plaît, c'est l'idée de la jeune fille qui découvre les joies de l'amour… La première fois est une expérience si merveilleuse, on prend son temps pour apprivoiser le corps de l'autre, on va très doucement et on se laisse envahir par des sensations nouvelles… Tu vois ce que je veux dire ?

Kara dut faire un effort pour lui répondre d'une voix normale.

— Oui, je crois que je vois ce que tu veux dire.

Ross la regarda intensément.

— Avec toi, j'ai toujours l'impression que c'est la première fois… Tu es si réceptive à la moindre de mes caresses, comme si j'étais le premier homme à te prendre dans ses bras…

— Vraiment ? demanda-t-elle d'une voix étranglée.

Ross parut avoir une nouvelle idée.

— Si le rôle de la pom-pom girl te déplaît, tu pourrais devenir la jeune épouse au soir de ses noces, par exemple ? Nous pourrions louer un smoking et une robe de mariée dans une boutique de costumes…

Kara sentit son sang se figer dans ses veines.

— Non. Pas une jeune mariée, lâcha-t-elle avec émotion. Ce serait trop…

— Trop quoi ? demanda Ross, un peu surpris. Si tu as peur que la location de costumes soit trop chère, je t'assure que je connais un magasin qui…

— Non, ça n'a rien à voir avec l'argent, coupa-t-elle, hésitante. Mais jure-moi d'abord que tu ne vas pas te moquer de moi.

— Je te le jure.

— Eh bien… Ce serait un peu trop symbolique, voilà ce que je pense. Une robe de mariée n'est pas un vêtement comme les autres. Elle représente la promesse que deux êtres se font d'appartenir l'un à l'autre à tout jamais. Je sais que cela peut te paraître risible, mais pour moi le mariage est un acte de foi.

Ross sembla tout à coup très gêné.

— Bien sûr. Je comprends. Et je ne trouve pas cela ridicule, contrairement à ce que tu crois.

Elle le vit jouer un peu avec sa nourriture du bout de l'une de ses baguettes, comme s'il n'avait subitement plus faim. Puis il releva la tête, de nouveau radieux.

— Et que dirais-tu d'une soudaine passion physique

entre un professeur très sérieux et son élève ? Si tu veux, je pourrais même jouer l'étudiant puceau fou amoureux de son adorable chargée de cours...

— Pourquoi pas ? se borna-t-elle à commenter, déçue au-delà du raisonnable qu'il n'ait pas réagi autrement quand elle avait parlé du mariage.

Qu'avait-elle espéré ? Qu'il lui dise qu'un jour ils porteraient peut-être ce smoking et cette robe pour de bon ? Vraiment, elle perdait complètement la tête. Comment croire que Ross ferait un jour cette proposition à une femme ? Comment en était-elle venue à souhaiter cela ? Décidément, il était temps qu'elle reprenne un peu de contrôle sur ses pensées — et surtout sur ses sentiments...

Ross semblait à mille lieues de partager ses préoccupations.

— Samedi, nous avons prévu d'être le policier et son suspect féminin, c'est bien ça ? reprit-il. Est-ce que tu porteras cette robe noire que tu avais mise à l'hôtel Hyatt ?

Le souvenir de leur toute première étreinte la bouleversa. Jamais elle n'aurait cru que cette soirée-là les entraînerait à se retrouver pour discuter — et surtout essayer — tous leurs fantasmes..

— Non, je ne pense pas, dit-elle pour répondre à sa question. Je préfère porter quelque chose de nouveau.

— Si tu veux, mais assure-toi que c'est une robe facile à enlever. Et quelque chose de doux... De la soie, peut-être ?

Son regard se fit soudain rêveur, et aussi plus ardent.

— De toute façon, ce que je préfère, et de loin, c'est quand tu es nue...

— Nue ? balbutia-t-elle, de plus en plus troublée.

— Oh oui. La situation la plus érotique que j'aie jamais vécue, c'était le soir où je suis venu frapper à ta porte.

— Tu veux dire le soir où je…

— Où tu t'es caressée devant moi, oui. Cette manière que tu as eu de suivre mes conseils tout en me laissant regarder…

Sa voix se fit plus rauque, plus chaude aussi.

— Tu étais un peu nerveuse, mais tu as eu le cran de le faire tout de même… C'était vraiment incroyable.

— C'est vrai ? demanda-t-elle, le cœur battant.

— Ça m'a rendu fou. Je n'avais qu'une envie : te toucher à mon tour, te sentir, te goûter…

Kara tenta de dire quelque chose, mais elle avait l'impression de ne plus toucher terre.

— Et quand tu as joui, tu avais l'air à la fois si innocente et si sauvage… J'ai vraiment cru que j'allais exploser rien qu'en te regardant.

— V… vraiment ?

Vaguement consciente que quelque chose venait de tomber dans son assiette, elle porta ses baguettes à sa bouche dans un geste machinal…

— Attends, laisse-moi t'aider, suggéra Ross en ramassant le morceau de poulet qu'elle venait de laisser choir.

— Ouvre, murmura-t-il en lui donnant la becquée.

Kara ressentit soudain un désir viscéral de s'ouvrir, en effet, à cet homme capable de provoquer en elle de telles tempêtes émotionnelles.

Sans réfléchir, mue par un besoin presque animal, elle repoussa les baguettes qu'il lui tendait et se pencha vers lui pour l'embrasser passionnément. Et tant pis si elle renversait un peu de nourriture au passage… Ross lui rendit son baiser avec la même fougue, visiblement aussi affamé qu'elle l'était. Plus rien ne comptait que sa bouche sur le sienne, que ses mains qui lui caressaient la nuque avec une sensualité qui acheva de l'affoler.

Ils se levèrent sans rompre leur étreinte.

— Hou ! Hou ! Ross, cria brusquement une voix de petite fille.

Kara se figea, stupéfiée. Elle suivit le regard de Ross qui se posa sur la fenêtre principale du salon. A l'extérieur, sur les marches de l'escalier de secours, la petite Abby les observait en agitant la main, un grand sourire aux lèvres. Puis, comprenant visiblement à leur absence de réponse que sa présence les plongeait dans l'embarras, elle disparut aussi vite qu'elle était apparue et redescendit vers le rez-de-chaussée.

Kara s'efforça de recouvrer un semblant de sang-froid.

— Ça ne va pas du tout, Ross. Nous ne pouvons pas continuer à laisser les choses dériver de cette manière…

— Dériver ? Je dirais plutôt qu'elles commençaient à prendre forme ! Je sais qu'il s'agit d'une improvisation de dernière minute, mais que dirais-tu de nous mettre dans la peau d'une serveuse de restaurant chinois et de son dernier client qui l'attire terriblement ?

Kara n'arrivait pas à le croire. Comment pouvait-il prendre tout cela à la légère ? Bien sûr, il ignorait tout des projets insensés qu'elle avait formés au cours du repas, mais tout de même…

— Si nous n'avons plus de contrôle sur nos actes,

nous allons devoir cesser ce petit jeu, Ross, dit-elle aussi fermement qu'elle le put.

— Tu en es sûre ?

— Absolument.

S'il savait qu'elle les voyait déjà devant monsieur le maire, il n'aurait jamais posé cette question !

Ils s'observèrent en silence pendant quelques instants.

— Je ferais mieux de rentrer, fit observer prudemment Kara.

— Reste au moins pour le match…

— Quel match ?

— Celui des Suns contre les Lakers.

— Ecoute, je ne sais pas si c'est une bonne idée…

— Voyons, Kara, si deux amis ne peuvent plus regarder un match de basket ensemble… Nous ne sommes pas des bêtes, n'est-ce pas ? Je suis sûr que nous pouvons contrôler nos instincts.

Il la prit par l'épaule pour la conduire jusqu'au canapé.

— Ross et Kara, qui sont de très proches copains, vont simplement s'asseoir là et regarder un match comme au bon vieux temps, d'accord ? Je te promets de ne pas poser un doigt sur toi. Tu peux faire la même chose, n'est-ce pas ?

Elle acquiesça, déjà vaincue, soudain envahie par une profonde fatigue. En se pelotonnant contre les coussins du canapé, elle réalisa que, même « au bon vieux temps », comme disait Ross, ils n'avaient jamais regardé de match de basket ensemble…

Mais, très vite, avant d'avoir le loisir de se poser

d'autres questions, elle sombra dans le sommeil — en prenant tout de même garde à ne pas prendre appui sur l'épaule de Ross.

— Waouh ! Tu as vu ce magnifique point ?

Ross jeta un regard à Kara pour découvrir sa réaction à l'incroyable panier que venait de mettre le meneur de l'équipe des Lakers.

Mais Kara, les yeux clos, semblait être profondément endormie. Sa respiration, calme et régulière, soulevait doucement sa poitrine, dans un mouvement qui réveilla sa faim d'elle, toujours prête à s'exprimer à la moindre occasion.

Bon sang, comment faisait-elle pour le mettre dans un état pareil même lorsqu'elle était en train de dormir ? Et puis, cette fois-ci, ce n'était ni Katherine, ni Angela, mais bien Kara, sa meilleure amie, qui sommeillait sur son canapé.

Elle avait accepté de rester même si, il le savait, elle se fichait éperdument du basket. Simplement parce qu'ils étaient amis. Quant à lui… S'il était honnête avec lui-même, il devait bien s'avouer qu'il n'avait eu aucune envie de la voir partir. Qu'ils fassent l'amour ou non.

Ces dernières semaines, il appréciait chaque jour un peu plus de l'avoir à son côté. Il adorait passer du temps avec elle, l'entendre exposer son point de vue sur la vie — quand bien même il différait souvent du sien. Mais Kara savait écouter, et elle ne manquait jamais de le faire avant de lui dire ce qu'elle pensait. Et, même si elle tâchait de le convaincre, c'était toujours avec les meilleures intentions du monde — et avec douceur.

Il aimait aussi lui soumettre ses projets pour les campagnes des clients de l'agence. Ou lui faire écouter les derniers disques de jazz et de rock qu'il avait achetés.

Quand il était seul, il se surprenait à penser à elle en permanence. Et il réfléchissait aux choses amusantes qu'il pourrait lui raconter tant il fondait devant le sourire qui illuminait alors son beau visage et ses grands yeux bleus.

En revanche, il appréciait moins de l'entendre lui soutenir avec acharnement qu'il devrait prendre le poste de Lancer quand celui-ci partirait. Même si, au plus profond de lui-même, il savait qu'elle avait raison, il ne pouvait se résoudre à renoncer à sa précieuse liberté. Et s'il décidait un jour de se lancer vraiment dans la musique ? Il ne pouvait prendre le risque de se laisser enfermer dans un poste à responsabilités.

En souriant, il vit Kara remuer dans son sommeil. Elle était si belle… Si forte et si vulnérable à la fois. Ces derniers temps, sa beauté s'était encore accrue. Elle possédait désormais une aura de sensualité supplémentaire, sans doute grâce au plaisir qu'elle prenait avec lui…

Une nouvelle fois, il prit conscience du caractère exceptionnel de ce qu'ils vivaient ensemble. Il se sentait différent depuis le premier soir à l'hôtel Hyatt. Comme si Kara avait touché en lui une corde sensible qu'aucune femme n'avait jamais su faire vibrer auparavant…

Une bouffée de tendresse l'envahit tout à coup à la voir ainsi abandonnée dans son sommeil. En la contemplant, un sourire aux lèvres, il remarqua que sa nuque reposait sur l'accoudoir du canapé — ce qui lui promettait un sacré torticolis au réveil si elle restait toute la nuit dans cette position.

Avec une précaution infinie, il passa un bras sous ses jambes et l'autre sous sa tête. Mieux valait l'installer confortablement dans son lit : elle avait bien besoin d'une bonne nuit de sommeil, d'autant qu'il savait qu'elle avait une présentation importante à faire demain matin à l'agence.

Lorsqu'il la souleva, Kara émit un petit bruit et ouvrit à demi les yeux.

— Qu'y a-t-il ? demanda-t-elle d'une voix somnolente.

— Chut… Je vais juste te mettre au lit. Rendors-toi.

— Merci, dit-elle simplement en se lovant plus étroitement contre lui.

Ross sentit son cœur fondre dans sa poitrine. Il la porta jusqu'à sa chambre et la déposa doucement sur son lit. Elle poussa un soupir de bien-être et se rendormit aussitôt.

En la regardant reposer au milieu de sa chambre jonchée de vêtements roulés en boule et de jeux vidéo, un sentiment inconnu s'empara de lui. C'était comme s'il avait sous les yeux le seul point de repère stable qui existait dans son existence bohème et désordonnée. Une sérénité qu'il n'avait jamais ressentie le submergea.

Il éprouva un vif désir de s'allonger à son côté, de la prendre dans ses bras pour la câliner et la choyer, encore et encore… Juste pour la sentir près de lui — pas pour lui faire sauvagement l'amour.

Avec une pointe d'appréhension mêlée de joie, il réalisa subitement que son cœur s'emplissait d'une émotion bien différente du simple désir physique. Une émotion bien plus profonde, bien plus vaste… et bien plus dangereuse.

Comment avait-il pu se voiler la face jusqu'ici ? La vérité était pourtant toute simple : il était en train de tomber amoureux de Kara.

Serait-il capable de gérer un sentiment complètement nouveau pour lui ? Peut-être. Après tout, il n'était pas le premier homme à tomber amoureux.

Et Kara ? Difficile de savoir ce qu'elle ressentait au juste. N'avait-elle pas avoué qu'elle commençait à s'attacher à lui — ce qui signifiait peut-être qu'elle tombait amoureuse, elle aussi ?

Le problème, c'est qu'il craignait que son incessant besoin de liberté ne reprenne le dessus un jour ou l'autre. Et, ce jour-là, il ne pourrait que la faire souffrir… Cette simple idée lui noua l'estomac. Au fond, Kara avait sans doute raison : ils feraient probablement mieux d'en rester là avant que la situation ne devienne vraiment trop compliquée et qu'ils en souffrent l'un et l'autre. D'ailleurs, il était peut-être déjà trop tard…

En fait, l'idéal serait de ne pas dévoiler ses sentiments à Kara. Avec un peu de chance, ils disparaîtraient peu à peu comme ils étaient venus.

Déboussolé par cette découverte cruciale — lui, l'incorrigible séducteur de ces dames, amoureux comme un collégien ! — il sortit à reculons de sa chambre, déterminé à laisser Kara dormir en paix. Une dernière fois, il contempla son beau visage et admira la douce lueur dont les rayons de lune nimbaient ses superbes cheveux blonds.

Puis, roulé en boule sur le canapé du salon, il chercha

le sommeil en pensant à Kara allongée dans la pièce d'à côté. Luttant de toutes ses forces, il réussit à ne pas se relever pour aller la rejoindre.

Quelque chose lui disait que, s'il n'arrivait pas à résister à la tentation, il risquait de le regretter plus tard.

Lorsque Kara ouvrit les yeux, elle tenta de déterminer l'endroit où elle se trouvait malgré l'obscurité qui régnait dans la pièce.

Mais, quand elle eut repéré un tas de vêtements au pied du lit, elle se souvint aussitôt qu'elle était chez Ross.

Jetant un coup d'œil au radio-réveil en forme de gant de boxe posé sur le tabouret placé là en guise de table de nuit, elle constata qu'il était 3 heures du matin. Parfait. Elle avait encore tout le temps de rentrer chez elle et de dormir quelques heures de plus avant de se préparer pour la présentation qu'elle devait faire à 9 heures précises chez S & S.

Elle se leva et, à pas de loup, entra dans le salon où Ross dormait sur le canapé, la tête calée sur l'accoudoir et les pieds dépassant de l'autre côté. Le pauvre ! Comment avait-il pu trouver le sommeil dans une position aussi inconfortable ?

Elle l'observa quelques instants, frappée comme toujours par l'harmonie des traits de son visage, à la fois fins et très virils. Dans l'abandon du sommeil, il était encore plus séduisant. Quelque chose d'infiniment doux, de presque vulnérable malgré sa force évidente, émanait de son être.

Une émotion puissante envahit son cœur. Une envie

de le protéger quand il souffrirait, de le consoler quand il serait triste, de rire avec lui quand il serait heureux... En somme d'être là pour lui jusqu'à la fin de ses jours.

De toute évidence, il n'avait pas voulu courir le risque de dormir avec elle — par peur de ne pas réussir à réfréner ses pulsions comme elle le lui avait demandé. Ce qui signifiait qu'il était bien plus capable de se conduire de manière responsable qu'il ne le croyait... Et il s'était assez préoccupé d'elle et de son bien-être pour l'avoir portée jusqu'à son lit et se contenter d'un canapé bien trop petit pour lui...

Oui, au fond, elle était sûre désormais que l'immaturité de Ross n'était qu'apparente. Tant de signes, ces dernières semaines, lui avaient montré qu'il était digne de confiance et parfaitement raisonnable quand il le voulait. Et qu'il était, sans le savoir, tout à fait mûr pour une relation sérieuse avec une femme...

Bien sûr, quand il avait tenté de la convaincre qu'ils n'étaient pas faits l'un pour l'autre, il avait brossé un portrait de lui-même contraire à l'idée qu'elle se faisait du futur homme de sa vie. Mais, en réalité, elle se fichait bien des brunchs du dimanche matin et des séances de cinéma du samedi soir. Ce qu'elle recherchait vraiment, c'était un homme généreux et solide. Et Ross correspondait à cette description-là.

Kara poussa un profond soupir. Etait-elle en train de se mentir à elle-même ? Essayait-elle désespérément de faire entrer la personnalité de Ross dans un moule qui la rassurait mais qui ne correspondait en rien à la réalité ?

Mieux valait remettre cette réflexion compliquée à demain, décida-t-elle en se souvenant qu'il fallait qu'elle rentre chez elle si elle voulait être à peu près opérationnelle demain matin.

Elle s'approcha du canapé et caressa le front de Ross.

— Tu peux aller te coucher dans ton lit, maintenant.

Il entrouvrit les yeux.

— Kara, murmura-t-il. Je suis si heureux que tu sois là…

— Mais je dois partir, dit-elle à regret tant elle brûlait soudain de se nicher dans ses bras. Va vite te coucher dans ton lit, ou bien tu auras des courbatures épouvantables au réveil.

Ils se regardèrent un instant sans parler, comme aimantés l'un par l'autre.

— Merci, Ross, lâcha-t-elle d'une voix étranglée avant de se précipiter vers la porte avant de faire une bêtise, le cœur battant d'émotion contenue.

10.

Ce samedi soir, sous une pluie battante, Kara était en train de faire les cent pas en bas de chez Ross. Il était 9 heures passées, et comme d'habitude, il était en retard.

Depuis le temps qu'ils se connaissaient, il devait pourtant bien savoir qu'elle détestait cela ! songea-t-elle avec une pointe d'agacement.

D'autant plus que, ce soir, cette attente lui laissait tout le loisir de faire des reproches à la seule personne qui les méritait vraiment : elle-même.

Samedi dernier, Ross et elle avaient, comme prévu, mis à exécution leur fantasme commun confrontant un sévère officier de police à une jeune voleuse débutante. Cette nouvelle mise en scène — incluant une paire de menottes acquise par Ross dans un magasin de farces et attrapes — lui avait permis d'approfondir les joies de la soumission réciproque découvertes quelques semaines auparavant…

A ce simple souvenir, elle se sentit frémir. Mais, presque aussitôt, elle fut envahie par un profond malaise — qu'elle combattait depuis le début de la semaine.

Jeudi soir, le cœur serré mais déterminée à trancher

dans le vif, elle s'était donc présentée chez Ross pour lui annoncer la nouvelle qu'ils devaient arrêter de se voir en dehors des heures de bureau — et pour de bon, cette fois.

Avant même qu'elle ait eu le temps d'ouvrir la bouche, Ross, débordant d'enthousiasme, lui avait appris que son ami chauffeur de taxi leur prêtait sa voiture l'espace de quelques heures pour le samedi soir. Et tout de suite après lui avoir parlé du taxi, il lui avait montré avec fierté le dernier disque de rock qu'il s'était acheté à prix d'or, un trente-trois tours de collection introuvable d'après ses dires. Elle avait souri devant sa joie enfantine, mais s'était rendu compte, une fois de plus, qu'ils n'avaient pas les mêmes priorités. Dire qu'il ne possédait même pas de voiture et qu'il dépensait des fortunes pour acheter des disques !

C'est vrai, l'essentiel n'était pas là. L'essentiel était de s'aimer assez fort pour aplanir les différences qui pouvaient séparer deux êtres. Mais, tout de même, des vues aussi opposées sur des points capitaux — l'argent et la manière dont on le dépensait, la volonté de faire une belle carrière ou de se marier — ne constituaient pas des détails insignifiants, loin de là…

Refoulant sa mauvaise conscience, Kara s'était refusée à lui gâcher sa joie. Et puis un tout dernier fantasme pour finir en beauté cette expérience incroyable ne l'empêcherait pas de tenir sa promesse, si ?

Elle lui parlerait sans faute ce soir quand il la raccompagnerait chez elle.

Et, juste au moment où elle recommençait à s'impatienter

du retard de Ross, il fit son apparition dans un taxi jaune qui avait sans doute connu des jours meilleurs…

Il sortit aussitôt de la voiture et lui ouvrit la porte arrière.

— Désolé d'être en retard, dit-il d'une voix un peu essoufflée, mais comme l'habitacle n'était pas d'une propreté parfaite, j'ai fait un tour dans une station-service pour le nettoyer.

Elle ne put s'empêcher de sourire en le voyant s'installer derrière le volant. Il avait poussé le jeu jusqu'à se coiffer d'une véritable casquette de chauffeur, sans doute dénichée aux puces — Ross adorait s'y promener le dimanche.

— Mais l'essentiel n'est pas là, poursuivit-il en lui coulant un regard plein de sous-entendus par-dessus l'épaule. L'important, c'est que je sache exactement où je vais vous conduire, mademoiselle…

— Je suis certaine que vous saurez me mener à bon port, monsieur, répondit-elle en lui rendant son regard.

— Alors accrochez-vous, on y va ! lança-t-il en démarrant sur les chapeaux de roues, se frayant un chemin dans la circulation très dense du samedi soir.

Elle se cala dans son siège pour profiter du paysage qui défilait par la fenêtre. Le mieux était sans doute de cesser de penser à l'avenir, même proche, pour profiter pleinement du moment présent — et surtout de leur toute dernière étreinte, songea-t-elle avec un pincement au cœur.

Lorsqu'ils franchirent le pont Tempe, elle admira les lumières de la ville qui s'éloignaient derrière eux. Puis, après quelques kilomètres sur une petite route s'enfonçant dans le désert, Ross finit par se garer sur le bas-côté avant de se tourner vers elle. Elle se sentit presque déçue qu'il s'arrête tant elle avait apprécié cette promenade avec lui. C'était un peu comme s'ils s'échappaient ensemble dans un autre monde, protégés par la douce complicité de la nuit…

— Nous sommes arrivés, mademoiselle, annonça-t-il avant de la rejoindre sur la banquette arrière.

Dès qu'il posa les yeux sur elle en ôtant sa casquette d'un geste impatient, elle ne regretta plus un seul instant qu'ils se soient arrêtés.

— Mon Dieu, tu es si belle, murmura Ross en lui effleurant la joue.

Kara sentit son cœur se mettre à battre la chamade.

— Je suis sûre qu'avec la pluie mon mascara a dû couler… Je dois ressembler à un raton laveur !

Ross lui posa un doigt sur les lèvres.

— Cesse de dire de telles choses. Combien de fois faudrait-il que je te dise que tu es belle pour que tu me croies ?

— Avec toi, je me sens belle, avoua-t-elle tout bas.

Elle ne mentait pas. Jusqu'ici, jamais aucun homme n'avait réussi à lui donner ce sentiment… mais Ross, lui, y était parvenu.

— Je me contente de te dire ce que je vois, c'est tout, dit-il tendrement en s'approchant pour l'embrasser.

De ce baiser — l'un des tout derniers qu'elle échangerait jamais avec lui —, Kara retira un plaisir si grand qu'elle faillit perdre tout sens de la réalité. Les mains de Ross qui parcouraient son corps, sa bouche qui dévorait la sienne, le bruit régulier, presque envoûtant, de la pluie contre les vitres de la voiture… tout concourait à la propulser dans un autre monde, un monde magique connu d'eux seuls.

Lentement, ils prirent possession l'un de l'autre, presque avec gravité, comme s'ils savaient tous deux que cette étreinte était différente, parce qu'elle était la dernière. Cette fois-ci, ils n'étaient pas en train d'échanger de faux noms comme les samedis précédents.

— Fais un vœu, chuchota soudain Ross en la regardant droit dans les yeux.

— Pourquoi ?

— Tu as perdu un cil. Si, après avoir fait ton vœu, tu te touches le bon côté du visage — celui sur lequel le cil est tombé —, ton vœu se réalisera.

« Je voudrais passer le reste de mes jours dans tes bras », pria-t-elle très fort.

— Maintenant, tape sur l'une de tes joues.

Elle choisit la droite. Ross lui sourit et essuya délicatement le cil qui était en effet tombé de ce côté-là.

— Ton vœu se réalisera, annonça-t-il d'une voix pleine d'émotion, comme s'il venait de lire dans ses pensées.

— Oh…

Kara laissa échapper un gémissement de bonheur quand Ross glissa ses mains sous sa robe pour lui caresser doucement les cuisses en remontant peu à peu jusqu'à sa culotte.

— C'est ça que tu aimes, n'est-ce pas ? demanda-t-il d'une voix rauque.

— Oh oui…

— Je le sais parce qu'à chaque fois que je te caresse de cette façon, tu rougis très légèrement dans le cou, juste ici, expliqua-t-il en posant ses doigts brûlants sur un petit carré de peau avant d'y déposer un baiser avide.

Kara savait qu'elle aurait dû lui demander de reprendre son rôle de chauffeur et l'interroger sur sa propre identité d'emprunt, comme ils l'avaient toujours fait. Mais, ce soir, elle n'éprouvait aucune envie de faire semblant...

La parfaite connaissance qu'il avait de son corps et du moindre de ses désirs était bien trop enivrante pour qu'ils prétendent tous deux être quelqu'un d'autre.

Elle le voulait lui, Ross. En cet instant, respecter ou non les règles qu'ils avaient instaurées lui paraissait un détail sans importance. Plus rien ne comptait sauf jouir pleinement de ces derniers instants passés ensemble et se constituer des souvenirs qu'elle pourrait chérir plus tard, quand elle serait seule. Et sans doute terriblement malheureuse de l'être...

— Je sais aussi que, juste avant l'orgasme, tu fermes à demi les yeux et que ton visage irradie littéralement de bonheur comme si tu n'avais jamais rien vécu de pareil, ajouta-t-il en glissant un doigt dans les replis intimes de sa chair...

— C'est... c'est parce que je n'ai vraiment jamais rien vécu de pareil, réussit-elle à articuler.

Ross la serra un peu plus contre lui tout en accentuant la pression de ses doigts.

Une incroyable vague de volupté la balaya tout à coup. Il venait à peine de commencer à la toucher, et pourtant elle se sentait déjà au bord de la jouissance... Non, c'était encore trop tôt, décida-t-elle en faisant de son mieux pour se retenir. Elle voulait prolonger ce moment aussi longtemps que possible.

— Ross… Je veux te toucher moi aussi.

— Mais je t'en prie, ma belle…

D'une main, elle défit la braguette de son pantalon et libéra son sexe dur et chaud qui vint palpiter dans sa paume.

Ross émit un gémissement de plaisir, qui redoubla quand elle se pencha, prise d'un désir ardent de le goûter, pour le prendre dans sa bouche.

Très lentement, elle agaça l'extrémité de son membre tout en le caressant sur toute sa longueur. Pendant de longues minutes, elle le choya de toutes les manières possibles, attentive aux changements de rythme de la respiration de Ross qui lui indiquaient ce qui lui procurait les sensations les plus intenses — quand bien même elle le savait déjà par cœur.

Quand elle sentit qu'il était proche de l'explosion, elle redoubla d'ardeur pour le sentir fondre en elle, mais il l'arrêta en lui relevant la tête pour lui voler un baiser.

— Je veux d'abord te voir jouir, affirma-t-il en la dévisageant fiévreusement.

— Non, toi d'abord, riposta-t-elle en s'apprêtant à reprendre ses caresses.

Une nouvelle fois, il l'en empêcha.

Elle lutta pour se libérer de son emprise, bien décidée à finir ce qu'elle avait commencé. Mais Ross la fit basculer sous lui en la dévorant du regard et en lui tenant fermement les poignets pour l'immobiliser.

Elle faillit éclater de rire à l'idée qu'ils étaient en train de batailler pour savoir qui aurait le droit de jouir en premier. Dans une dernière tentative pour reprendre le dessus, elle se cogna le bras contre la vitre du taxi.

— Aïe ! s'écria-t-elle en espérant détourner son attention pour mieux prendre l'avantage.

— Plus un geste ! ordonna une voix masculine qui n'était pas celle de Ross — et qui venait manifestement de l'extérieur.

Kara sentit son cœur manquer un battement en apercevant le visage d'un officier de police — bien réel, celui-là — à quelques centimètres d'eux. Il braqua sa lampe de poche à l'intérieur de la voiture, éclairant leurs corps à moitié dévêtus.

Ross réagit plus vite qu'elle. Il rabattit la jupe de Kara sur ses cuisses et remonta sa braguette d'un geste vif.

— Qu'y a-t-il, officier ? Suis-je garé sur un emplacement interdit ?

— J'ai dit : pas un geste, intima le policier. Sortez immédiatement du véhicule en gardant vos mains bien en vue, monsieur.

Ross s'exécuta sous le regard sidéré de Kara. La scène était tout bonnement surréaliste… et aussi un peu inquiétante.

— Tout va bien, mademoiselle ? s'enquit le policier par la porte ouverte.

— Parfaitement bien, monsieur l'officier. Nous allons tous deux parfaitement bien, précisa-t-elle en sortant à son tour de la voiture. Y a-t-il un problème ?

— Veuillez présenter les papiers du véhicule, monsieur, ajouta l'agent, visiblement soupçonneux à l'égard de Ross.

— Bien sûr. Les voici, répondit Ross en les sortant aussitôt de sa poche.

— Je vois qu'il s'agit bien de votre permis de conduire,

monsieur, mais je constate également que ce véhicule ne vous appartient pas… Vous savez sans doute qu'il faut une licence spéciale pour être autorisé à exercer le métier de chauffeur de taxi.

— Ecoutez, monsieur l'officier, tout cela est entièrement ma faute, intervint Kara. Je lui ai demandé d'emprunter ce taxi à l'un de ses amis chauffeurs parce que… parce que, voyez-vous, j'ai un faible pour les taxis.

Ross faillit sourire en voyant Kara rougir jusqu'aux oreilles après son aveu. Vraiment, elle était adorable… Elle acceptait de se mettre dans une situation embarrassante pour le tirer d'affaire.

— Cet homme vous a-t-il menacée ou contrainte d'une quelconque manière, mademoiselle ? demanda le policier en lui jetant un regard méfiant.

— Oh non, pas le moins du monde ! Voyez-vous, il s'agit de mon petit ami, dit-elle en prenant Ross par la taille et en lui déposant un baiser sur la joue.

Il remarqua aussitôt qu'elle était un peu nerveuse. Mais comment ne pas l'être dans une telle situation ? D'ailleurs, elle s'en sortait à merveille et faisait preuve d'un sang-froid remarquable.

« Il s'agit de mon petit ami… » La phrase résonna dans son esprit comme une formule magique. Un instant, il oublia tout du contrôle policier dont ils faisaient l'objet, pour ne plus penser qu'au couple qu'ils formaient. Kara venait d'affirmer qu'ils sortaient ensemble, et même s'il savait qu'elle disait cela uniquement pour les tirer d'un mauvais pas, il était surpris de ne pas trouver cette phrase terrifiante. Contrairement à ce qu'il ressentait habituellement quand une fille lui proposait une relation sérieuse, il n'avait aucune envie de s'enfuir. C'était même l'inverse : il avait envie de prendre Kara dans ses bras et de ne plus jamais la lâcher…

Au bout de quelques secondes, il sentit qu'elle lui donnait discrètement un léger coup de coude.

— En effet, monsieur l'officier, confirma-t-il en la serrant contre lui. Cette jeune femme est ma petite amie. Je suis son petit ami. Nous nous aimons.

Le policier les fixa tous les deux pendant quelques instants, visiblement hésitant.

— Vous êtes bien certaine que tout va bien, mademoiselle ?

— Absolument certaine. Mais merci de votre sollicitude, monsieur, lança Kara en accompagnant ses propos de son plus beau sourire.

Le policier parut rassuré pour de bon.

— Ça ira pour cette fois-ci, bougonna-t-il. Mais je vous conseille vivement de ne plus circuler à l'avenir dans un véhicule professionnel. Veuillez le restituer au plus vite à son propriétaire.

— Cela sera fait dans les meilleurs délais, je m'y engage, promit-il avec le plus grand sérieux.

— Bonsoir. Et soyez prudents sur la route en regagnant la ville, conseilla le policier avant de remonter dans sa voiture.

Ross et Kara le suivirent du regard tandis qu'il s'éloignait. Encore incrédules, ils se regardèrent et éclatèrent de rire en même temps.

— Je n'arrive pas à croire ce qui vient de se passer,

déclara Kara, souriante en remontant dans le taxi — sur le siège avant, cette fois-ci.

— Moi non plus, acquiesça Ross en s'installant derrière le volant. Heureusement qu'il s'est montré indulgent et ne nous a pas dressé de procès-verbal… L'amende aurait pu être salée ! Par chance, tu as eu exactement les bons réflexes…

Il hésita à poursuivre, soudain redevenu sérieux.

— Tu sais, quand tu lui as dit que nous étions un vrai couple…

Kara s'esclaffa de nouveau.

— Oui, je sais, excuse-moi. Mais il avait l'air de s'inquiéter tellement pour moi ! Il fallait bien trouver un moyen rapide de le rassurer. Toi, en revanche, tu as eu l'air tellement catastrophé par ce que je venais de dire que tu en as un peu trop fait… Je suis désolée de t'avoir déstabilisé, mais j'ai dit la première chose qui me passait par la tête !

— Bien sûr, je comprends, se contenta-t-il de répondre en tentant de masquer sa déception.

« Et que dirais-tu si je te demandais d'être réellement ma petite amie ? » fut-il sur le point d'ajouter. Mais, devant l'hilarité de Kara, il se reprit juste à temps.

Tout en reprenant le chemin de la ville, ils parlèrent gaiement de l'incident qui venait de survenir. Tout en s'efforçant de paraître naturel, Ross ne parvint pas à se débarrasser de son malaise.

« J'ai dit la première chose qui me passait par la tête ! » Sans savoir vraiment pourquoi, cette phrase lui faisait l'effet d'un coup en plein cœur.

Ainsi, elle trouvait vraiment invraisemblable l'idée

qu'ils puissent réellement former un couple ? Mais il fallait bien reconnaître qu'il ne pouvait s'en prendre qu'à lui-même… Ne lui avait-il pas énuméré, à peine trois semaines auparavant, toutes les raisons pour lesquelles cette idée était en effet irréaliste ?

« Le problème, c'est que je ne pouvais pas deviner que ce serait moi qui changerais finalement d'avis… »

Après tout, pourquoi ne pourraient-ils pas sortir ensemble ? Certes, ils étaient aussi différents que possible. Mais Kara n'avait-elle pas très justement souligné que les opposés s'attirent ? S'il acceptait de voir la réalité en face et de renoncer à ses chimères d'éternel adolescent, il devait bien reconnaître qu'elle était la femme idéale : désirable à damner un saint, et aussi intelligente et drôle. Sans compter que leurs petites expériences l'avaient profondément changée, gommant les aspects de sa personnalité qui l'agaçaient parfois par le passé : elle semblait plus détendue, moins prompte à vouloir tout planifier en permanence, plus ouverte à l'imprévu… Comme si ses « leçons particulières » lui avaient enfin donné le goût de l'aventure.

De son côté, il avait également appris à partager une véritable intimité, appris à laisser une femme s'immiscer dans sa vie — et surtout dans son cœur…

Pourquoi ne pas tout lui avouer, dès ce soir ? décida-t-il soudain. Si elle ne le rejetait pas, ils pourraient faire l'amour dans son lit, loin de toute mise en scène, et être simplement eux-mêmes : un homme et une femme éperdument amoureux l'un de l'autre ?

A cette idée, il sentit les battements de son cœur s'accélérer, si puissants qu'ils en couvraient presque, à ses oreilles, le bruit du moteur de la voiture.

Quand Ross gara le taxi juste devant chez elle, Kara prit une profonde inspiration pour se donner du courage.

Quelle que soit la peine qu'elle allait ressentir dans quelques instants, elle savait ce qu'elle allait faire. Ou plutôt dire.

L'incident de ce soir avait au moins eu un mérite : la conforter dans sa décision. Quand elle avait observé la réaction de Ross à sa fameuse phrase le désignant comme son petit ami — de toute évidence, il avait complètement perdu les pédales tant cette idée le terrifiait —, elle avait senti s'évanouir en elle tout espoir. Dans ces conditions, à quoi bon poursuivre sur un chemin qui ne pourrait que la rendre très malheureuse — puisqu'elle ne pourrait jamais obtenir ce qu'elle souhaitait ?

S'ils en restaient là, ils sauveraient au moins leur amitié. Et ne s'étaient-ils pas promis depuis le début de la préserver à tout prix ? Elle essaya de s'imaginer dans quelques semaines, en train de jouer aux fléchettes dans le bureau de Ross tout en lui racontant son dernier rendez-vous avec Mitch Jones. Après, naturellement, que Ross lui aurait vanté les mérites de sa dernière conquête…

Cette simple idée lui donna des crampes d'estomac. Et pourtant, c'est bien ce qui risquait de se produire… Bien sûr, elle mettrait sans doute un peu de temps à s'habituer. Voilà pourquoi elle devait lui parler sans attendre. Plus vite elle le ferait, plus vite elle pourrait renouer des relations normales avec lui.

Elle se tourna pour lui faire face.

— Ross, il faut que nous parlions.

— C'est exactement ce que j'allais te dire.

Tiens, voilà une réponse à laquelle elle ne s'attendait pas... En général, quand une discussion commençait par ces mots, les hommes avaient plutôt tendance à lever les yeux au ciel...

— J'ai passé des moments merveilleux avec toi ces dernières semaines, commença-t-elle, le cœur lourd. Mais...

— Je suis entièrement de ton avis, l'interrompit-il. Ces dernières semaines ont été parmi les plus intenses de ma vie.

— Mais cet incident avec le policier m'a fait réfléchir...

— Moi aussi.

— Vraiment ? Dans ce cas, nous sommes d'accord sur le fait que nous devons en rester là ?

Une grande confusion apparut sur le visage de Ross.

— En rester là ? Tu veux dire arrêter de coucher ensemble ?

— Oui. Je pense que, si nous continuions comme ça, l'un de nous risquerait d'en souffrir, expliqua-t-elle.

Elle fut surprise de constater que Ross ne répondait rien. Peut-être attendait-il tout simplement qu'elle ait fini...

— Je sais que je t'ai déjà dit cela une fois, mais, aujourd'hui, c'est définitif. A partir de maintenant, tout ce qui pourrait arriver entre nous risquerait d'être trop compliqué à gérer pour moi.

— Tu en es sûre ? demanda-t-il en lui lançant un regard indéfinissable.

Elle déglutit péniblement et acquiesça de la tête.

Il sembla méditer ses propos quelques instants avant de déclarer :

— Que dirais-tu de le faire une toute dernière fois ? Nous avons toujours ce fantasme universitaire, si tu te souviens bien…

— Non, je ne crois pas que ce serait une bonne idée, se força-t-elle à dire. Tu te rappelles les règles que nous avons établies le premier jour ? L'une d'elles disait…

— S'il te plaît, l'interrompit-il. Si tu me récites encore l'une de nos règles, je vais passer mes nerfs sur une vitre de ce taxi.

Surprise par la violence de sa réaction, elle l'observa attentivement.

— Ça va, Ross ?

Il ne répondit pas sur-le-champ.

— Oui, je suppose que ça va, soupira-t-il. C'est juste que… que je trouve dommage de s'arrêter en chemin, voilà tout. Nous aurions pu explorer encore tant de choses ensemble…

— Je sais, dit-elle, la gorge serrée. Ne crois pas que cela soit facile pour moi, Ross. C'est même très difficile. Tu m'as appris tant de choses ces dernières semaines…

« Tu m'as appris à aimer vraiment », faillit-elle ajouter.

Elle regarda ce visage qui ne se pencherait plus jamais sur le sien pendant l'amour, ces lèvres qui ne prendraient plus jamais possession des siennes, ces mains qui ne lui donneraient plus jamais de plaisir…

Elle se sentit sur le point de fondre en larmes et de se jeter dans ses bras en lui demandant d'oublier ce qu'elle venait de dire. Mais elle devait rester forte. Et courageuse. Son bonheur futur en dépendait.

— Tu ferais mieux d'aller rendre ce taxi à son propriétaire, chuchota-t-elle.

Elle lui donna un dernier baiser sur la joue pour respirer son odeur et sentir le goût de sa peau une dernière fois. Puis, à contrecœur, elle ouvrit sa portière et sortit de la voiture.

— Conduis prudemment, conseilla-t-elle dans un sourire forcé. Tu pourrais retomber sur notre ami l'officier de police…

Elle regarda son visage une toute dernière fois comme pour l'imprimer dans sa mémoire — ce qui était ridicule puisqu'elle le verrait lundi au bureau. Mais quelque chose lui disait qu'elle ne reverrait plus jamais le Ross qu'elle aimait…

Les traits tendus, Ross lui fit un signe de la main et démarra. Elle resta là, sous la pluie qui tombait toujours, à regarder le taxi s'éloigner dans la nuit. Et à songer qu'elle devrait au plus vite accepter de dîner avec Mitch Jones pour tenter d'oublier l'homme merveilleux qu'elle était en train de perdre…

Mais comment pourrait-elle l'oublier ? Déjà, son corps protestait d'être séparé de celui de Ross. Sans parler de son cœur…

Luttant pour ne pas éclater en sanglots sur le trottoir, elle se hâta de regagner son appartement.

11.

En fait, tout allait à peu près bien, se répéta Ross pour la millième fois depuis une semaine. Le problème, c'est qu'il ne réussissait pas du tout à s'en convaincre…

Pourtant, les choses étaient sûrement mieux ainsi. Si Kara souhaitait mettre un terme à leur relation, qu'y pouvait-il ? Et puis, si tel n'avait pas été le cas, aurait-il été à la hauteur de ses attentes ? Elle voulait passer le reste de ses jours avec un homme courageux et droit… Et comment pouvait-il se considérer comme quelqu'un de courageux puisqu'il n'avait même pas eu le cran de lui avouer ses sentiments ?

Quand il était rentré chez lui samedi dernier, il avait trouvé quatre messages de jeunes femmes de sa connaissance se plaignant de sa soudaine disparition et lui proposant de « passer un bon moment ensemble le week-end prochain », s'il était libre.

Bien sûr, son emploi du temps était absolument vide. Mais de là à dire qu'il était libre… c'était une autre paire de manches, tant son esprit était rempli d'images de Kara.

Le pire avait sans doute été la journée de mercredi. Ce matin-là, pendant la pause qu'ils faisaient tous les trois — Tina, Kara et lui — dans la cuisine, Kara avait annoncé gaiement qu'elle avait rendez-vous avec Mitch Jones samedi soir. C'est-à-dire ce soir.

Ross entendait encore sa voix enjouée :

— Notre plan a parfaitement fonctionné, mes amis. Grâce à toi, Ross, grâce à tout ce que tu m'as appris, je peux enfin sortir avec un homme l'esprit ouvert, sans forcément attendre qu'il me demande en mariage dès le lendemain. N'est-ce pas merveilleux ?

« Merveilleux ? avait-il voulu crier. Atroce, oui ! »

Au prix d'un gros effort de volonté, il avait réussi à garder ses pensées pour lui. Et à lui souhaiter une bonne soirée en serrant les dents.

Une nouvelle fois, son regard se posa sur son téléphone. Ses doigts le démangeaient de composer le numéro de Kara avant qu'il ne soit trop tard et de la conjurer de passer la soirée avec lui plutôt qu'avec ce type. Un type qui lui sourirait pendant le repas, lui ferait des compliments sur la beauté de son regard, lui prendrait la main à la sortie du restaurant, et, à n'en pas douter, l'inviterait à venir prendre un dernier verre chez lui…

— Ne fais pas ça, Kara, pria-t-il tout haut. Ne le laisse pas te toucher…

Chaque fois qu'il l'imaginait dans les bras d'un autre — Mitch Jones ou un autre, d'ailleurs — il se sentait des envies de meurtre. Quel plaisir il prendrait à démolir le portrait d'un de ces rigolos qui essaieraient de lui prendre la femme qu'il aimait… D'ailleurs, il pourrait très bien le faire — et dès ce soir, puisqu'il avait réussi à apprendre par Tina où ce maudit Mitch Jones avait l'intention d'emmener Kara boire un verre avant d'aller dîner.

Soudain, il comprit qu'il s'était conduit de la manière la plus stupide qui soit. Pourquoi ne pas lui avoir tout bonnement avoué qu'il l'aimait ? Qu'il était prêt, pour la première fois de sa vie, à s'engager dans une véritable relation ? Et qu'il comptait, dès lundi matin, annoncer à Saul Siegel qu'il acceptait le poste de Lancer s'il voulait bien le lui confier ?

Jetant un coup d'œil à sa montre, il prit conscience que Kara devait, à ce moment même, être en train de se préparer pour son rendez-vous. En cet instant précis, elle était peut-être dans sa douche, frottant doucement à l'eau savonneuse les courbes affolantes de son corps, ses seins, son ventre, son sexe…

Ross laissa échapper un gémissement. Il fallait agir ou il allait devenir fou. Au moins, il lui aurait dit ce qu'il ressentait.

Qu'en penserait Kara ? Il n'y avait qu'un moyen de le savoir…

Une heure plus tard, il traversait la ville à toute allure sur sa Mobylette, le cœur battant d'appréhension, mais certain d'avoir pris la bonne décision.

Une fois devant l'entrée du bar, il se passa nerveusement la main dans les cheveux avant de franchir le seuil.

Ses yeux mirent un peu de temps à s'habituer à la lumière délicatement tamisée qui régnait sur les lieux — un bar chic et branché, où tous les clients semblaient surtout être là pour voir et être vus, bref un lieu comme Kara et lui les détestaient.

Scrutant la salle, il commença à paniquer en ne les voyant pas. Pourvu qu'ils ne soient pas déjà partis dîner…

Soudain, il crut que son cœur allait s'arrêter de battre.

Kara était là, au fond de la salle, confortablement installée dans un large fauteuil club, un verre de vin à la main. Et, en face d'elle, se tenait un type blond vêtu d'un costume à la coupe impeccable — ce frimeur de Mitch Jones, à n'en pas douter.

Le temps qu'il se dirige vers leur table, Mitch Jones avait disparu. Il tourna la tête et le vit pousser la porte des toilettes pour hommes. Parfait. Il aurait le temps de parler à Kara en tête à tête sans le moindre témoin importun.

Plus que jamais sûr d'avoir raison d'agir comme il le faisait, il s'approcha et se planta juste devant elle.

— Kara…

Sa voix pleine d'émotion lui parut étrangement peu familière.

Il la vit lever les yeux et les écarquiller sous le coup de la surprise.

— Ross ?

Un soulagement infini le submergea quand il vit ses grands yeux bleus emplis de joie. Une joie qu'elle tenta de masquer — quoi de plus normal, puisqu'elle ne savait pas encore ce qu'il allait lui dire ?

— Viens là, dit-il en la prenant doucement par le bras pour l'inciter à se lever. Elle obéit sans protester.

Alors il la prit dans ses bras et la serra contre lui à l'en étouffer. Il prit possession de sa bouche, bouleversé par l'évidence et la force de l'amour qu'il ressentait pour elle. Et tellement heureux de la sentir enfin contre lui…

Depuis samedi dernier, il n'avait fait que survivre. Enfin, il vivait pour de bon, grâce à elle… Jamais plus il ne la laisserait s'éloigner de lui.

Visiblement à contrecœur, Kara se libéra de son étreinte.

— Arrête, je t'en prie, balbutia-t-elle. Ce n'est pas le moment, Ross. Je ne crois pas que nous ayons jamais prévu le moindre fantasme mettant en scène un petit ami jaloux…

— Ce n'est pas un jeu, Kara. C'est la réalité.

— Qu'est-ce que tu veux dire ? murmura-t-elle, stupéfiée.

— Ce que je veux dire est très simple : je t'aime, Kara.

Elle resta là, bouche bée. Et, avant qu'elle puisse répondre quoi que ce soit, il l'embrassa de nouveau, mettant tout son amour dans chacun de ses gestes pour lui prouver qu'il n'avait jamais été aussi sérieux de toute sa vie.

Kara n'arrivait pas à croire ce qui était en train d'arriver.

Elle ne remarqua même pas qu'un autre homme se tenait à leur côté tandis qu'ils s'embrassaient passionnément comme si leur vie en dépendait. D'ailleurs, elle en dépendait bel et bien…

Une toux insistante la ramena à la réalité. Mitch Jones les observait — visiblement déçu, mais moins surpris qu'elle ne l'aurait cru.

— Mitch, dit-elle d'une voix haletante en se tournant vers lui, rougissante. Je… je suis navrée. Je n'avais pas du tout prévu que les choses se passeraient de cette manière.

Mitch les dévisagea, Ross et elle, avant de répondre sur un ton fataliste.

— Moi, je gardais un peu d'espoir, mais je ne peux pas dire que je sois vraiment étonné. J'espère que tu seras heureuse, Kara. Tu le mérites vraiment, conclut-il avant de tourner les talons.

Désolée pour lui, elle le suivit des yeux quelques secondes, avant de replonger, comme attirée par un aimant, dans ceux de Ross. Oh, cette lumière de passion dans ses prunelles brillantes…

Il la serra un peu plus fort contre lui.

— Je ne supportais pas de t'imaginer dans les bras de ce type, murmura-t-il en rivant son regard au sien. Ni dans les bras d'aucun autre, d'ailleurs. Tu es faite pour moi, Kara. Nous sommes faits l'un pour l'autre…

Etait-il vraiment sérieux ? Comment un tel rêve pouvait-il être en train de se réaliser ? songea-t-elle, défaillante de bonheur.

— Je veux faire l'amour avec la vraie Kara. Pas avec Katherine ni avec Angela. Et surtout, je veux passer ma vie avec toi. Je ferai tout mon possible pour te rendre heureuse si tu veux bien de moi…

— Oh, Ross, chuchota-t-elle, tu me demandes si je veux de toi ? Mais je ne veux que toi, mon amour… Je n'ai accepté ce rendez-vous avec Mitch que pour essayer de t'oublier pendant quelques heures… Mais je n'ai pas réussi. Depuis une semaine, je ne peux plus penser à rien d'autre qu'à toi. Qu'à nous.

Elle se lova contre lui et se haussa sur la pointe des pieds pour lui murmurer à l'oreille :

— Moi aussi, je t'aime, Ross. A la folie.

Ivre de passion, Ross la souleva du sol et la porta dans ses bras jusqu'à l'extérieur sous les regards médusés des clients du bar. Le cœur battant la chamade, elle se laissa poser à l'arrière de sa Mobylette et sourit lorsque Ross lui tendit un casque. Elle lui faisait désormais toute confiance pour la conduire en sécurité jusqu'à bon port.

Désormais, protégée par l'amour de Ross, elle se sentait invulnérable.

Elle n'avait plus qu'une idée en tête : qu'il la ramène chez elle et lui fasse l'amour toute la nuit. Et toutes les nuits qui suivraient…

Ross se mit en selle et se retourna pour l'embrasser fougueusement. Puis il lui sourit avec une tendresse infinie avant de démarrer.

— Accroche-toi, mon amour. En route pour la grande aventure.

COLLECTION *Audace*

Prochain rendez-vous le 1er juin 2010

LE VERTIGE DES SENS, **de Jamie Sobrato • n°180**

En voyant arriver l'homme qui souhaite lui racheter son célèbre cabaret, Arianna est stupéfaite. Ces traits, elle les reconnaîtrait entre mille, et pour cause : cela fait des semaines qu'elle fantasme sur le bel inconnu qu'elle entrevoit, le soir, derrière les fenêtres de l'immeuble en face du sien. Mais de là à imaginer qu'il se matérialiserait devant elle, encore plus sexy, et qu'il serait l'acheteur avec lequel elle a rendez-vous…

Coïncidence ou signe du destin ? Peu importe, décide-t-elle en avançant vers lui d'une démarche sensuelle : l'occasion est trop belle de vérifier si la réalité est à la hauteur de ses fantasmes…

AU JEU DU PLAISIR, **de Cara Summers • n°181**

Echanger sa vie avec sa sœur jumelle ? C'est l'occasion ou jamais de pimenter un peu son existence, aussi Maddie accepte-t-elle de jouer le jeu et de se glisser pour quelques semaines dans la peau d'une New-Yorkaise. Sans imaginer à quel point le changement risque d'être… radical. Car alors qu'elle s'endort, épuisée par son long voyage, dans le lit de sa sœur, Maddie a la délicieuse surprise de s'envoler dans un rêve torride, où un homme aux mains aussi douces qu'habiles la conduit vers le plaisir, encore et encore. Des sensations si intenses et si réalistes que, malgré ses efforts pour retenir encore un peu cet homme qui semble posséder les clés de son corps, elle finit par se réveiller. Et découvre, stupéfaite, que l'amant de ses rêves est allongé à ses côtés. Tout à fait réel, et encore plus désirable…

30 € à gagner !

Répondez à notre grande enquête et
gagnez peut-être un bon cadeau de 30 €*

- 1 livre GRATUIT offert aux 1000 premières réponses -

1/ Quels sont vos critères d'appréciation de la collection Audace ?
(5 pour très bon - 1 pour mauvais)

- Intensité du conflit amoureux ⎵
- Personnages attachants ⎵
- Les intrigues « sexy » ⎵
- Les décors ⎵
- Les fantasmes amoureux ⎵
- La modernité des romans ⎵

2/ Qu'aimeriez-vous davantage trouver dans les romans de la collection Audace ?

	Oui	Non
- De l'intensité	☐	☐
- De la sensualité	☐	☐
- De la diversité	☐	☐
- Je ne changerais rien	☐	☐

- Autre :...
....

3/ Aimeriez-vous trouver dans la collection Audace :

	Oui	Non
- Des romans dans un décor historique	☐	☐
- Des romans dans un décor paranormal	☐	☐
- Des romans avec du suspense	☐	☐
- Je ne changerais rien	☐	☐

- Autre :...
....

4/ Globalement, quelle note sur 10 attribueriez-vous à la collection Audace ?

⎵⎵

5/ Quels sont les auteurs que vous aimez lire dans la collection Audace ?

☐ Tori Carrington
☐ Lori Wilde
☐ Sarah Mayberry
☐ Kate Hoffmann
☐ Debbi Rawlins
☐ Isabel Sharpe

Autre : ....

AUD1

6/ Selon vous, les couvertures Audace sont :

☐ Très bien ☐ Bien ☐ Assez bien
☐ Passables ☐ Je ne les aime pas du tout

Pourquoi ?……………………………………………………………

7/ Selon vous, ces couvertures sont plutôt :

	D'accord	Moyennement d'accord	Pas d'accord
- Modernes	☐	☐	☐
- Classiques	☐	☐	☐
- Attirantes	☐	☐	☐
- Elégantes	☐	☐	☐
- Reflètent bien la collection	☐	☐	☐
- Sexy	☐	☐	☐

Autre :……………………………………………………………
……………………………………………………………...

8/ Sélectionnez vos 5 critères d'achat de la collection Audace et classez-les de 1 à 5 (1 étant le premier)

- La marque	⎵	- Le titre	⎵
- La pagination	⎵	- La thématique mise en avant	⎵
- Le prix	⎵	- Le visuel de la couverture	⎵
- Le résumé au dos du livre	⎵	- L'intrigue «sexy»	⎵
- L'auteur	⎵	- L'intensité du conflit amoureux	⎵

9/ Concernant la collection que vous venez d'acheter…

- J'achète tous les livres chaque mois ☐
- J'achète une sélection de livres chaque mois ☐
- Je l'achète occasionnellement ☐

10/ Avez-vous acheté un livre de l'une de ces collections au cours des 6 derniers mois ?

☐ Azur ☐ Audace ☐ Horizon ☐ Blanche
☐ Nocturne ☐ Best-Sellers ☐ Les Historiques ☐ Prélud'
☐ Black Rose ☐ Passions ☐ Red Dress Ink ☐ Spicy
☐ Mira ☐ Jade ☐ Aventures et Passions
☐ Passion intense ☐ Barbara Cartland

Autre : ……………………………………………………………

11/ Etes-vous abonnée à l'une des collections des Editions Harlequin ?

Si oui, laquelle ? ……………………………………………………
Non, je l'ai été mais j'ai arrêté ☐
Non, je ne l'ai jamais été ☐

AUD2

12/ Utilisez-vous un de ces sites pour rechercher des informations avant d'acheter en magasin ?

Oui ☐ Non ☐

Si oui, lesquels ?

Harlequin.fr ☐ Fnac.com ☐ Amazon.fr ☐ Autre ☐

M. ☐ **Mme** ☐ **Mlle** ☐

Nom : .... Prénom : ....

Adresse : ....

Code Postal : .... Ville : ....

Date de naissance : ....

E-mail : ______________________________@_____________

☐ Oui, je souhaite être tenue informée des offres promotionnelles des Editions Harlequin

☐ Oui, je souhaite recevoir les offres promotionnelles des partenaires des Editions Harlequin

Quelle est votre profession ?

☐ Agriculteur

☐ Artisan, commerçant, chef d'entreprise

☐ Cadre et profession libérale

☐ Profession intermédiaire

☐ Employée ☐ Ouvrier

☐ Retraitée ☐ Inactive

Quelle est la profession du chef de famille ?

☐ Agriculteur

☐ Artisan, commerçant, chef d'entreprise

☐ Cadre et profession libérale

☐ Profession intermédiaire

☐ Employé ☐ Ouvrier

☐ Retraité ☐ Inactif

* Un tirage au sort désignera les 20 gagnants d'un bon cadeau de 30 €
(soit 45 SFr pour les gagnants suisses)

Merci de retourner le questionnaire complet au plus tard le 31/08/2010
sous enveloppe affranchie à l'adresse suivante :
Editions Harlequin – service Marketing
Grande enquête Harlequin
83/85 bd Vincent Auriol
75646 Paris cedex 13

AUD3

Extrait du règlement :

La société HARLEQUIN organise un jeu-questionnaire intitulé « Grande enquête Harlequin» du 1er avril 2010 au 31 aout 2010 qui accompagnera les livres mis en vente. Il est gratuit et sans obligation d'achat, et ouvert à toute personne physique majeure résidant en France métropolitaine (Corse comprise), à Monaco, dans les DOM-TOM, en Suisse et en Belgique. La réponse est possible sur papier libre ou en demandant un exemplaire du jeu-questionnaire au service lectrices au 01 45 82 47 47 ou à l'adresse du jeu.

Un livre d'une valeur commerciale unitaire de 6,30€ sera offert aux mille (1000) premières personnes ayant répondu à la grande enquête Harlequin dans toutes les collections concernées. Les vingt (20) personnes tirées au sort se verront attribuer un chèque cadeau d'une valeur de 30€ (soit 45SFr). Les lots seront envoyés par la Poste dans le délai d'un mois après la clôture du jeu.

Pour participer, les candidats doivent avoir répondu au questionnaire et le renvoyer à la Société Harlequin à l'adresse suivante : Editions Harlequin – service marketing 83/85 bd Vincent Auriol 75646 Paris Cedex 13. La participation au jeu-questionnaire entraîne l'acceptation pleine et entière du règlement déposé chez Maîtres Gaultier et Mazure, Huissiers de justice, 51, rue Sainte Anne, 75002 Paris.

Le règlement est adressé à titre gratuit à toute personne en faisant la demande à : Société Harlequin 83-85 boulevard Vincent Auriol 75013 Paris. Timbre remboursé sur demande au tarif lent

Loi informatiques et libertés

Pour vous offrir le meilleur service, vos noms et adresses seront enregistrés dans notre fichier clientèle. Conformément à la loi Informatique et libertés du 6 janvier 1978,vous disposez d'un droit d'accès et de rectification aux données personnelles vous concernant. Par notre intermédiaire, vous pouvez être amenée à recevoir des propositions d'autres entreprises.
Si vous ne le souhaitez pas, il vous suffit de nous écrire en nous indiquant vos nom, prénom et adresse à :
Service Lectrices Harlequin BP 20008 59718 LILLE Cedex 9.

Composé et édité par les
éditions Harlequin
Achevé d'imprimer en avril 2010

CPI
Bussière

à Saint-Amand-Montrond (Cher)
Dépôt légal : mai 2010
N° d'imprimeur : 100082 — N° d'éditeur : 14948

Imprimé en France